SHELBY KALY

Monica

ET SI L'AMOUR ÉTAIT LE PLUS CRUEL DES SACRIFICES ?

Black Ink!
Editions

Nom de l'ouvrage : Monica
Auteur : Shelby KALY
Suivi éditorial : Sarah Berziou

Dépôt légal septembre 2021

Réalisation Juliette BERNAZ
Crédits photos : Shutterstock
ISBN 978-2-37993-234-2

Black Ink Éditions
27 rue Vivonne - 17220 La Jarne
Numéro SIRET 840 658 587 00026

Contact : editions.blackink@gmail.com
Site Internet : www.blackinkeditions.com

Avant-propos

Monica, c'est vous, c'est moi.

Nous avons tous connu une Monica dans notre vie. J'ai longtemps réfléchi à un titre qui collerait à cette histoire, puis je me suis rendu compte que le nom de l'héroïne serait en fait celui qui lui irait le mieux.

Si un jour vous rencontrez une Monica, tendez-lui la main, aidez-la et soutenez-la. Apprenez à lire les signes et ne fermez pas les yeux.

Ce livre contient des scènes de violences physiques, sexuelles et psychologiques qui peuvent heurter certains lecteurs. Vous l'ouvrez en toute connaissance de cause.

Si vous êtes victimes de violences conjugales, contactez le 3919 « Violences Femmes info ».

Shelby Katy

Prologue

Alessandro

Dans les petits villages, il est rare que les secrets restent des secrets bien longtemps. Ce n'est pas comme dans les villes où vous n'êtes qu'un anonyme de plus parmi les milliers d'autres qui y vivent. Les rumeurs se propagent telles des traînées de poudre et vous finissez rapidement avec une réputation qui vous collera à la peau jusqu'à la fin de vos jours, du moins si vous les terminez dans ce même endroit. Les gens chuchotent sur votre passage, accrochant une étiquette dans votre dos, ayant tous un avis à donner sans pour autant savoir les détails de votre histoire.

Après le décès de ma mère, j'en ai connu quelques-uns et c'est chaque fois la même rengaine. Tout le monde se côtoie, parle de vous comme si vous étiez l'attraction de l'année. Car rien ne se passe dans leurs vies trop tranquilles, bercées par les télé-réalités dont ils sont abreuvés à longueur de journée ou des infox qui tournent en boucle sur les chaînes spécialisées.

Depuis quelques mois, je m'étais installé dans cette petite bourgade du Latium[1], à la frontière de la Toscane[2], réputée

---

[1] Région italienne dont le chef-lieu est Rome.
[2] Région italienne dont le chef-lieu est Florence.

pour sa situation géographique plaisante et sa prestigieuse manufacture de maroquinerie d'une luxueuse marque. C'est un lieu agréable, entouré de vignobles et non loin de la mer, peu fréquenté des touristes qui préfèrent les stations balnéaires construites à plusieurs dizaines de kilomètres de là. Parfait pour quelqu'un tel que moi qui ne désirais pas en faire plus que nécessaire. Non pas que j'étais fainéant, du moins, je ne me suis jamais considéré de cette manière. Non, je souhaitais seulement jouir de ma vie comme bon me semblait, sans pour autant la consacrer à un emploi qui finirait de toute façon par m'ennuyer. Cette soif de vivre, je l'ai toujours eue, à l'instar de mon père, au grand dam de ma mère.

Mais ce à quoi je ne m'attendais pas, c'est que le passé resurgisse et me saute à la gorge de même qu'un chien enragé, assoiffé du sang de mes démons intérieurs. Cet amour jamais oublié qui m'a tant tourmenté toutes ces années, sans que je parvienne à m'en libérer.

Monica est le plus ancré de mes souvenirs. Un des plus doux, mais également des plus amers. Jamais je n'aurais pensé que nos chemins se recroiseraient un jour, surtout pas ici ni après toutes ces années où elle a disparu sans laisser de traces. Elle nous a abandonnés, notre amour et moi, avec des milliers de questions et un trou béant dans la poitrine. Jamais je n'aurais cru que ces retrouvailles scelleraient nos destins plus étroitement encore qu'il était possible de l'imaginer.

À la vie, à la mort.

Elle est celle que j'ai choisie, celle pour qui je me battrai jusqu'à la fin de mes jours. J'avais en moi ce secret qu'elle avait fini par me confier.

Un secret empli de poison et de ressentiment.

Un secret bien trop lourd pour elle.

Un secret déterminant un avenir sombre et houleux.

Un secret qui la brisait sans que je puisse y faire quoi que ce soit.

Et ce qui me tuait, c'est qu'à sa place, j'aurais fait exactement la même chose.

Mais qu'arriverait-il si tout ceci nous rattrapait ?

Chapitre 1

Alessandro

La chaleur accablante est difficile à supporter, aujourd'hui. Sous le soleil de plomb qui s'écrase sur mes épaules nues depuis tôt ce matin, ma peau tannée est brûlante. Je rêve de m'affaler sur mon lit dans la fraîcheur nocturne, éventuellement après m'être perdu dans les bras de Flora, et surtout après avoir pris une sacrée bonne douche froide. Tout en imaginant des activités plus agréables, j'installe mon seau sous la vigne, puis sélectionne les grappes arrivées à maturité avant de couper les tiges avec mon sécateur. Je trie les grains pourris, les abandonne au sol puis dépose ma cueillette dans mon panier accroché dans le dos.

Dégoulinant de sueur, j'apporte ma dernière corbeille de la journée que Livio, l'homme qui m'emploie pour cette saison de vendanges, pèse avant que nous la vidions dans la remorque du tracteur.

— Tu es de plus en plus performant, Alessandro, me congratule mon patron.

Les cheveux noirs comme le jais, il arbore également un teint de chaume qui assombrit ses joues. Ses traits pourtant joviaux sont marqués par de profondes rides d'expression. Ses vêtements de travail sont aussi jaunis que les miens à force de dures journées de labeur.

J'essuie mon visage dans un chiffon que je garde dans ma poche, puis lui souris en remerciement. Il griffonne dans son cahier de comptes et sort une boîte métallique rouillée par endroits de son panier qui lui sert de caisse. Il l'ouvre, dénombre les billets ainsi que quelques pièces avant de me tendre mon salaire du jour. Il est convenu entre nous qu'il n'y a pas de contrat. Il me paie au black, comme ça, j'échappe à la gourmandise fiscale des impôts qui ne se gênent pas pour me piller aussitôt qu'ils ont connaissance du moindre de mes revenus.

— Tiens ! Tu l'as bien mérité. Mais tu sais ce que je vais te dire, n'est-ce pas ?

Je reprends en chœur avec lui :

— Ne dilapide pas tout dès ce soir !

Bien qu'il me répète ceci dès qu'il me donne mon argent, je ne prête plus attention à sa remarque qui se veut pourtant sage. La satisfaction est beaucoup trop importante et danse dans ma caboche alors que mon programme de la soirée s'y esquisse déjà. Tout d'abord, une bière bien fraîche dans le bistrot du village, que la jolie Flora se fera une joie de me servir. Ensuite, étant donné que je suis en veine aujourd'hui, quelques jeux de hasard ou une partie de cartes afin de doubler, voire tripler ma richesse. Et, si tout se passe comme prévu, je ramènerai Flora dans ma garçonnière pour fêter cette belle journée tel qu'il se doit : moi en elle et elle criant de plaisir sous mes coups de boutoir. Voilà un programme qui me ravit, il ne manque plus qu'à le mettre à exécution.

C'est le cœur en joie que je rentre chez moi avec mon pick-up qui a connu des temps meilleurs, mais qui, par chance, ronronne encore comme une jeune fille aguicheuse. Je traverse les cépages tout en allumant ma énième cigarette de la journée. Livio râle de me voir fumer dans ses champs, au risque de déclencher un incendie avec le bois de vigne qui traîne au sol, mais me permet quand même d'assouvir mon vice. Les fenêtres grandes ouvertes, je tente de me rafraîchir en roulant assez vite pour brasser de l'air. La climatisation est en panne depuis des mois, et je n'ai toujours pas trouvé l'envie de l'emmener au garage afin qu'elle soit réparée. Je chantonne en même temps que la radio les paroles d'une reprise de *Wicked Game* que je connais par cœur tant elle a de signification pour moi. Le village est mort, les volets sont fermés et aucune âme n'a le courage d'affronter le cagnard. Quand le soleil sera plus bas, les gens commenceront à sortir pour profiter de la douceur du soir, beaucoup plus supportable.

Je me gare dans ma rue, en bas d'une immense maison aux tuiles rouges et au crépi ocre. Un escalier extérieur mène à mon petit appartement. En dessous vit mon propriétaire. Pas chiant comme gars en soi, juste très à cheval sur la date de paiement du loyer. Mis à part cela, étant donné que je ne suis chez moi que pour dormir, la plupart du temps, la cohabitation est plutôt sereine.

J'ouvre ma porte, pénètre dans mon antre plongé dans l'obscurité. Les vestiges de mon petit déjeuner sont encore dans la cuisine où l'on ne peut manger qu'à deux personnes. Je balance mes chaussures crades dans un coin, jette mes clés sur la table en faisant voler les miettes de pain au sol, puis me déshabille en abandonnant mes vêtements sur ma route. Je ne rêve que d'une chose : une putain de douche bienfaisante.

Je pénètre dans ma salle de bains où la peinture s'écaille par endroits, mais je ne me plains pas, pour le prix dérisoire que je paie ce toit au-dessus de ma tête, je ne vais pas demander un palace. J'ouvre le robinet, entre dans la cabine pour me rafraîchir sous l'eau vivifiante.

Que c'est bon !

Après m'être savonné et rincé, je me sèche puis m'examine dans le miroir aux marques sombres, lui aussi victime de la vétusté des lieux. Ma barbe mériterait que je la taille, si ça continue, je ressemblerai à un bûcheron canadien, dans quelques jours. Mais je verrai ça une autre fois, lors d'un de mes repos, et que je trouverai l'envie de m'atteler à cette tâche. Mes yeux noisette aux éclats verts sont entourés d'épais cils noirs, ce qui plaît aux filles. J'en joue et ça fonctionne. Je ne vais pas me plaindre. Mes cheveux bruns blondis sur les pointes à force de soleil sont assez longs pour que je puisse les coiffer en arrière. Ma mère a toujours rabâché que j'étais bel homme, mais que mon plus gros défaut était que je ressemblais trop à mon bon à rien de père. Elle n'avait peut-être pas tort sur le fait que je ne suis pas friand d'interminables journées de travail, et que j'aime dilapider mon fric dans des futilités. Cependant, c'est quand même pour ses beaux yeux qu'elle a écarté les cuisses et que neuf mois plus tard, je suis venu au monde.

Je me parfume de cette fragrance qui attire toujours le nez de mes conquêtes dans le creux de mon cou, puis enfile une chemise noire laissée ouverte à moitié sur ma poitrine, roulant les manches jusqu'aux coudes. Un jean, mes chaussures de ville, et me voilà fin prêt pour sortir ce soir. Je grignote des restes que je déniche dans mon réfrigérateur, épluche les nouvelles sur mon téléphone et vagabonde sur les réseaux sociaux. J'écrase plusieurs mégots dans mon cendrier déjà plein depuis des jours, suppliant que je le vide au plus vite. Puis, au moment où le soleil est enfin couché, vient l'heure où j'ouvre tous mes volets et fenêtres pour laisser entrer la fraîcheur vespérale. Je sors ensuite pour rejoindre mon terrain de jeu de prédilection : le bistrot.

Le village se réveille, les vieux, assis sur le bord des maisons, installés sur des bancs en bois, commentent le passage de chaque personne, alimentant ainsi les ragots et les messes basses. Les jeunes, comme moi, se dirigent là où l'on se retrouve pratiquement tous les soirs. C'est l'effervescence au bar, il est plein à craquer, ce qui m'arrange. Il y aura des volontaires pour s'affronter aux cartes et je me sens en forme pour tous les écraser.

Je m'approche du comptoir en jouant des coudes, puis aperçois enfin le joli minois de Flora, ses longs cheveux couleur de blé, lâchés, qui frôlent sa croupe, ses adorables seins ronds mis en valeur dans une robe écarlate et ses yeux clairs, pétillants de malice. Elle me sourit quand nos regards se croisent, puis vient vers moi.

— Salut, Alessandro.

— Salut, beauté. Pourrais-tu me servir une bière aussi blonde que toi ? J'aurai l'impression de te boire de cette manière.

Elle glousse avant de se pencher vers moi.

— Je termine mon travail à minuit, me susurre-t-elle, une lueur libidineuse dans les prunelles.

— Comme toujours, je serai fidèle au rendez-vous.

Ravie, elle me tourne le dos, m'offrant une vue imprenable sur son fessier que je connais par cœur, parfaitement moulé par sa robe. Elle me sert ma boisson, puis me gratifie d'un clin d'œil :

— À tout à l'heure, Aless…

Je soupire en l'observant s'éloigner pour s'occuper d'un autre client. J'ai déjà hâte de rentrer avec elle… ou de rentrer en elle. Tout est question de point de vue !

On ne peut pas affirmer que je sois le meilleur parti du coin, loin de là, et encore moins le petit ami idéal. Beaucoup de jolies filles ont passé des nuits en ma compagnie, à la recherche de plaisirs charnels, sans attaches. Je ne m'engage pas, je prends juste du bon temps et ces demoiselles ne s'en plaignent pas. Pourquoi moi plutôt qu'un autre coureur ? C'est simple, je ne suis souvent que de passage, discret, et mets un point d'honneur au sexe protégé. Je dépense une fortune en préservatifs. Je suis toujours prêt, qu'importe le lieu et l'heure. De plus, je ne veux surtout pas qu'une d'entre elles me la joue à l'envers et me colle sa grossesse sur le dos.

Manquerait plus que je me retrouve empêtré avec un marmot.

Certainement pas ! Quelle horreur !

Cependant, celles de ma tranche d'âge commencent toutes à se caser sous la pression sociale, donc il ne reste plus beaucoup de gibier à chasser. Heureusement que Flora est de la même trempe que moi, ne cherchant rien de plus qu'un peu de plaisir dans les bras de quelqu'un qui ne vous créera pas d'ennuis. De même que moi, elle n'a pas de famille qui l'attend quelque part, pas de comptes à rendre à qui que ce soit. Elle est indépendante et libre comme l'air. C'est sûrement pour ça que nous nous entendons si bien.

Je repère deux hommes attablés en terrasse en train de distribuer des cartes. À l'instar de la plupart des petits bars campagnards, il n'est pas rare de croiser des personnes jouant encore. Des pigeons que je compte bien plumer ce soir. Dès qu'on met du fric dans l'histoire, la lueur dans leurs yeux change d'intensité. Je m'approche d'eux avant de balancer ma liasse de billets par-dessus leur jeu.

— Une partie plus pimentée, ça vous tente ?

Les gars redressent la tête d'un même mouvement, puis me fixent avec surprise. Ils sont tous les deux plus âgés que moi, mais leurs vêtements griffés m'indiquent qu'ils ont également des moyens plus importants que les miens. Il n'est pas rare de croiser des étrangers dans le coin, qui restent quelque temps dans cette petite bourgade. Non loin d'ici se trouve une fabrique de maroquinerie de luxe appartenant au riche et célèbre Enrico Giordano. Elle attire nombreux marchands et autres représentants de grandes enseignes, venant s'approvisionner directement chez le manufacturier.

— Allez, les gars ! Vous avez peur de quoi ? De gagner le peu que j'ai ?

Ils se consultent du regard, pesant le pour et le contre, silencieusement. Le premier, dont les yeux vitreux indiquent son état d'ébriété avancé, me lorgne avec austérité. L'autre tire sur sa cigarette, puis me détaille de la tête aux pieds avec dédain. Un rictus s'esquisse sur son visage.

S'il pense être supérieur à moi parce qu'il est plus aisé…

J'attends leur réponse en affichant l'air le plus enjoué et le plus benêt dont je suis capable. Le deuxième me recrache sa fumée dans la figure et embrume mon espace vital.

— Qu'est-ce qui nous dit que tu n'essaies pas de nous entuber ?

Cette fois-ci, je feins d'être offusqué alors qu'évidemment, je compte bien les dépouiller.

— Moi ? Jamais ! Je n'ai peut-être pas grand-chose, mais j'ai un honneur.

Le plus saoul des deux éclate de rire, puis tire la chaise qui se trouve entre eux.

— Allez, viens par ici.

Je suis en veine, je vous le jure !

Ma langue dans la bouche de Flora, je tâtonne sur ma porte d'entrée afin d'y trouver la serrure. Une fois que je suis enfin parvenu à l'ouvrir, nous pénétrons dans mon petit appartement, quelques bricoles tombant sur notre passage mouvementé. Je déboutonne la robe de ma jolie serveuse et le vêtement s'évapore rapidement sur le sol. Elle arbore de superbes dessous, très classieux, avec des bas et un porte-jarretelles.

— La vache ! Flora ! Tu comptes me rendre dingue ? Depuis quand tu portes de la lingerie aussi sexy ?

Fière, elle redresse sa poitrine déjà très relevée par son soutien-gorge pigeonnant. Avec ses talons, elle ressemble à une poule de luxe que seuls les richards pourraient s'offrir.

— Tu aimes ? minaude-t-elle.

Elle s'assied sur ma petite table de cuisine au milieu de mes tasses de café sales et des miettes, aguicheuse au possible quand elle écarte les jambes. Je m'approche tel un prédateur, mais elle me stoppe dans mon élan en pressant son escarpin ouvert contre mon torse. La pointe de son talon s'enfonce dans ma chair et un sourire carnassier fend son visage. Je remarque une lueur de doute qui traverse ses iris. Puis, ses traits deviennent plus sombres, sa mine grave.

— Tu penses que je suis une pute ?

Je fronce les sourcils, cherchant le sens de sa question.

— Pourquoi tu me demandes ça ?

Son expression soudain maussade m'inquiète.

— Certains au village le disent… Et comme toi et moi on couche ensemble…

— Oui, effectivement, on couche ensemble. Je ne te paie pas pour ça. C'est toute la différence avec une pute. D'ailleurs, je ne vois pas en quoi ça les regarde !

Elle me fixe un instant, puis hoche la tête, ne semblant pas tout à fait convaincue par mes paroles.

Je m'empare de son pied, cajole sa cheville à travers ses bas, puis remonte le long de son mollet et de sa cuisse. Je m'agenouille devant elle, m'approche de son entrejambe ce qui excite de plus en plus sa respiration. Le regard brouillé par le désir, elle observe le moindre de mes faits et gestes. J'embrasse alors son intimité toujours couverte par la dentelle de sa culotte. J'inspire son odeur, cette fragrance féminine qui me chavire l'esprit et soudainement mon jean devient trop étroit.

— Et tu sais pourquoi tu n'es pas une pute, ma Flora ?

— Non, souffle-t-elle.

— Parce qu'une pute n'apprécierait pas ce que je suis sur le point de te faire.

Je la dévore, jusqu'à ce qu'elle rende les armes. Puis je la baise, parce qu'il n'y a pas de mots différents pour qualifier nos ébats. Nous ne pensons plus à nos miséreuses existences à travers le plaisir que nous nous octroyons, arrachant chacun à l'autre, le peu de tendresse que nous sommes capables d'offrir et oubliant que nos cœurs ont été meurtris, leurs cicatrices toujours sensibles.

Nous remettons le couvert, plusieurs fois dans la nuit. Mais aujourd'hui, c'est davantage Flora qui cherche à éteindre un je-ne-sais-quoi qui la perturbe et dont elle ne parlera sûrement jamais. Nous sommes proches, mais pas dans ce sens-là. Je ne lui demande d'ailleurs pas de me raconter. Déjà, parce que ça ne me regarde pas, ensuite, parce que je m'en fiche. Nous ne nous devons rien. Si elle a besoin de mon corps pour ne plus ruminer ses problèmes, qu'elle l'utilise autant qu'elle le veut. Ce n'est pas moi qui vais protester, bien au contraire.

C'est à l'aube qu'elle s'en va. Elle m'abandonne dans mon lit, les draps sens dessus dessous. Je l'observe d'un œil ramasser ses affaires et se rhabiller. Ses cheveux en bataille, ses lèvres gonflées par nos baisers échangés. Flora est belle, mais un peu insipide, niveau caractère, à mon goût. Je ne m'en plains pas, j'obtiens toujours ses faveurs. Mais elle ne sera pas celle qui me fera tomber de nouveau amoureux, c'est certain.

Pour ma part, je me rendors, ignorant l'alarme de mon téléphone qui sonne pour que je me prépare à aller bosser. Mais tant pis, même si j'arrive un peu en retard, Livio sera indulgent avec moi. Il n'est pas rare que nous ayons des pannes de réveil avec le rude travail que nous effectuons. De plus, il a tellement besoin de nous pour ses champs, qu'il nous passe beaucoup de nos conneries, tant que nous n'abusons pas de sa patience.

Chapitre 2

Alessandro

Comme tous les dimanches, je mange au bistrot le midi, en compagnie de Flora qui n'a pas grand-chose à faire à ce moment-là. La religion étant toujours très ancrée en Italie, les villageois préfèrent rentrer déjeuner en famille, après l'office à l'église, aussi les lieux sont-ils déserts. Le patron laisse la serveuse plutôt tranquille, sachant pertinemment que les hommes viennent davantage pour le joli cul de la belle que pour la saveur des bières. De plus, ce soir, elle assurera son poste avec brio. Alors, quand elle souhaite se la couler douce, il ne bronche pas.

Quelques anciens, des veufs qui n'ont plus trop envie de cuisiner à cause du poids des années sur leurs épaules, sont assis au comptoir et se remémorent le bon vieux temps ou colportent des ragots sur tel ou tel villageois. Rien de nouveau sous le soleil, tout le monde a toujours une rumeur sur un autre. C'est partout la même chose. Je les écoute d'une oreille distraite, observant Flora jouer avec sa nourriture plutôt que de la porter à sa bouche. Je ne lui en fais pas la remarque, mais je note que la douce blonde n'est pas très en forme ces derniers temps.

— Tu termines à quelle heure ce soir ? lui demandé-je dans l'espoir d'attirer son attention.

Elle redresse le nez de son assiette, ses lèvres entrouvertes comme si elle était étonnée que je lui propose une énième fois une petite escapade dans les délices du plaisir charnel. Elle referme la bouche, déglutit, puis marmonne :

— Pas ce soir.

C'est à mon tour d'être stupéfait. Depuis quand Flora me rembarre ? Il y a vraiment un truc qui déconne chez elle. Mais quoi ? Elle a un nouveau mec ? Je deviens suspicieux tout d'un coup. Non pas que je sois jaloux, mais je n'apprécie pas qu'on marche sur mes plates-bandes. Si Flora baise avec un autre, j'aimerais être au courant.

Son air coupable confirme d'autant plus mes doutes. Mon appétit me quitte, laissant place à une aigreur avec laquelle je ne suis pas familier.

— Qui ? demandé-je.

— Pas ici, chuchote-t-elle, sans même prendre le soin de me regarder dans les yeux ni même me contredire.

Contrarié, je me lève et me dirige vers la porte d'entrée du bistrot sur laquelle je m'appuie. J'allume une cigarette, observe les rares activités du village présente à cette heure. Le cri des hirondelles résonne entre les parois des rues étroites. Je recrache la fumée au moment où une Ferrari noire décapotable passe devant moi dans un bruit tonitruant de moteur, avec, à son bord, un couple. Ils sont tous les deux vêtus chic et portent chacun des lunettes de soleil. La longue chevelure brune de la passagère, qui ondule au gré du vent à l'instar de son foulard, retient toute mon attention. Je suis du regard la voiture, qui vaut certainement plus cher que certaines maisons ici, se garer un peu plus bas, face à la banque.

— Ah, tiens ! Giodarno sort de son palace, remarque un des vieux dans le bistrot.

Je me tourne vers ce dernier afin de l'inciter à développer son explication. Les anciens sont de vraies commères dans ce village ; ils détiennent tant d'informations sur les habitants qu'un limier y trouverait son compte s'il devait résoudre une enquête par ici.

— C'est rare de le voir en ville depuis leur retour. Surtout en compagnie de sa femme. Elle est jeune. Au moins quinze ans de moins que lui.

Mes yeux reviennent à leur examen. Giordano est descendu de son bolide lustré et ouvre la portière à son épouse. Celle-ci accepte la main qu'il lui tend et s'extirpe du véhicule. Et alors là, elle excite tout mon intérêt.

Quelle femme !

Elle paraît avoir mon âge ou celui de Flora. D'ailleurs, la serveuse est arrivée à ma hauteur pour observer elle aussi la scène.

— Une sacrée poule qu'il s'est payée le chanceux, continue de commenter l'ancien tout en sirotant son canon de rouge.

La jeune femme porte une robe couleur crème parfaitement ajustée à ses courbes affriolantes, qui s'arrête juste en dessous de ses genoux. Sur des escarpins à la célèbre semelle rouge, ses jambes sont interminables. Pas vulgaire pour un sou, mais un vrai fantasme sur pattes.

Qu'est-ce que j'aimerais me faire une nana de cette trempe !

Bien entendu, son sac à main est de la marque de l'entreprise de son cher mari. Ce dernier entre dans la banque, abandonnant son épouse près de la voiture. Madame Giordano s'adosse au capot, retire ses lunettes de soleil qui mangeaient son visage et m'empêchaient d'admirer la finesse de ses traits. Elle sort de sa pochette un minuscule miroir puis rajoute du rouge à ses lèvres. Ce geste hypnotise mes sens. Le bâton qui déforme sa chair charnue pour la colorer me donne envie d'y passer la pulpe de mon pouce, alors qu'elle gémirait sous l'emprise du plaisir que je lui offrirais. Elle tourne la tête vers nous, se sentant sûrement observée, et me tire de ma rêverie lubrique et incongrue.

Merde !

C'est qu'elle ne m'est pas inconnue la poupée de Giordano. C'est Monica ! Ses iris bruns percutent les miens avec un étonnement similaire. Nos regards arrimés, je crois bien faire un saut de plus de vingt ans en arrière au souvenir de notre première rencontre.

Nous avions 7 ans

Les enfants rigolent au fond de la cour de récréation autour de quelque chose que je ne distingue pas à cause de cet attroupement. Ils scandent en chœur :

— Clocharde ! Clocharde !

Intrigué, je m'approche. Je pousse ceux qui sont sur mon passage pour parvenir à ma destination. Personne ne prend jamais le risque de me rabrouer. Du haut de mes sept ans, je suis le dur à cuir de l'école, celui que les élèves craignent. C'est moi qui frappe les autres pour leur voler leur argent de poche, offre leurs premiers coquards à certains qui osent me résister. Le jour où l'un de ces sales gosses de riche m'a traité de bâtard, j'ai décidé de ne plus jamais me laisser traîner dans la boue de la sorte. J'ai cogné, avec toute la rage qui m'habitait. Par chance, je suis le plus grand et le plus costaud. J'ai vite gagné leur respect en les terrorisant, mais le revers de la médaille est que je suis seul. Pas d'amis. Cela me va, je préfère ça à être mal accompagné.

Au moment où j'atteins enfin mon but, je découvre une fille aux cheveux bruns bouclés, recroquevillée sur elle, en pleurs, se bouchant les oreilles de ses paumes. Elle porte des vêtements troués, un peu trop grands pour elle. Voilà pourquoi cette bande de petits connards se moque d'elle. Tout comme ils l'ont fait avec moi quand je suis arrivé dans cette maudite école. Parce que nous sommes différents, que nous n'avons pas la dernière PlayStation ou un téléphone portable, des vêtements de marque, ils nous traitent comme des parias.

Je pousse violemment celui qui est devant moi et il tombe à terre. Tous se taisent. Dans le silence uniquement rompu par les pleurs de la fillette, je m'approche d'elle et lui agrippe le poignet, l'obligeant à se redresser. Je la serre contre moi et jette un regard menaçant à tous ces cons.

— Le prochain qui l'emmerde, je lui casse la gueule !

L'avertissement est clair, personne ne bronche. Ils se dispersent et nous laissent tranquilles. La fille renifle toujours, cachée derrière moi. Une fois que nous sommes seuls, je me tourne vers elle, appuie mes mains sur ses épaules menues. Elle et moi venons du même monde, celui des pauvres, celui où il arrive que l'on ne mange pas tous les jours à sa faim, et où l'on ne porte pas des vêtements branchés, mais ceux que les parents trouvent dans les friperies. Non, nous, nous devons nous priver, regarder sans jamais acquérir. Nos rêves remplacent les jouets dans nos chambres et notre imagination est notre unique distraction.

— Comment tu t'appelles ?

Elle essuie ses larmes, le visage toujours baissé, les lèvres boudeuses et le nez froncé.

— Monica, balbutie-t-elle de sa petite voix d'enfant.

Monica…

— C'est joli.

À ce compliment, elle redresse enfin sa bouille vers moi et ses yeux me percutent comme un train roulant à toute vitesse. Ses magnifiques yeux chocolat aux mille nuances, entourés de longs cils noirs. Elle est belle et mon cœur de gosse fond devant ce minois.

— Moi, c'est Alessandro. Alessandro Gallino. Tu es nouvelle ?

— Moui, renifle-t-elle.

— Ne t'en fais pas, tant que tu resteras avec moi, personne ne t'emmerdera.

Elle hoche la tête en me regardant avec espoir. Cela confirme qu'elle a compris mon conseil.

— Allez, viens, Monica…

— Rocchio. Je m'appelle Monica Rocchio.

Je lui réponds par un sourire, lui prends la main et l'emmène avec moi dans une de mes planques de cette fichue école.

C'est la première fois que je rencontre Monica Rocchio. Elle deviendra mon amie pour les années à venir. J'en tombe amoureux dès ce premier jour, totalement sous le charme de ses grands yeux havane.

Je sais qu'elle me reconnaît à l'air qu'elle affiche. Elle est choquée, troublée, ou peut-être tout aussi surprise que moi.

Qu'est-ce qu'elle fiche ici ?

Je balance mon mégot au sol puis m'avance vers elle, secoué de perplexité par la vision de ce visage que j'ai tant admiré dans le passé. Je ne peux pas m'empêcher de l'approcher et si je pouvais, je la toucherais pour croire ce que je vois. Ma Monica ? Ici ? Je peine à réaliser que c'est bel et bien vrai. Elle a changé et pourtant ce sont bien ses traits que je détaille à cet instant. Ces mêmes traits qui m'ont rendu dingue de cette fille, dès notre plus jeune âge. Sa bouche boudeuse, jusqu'à ses longs cils noirs qui frangent son regard châtain, est rehaussée par la féminité fracassante qui la caractérise aujourd'hui. Je la fixe à mesure que la distance entre nous se réduit, comme un chien assoiffé, en quête d'une vérité qui m'a trop longtemps manqué.

C'est alors que j'ai l'impression qu'elle prend peur en me voyant m'avancer dans sa direction. Elle jette un coup d'œil affolé à la porte de la banque. Arrivé à sa hauteur, je range mes mains dans mes poches, lui souris, remué par un tas d'émotions que ravivent ses billes chocolat.

Bon sang, elle est devenue une sacrée femme !

— Salut, parviens-je à prononcer malgré mon bouleversement.

Son regard scrute le mien, le fouille ou tente de lui passer un message, je ne saurais dire. Mais en faisant cela, elle déclenche des remous dans mes entrailles. Ses lèvres, bordel, ses délicieuses lèvres s'entrouvrent pour me saluer à son tour, mais elle est coupée dans son élan par la voix d'un homme :

— Monica ! tonne son mari.

Elle sursaute, comme prise en flagrant délit de je ne sais quoi. Giordano s'approche de nous, enlace la taille de sa femme de manière possessive afin de bien marquer son territoire. Le ton est donné. Il est athlétique, mais je suis plus grand et charpenté. Son visage arbore une fine barbe. Son costume trois-pièces sur mesure dénote avec ma tenue ordinaire. Son allure est millimétrée et étudiée pour qu'aucun doute ne soit possible. Il est riche et a du pouvoir contrairement à moi. Deux mondes qui s'entrechoquent et qui pourtant sont liés par une personne.

— Tu connais cet homme ? lui demande-t-il sur un ton sévère, faisant fi de ma présence.

Monica se décompose comme si son époux venait de la houspiller. Je réponds à sa place, ne voulant pas la mettre plus dans l'embarras qu'elle ne semble l'être.

— Nous sommes de vieilles connaissances. Mais cela fait fort longtemps que nous ne nous sommes pas vus.

Depuis le jour où ils ont disparu, elle et son père, sans laisser aucune trace ni aucun mot. Le jour où elle a brisé mon cœur en mille morceaux. La revoir aujourd'hui en chair et en os ravive cette douleur que je pensais oubliée. Une chape de plomb s'abat sur mes épaules et cela me paraît si irréel que j'ai presque du mal à le croire.

— Bien, commente son mari.

— Oh, euh… Alessandro Gallino, monsieur Giordano.

Je lui tends une poignée de main amicale qu'il détaille de prime abord avec dégoût. Je le sais pour avoir si longtemps vécu parmi la jeunesse dorée, en ville, les mêmes que Monica détestait autant que moi, mais plus maintenant, vraisemblablement. Il finit par saisir ma paume, la serrant dans la sienne plus fort qu'il ne le devrait pour de simples présentations. J'y réponds en restant ferme et ne faiblis pas. Hors de question de m'incliner face à ce richard. A priori, il me considère comme une menace. Peut-être qu'il a raison…

— Ravi, monsieur Gallino. Si vous voulez bien nous excuser, mon épouse et moi-même sommes attendus ailleurs. Passez une bonne journée.

Il ouvre la portière à Monica qui n'ose plus me regarder. Son mari ne me lâche pas des yeux afin d'observer mes réactions vis-à-vis de sa femme. Cependant, je remarque que son attention est attirée par un point derrière moi. Je me retourne et surprends l'air courroucé de Flora. Celle-ci scrute la scène avec une expression mauvaise sur le visage. Elle détaille Monica de la tête aux pieds, fronce le nez et croise les bras sur la poitrine. Giordano, pour sa part, lui octroie un léger hochement de tête agrémenté d'un rictus. Beaucoup de questions s'imposent à moi à cause de cette joute visuelle. Ce cher monsieur Giordano trempe-t-il son biscuit ailleurs que dans son épouse ? Je me reconcentre sur lui, un grand sourire aux lèvres pour lui signifier que je pense avoir compris ce qu'il trafique les soirs où il rentre tard.

— Bonne journée, monsieur Giordano ! ajouté-je, en fanfaronnant intérieurement.

Je retourne au côté de Flora qui ne parvient pas à réprimer son agacement et je l'enlace de la même manière que ce connard un peu plus tôt avec Monica. La serveuse ne me repousse pas, sûrement ravie d'essayer de rendre jaloux son richard d'amant. Ce dernier nous observe d'un œil torve avant de remonter dans son bolide, les traits tendus. Monica fixe ma main sur la hanche de Flora, la mine sombre. La voiture nous passe sous le nez dans un vrombissement assourdissant.

— Toujours occupée ce soir ? demandé-je à Flora, juste pour la tester.

— Oui, tonne-t-elle. Avec toi.

Je m'en doutais…

Bien que fier d'avoir compris le petit manège de mon plan cul favori, pouvoir libérer les émotions brûlantes qu'a ravivées ma rencontre avec Monica m'arrange. J'ai des tas et des tas de souvenirs à évacuer qui me calcinent de l'intérieur. Les oublier dans les bras de la jolie blonde n'est pas de refus, même si je me devine que cela ne sera qu'un court répit.

On n'échappe pas à son passé…

Chapitre 3

Monica

Suis-je maudite ou est-ce le destin ? Jamais au grand jamais je n'aurais pensé recroiser le chemin d'Alessandro un jour, et surtout pas ici. J'ai cru voir un fantôme quand il s'est approché de moi, mourir à l'instant où les flammes du passé se sont ravivées dans ses iris et m'évanouir au moment où la voix d'Enrico a prononcé mon prénom telle la foudre s'abattant sur moi. Je ne voulais pas revenir à cet endroit. J'aurais préféré rester sur ce yacht aux abords de la Sardaigne jusqu'à la fin de mes jours. Je ne m'attendais vraiment pas à cela.

Enrico ne m'a d'ailleurs plus du tout adressé la parole depuis que nous avons repris la route en direction de cette énième réception où je m'ennuie prodigieusement. Sourire, feindre d'être amoureuse, me montrer aux bras de mon époux comme si j'étais un trophée de chasse. Je hais ces personnes, tout autant qu'elles sont, pour ce qu'elles représentent, pour qui elles sont. Les mêmes qui me traitaient comme un paria quand je venais avec mes vêtements troués à l'école, petite.

Je n'ose pas entamer la conversation avec Enrico, je sais pertinemment qu'il est furieux. Sa colère irradie, palpable et nauséabonde. Elle crépite sur ma peau en la brûlant. Il déteste que les gens apprennent de quel milieu je viens. Quand cela arrive, il s'impose en héros, celui qui m'a sortie de ma misérable vie, comme un prince charmant. Seulement, il est tout sauf charmant. Je suis mariée à un homme que j'exècre du plus profond de mon âme. Je n'ai pas eu le choix de l'épouser. Cependant, il n'a pas dévoilé sa véritable nature tout de suite. Au début, il était prévenant et attentionné, j'ai failli l'apprécier. Puis, après le drame, il a montré son vrai visage. Il est devenu froid, calculateur, condescendant. Il voulait me posséder tout entière et que je m'abandonne à lui. Sauf que mon cœur était resté derrière moi, dans ma ville d'enfance en Campanie[3], auprès de ce jeune homme que j'ai tant aimé toutes ces années. Je n'ai jamais réussi à tomber amoureuse d'Enrico. Non. Au lieu de ça, je lui voue dorénavant une haine viscérale et indestructible.

La voix de mon mari rompt enfin le silence pesant :

— Tu l'as connu où ?

Je crois que je préférais son mutisme finalement. Son ton ne me dit rien qui vaille. L'appréhension me grignote. Mais je dois lui répondre, et au plus vite, si je ne veux pas qu'il se doute que j'ai un lien beaucoup plus fort avec Alessandro qu'il ne l'imagine. Bien que ce ne soient plus que des souvenirs…

— Un camarade d'école.

— Rien de plus ?

— Non, mens-je. Nous nous connaissons depuis que nous sommes gamins, nous avons été scolarisés dans les mêmes

[3] Région italienne dont le chef-lieu est Naples.

écoles.

La crispation de la mâchoire d'Enrico est de mauvais augure. Qui plus est, il roule à vive allure, appuyant à fond sur l'accélérateur de sa puissante voiture, m'effrayant dans certains virages. Il agit sciemment, sachant pertinemment que j'ai une peur bleue dans sa Ferrari que je trouve trop énergique pour des routes publiques. Il sent que je lui raconte des histoires, pourtant j'ai essayé d'être la plus persuasive possible.

— Apparemment, lui n'a pas le souvenir d'une simple camarade d'école, grogne-t-il.

La voilà, celle que je redoutais le plus : la jalousie. Il va me contraindre à l'avaler, aussi longtemps qu'elle le rongera, jusqu'à ce qu'il soit certain que je n'appartiens qu'à lui, même s'il doit me soumettre de force.

— Je te préviens, Monica, si jamais j'apprends qu'il a été autre chose qu'un pote d'école, tu ne vas pas pouvoir t'asseoir pendant des semaines. Je déteste quand tu mens !

Nous y sommes. Ses menaces qui serpentent sur ma peau avant de me mordre la chair. Mon souffle s'appauvrit, la peur pulse dans mes veines. Je noue mes mains pour les empêcher de trembler.

Il est rare que je me rebelle. Ce qu'il pourrait m'infliger alors m'effraie bien plus encore. Je le laisse m'administrer ses sentences sans jamais broncher, me prendre tandis que je n'en ai pas envie, s'introduire en moi, physiquement ou psychologiquement, de toutes les manières qui lui font plaisir. Je suis sa chose. Je n'ai plus d'âme, il me l'a arrachée il y a bien longtemps, au prix d'une vie luxueuse et confortable.

Revoir Alessandro me rappelle à quel point je ne suis plus cette fille qu'il a connue il y a dix ans. Peut-être toujours aussi faible, voire beaucoup plus, d'ailleurs. Je trouve le destin cruel de l'avoir remis sur ma route. Son souvenir est douloureux, amer en comparaison de la réalité.

Nous nous garons enfin devant la maison de nos hôtes. Des « amis » d'Enrico. La seule chose qu'ils ont en commun est le nombre de zéros sur leurs comptes en banque. Les Rossi sont aussi extravagants qu'exubérants. Ils aiment l'argent, le dépenser, et surtout que ça se sache. Quand Gloriana, une fausse blonde refaite de la tête aux pieds, s'était offert un nouveau manteau de fourrure, elle s'était pavanée dans tout le village uniquement pour l'exhiber, ne s'apercevant même pas qu'elle était la risée des habitants. Elle s'était rendue à la maison pour parader devant moi et je n'avais pas tari d'éloges sur son récent achat, qu'en réalité, je trouvais totalement hideux. Si j'en avais le cran, j'appellerais bien une association de protection animale, juste pour qu'ils lui lancent un pot de peinture rouge sur la tête et l'humilient dans des posts assassins sur les réseaux sociaux. Elle était si fière de me montrer à quel point elle était plus à la mode que moi, qu'Enrico, de rage, m'avait emmenée dans la semaine à Milan pour m'en offrir un. J'avais refusé catégoriquement, m'attirant une fois de plus ses foudres, mais j'avais réussi à négocier contre un manteau de laine qui venait d'un prestigieux créateur parisien. Cela avait porté ses fruits puisque Gloriana, verte de jalousie, n'avait plus jamais remis sa fourrure de renard, mais un autre raglan de la même marque que le mien.

Enrico n'a pas conscience à quel point je trouve tout ce cirque ridicule et outrageux. Lui n'a pas connu les Noëls à la soupe lyophilisée d'une sous-marque de grande surface. La valeur de l'argent lui est totalement étrangère. Il en a tellement qu'il ne se rend pas compte combien son comportement en est devenu déviant. Il peut avoir tout ce qu'il veut, possède tout ce dont il a besoin et bien plus encore. Dans mes rêves les plus fous, je l'imagine ramper dans la terre jusqu'à mes pieds pour réclamer ma pitié. Mais jamais ce doux fantasme ne se réalisera. Je suis beaucoup trop sous son emprise pour lui tenir tête et l'affronter.

Il m'écraserait comme une mouche.

Gloriana et Massimo nous accueillent en haut de l'escalier qui mène à leur immense demeure. Elle porte une robe vulgaire d'où ses seins refaits sont prêts à s'échapper tant le décolleté est profond. Lui est plus sobre, mais arbore tout de même des boutons de manchettes en diamant qu'il ne se lasse pas de remuer pour que nous les remarquions. Nous sommes plus classes et élégants qu'eux, c'est indéniable.

La réception est donnée dans le jardin où bon nombre de convives sont déjà présents. Enrico m'abandonne sur une chaise à l'ombre d'un parasol pendant que je sirote un verre de vin blanc qu'un serveur m'a offert, alors qu'il louvoie parmi les invités pour nous offrir des rafraîchissements.

Voilà ma vie : attendre que cela se passe.

Personne ne m'adresse vraiment la parole parce que je ne suis pas de leur monde et certainement, car je leur parais antipathique. De plus, leurs sujets de conversation me dépassent et je n'ai jamais rien à raconter. À force, les gens ont pensé que je n'étais qu'une greluche sans cervelle qui a pour unique qualité sa beauté.

Un pianiste joue une musique mélancolique me ramenant à cette période de mon existence qui me manque tant. Celle où un seul prénom suffisait à affoler mon cœur. Tout un tas de souvenirs me submerge. Je m'apprête à y replonger et espère que cela apaisera la douleur lancinante qui m'habite depuis que j'ai recroisé les yeux noisette parsemés d'un vert éclatant d'Alessandro. Sauf que je n'en ai pas l'occasion puisque Enrico s'approche de moi avec un homme que je ne connais pas. Je me lève pour saluer son ami.

— Monica, je te présente James Roseburry. C'est l'ambassadeur anglais de la marque.

Je tends la main vers le nouveau collaborateur de mon époux. Ce dernier, au lieu de la serrer comme n'importe quelle personne l'aurait fait, la porte à sa bouche de la même manière qu'à l'ancien temps et dépose un baiser sur son dos.

— Charmé, madame, me salue-t-il de son accent anglais.

Je panique. Au regard d'Enrico, je comprends qu'il l'a fait

exprès. Il s'invente une excuse pour assouvir sa colère. Il me reprochera ce soir d'avoir attisé la convoitise d'un homme, juste parce que je me suis trouvée là. Un frisson d'effroi traverse mon échine et mon cœur s'accélère. L'appréhension du moment où nous serons seuls me dévore l'âme.

Chapitre 4

Alessandro

Quelques jours plus tard

Les lueurs de la fin de journée attribuent des nuances mordorées aux maisons, ainsi qu'aux champs d'oliviers et vignes visibles sur les tertres jouxtant le village. Les cigales s'en donnent à cœur joie pendant cette canicule, au point que je me demande si j'ai déjà entendu le silence une seule fois dans ma vie.

— Tu souhaites boire autre chose ? me propose Flora, vêtue d'un mini-short et d'un débardeur à fines bretelles.

Les yeux plongés dans son décolleté, je me lèche les babines en imaginant leurs pointes dressées dans ma bouche. La serveuse ricane avant de me rabrouer :

— Quand tu auras fini de mater, tu me feras signe ?

D'un sourire contrit, je lui octroie un clin d'œil et lui commande une autre bière. Il fait trop chaud pour jouer aux cartes, de toute façon. De plus, il n'y a pas foule ce soir, ce qui minimise mes chances de plumer des commerciaux venus pour négocier avec Giordano. Les mêmes qui croient tout savoir sur tout et ne jamais se faire piéger par un petit con dans mon genre.

La jolie blonde m'apporte ma boisson, la dépose sur l'étroite table extérieure sur laquelle je suis installé. Il est rare que je profite de la terrasse du bistrot, mis à part pour jouer au poker, mais aujourd'hui, j'espère seulement savourer la fraîcheur nocturne qui tarde à me soulager.

Je joue du bout de l'index avec les gouttes qui dégoulinent le long de mon verre, esquissant des formes improbables dans la condensation. Puis je balaie du regard la rue autour de moi et m'arrête sur la banque en face où j'ai croisé Monica il y a quelques jours.

La revoir réveille bien des souvenirs dont certains sont encore très douloureux. Je pensais avoir enfin tracé un trait sur notre histoire, pouvoir me reconstruire une vie bien loin de celle que j'avais imaginée avec elle. Pourtant, cette rencontre remet tout ça en question.

Le téléphone qui sonne à l'intérieur du bar m'extirpe de mes songes. J'allume une cigarette, tire dessus pendant que j'observe les fesses de Flora remuer dans son short moulant. Elle nettoie la table d'à côté, dès les clients partis, ce qui éveille quelques pensées lubriques. Une fois qu'elle a terminé, elle s'échoue sur la chaise d'en face dans un soupir éreinté.

— Mon Dieu, il fait beaucoup trop chaud ! Je crois qu'ils ont raison les écolos. On est victime d'un putain de réchauffement climatique.

Je ricane, passe une main dans mes cheveux humides de sueur. Elle dépose ses jambes bronzées sur une autre chaise.

— Accorde-toi une pause, il n'y a personne, aujourd'hui.

— Non, c'est vrai. Ils sont tous à Milan pour la *Fashion Week*. Les grands pontes de chez Giordano se sont aussi offert une escapade dans un hôtel luxueux tous frais payés par le patron.

— Et tu sais ça, parce que…

Je lui tends la perche pour qu'elle m'avoue qu'elle couche avec ce Giordano. Sauf qu'elle élude ma question d'un geste de la main.

— C'est tous les ans la même rengaine à cette période. Je ne comprends pas que Bernardo ne ferme pas pour s'octroyer des vacances. Je suis certaine qu'Alberta apprécierait que son mari lui offre une croisière ou toute autre connerie de leur âge.

Les patrons de Flora sont des figures connues ici. Jamais ils ne ferment boutique, sauf à Noël et à Pâques.

— Et toi ? demandé-je. Que ferais-tu si le bistrot fermait un temps ?

Elle tapote sa bouche avec son index et réfléchit à ma question. Son expression rêveuse laisse présager qu'elle éprouve sûrement des envies d'évasion, comme beaucoup de jeunes qui ne sont jamais partis de ce village.

— Je pense que j'irais à Rome pour visiter un musée.

— Un musée ?

— Oui. J'aimerais aller dans un musée d'art pour admirer des peintures et des sculptures. Non pas que je m'y connaisse, mais je crois que je pourrais apprécier. Puis, tu sais ce qu'on dit ? Qui ne tente rien n'a rien. Ou bien, je vais m'ennuyer comme un rat mort.

Elle glousse puis s'essuie le front avec son torchon.

— Et toi ? Tu irais où si tu partais en vacances ?

— Je me casserais dans un endroit tellement incroyable que je ne reviendrais jamais.

Flora esquisse une moue chiffonnée.

— Ce n'est pas des vacances ça, abruti ! rouspète-t-elle. C'est un déménagement !

Je m'esclaffe avant d'avaler une gorgée rafraîchissante de ma boisson et ajoute :

— Parce que, selon moi, les vacances ne riment à rien. Partir rêver pour ensuite revenir dans ton enfer personnel ? Non merci. Moi, je suis libre et je veux que ma vie soit tous les jours une aventure ; je veux ressentir cette sensation d'indépendance quand tu sautes à l'élastique, que tu surfes sur une vague démente. Si je veux habiter en bord de mer ou au pied d'une montagne, je le fais. Avoir le choix, voilà ce à quoi j'aspire.

— Sauf qu'on ne construit rien qui perdure de cette manière.

— Peut-être. Mais me retrouver enfermé dans une baraque avec une femme dont je me lasserai avec quatre gosses et un boulot de merde, non merci. Je préfère n'avoir que trois euros en poche et faire ce que je veux.

— Trois euros ? Tu n'iras nulle part avec ça ! Selon moi, voyager c'est revenir plus riche intérieurement chez soi.

Le bruit d'un moteur interrompt notre conversation. Je redresse instantanément la tête et aperçois une Alfa Romeo

Guilia trop onéreuse pour appartenir à n'importe qui, ainsi que cette brune plantureuse, aux courbes bien plus féminines que dans mes souvenirs. Monica descend du véhicule, claque la portière puis s'avance dans ma direction, une robe beaucoup moins sage sur le dos que celle qu'elle portait l'autre jour en présence de son mari. De couleur noire, son décolleté dévoile sa poitrine à la peau veloutée et au hâle naturel qu'elle a toujours arboré. Elle est perchée sur des talons hauts qui mettent en valeur le galbe de ses jambes. Ses cheveux sont attachés dans un chignon flou qui donne une expression plus douce à ses traits. Ma bouche s'assèche devant cette apparition. La voir s'approcher de moi affole mes sens. Mon ventre se noue et joue aux montagnes russes.

— Bonsoir, Alessandro, me salue-t-elle de sa voix légèrement cassée que je reconnaîtrais entre mille, avec ce sourire timide et les yeux qui pétillent. Je rentrais chez moi au moment où je t'ai aperçu.

Merde ! Je ne me rappelais pas à quel point elle était belle et la forte attraction qu'elle exerçait sur mon esprit faible. Totalement envoûté par la magnifique créature qui se trouve en face de moi, j'en oublie ma *sex friend* à mes côtés, qui soupire encore, mais d'exaspération cette fois-ci.

— Je vais me remettre au travail, déclare-t-elle en se levant.

Je lance un coup d'œil à la serveuse qui scrute Monica avec une sorte d'animosité. Quand elle remarque que je l'observe, elle baisse la tête et détale à l'intérieur du bistrot sans émettre de commentaires. Pourquoi est-elle aussi austère vis-à-vis d'elle ? Elle serait bien présomptueuse d'être jalouse.

— Je peux m'asseoir ? me demande Monica. J'espère que je ne te dérange pas ?

Je lui désigne le siège libéré par Flora d'un signe de la main, l'admire se déplacer avec grâce et s'installer sur la chaise. J'arrête de tergiverser à son propos en une fraction de seconde. J'ai la sensation d'atterrir dans un univers parallèle tant la situation est invraisemblable. Elle dépose son sac à main de la marque Giordano sur la table et en sort un paquet de cigarettes. Elle en extirpe une du carton et la loge entre ses lèvres.

— Mince, râle-t-elle. Tu as du feu ?

— Oh... euh… oui ! ânonné-je.

Je cherche mon briquet dans ma poche et en fais jaillir la flamme sur le bout de sa tige qui s'enflamme en brasillant. Ce geste pourtant simple est d'un érotisme pur. Sa bouche s'entrouvre tandis qu'elle aspire la fumée ainsi que toute mon attention. Plus jeune, elle m'avait déjà ébloui, mais aujourd'hui, elle me subjugue par sa sensualité qui déborde de tous ses pores. Elle relève ses grands yeux havane sur moi et me sourit. Je craque littéralement et deviens esclave de sa beauté. Je ne parviens même pas à amorcer la conversation, alors que j'ai des milliers de choses à lui demander. Mais tout disparaît dans le bronze de ses iris à mesure qu'ils crépitent comme mon cœur en cet instant.

— Je suis désolée pour l'autre jour, déclare-t-elle. Enrico est parfois… imbuvable. Il n'apprécie pas trop qu'on puisse m'approcher sans qu'il y consente.

Je hausse les sourcils, étonné qu'elle me balance ça, comme si la façon d'agir de son époux lui paraissait naturelle. Mais ce ne sont pas mes affaires, alors j'élude le problème :

— Te voilà donc mariée, déclaré-je.

— Et nous vivons dans le même village. C'est drôle quand on y pense.

— Ça dépend du point de vue.

Elle se rembrunit tandis que je récupère peu à peu mes fonctions mentales et que toutes les questions que je me pose à son propos me reviennent en tête en se bousculant au portillon. Mais je ne suis pas certain que de l'acculer aussi rapidement après nos retrouvailles soit une si bonne idée. Pour détendre l'atmosphère dans la continuité de notre conversation, j'ajoute :

— Ton mari, lui, ne semble pas trouver ça très drôle.

Elle se racle la gorge puis tire une bouffée sur sa cigarette. Les yeux fixés sur l'horizon, elle recrache la fumée.

— Il n'est pas là ce soir, alors profitons d'avoir un peu de temps pour discuter, esquive-t-elle. Tu bois autre chose ?

Elle indique ma bière terminée devant moi d'un signe de tête.

— Avec plaisir, mais c'est moi qui invite. Que veux-tu ?

— Un verre de vin dans ce cas. Du blanc, frais si possible.

Je note qu'elle a des goûts plus affirmés que dans notre jeunesse. J'imagine que vivre dans le luxe permet aussi d'affiner ses points de vue sur les choses qu'on préfère ou non. Ou peut-être est-ce l'âge ? Il y a bien dix ans qui nous séparent de notre dernière rencontre… Je me lève et me dirige vers le comptoir. Flora essuie la vaisselle avec véhémence et feint de ne pas me remarquer.

— Une bière et un blanc frais, s'il te plaît, commandé-je.

Elle me lance un œil rageur, jette son torchon près de l'évier et m'arrache ma pinte vide des mains. Je me mure dans le silence et la laisse fulminer dans son coin. Je la trouve pathétique dans son comportement, alors que ce serait plutôt à Monica d'être fâchée contre elle.

— Retourne avec elle, j'irai vous servir, bougonne-t-elle pendant qu'elle s'affaire.

Je l'écoute et rejoins Monica qui écrase son mégot dans le cendrier.

— Tu fais quoi dans la vie ? s'enquiert-elle.

— Rien d'aussi distingué que ton mec, plaisanté-je pour dissimuler ma gêne de ne pas être friqué comme son richard et d'être obligé de mettre les mains dans la merde pour gagner des clopinettes.

Elle lève les yeux au ciel en gloussant.

— Je ne suis pas certaine que récupérer et diriger l'entreprise de son père soit si prestigieux que cela. Si tu veux mon avis, il a des gens très qualifiés dans son équipe et qui ne sont pas rémunérés à leur juste valeur, vu l'argent qu'ils lui rapportent.

— Mais cette entreprise est chère au cœur des habitants de ce village, contré-je. Elle est créatrice d'emplois et génère des profits pour les commerçants, grâce aux nombreux visiteurs qu'elle attire.

Elle acquiesce en douceur. Un sourire énigmatique ourle ses lèvres tandis qu'elle scrute mon regard avec tant d'intensité que je me sens obligé de le détourner.

— Cela ne me dit toujours pas ce que tu fais, toi, pointe-t-elle avec justesse.

— Eh bien… Des petits boulots par-ci par-là. Jamais rien de fixe. Je n'aime pas trop avoir d'attaches. Si je veux me barrer ailleurs, j'ai seulement à fourrer toutes mes affaires dans mon pick-up et partir au gré de mes envies. Cela ne fait pas si longtemps que ça que j'habite ici.

Ses iris scintillent et son sourire s'agrandit, dévoilant une rangée de dents blanches et parfaites.

— Non, sinon on se serait croisés avant, je pense. Nous sommes revenus il y a deux semaines avec Enrico. On s'était éloignés quelque temps, mais la maison lui manquait.

Une pointe douloureuse me traverse le bide de l'entendre parler de son mari et de cet avenir que je voulais pour nous. Je m'imaginais à la place de cet Enrico quand j'étais plus jeune. Je fantasmais ce futur auprès de Monica et je chérissais tous les projets qui se construisaient dans mon esprit. Sauf qu'elle a tué dans l'œuf tous mes espoirs et est maintenant mariée à cet homme qui appartient à un monde qu'elle exécrait auparavant. Peut-être que je ne la connaissais pas aussi bien que je le croyais, finalement…

Flora choisit ce moment pour nous apporter notre commande. Elle dépose les verres en les claquant presque sur la table. Monica lève les yeux vers elle, la détaille avec minutie. Un étrange échange visuel s'opère entre les deux femmes, ce qui me met soudainement très mal à l'aise.

— Merci, mademoiselle.

La serveuse s'empourpre.

— Je vous en prie, madame Giordano.

Mes dents crissent quand j'entends prononcer son nom d'épouse. Elle file aussi vite qu'elle est apparue, tout à coup honteuse de sa prise de confiance face à la conjointe de celui que je soupçonne être son amant. Je ne relève pas, je ne sais pas si Monica est au courant, bien que son regard sur la blonde semble le confirmer. Mais curieusement, elle paraît plus fascinée par Flora qu'en colère.

— Bonsoir, madame, salue un vieil homme flétri qui passe dans la rue.

Son visage est tanné par les années et les étés trop chauds. Ses yeux délavés entourés de ridules sont rieurs. Il abaisse sa casquette et la cale sous son bras avant de reprendre :

— Excusez mon interruption, mais j'ai entendu notre jolie Flora vous appeler par votre nom. Vous êtes la femme d'Enrico Giordano ?

L'homme âgé ne le remarque pas, mais moi, oui : Monica se décompose.

— Je suis un de ses anciens chefs d'atelier. J'ai surtout travaillé avec le père de votre mari, mais j'ai écoulé mes dernières années de carrière sous sa direction. Mon fils est également employé chez lui. Passez bien le bonjour à monsieur

Giordano.

Elle se racle la gorge, rougit légèrement puis remercie le vieillard avec un sourire charmant. Celui-ci nous salue puis entre dans le bistrot. Tout à coup, Monica blêmit et son changement de comportement m'inquiète. Elle jette des coups d'œil à droite à gauche, ronge la peau de son index et n'est plus du tout avec moi. C'est comme si elle avait peur. Mais de quoi ?

— Ça ne va pas ?

Elle plonge ses prunelles brunes dans les miennes, reprend contenance comme si elle se souvenait enfin de ma présence.

— Si, si. Je… Je suis désolée, Alessandro, mais je dois te laisser. J'ai oublié que j'avais un rendez-vous ce soir.

Elle se lève subitement, attrape son sac à main. Je l'imite, surpris par la tournure des évènements et surtout, son brusque changement d'humeur. Je la raccompagne à sa voiture bien qu'elle ne me l'ait pas demandé. Elle monte dedans puis marque un temps d'arrêt, les paumes posées sur le volant en cuir.

— On se revoit bientôt ? l'interrogé-je, l'espoir rampant sous ma peau.

Je ne sais même pas pourquoi je lui sors ça. Qu'est-ce que je peux espérer d'une prochaine rencontre ? Elle est mariée maintenant… et moi j'appartiens à son passé.

Son regard reste fixé sur le parebrise. Elle déglutit puis m'annonce de but en blanc.

— Je ne peux pas te le promettre. Mais je suis contente d'avoir partagé cet instant avec toi. Prends soin de toi, Aless.

L’entendre utiliser mon surnom me galvanise et me donne l’impression que notre ancienne intimité n’a jamais cessé d’exister. Mes tripes se resserrent comme un boa sur sa proie et mon cœur fait une embardée. Je n’ai pas le temps de comprendre ce qu’il m’arrive qu’elle plonge une dernière fois ses yeux de biche dans les miens. Ils dissimulent des secrets qui me nouent l’estomac et elle est aussi troublée que je le suis. Puis, ni une ni deux, elle démarre son véhicule et part en trombe, sans même me dire au revoir. Décontenancé, je l’observe s’éloigner dans un nuage de poussière vers les notes orangées crépusculaires. Je reste planté au milieu de la rue avec mes pulsations cardiaques qui résonnent dans mes tympans.

Chapitre 5

Monica

Je piétine devant la fenêtre, allant et venant avec une angoisse qui me lacère de toute part. Je surveille le retour d'Enrico par les grandes baies du salon. Je me ronge l'ongle du pouce et rumine mes actes, que je regrette par bien des côtés. Le martèlement de mes talons résonne sur le carrelage.

Je ne sais pas ce qui m'a pris de m'arrêter dans ce bistrot. J'étais encore profondément bouleversée par notre dernière rencontre. Je ne pouvais pas continuer ma vie en ignorant sa présence si proche. Le tombeau de notre passé s'est rouvert avec fracas et tous les sentiments que je me suis évertuée à enterrer ont resurgi. Ce maelstrom d'émotions m'a engloutie tandis que j'affrontais cette vision qui, normalement, appartient à mes souvenirs. Je ne savais pas quoi dire, quoi faire. La compagnie d'Enrico n'arrangeant rien. Alors, bien sûr, quand j'ai aperçu Aless assis en terrasse, je n'ai pas réfléchi. Je me suis garée et l'ai rejoint. Je ne pouvais pas laisser filer cette trop belle occasion de discuter avec lui plus longuement, comprendre pourquoi il vit au même endroit que moi. Même si cela s'avérait peu probable, je voulais m'assurer que ce n'était pas parce qu'il m'avait cherchée toutes ces années. Cela m'aurait encore plus brisé le cœur.

J'ai découvert un homme aux traits similaires à ceux de l'adolescent que j'avais abandonné dans le passé. Il était plus grand, plus charpenté et la virilité de son corps racé me rendait fébrile à son contact. Je crois que ce qui m'a le plus frappée, c'est la façon dont il me regardait. Bien qu'au début, la surprise de me trouver devant lui mangeait toutes ses émotions, j'ai ensuite remarqué une convoitise qui reprenait ses droits dans les iris aux nuances émeraude de mon ancien amour. À travers eux, je me suis sentie femme, désirée et surtout, revendiquée. Alessandro m'a décortiquée comme je l'ai fait avec lui. Nous nous sommes redécouverts avec, je pense, rage et passion. Tous deux avons tant changé. Dix ans… Cela fait si longtemps. Nous avions seize ans la dernière fois que nous nous sommes vus. Pourtant, cette attirance mutuelle qui nous a dévorés semble toujours exister. Je me suis plu à en jouer. La façon dont il me fixait me galvanisait. Mais je suis vite redescendue sur terre quand cet ancien employé de mon mari m'a saluée.

Après bientôt dix ans de mariage, je ne suis pas une figure inconnue ici. Je ne peux pas me permettre de m'avachir sur une chaise à la terrasse d'un café comme n'importe qui. Et j'ai bien peur que cet écart de conduite revienne aux oreilles d'Enrico. Car Dieu seul sait ce qu'il pourrait m'infliger s'il l'apprenait. Voilà la raison de mon angoisse à cette heure.

De plus, j'ai enfin rencontré cette femme avec qui Enrico passe des nuits, prétextant des réunions de travail ou qu'il amène directement ici… Ce n'est pas lui qui gère l'usine. Il se contente de jouer au maître du monde lors de visioconférences ou de grands rassemblements du groupe avec ses actionnaires à Rome ou Milan. Alors le faire avec ses chefs d'ateliers ? Foutaise ! Il ne s'abaisse pas à perdre son temps avec le petit personnel. Une tape dans le dos ou un chèque offert à l'occasion de Noël devant les photographes pour entretenir son image, mais certainement pas pour discuter avec eux de ressources humaines ou de problèmes. S'il me croit assez stupide pour avaler ses couleuvres… Voir sa maîtresse au bistrot, alors qu'il était parti à Milan pour la *Fashion Week* m'a d'ailleurs déçue. Je me suis surprise à espérer qu'il s'enfuie avec elle, me laissant enfin tranquille. Surtout qu'il ne m'a même pas envoyé un seul message. Si ça se trouve, ce n'est qu'une parmi tant d'autres. Qu'en sais-je ? Par contre, je suis fascinée par sa beauté et la liberté qui se dégage d'elle. J'aimerais tellement pouvoir être comme elle. Mais ce qui m'inquiète davantage, c'est de comprendre pourquoi Enrico a ce comportement avec moi. Pourquoi ne me demande-t-il tout simplement pas le divorce pour couler des jours heureux auprès de cette jolie blonde ? À moins que seule l'idée de me posséder ne le séduise…

D'ailleurs, je n'ai pas revu mon mari depuis qu'il est revenu. Il est rentré tard hier soir de son voyage, s'est faufilé dans les draps de notre lit alors que je feignais de dormir tout en priant silencieusement pour qu'il me fiche la paix. Puis il s'est levé aux aurores ce matin pour partir travailler. Sauf que je crains qu'il apprenne mon écart par des salariés qui lui vanteraient leur ravissement de m'avoir aperçue en ville, en compagnie d'Alessandro, pendant son absence. Les rumeurs s'enflamment comme des traînées de poudre dans les entreprises. J'ai été stupide et très imprudente.

— Madame, m'interpelle Maria, l'une de nos employées de maison, une veuve très connue pour ses talents culinaires, au village. Le repas est prêt et j'ai dressé la table.

— Merci, Maria. J'attends que mon mari rentre et nous passerons à table.

— Bien, madame.

Elle quitte la pièce aussi rapidement qu'elle y est apparue. Maria est une sorte d'alliée dans cette maison que j'ai en horreur. Elle se surpasse en ingéniosité pour m'aider quand je le lui demande. Elle me couvre également. Ce soir, je lui ai enjoint de préparer un repas de sorte qu'Enrico n'ait plus qu'à mettre les pieds sous la table. De plus, elle a sorti le vin de sa cuvée préférée, prétextant ne pas avoir vu mon époux depuis des jours et fêter son retour. Je suis aussi prête à accomplir mon devoir conjugal si cela me certifie ma tranquillité d'esprit et qu'Enrico ne me prodigue pas ses sévices pervers comme il en a parfois, trop souvent même, l'habitude.

Avec le recul, je me trouve pathétique d'agir de la sorte, mais je me raisonne en me disant qu'il s'agit davantage d'instinct de survie que de la stupidité de ma part. Je suis coincée dans ce mariage sans aucune issue possible, mis à part les plus funestes. Si je pars, je romps ce pacte qu'il y a entre nous. Si je mets fin à mon supplice, qu'adviendra-t-il de mon père ? Et qui sera la prochaine ? Sera-t-elle assez forte pour affronter la folie d'Enrico ? J'ai déjà tellement de doutes sur le sort tragique de sa première femme…

Le bruit du moteur de la Ferrari vrombit dans la cour. Les faisceaux des feux de la voiture traversent la pièce et m'éblouissent au passage. Je me précipite vers la cuisine et informe Maria qu'elle peut servir le repas. Pour ma part, je me dirige à pas vifs dans la salle à manger, m'empare de la boîte d'allumettes et embrase les mèches des chandelles qui décorent la table, dans le but de créer cette ambiance feutrée que je recherche. J'allume la chaîne hi-fi pour mettre en route une musique douce. Ensuite, je verse le vin dans les verres et en saisis un, juste au moment où Enrico apparaît dans la pièce.

— Bonsoir, chéri, le salué-je.

Il ne répond pas, considère tout ce qui se trouve sur le meuble avant de fixer son regard noir au mien. Je suis incapable de déchiffrer ses pensées ou ce qu'il ressent à cet instant et suis décontenancée. Je ne sais pas comment réagir ou ajuster mon comportement vis-à-vis de lui. Dans le flou, je lui apporte son verre avec un sourire encourageant. Quand il s'en empare, il le repose aussitôt sur la table puis entoure ma taille de ses bras pour me coller à lui. Ses lèvres capturent les miennes. Je ravale la bile qui brûle mon œsophage au moment où sa langue pénètre ma bouche et réprime cette envie de la lui mordre pour oser envahir mon corps de la sorte.

Il n'a toujours pas prononcé un mot et cela ne me dit rien qui vaille. Mais peut-être que j'imagine des choses. Il est sûrement fatigué de son voyage et de sa journée de travail qu'il a enchaîné sans pause. Je suis tellement rongée par la peur que j'en viens à « paranoïer » sur le moindre de ses faits et gestes.

À l'instant où il s'écarte un peu de moi, il scrute mon visage avec une drôle d'expression. Il le détaille avec minutie tandis que mon palpitant bat lourdement dans ma poitrine, dans l'attente d'une réaction concrète de sa part. Enrico range une mèche de mes cheveux derrière mon oreille puis crayonne du bout des doigts l'angle de ma mâchoire. Cela est presque trop doux venant de lui, mais indique qu'il est préoccupé.

— Bonsoir, finit-il par répondre. C'est bon de rentrer chez soi et de voir à quel point on est attendu.

Son ton est las et trahit son harassement.

— C'est pour moi tout ça ? m'interroge-t-il.

Je lui offre un sourire timide.

— La maison a été vide sans toi.

Il marque un temps d'arrêt, me dévisage comme pour chercher à travers mes yeux si une once de vérité colore mes propos. Je croise les doigts mentalement pour être la plus convaincante possible. Tout va dépendre de mon comportement : selon qu'il me croira ou pas, il deviendra mon pire cauchemar… ou pas.

— Je suis touché, me confie-t-il, avant de déposer un baiser sur mon front.

Maria entre à ce moment dans la pièce, les bras chargés d'un grand plateau de plats fumants.

— Madame, monsieur, le repas est servi. Si vous voulez

bien prendre place.

Enrico ne me lâche pas de son regard sondeur que je soutiens. Un rictus se dévoile sur ses lèvres tandis qu'il s'exclame :

— Merci, Maria. Cela sent rudement bon. Il me tarde d'y faire honneur.

Sur ces paroles, il me relâche, s'empare de son verre dont il avale de grandes lampées, puis s'installe à table pendant que l'employée lui sert à manger.

Quant à moi, je reste sur mes gardes. Je ne sais pas trop quoi penser de son attitude, et si même il s'est laissé berner par mes artifices. Je prends place à mon tour, sirote mon vin en silence et accueille la chaleur réconfortante de l'alcool dans mes veines.

Le repas se passe dans un calme étrange. Je me rassérène à mesure que les minutes s'égrènent et qu'Enrico me raconte son voyage et les marchés et les collaborations avec des mannequins. Je l'écoute, feins de m'intéresser à son travail que pourtant je trouve barbant et sans âme.

Au moment du coucher, il me prend dans ses bras, réclame ma peau à force de ses caresses et des frictions de son érection contre mes fesses. Je me tends, aimerais m'enfuir de ce lit. Il suce le creux de mon cou, mord le lobe de mon oreille. Sauf qu'il n'éveille rien en moi à part de la répulsion et il en a toujours été ainsi. Je n'ai jamais aimé qu'il me touche, sentir son corps contre le mien. Je n'ai pas choisi cet homme. L'unique envie qui me gagne est celle de vomir, mon épiderme est échaudé sous ses paumes inquisitrices. Je voudrais le repousser, mais je ne peux pas.

— Tu t'es bien amusée pendant mon absence ? me demande-t-il alors que sa main trace son chemin de ma poitrine jusqu'à une région plus au sud de mon anatomie.

— Je suis allée chez Gloriana. Elle m'a invitée à dîner.

— Oui. Je sais.

Un courant électrique traverse ma chair. L'appréhension me gagne à nouveau quand ses doigts se faufilent sous la dentelle de ma lingerie.

— Tout comme je suis au courant que tu étais en compagnie de cet homme à la terrasse du café.

Cette fois-ci, je me fige, tétanisée de terreur alors que je suis en position de faiblesse. Il me tient entre ses crocs et n'a plus qu'à refermer la mâchoire pour me briser en deux.

Il insère son index dans les replis de mon intimité puis dans mon antre sans aucun ménagement. Je grimace face à son intrusion, lui hurle intérieurement dessus pour qu'il dégage ses sales pattes de mon corps. Mais aucun son ne sort de ma bouche, je suis bâillonnée par ma peur.

— Tu le sais pourtant que tu es à moi, murmure-t-il tout en entamant un va-et-vient douloureux avec ses doigts. Alors pourquoi tu vas t'offrir à un autre ?

— Enrico… tenté-je pour me défendre.

— Tais-toi !

Il me retourne sur le ventre et appuie sur mes épaules pour m'empêcher de me relever. Je retiens un sanglot qui me déchire la gorge, terrorisée par ce qu'il est sur le point de m'infliger.

— J'avais pourtant été clair, Monica. Et le pire, c'est que tu as osé me mentir. Tu n'es qu'une salope ! Et tu sais comment sont traitées les salopes, n'est-ce pas ?

Il arrache ma culotte, caresse mes fesses d'une douceur mensongère. Je suis en apnée, trop consciente de ce qui va suivre.

Le coup part, claque sur mon épiderme et résonne dans la pièce cette mélodie que les murs ont trop souvent entendue. Je le reçois dans un gémissement étouffé. Il en profite pour encore une fois m'envahir de ses doigts.

— Comment faire entrer dans ta jolie petite tête que tu n'as pas le droit de voir d'autres hommes hors de ma présence ? Tu veux qu'il te baise, c'est ça ?

Je me mords la lèvre, car je sais que si je lui réponds, même pour le rassurer, cela empirera mon cas. Donc, je subis, mais me mure dans le silence alors qu'il prend place derrière moi, frotte sa turgescence contre ma féminité. Mes larmes dévalent mes pommettes, révélatrices du tourment que je suis en train de vivre. Il s'enfonce en moi, déchire ma chair et un peu plus mon âme au passage. Je geins de protestation et de terreur, mais il empoigne mes cheveux sans ménagement, me redresse pour me susurrer à l'oreille ses mots poisseux et nauséabonds.

— Je vais finir par croire que tu l'as fait exprès pour m'exciter, chérie.

J'essaie de déconnecter mon esprit de mon corps et

d'attendre qu'Enrico termine de m'infliger son châtiment, mais il est trop compliqué de ne pas être consciente de ce que je subis. Il m'enferme avec lui dans les abîmes de l'enfer qu'il m'a créé. Un huis clos répugnant où seule sa folie est reine. Ses cuisses claquent contre mes fesses, ses grognements de délectation me filent la nausée. Entre ses mains, je ne suis plus qu'une poupée désarticulée qu'il utilise et maltraite à sa guise. Il les enroule autour de ma gorge, serre, un peu trop pour que je puisse respirer convenablement, pendant qu'il me pilonne sans vergogne.

J'ai envie de mourir, disparaître et ne plus rien ressentir. Son sexe tranchant laboure mon antre et sa bouche expulse ses râles infâmes au creux de mon oreille. J'ai été stupide, oui. Pourtant, je ne parviens pas à le regretter. Revoir Alessandro a été la chose la plus délicieuse qui me soit arrivée depuis des années. Ma vision s'obscurcit, mon pouls ralentit et cogne lourdement contre mes tempes. Je perds mes forces et m'enfonce dans les ténèbres, savourant de pouvoir enfin quitter la réalité. Je perçois le gémissement sordide d'Enrico quand il se déverse en moi, puis c'est le trou noir.

Chapitre 6

Alessandro

Une fois n'est pas coutume, je suis encore en veine ce soir. Mes adversaires sont tellement nuls et abrutis par l'alcool qu'ils ne se rendent pas compte que leurs coups sont suicidaires. Je suis littéralement en train de les plumer de tout leur argent.

Au moment où je ramasse les liasses de billets sous les regards acerbes des autres joueurs, l'un d'entre eux devient rouge, puis violet avant d'exploser de rage et de renverser la table, verres et cartes. Le cri de Flora retentit dans la pièce sous la surprise, puis le silence envahit l'espace. Mon cœur tambourine à fond les gamelles et l'adrénaline se mélange à mon sang. J'ai peut-être parlé un peu trop vite quand je disais que j'étais en veine…

Ça pue !

Les bagarres sont fréquentes au bistrot. Les gars qui ont un coup dans l'aile se prennent souvent la gueule pour des conneries puis se rabibochent en se payant des tournées. Bernardo, le patron, un homme aussi grand que large, au crâne dégarni et à la bedaine qui trahit son penchant pour le houblon, fiche dehors tous ceux qui foutent le bordel dans son établissement. Quand ce n'est pas lui, c'est Alberta, sa femme, de carrure similaire et à la poitrine qui ferait saliver n'importe quel nourrisson affamé. Elle a une voix qui porte tant qu'on l'entend très souvent hurler sur Alberto depuis l'autre côté du village. Elle impressionne d'ailleurs plus que son mari et, à de rares exceptions près, les choses se calment comme par magie au moment où elle apparaît.

Sauf que là, je le sens mal. Très mal même. L'homme en face de moi se lève, les narines dilatées et une veine qui pulse sur la tempe, prête à exploser.

— Tu n'es qu'un sale tricheur, espèce de connard ! Je vais te faire passer l'envie de te foutre de ma gueule !

Ses potes le suivent, m'attrapent par le colback et le futal avant que j'aie le temps de m'échapper. Je perçois la voix de Flora qui hurle mon prénom. Elle veut d'ailleurs me venir en aide, mais son patron la retient par la taille.

— Laisse-les régler leurs affaires, Flora !

Il vocifère ensuite :

— Messieurs, dehors ! Je ne veux pas de grabuge dans mon bar. Si vous cassez quoi que ce soit, vous le payez !

Il observe le groupe m'emporter avec eux dans la rue un peu trop éclairée par les réverbères, sans lever le petit doigt pour voler à mon secours.

Enfoiré de fils de pute ! Dire que je dépense tout mon fric chez lui !

Ils m'emmènent dans une venelle adjacente, plus obscure et discrète, avant de me passer à tabac.

Et bordel, je prends cher !

Coups de poing dans la gueule, dans le bide, sur les flancs. Puis l'un d'entre eux me met au sol d'un genou dans les burnes. La douleur est si forte que je ne sens plus celles causées par les coups de pied dont ils me gratifient une fois que je suis recroquevillé au sol.

Les enfoirés ! Battre un homme à terre, c'est lâche !

Ce n'est pas la première fois qu'on me casse la gueule. Bien que, petit, c'était plutôt moi la terreur de la cour de récréation, mais plus tard en grandissant, j'ai eu affaire à des adversaires à ma taille et là, je me suis pris de sacrées branlées dont je me souviens encore.

Quand on joue, on peut perdre. Il faut toujours être prêt pour cette éventualité et avoir une alternative en fonction.

Après avoir récupéré tout leur pognon, et le mien soit dit en passant, ils m'abandonnent là, gisant sur les pavés, du sang s'écoulant de ma bouche et de mon nez. Je crois bien avoir l'arcade sourcilière éclatée également, mais je n'ai pas la force de porter la main jusqu'à mon front pour vérifier. Au point où j'en suis, je préfère attendre que tout s'estompe un peu avant de commencer à bouger.

À première vue, c'est mal parti. Mes côtes me font un mal de chien et mon genou a été rudoyé.

Ils ont réussi à me péter un os, ces enculés !

Bordel, ce n'est vraiment pas le moment ! On est en pleine saison des vendanges. Livio, mon patron, ne va jamais accepter de me garder dans cet état. Je vais mettre des semaines à récupérer et c'est la merde parce que je n'ai plus un rond en poche et que c'est bientôt la date de paiement du loyer. Je ne sais pas comment je vais m'en tirer cette fois-ci. Jamais mon proprio me laissera le bénéfice du doute quand il verra ma gueule éclatée. J'ai bien quelques économies à la banque, mais il faut que j'aille en ville pour récupérer le maigre héritage de ma mère dont il ne reste déjà plus grand-chose. J'ai tapé dedans plus d'une fois pendant les coups durs et ils ont été nombreux.

Fait chier !

J'entends des talons claquer sur les pavés, puis Flora se précipite sur moi en geignant.

— Oh, mon Dieu ! Aless !

Elle s'agenouille, saisit mon visage entre ses paumes et caresse mes cheveux imbibés d'hémoglobine en les coiffant en arrière pour le dégager. Elle étale mon sang au passage. Elle scrute mes traits, les larmes au bord des yeux.

— Je suis désolée, je n'ai rien pu faire. Je voulais…

— Flora ! gronde la voix de Bernardo derrière elle.

La serveuse sursaute, essuie les traces de ses pleurs sur ses joues à l'aide de ses avant-bras, puis se tourne.

— Si tu veux jouer les infirmières, tu le feras après ton travail, lui ordonne-t-il.

Elle fulmine, lâche deux ou trois jurons à voix basse.

— Tu ne comptes pas le laisser là ? s'insurge-t-elle.

— Retourne au bar. Les clients attendent que tu les serves. Je m'occupe de lui.

Elle hésite, me dévisage comme si elle comptait sur mon

approbation pour m'abandonner.

— Vas-y, soufflé-je. Je devrais survivre.

Elle fait la moue, pas très sensible à mon trait d'humour, se penche pour déposer un baiser sur mes lèvres puis repart en direction du bistrot, non sans lancer un regard courroucé à son patron au passage.

Bernardo s'approche de moi, mais reste planté sur ses deux jambes, me dominant de toute sa hauteur.

— Eh bien, mon gars ! Ils t'ont pas loupé.

Prenant mon courage à deux mains, je me redresse pour m'asseoir et m'adosser au mur en grimaçant. Je ne me sens pas encore capable de me mettre debout. Si je m'y risque, je vais m'évanouir sur-le-champ.

— Reste ici sagement. Flora te ramènera chez toi après son service. En attendant…

Il me balance un torchon à la figure, sans aucune considération pour moi.

— Nettoie-moi tout ça. Tu ressembles à la carcasse d'une vache qu'on vient de dépecer.

Il range ses mains dans ses poches. Je jette son bout de tissu à côté de moi, attrape mon paquet de cigarettes, puis en allume une. Je recrache la fumée dans sa direction.

— Ce n'est pas comme si c'était moi qui cherchais la merde, Bernardo, me défends-je, sentant qu'il est sur le point de me le reprocher.

— Non, mais c'est la deuxième fois…

— Bernardo ! beugle la voix d'Alberta.

Elle nous rejoint et au moment où elle m'aperçoit, son visage se déforme sous le choc. Elle demeure quelques secondes à me détailler, puis elle donne un énorme coup de coude à son mari avant de l'engueuler :

— Mais bon Dieu ! Qu'est-ce que tu fiches ici, les mains dans les poches ? Viens donc m'aider à relever ce pauvre Alessandro. Tu n'es vraiment qu'un bon à rien, je me demande encore pourquoi j'ai épousé un bonhomme pareil…

Elle continue de lui brailler dessus alors qu'ils se penchent tous les deux sur moi, me saisissent sous les bras et me remettent debout. Je serre les dents pour ne pas hurler de douleur. Mes côtes sont terriblement douloureuses et cela me coupe la respiration. Je ne peux pas m'appuyer sur mon genou, car j'ai l'impression d'avoir un poignard planté dedans.

— Tu vas voir, mon petit. Je vais prendre soin de toi, me rassure la tavernière.

Ils m'accompagnent jusqu'à la porte arrière de l'établissement, celle qui mène aux cuisines. Ils m'installent sur une chaise, me calent quand je manque d'en tomber.

— Va me chercher Flora ! somme-t-elle son mari.

— Mais elle s'occupe des clients.

— Tu es parfaitement capable de le faire tout seul ! Qu'elle me rapporte du désinfectant.

Il bougonne, mais s'exécute.

— Mon petit, c'est pas ta soirée. On va prendre soin de toi.

J'ai le tournis et envie de gerber. J'ai une cruelle envie de me vautrer dans mon lit et de ne plus en bouger pendant des jours et des jours. Je me demande déjà comment je vais annoncer à Livio que je suis estropié. Mon esprit turbine à m'en coller un mal de crâne carabiné. Alberta m'assène une claque qui me réveille instantanément.

— Reste avec moi, mon garçon ! C'est pas le moment d'aller saluer les étoiles.

Flora la rejoint avec un flacon d'alcool. Elles désinfectent mes plaies à l'aide de coton. Je grimace sous la morsure de l'acétone.

Bordel, elle ne connaît pas les antiseptiques ?

Une fois que je suis nettoyé, Alberta autorise sa serveuse à me raccompagner chez moi. Elle lui assure que son mari ne lui fera aucun reproche, et que dans le cas contraire, elle s'occupera de lui. Parfois, je plains Bernardo. Il paraît très rustre vu de l'extérieur, mais en réalité, c'est sa femme qui porte la culotte à la maison. S'il donne un ordre qui ne plaît pas à madame, c'est elle qui aura raison. J'ai assisté à je ne sais combien de scènes de ménage entre eux. Une fois, j'ai même cru qu'Alberta allait lui rompre le cou. Mais ils s'aiment profondément malgré leurs coups de gueule. J'adore les femmes de poigne qui n'hésitent pas à rentrer dans le lard de leur mari. Si je me mariais, ce qui n'arrivera jamais, soyons clairs, il me plairait que ma femme n'ait pas de scrupule à me contrer. Je pourrais même déclencher une dispute rien que pour me réconcilier sur l'oreiller avec elle.

Flora m'aide comme elle le peut, mais elle a des difficultés à supporter mon poids. J'essaie de ne pas trop m'appuyer sur elle, mais mon genou me fait trop souffrir. À chacun de nos pas, je manque de tomber. Je me jette presque dans sa minuscule voiture, tente de ne pas sombrer pendant le trajet. Nous mettons une éternité à rejoindre mon appartement et monter les marches jusqu'à ma porte est une véritable torture.

Quand je me vautre enfin sur mon lit, Flora m'aide à ôter mes vêtements puis me donne de l'ibuprofène qu'elle trouve dans mon armoire à pharmacie. Mon genou endolori est gonflé et orné d'une étrange teinte violacée. Ma jolie blonde grimace au moment où elle aperçoit ma blessure.

— On devrait peut-être aller aux urgences. Ce n'est pas très beau à voir.

Je grogne puis colle mon oreiller sur ma tête.

Putain ! C'est la merde ! Je suis un foutu handicapé ! Qui va vouloir m'embaucher dans un tel état ? Mon proprio va me foutre à la porte, je vais finir à la rue et mendier quelques pièces pour manger.

Doucement ! Il faut que je me calme. Déjà, je dois me reposer. Demain est un autre jour et j'y verrai plus clair.

— Je n'ai absolument pas la force d'aller jusqu'à l'hôpital, bougonné-je. Ils vont me faire poireauter pendant des heures.

Flora m'étudie quelques secondes, puis se déshabille à son tour et s'étend à mes côtés.

— Qu'est-ce que tu fais ? lui demandé-je.

— Je reste.

— Pourquoi ?

— Je ne vais pas te laisser tout seul cette nuit, Aless. Je

ne suis peut-être pas ta copine, mais je ne suis pas non plus indifférente à ton sort. On est amis. Des amis qui couchent ensemble, mais des amis quand même.

Je lui suis reconnaissant de ne pas m'abandonner. Elle se blottit dans mes bras en prenant soin de ne pas me faire mal, me cajole du bout des doigts pour apaiser ma douleur. J'avoue que cela marche un peu, bien que j'imagine ceux d'une autre à la place des siens.

Monica occupe toutes mes pensées depuis que nous nous sommes vus au bistrot, ce soir-là. Je me languis de la revoir, espère avoir à nouveau l'occasion de lui parler sans qu'elle fuie comme une voleuse.

Ne pas être seul dans un moment pareil a plus d'importance que je le croyais. Je caresse le dos de Flora, me concentre sur le rythme de sa respiration pour m'endormir. Je sombre peu de temps après dans un sommeil sans rêves, aussi agité qu'une mer un jour de tempête.

Le bruit de la chasse d'eau me sort du sommeil. Le soleil déjà levé agresse mes rétines qui peinent à s'habituer à la clarté. Je tente de bouger, mais j'ai l'impression de n'être qu'un hématome géant.

— Ah ! Tu es réveillé.

Flora s'avance vers moi tandis qu'elle enfile son jean de la veille et un tee-shirt à moi, car le sien est maculé de sang. Elle a les cheveux en bataille et les yeux rougis. Vient-elle de pleurer ?

— Ça va ? m'enquiers-je.

— Mieux que toi ! rétorque-t-elle en éludant ma question. J'ai appelé le Docteur Biancchi.

— T'étais pas obligée de faire ça, Flo…

— Tu as mal. Tu dois voir un médecin.

— Non ! m'emporté-je, plus par fierté.

Sauf qu'au moment où j'essaie de me redresser, mon corps refuse d'obéir. Ma serveuse se plante devant moi, les poings sur les hanches et m'observe de son regard sévère.

— T'es vraiment comme tous les mecs. Hors de question d'accepter que tu souffres parce que… ta fierté en prendrait un sacré coup, c'est ça ?

Je lève les yeux au ciel puis attrape mon téléphone en grognant de douleur pour ne pas poursuivre cette conversation.

Elle tourne les talons et m'abandonne avec le chant matinal des oiseaux pour seule compagnie. Je consulte mes messages, préviens Livio que je ne pourrais venir bosser aujourd'hui. Flora s'affaire dans ma cuisine, et, une demi-heure plus tard, revient avec un vieil homme dégarni, affublé d'une mallette en cuir abîmée par endroits, prouvant ses années d'exercice. Il me salue avant de s'asseoir sur le lit. Le matelas s'affaisse sous son poids et une décharge électrique me traverse au niveau des côtes.

— Ça arrive souvent ? demande-t-il d'une voix traînante.

Ses yeux me jaugent par-dessus ses petites lunettes rondes. Il ne semble pas avoir une once de pitié pour ma personne et j'ai même l'impression qu'il est en train de me juger. Je ne moufte pas même si j'ai bien envie de lui faire avaler son stéthoscope. Hormis que j'ai quand même besoin de lui. À cet instant, je regrette d'avoir refusé de me rendre à l'hôpital hier soir, je dérouillerais peut-être moins qu'à l'heure actuelle.

— Non. Des gars énervés suite à une partie de cartes, expliqué-je, sans pour autant le regarder.

— Hum, hum, je vois…

Il n'en a rien à foutre en fait. Il écoute mon cœur, mes poumons, m'oblige à bouger plusieurs membres en m'infligeant une véritable torture. Je suis à deux doigts de lui demander s'il le fait exprès quand il annonce son pronostic :

— Je crois bien que vous avez une côte de cassée, jeune homme.

Sans blague…

— Il est trop tard pour recoudre votre arcade sourcilière. Vous aurez une cicatrice. Pour votre genou, je pense que c'est une entorse. Il faudra passer une radio de contrôle et le garder immobilisé plusieurs semaines.

— Plusieurs semaines ? m'emporté-je.

— Eh bien, oui. De toute manière, si vous ne faites pas attention, il vous rappellera à l'ordre et cela pourrait empirer. Il devrait désenfler rapidement. Si ça s'aggrave, revenez me voir. Du repos, monsieur Gallino. Je vous prescris des antidouleurs un peu plus costauds. J'imagine que, mademoiselle Lorenzi, vous vous ferez un plaisir d'aller les lui chercher et de jouer les infirmières.

Il lui adresse un sourire salace que je n'apprécie guère, auquel Flora rougit. Elle se contente d'acquiescer sans lui répondre. J'aperçois la lueur de honte qui traverse ses prunelles. Elle n'ose pas le rabrouer, mais elle devrait se défendre, ne pas laisser les hommes insinuer qu'elle n'est qu'une fille facile.

Sauf qu'elle couche également avec Giordano et que cela doit s'ébruiter d'une manière ou d'une autre. Tout se sait. Nous n'avons pas encore eu cette conversation, mais tôt ou tard, nous devrons discuter de ça. Elle agit comme bon lui semble, mais je veux savoir si elle s'offre au richard. Pure curiosité, je le conçois, mais celui-là n'est pas n'importe quel gars. Il est celui qui détient mon premier amour, celle que j'ai tant aimée et que je n'ai jamais oubliée. Cela me pose un problème qu'il puisse infliger cela à Monica. Comment peut-il avoir un bijou tel qu'elle en tant qu'épouse et aller tremper sa queue dans une autre ? J'exècre ces hommes qui n'ont aucun respect pour les femmes et les traitent de la même façon que de vulgaires bouts de viande. Si Monica était ma compagne, je la chérirais comme elle le mérite, la traiterais comme la reine qu'elle est.

Mais qui suis-je dorénavant pour m'en mêler ?

Chapitre 7

Monica

Il y a des souvenirs qui nous hantent jusqu'à la fin de nos jours. Des morceaux de nos vies que nous ne pourrons jamais oublier, car ils sont ancrés au plus profond de nos âmes et nous ont marqués à jamais. Alessandro Gallino fait partie des fantômes de mon passé. Il était censé rester ce lointain songe, cette pensée réconfortante qui m'apaise quand je suis seule face à mon désespoir. Or, le revoir a été un énorme choc. Mon cœur s'est remis à battre dès lors, comme s'il avait cessé de le faire depuis ma fuite. Il galope dans ma poitrine telle une horde de chevaux sauvages.

Depuis nos retrouvailles, Enrico n'arrête pas d'épier le moindre de mes gestes, chacune de mes réactions. Je suis sur le gril, prête à être dévorée à n'importe quel instant, comme il l'a fait l'autre soir. J'essaie d'être aussi éteinte qu'auparavant, mais il m'est difficile de me retenir de courir dans le centre-ville pour frapper à toutes les portes afin de réclamer l'adresse de mon ancien amour. Je rêve de le rencontrer à nouveau, de lui parler, de lui expliquer… Cette brève entrevue au bar n'a pas satisfait mon besoin obsessionnel de le voir ou bien de le toucher, s'il m'en prenait l'envie. Cette action risquerait cependant de me coûter encore plus gros qu'elle m'a déjà coûté, ainsi qu'à Alessandro. Si jamais Enrico apprend que je le revois, je ne donne pas cher de ma peau. Il ne se doute pas à quel point nous sommes liés avec Aless…

Nous avions 8 ans

Seule dans la cour de l'école, je pleure dans mon coin. Je n'ai pas eu le courage de retourner en classe. Alessandro n'était pas avec moi. Puni de récréation, il a été contraint de rester à l'intérieur pour recopier des lignes pendant que nous devions sortir. Le maître m'a interdit de lui tenir compagnie. Alors que j'étais privée de mon protecteur habituel, les autres gamins en ont profité pour m'embêter et ont déchiré mon sweat en me faisant tomber par terre. Papa m'a déjà grondée à cause de ça quelques semaines plus tôt. Je sais qu'il va hurler s'il doit encore me payer des fringues pour remplacer celles abîmées. Je suis trop petite pour piocher dans les affaires de maman, encore. J'ai bien essayé de me débrouiller avec la vieille boîte à couture sauf que je me suis piqué les doigts un nombre incalculable de fois avec l'aiguille. J'ai fini par abandonner devant l'ampleur de la tâche. Au bout du compte, papa m'a emmenée dans une boutique où on trouve des vêtements pas chers et m'en a racheté quelques-uns. Alors, devoir lui demander de recommencer aussi vite m'a troué le bide de trouille.

J'ai préféré ne pas retourner en classe. Je me suis cachée derrière un buisson, là où aucun adulte ne pourra me voir et où je pourrai pleurer tranquillement. Le prof me réclamera un justificatif demain. D'ici là, j'aurai le temps d'imiter l'écriture de papa pour fabriquer un mot. Le plus souvent, je marque que j'étais malade et que j'ai dû rentrer à la maison. Il ne pose jamais plus de questions, n'aime pas que nous parlions de nos problèmes. Il dit que ça ne l'intéresse pas et que la classe n'est pas un lieu pour les jérémiades.

Un bruissement de feuillage m'oblige à relever le nez de mon sweat déchiré. Un instant, je crains que ce soit quelqu'un du personnel ou le directeur qui m'ait entendue, mais quand j'aperçois la bouille victorieuse d'Alessandro, mon cœur bondit de joie. Je me lève pour lui sauter dans les bras.

— Pourquoi tu pleures ? m'interroge-t-il, quand il remarque mes larmes.

— Tu n'étais pas là pendant la récréation…

— Non, mais j'ai réussi à m'échapper quand j'ai vu que tu ne revenais pas… Qu'est-ce qu'il y a ?

Il m'écarte de lui, détaille ma tenue et repère l'accroc dans le tissu. Il fronce les sourcils et son regard devient plus dur.

— Qui a fait ça ?

— Ce n'est pas grave, Aless.

— Si ! gronde-t-il. J'en ai marre de ces petits merdeux de fils de bourges. Dis-moi qui a fait ça, Monica. Je vais aller lui passer l'envie de recommencer.

Je renifle, ne souhaitant aucunement dénoncer qui que ce soit. Je me faufile entre les bras de mon camarade qui me laisse agir. Il ne refuse jamais de me serrer contre lui. Nous sommes devenus si proches depuis notre rencontre. C'est mon seul ami. Ses paumes réchauffant mon dos et son menton posé sur le sommet de mon crâne, je cède.

— C'est Salvatore.

Ses muscles se contractent, sa respiration s'accélère.

— Il va regretter de s'en être pris à toi, grogne-t-il.

Je l'étreins plus fort pour l'empêcher de déclencher encore une fois une bagarre à cause de moi, ce qui l'amuse.

— Ce ne sera pas aujourd'hui. Le prof risque de péter une durite par ma faute. Allez, viens, j'ai une surprise pour toi.

Tout à coup, il se dégage de mon étreinte et me tire par la main pour que je le suive.

— Aless ? Où va-t-on ?

— Je voulais attendre ton anniversaire, mais je préfère te l'offrir avant.

Me l'offrir ? Mon anniversaire ? Mon cœur bat la chamade. Il a vraiment pensé à mon anniversaire ?

— Comment ça ?

Il se retourne un instant, le visage illuminé par un sourire empli de tendresse, bien que mystérieux. Ma curiosité piquée à vif, j'accélère le pas pour suivre sa cadence.

Au milieu de la forêt qui borde l'école, nous parvenons à une cabane cachée par des fourrés. Le bois est recouvert d'une mousse verte, les fenêtres ont des vitres sales, mais je remarque une tentative de nettoyage en leur centre. Et il y a une porte avec une serrure. Je contemple la petite bâtisse, cherchant où veut en venir Alessandro.

— Je l'ai trouvée en me promenant dans le coin. Apparemment, elle n'appartient à personne. J'ai réparé la porte et installé une serrure que j'ai piquée dans un atelier.

Je touche du bout des doigts le mur verdi. La cabane semble avoir besoin d'un rafraîchissement, mais elle a un charme indéniable. Alessandro se racle la gorge. Je tourne les yeux dans sa direction. Le poing fermé, il s'approche de moi et me tend sa main avant de l'ouvrir. Une petite clé se trouve dans le creux de sa paume. L'anneau est en forme de cœur et le panneton est constitué de deux dents. Je fixe l'objet en laiton, pas certaine de ce que tout ceci signifie. Je relève le regard vers celui de mon ami, suis subjuguée par la lueur incroyable qui anime ses iris. Il semble si heureux.

— On pourrait partager cet endroit ensemble, m'annonce-t-il. Ce serait notre cachette où tu pourrais venir te réfugier si jamais je ne suis pas là pour te protéger.

Ce sont mes larmes qui lui répondent avant moi. Son geste est un trésor à mes yeux. Jamais personne n'a été aussi gentil avec moi. Peut-être maman, mais je ne m'en souviens pas. Au lieu de m'emparer de la clé, je saute au cou d'Alessandro qui rit quand mon corps percute le sien.

— Merci ! chouiné-je. Oh ! Merci !

Il ricane, un peu gêné par ma démonstration affective, mais je ne peux pas m'en empêcher.

— C'est pas grand-chose, Monica… C'est juste une vieille cabane abandonnée.

— Je sais… Mais on ne m'a jamais offert de si beau cadeau.

— Et si on allait visiter. Faut qu'on discute de comment on va aménager notre nouvelle maison.

Notre nouvelle maison ?

Ces mots font raisonner bon nombre de promesses d'avenir et mon cœur déborde d'espoir. J'acquiesce en souriant, m'empare de la clé, l'insère dans la serrure et la tourne. Dans un cliquetis, la porte s'ouvre.

Nous pénétrons dans la pièce sombre qui sent le renfermé et la moisissure. On remarque assez vite que personne n'y est venu depuis longtemps.

— Je pensais mettre ici un matelas, explique Alessandro, en pointant du doigt le coin le plus reculé. Et là, on pourrait installer une table et des chaises.

Le cœur en joie, j'entre dans son jeu et planifie avec lui tout ce que nous pourrons créer dans ce lieu qui nous appartient. Aless connaît une décharge où nous pourrons récupérer de vieux meubles. Il certifie qu'avec un marteau et des clous, il pourra réparer tout ce que nous trouverons.

Nous passons l'été à aménager notre nid, à lessiver les murs, à balayer les feuilles mortes du plancher et à nous concevoir un endroit rien qu'à nous, tenu éloigné de la ville et inconnu des autres.

Je m'éveille en sueur, déboussolée par ce rêve qui n'est rien d'autre qu'un souvenir. Je tourne la tête au moment où je perçois un léger mouvement sur ma droite. La tristesse m'envahit en découvrant mon mari endormi à mes côtés. J'aimerais tellement me réveiller en compagnie d'une personne différente. Rien que la vision de son visage me donne la nausée. Je n'ai pas choisi de m'éveiller chaque matin auprès de lui et bien que je m'en sois accommodée, j'y ai été contrainte et forcée.

Si j'avais su ce qui m'attendait…

Je me lève sans bruit, m'éclipse de la chambre pour rejoindre une pièce où j'aime me réfugier quand je suis trop malheureuse. C'est-à-dire, très souvent. Je me dirige vers la commode, ouvre un tiroir, soulève la pile de linge qui ravive cette douleur intense dans ma poitrine.

Elle est là, la petite clé avec l'anneau en forme de cœur, et avec elle, quelques photos que j'ai emportées le jour où j'ai suivi Enrico. Je les ai toujours gardées avec moi. Ces souvenirs, parmi tant d'autres, me raccrochent à ce que j'ai tant chéri dans le passé. J'étais si différente, si insouciante… Je m'empare d'un des clichés, me redécouvre adolescente, un sourire fendant mon visage de bonheur alors qu'Alessandro m'embrasse sur la joue. Nous étions jeunes, mais si amoureux…

Tout ceci a bien changé.

Je ne serai plus jamais celle que j'ai été, cette adolescente raide dingue de son ami d'enfance avec qui elle prévoyait de finir ses jours, parce qu'il ne pouvait en être autrement.

La vie nous a arrachés l'un à l'autre. Cette même vie qui m'a brisée plus tard et qui me joue encore un tour vicieux, me torturant en remettant mon bel Alessandro sur le misérable chemin de mon existence.

Chapitre 8

Alessandro

— J'ai été obligé de céder ta place, m'avoue Livio. Tu as été absent presque trois semaines. Je ne pouvais pas me passer d'un ouvrier si longtemps.

— Mais tu peux me redonner du travail…

Il se gratte la barbe, l'air embarrassé. Je le sens mal.

— Je ne peux pas me permettre de payer une personne supplémentaire. De plus, Geraldo est un bon employé dont je ne veux pas me séparer. Je suis désolé, mais tu comprendras aussi que j'ai un vignoble à faire tourner.

Évidemment que je le comprends, mais je suis grave dans la merde. Je ne peux plus retirer de fric à la banque et j'en ai affreusement besoin. Ce matin, mon proprio m'a réclamé pour la deuxième fois son loyer, je crains qu'à la troisième, il me foute dehors.

— T'as pas un pote qui cherche du monde ?

Il réfléchit, puis secoue à nouveau la tête.

— Je n'ai rien entendu. Et tu sais, arrivé à cette période de l'année, le travail se calme. Tu devrais peut-être prospecter dans un autre secteur. Dès que j'apprendrai qu'un patron embauche, je te recommanderai.

— OK, merci… Salut, Livio…

Je retourne à mon pick-up, les épaules voûtées sous le regard de mon ancien employeur. Je suis conscient qu'il ne peut pas m'offrir un emploi juste pour ma belle gueule et qu'il culpabilise certainement de me mettre dans une mauvaise posture. Et comme je n'ai pas de contrat, c'est le risque. C'est la jungle, tout le monde doit se battre pour bouffer. Ainsi est faite la vie, cette salope qui m'oblige à mordre la poussière bien plus souvent que je le voudrais.

En démarrant mon véhicule, le voyant rouge du carburant s'allume.

Fait chier ! Manquait plus que ça. La loi des séries ? Quelle guigne !

N'ayant pas trop le choix, je prends le risque de conduire jusque chez moi. Je n'ai quasiment rien pour me payer de l'essence. Je vais devoir mettre ma fierté de côté et demander un coup de pouce à Flora. Elle ne roule pas non plus sur l'or et m'a déjà bien aidé pendant ma convalescence, mais peut-être acceptera-t-elle de me dépanner d'un peu d'essence ?

Je me gare devant la maison de Fabio, mon proprio, qui sort sitôt qu'il m'aperçoit à travers sa vitre. C'est un homme frêle qui porte souvent des marcels et des joggings. Sa barbe trop longue lui confère des airs de bûcheron, alors que je suis sûr qu'il n'a jamais tenu une scie ou démarré une tronçonneuse de sa vie. En ce moment, il surveille mes allées et venues et guette si je reviens avec un salaire pour lui payer illico presto son dû. Quand il voit ma tête, la sienne se décompose.

— Rien ? me demande-t-il, presque désespéré.

— Non, réponds-je en m'étirant comme un chat, après m'être extirpé de ma voiture.

Je m'allume une cigarette avant de le fixer droit dans les yeux. Je sais déjà ce qu'il va me dire et ça me fatigue d'avance. Mais je ne suis pas trop en position de faire le malin. Donc, je patiente sans broncher que ma sentence s'abatte.

— Je ne vais pas pouvoir te garder si tu ne paies pas ton loyer, Alessandro. Je suis conciliant, pas inconscient. J'ai besoin de ce pognon pour nourrir les mômes.

Je tire sur ma clope, lui recrache la fumée à la figure et me retiens de lui balancer qu'il peut conserver ses leçons de morale. Venant d'un gars qui envoie sa femme au charbon pendant que lui regarde la télévision et joue à la console en attendant que l'argent de son locataire tombe, je trouve ça un peu gros. C'est l'hôpital qui se fout de la charité. Mais je me la ferme, car j'ai conscience que si je me rebiffe, cela pourrait me coûter le toit au-dessus de ma tête.

— La journée n'est pas terminée, Fabio. Je vais faire un saut au bar. Toutes les petites annonces passent forcément là-bas.

— Du moment que tu ne te retrouves pas encore une fois la gueule en sang dans une ruelle…

Tout le village est au courant que j'ai eu des ennuis à cause de cette partie de poker qui a dégénéré. Les rumeurs sont allées bon train jusqu'à raconter que j'étais tellement bourré que je m'étais écroulé sur les pavés et blessé tout seul. Je ne prête généralement pas du tout attention à ce genre de ragots, qui m'obligent en temps normal à lever les yeux au ciel, mais mon amour propre en a pris un coup. Heureusement que je peux compter sur Flora pour remettre les pendules à l'heure et rétablir la vérité, sauvant ainsi mon honneur, aussi entaché soit-il.

Je pénètre dans le bistrot sous le regard acéré de Bernardo, vêtu d'un jean élimé et d'un tee-shirt blanc qui met en valeur le hâle de ma peau. Après une douche rapide à l'appart, je n'ai pas pris la peine de me raser, même si j'ai remarqué dans le miroir que ma barbe commence à grignoter mon visage depuis quelques jours. Mais je sais que ça plaît aux filles. Tout comme mes cheveux que je laisse volontairement en bataille.

La figure dégoulinante de sueur, le tenancier suit le moindre de mes gestes jusqu'à ce que je me perche en haut d'un des sièges du comptoir.

— Expresso, commandé-je, sans le saluer.

Il pose avec fracas le verre qu'il était en train d'essuyer – pour une fois qu'il bouge ses miches – installe son torchon sur son épaule et plante ses poings sur ses hanches. On dirait une vieille bonne femme prête à me donner une leçon de morale.

— Et je peux savoir comment tu vas me régler ton café ? Je ne fais pas crédit, je ne suis pas une banque.

Contrarié, je fouille dans mes poches à la recherche du peu d'argent qu'il me reste et lui balance le tout sur le comptoir. Il ramasse la somme puis je récupère la petite monnaie. Faut pas pousser non plus, ça peut encore me payer un peu de bouffe. Bougon, Bernardo me sert avant de retourner à sa tâche. À l'instant où je cherche Flora, elle apparaît à l'entrée avec des sacs chargés de courses.

— Bonjour, salue-t-elle l'assemblée, en ensoleillant le bar sinistre.

Elle s'approche de moi, m'embrasse sur la joue avec un sourire immense. Nous ne nous sommes pas beaucoup vus depuis que je suis sorti de convalescence. On s'est envoyé quelques messages, mais ma recherche d'emploi désespérée ne m'a pas laissé le temps de la voir. J'ai bien essayé de lui tirer les vers du nez par rapport à Giordano, mais elle a chaque fois éludé mes questions. Et comme elle avait la gentillesse de s'occuper de moi, je n'ai pas insisté. Elle a pourtant dû lire dans mes yeux les interrogations qui s'amoncelaient et me brûlaient les lèvres.

— Qu'est-ce qui te rend joyeuse comme ça, toi ? demande le tenancier en voyant l'humeur guillerette de sa serveuse.

— Oh, ça va ! râle-t-elle. On n'a plus le droit d'être heureux maintenant ? Tu devrais essayer d'avoir l'air plus aimable, tu verras, ça te changera !

Son patron, totalement sous le choc de sa riposte, en reste coi. Je pouffe en admirant la blonde contourner le comptoir dans son short en jean et son *crop top* bleu ciel pour rejoindre la cuisine et y déposer ses courses. Elle est, comme toujours, très appétissante. Quand elle revient, j'ai le plaisir de contempler son profond décolleté qui m'en fait oublier de la regarder dans les yeux au moment où elle s'adresse à moi.

— Il y a un homme qui te cherchait ce matin, m'informe-t-elle.

Je relève le nez de ses seins et fronce les sourcils.

— Comment ça ? Tu sais qui c'était ?

Elle secoue la tête, hausse les épaules. Elle se sert un verre d'eau puis le boit d'une traite.

— Il était plutôt bien habillé et d'un certain âge. Il a dit qu'il avait du travail pour toi. Je pensais que tu le connaissais ou que tu avais postulé. Attends !

Elle fouille sous le comptoir, en ressort une carte blanche puis me la tend. Je m'en empare, la scrute en apercevant de prime abord un écusson avec deux initiales : EG. Très célèbre au village, c'est le logo de l'entreprise Giordano qui embauche plus de la moitié des gens ici. Mais ce qui me laisse sur le cul, c'est le nom « Alfredo Rocchio » que je lis. Le père de Monica. Il travaille donc pour son gendre ? Suspicieux, je sors mon téléphone de ma poche et appelle le numéro inscrit sur le petit papier cartonné. Après plusieurs tonalités, quelqu'un décroche enfin.

— Résidence Giordano. Alfredo Rocchio à votre écoute.

Non, mais j'hallucine ! Il est employé de maison ? Quel genre d'homme est Enrico Giordano pour embaucher son beau-père comme petit personnel ? Monica accepte ça ?

— Bonjour. C'est Alessandro Gallino. Vous avez laissé une carte à mon intention au bar et je…

— Effectivement, me coupe-t-il sèchement. Je suis à la recherche de quelqu'un pour s'occuper du jardin. On m'a donné votre nom et indiqué que je pourrais vous trouver là-bas. J'ai envoyé quelqu'un vous chercher.

Même pas il me demande : « Hey ! Ça va depuis le temps ? ». Non. Il est aussi froid qu'un iceberg et instaure une distance palpable entre nous.

— Si ce travail vous intéresse, présentez-vous demain à la première heure à la villa des Giordano.

— Très bien. Merci.

Je n'ai pas le temps de lui dire au revoir qu'il me raccroche au nez.

Wow.

Cette proposition me semble louche, mais pique ma curiosité. De plus, je ne suis pas en position de faire ma fine bouche, j'ai besoin urgemment d'un taf.

— Alors ? demande Flora qui a écouté ma conversation sans pour autant y dénicher des indices sur ce que nous nous sommes dit.

— On m'offre un boulot chez Giordano.

La serveuse devient livide, son sourire disparaît et son souffle se coupe. Je la soupçonne déjà d'avoir une histoire avec le riche homme d'affaires, mais sa réaction allume mes signaux d'alerte. Devant mon air interrogateur, elle s'efforce de reprendre contenance, se penche vers moi en me prodiguant une vue, sur ses seins non couverts par un soutif, des plus délicieuses et me murmure :

— Comment ça, chez Giordano ? À l'usine, tu veux dire ?

— Non, chez lui.

Son visage devient plus grave encore et une certaine inquiétude s'incruste dans ses traits.

— Tu devrais peut-être y réfléchir à deux fois à mon avis.

— Pourquoi ?

Elle semble comme écartelée intérieurement, peser le pour et le contre puis me demande dans un chuchotement :

— Viens avec moi fumer une clope dehors.

Le fait qu'elle ne souhaite pas en parler ici me met la puce à l'oreille. Mes soupçons étaient donc fondés et elle ne veut pas que sa petite aventure avec le richard soit connue des villageois bien que je croie qu'il est trop tard pour ça. Je la suis à l'extérieur, sous l'œil inquisiteur de son patron. Flora me tire par la main pour m'emmener dans la ruelle où j'ai pris ma raclée, mais aussi, là où nous nous réfugions pour nous tripoter pendant son service, à l'abri des regards.

Une fois que nous sommes seuls, elle me fait face, étudie mes traits en se mordant la lèvre.

— Je ne t'ai pas tout dit à propos de Giordano et moi, commence-t-elle.

Je me tais, me concentre sur son visage qui se mue en une expression plus anxieuse. Elle poursuit :

— Je couche avec lui.

— Je m'en doutais, lui avoué-je. J'ai eu des soupçons le jour où il est venu avec sa femme en ville. Tu as eu une réaction étrange en le voyant.

Flora étudie mes traits comme si elle cherchait une once de jalousie en moi. Bien que cette nouvelle m'irrite, ce n'est pas pour les raisons qu'elle croit. Je soupire, m'allume une clope avant de pincer l'arête de mon nez.

— Je t'en veux, Flo, mais certainement pas parce que tu couches avec lui. J'espère au moins que vous vous protégez ?

— Évidemment, qu'est-ce que tu crois ? Je ne suis pas inconsciente !

— On pourrait se le demander, lui lancé-je, acide. Sauf que, tu vois, ce qui me fout en l'air, c'est que tu prends le mari d'une autre… et surtout, que tu fasses ça à Monica…

— Tu connais sa femme, n'est-ce pas ? m'interroge-t-elle. Je veux dire, c'est plus qu'une simple relation quelconque ?

— Oui, réponds-je avec prudence.

— Giordano m'a posé beaucoup de questions à ton sujet lors de notre dernier rendez-vous. Comme tu ne m'as jamais parlé d'elle, ça a semblé le soulager. Mais cette offre d'emploi me paraît douteuse, Aless. Tu devrais te méfier. Il est au courant qu'elle était ici avec toi l'autre soir.

— Parce que tu l'as revu depuis ? m'insurgé-je.

Flora se rembrunit en acquiesçant d'un hochement de tête. Giordano a donc appris que Monica et moi nous sommes rencontrés à nouveau. Mais cc qui m'intrigue, c'est pourquoi ça le tracasse ? Lui joue bien dans un autre jardin… La serveuse n'a pas tort, je dois me méfier, mais je ne peux pas cracher sur une telle opportunité. Je dois absolument trouver un travail et celui-ci est une sacrée aubaine. De plus, j'y vois également une occasion de me rapprocher de Monica et d'enfin obtenir les explications que j'attends depuis si longtemps. C'est d'ailleurs aussi le moment de tirer les vers du nez à la jolie blonde puisqu'elle vient d'avouer à l'instant le voir.

— Tu couches avec lui depuis combien de temps ?

Elle rougit, baisse le regard comme si elle était méprisable.

— C'est lui qui te paie tes strings à deux cents balles ?

Elle acquiesce d'un hochement de tête, ne relève toujours pas le visage vers moi pour me confronter. Je saisis son menton entre mes doigts et l'oblige à me fixer dans les yeux. Les siens sont brillants et fuyants, je devine sa gêne et sa honte. Des pièces de puzzle s'imbriquent.

— C'est à cause de lui que tu m'as demandé si je pensais que tu étais une pute ? Les gens savent ?

— On nous a surpris… Et comme je couche aussi avec toi, tu imagines bien la réputation que j'ai.

— Pourquoi tu ne m'en as pas parlé avant ?

— On n'est pas en couple, Aless ! siffle-t-elle.

Sa réplique acide m'étonne. Évidemment que nous ne sommes pas en couple, mais cela nous empêche-t-il de partager une certaine complicité ? Je lâche son visage, laisse tomber mon bras le long de mon flanc et fronce les sourcils. Je me recule, mets de la distance entre nos corps bien trop proches à mon goût.

— Bien sûr que non. Mais je pensais qu'on se confiait tous les deux. Tu es amoureuse de lui ?

Elle garde le silence, sa respiration s'accélère face à ma question.

— Réponds ! exigé-je.

— Je ne sais pas, grogne-t-elle, en croisant les bras devant sa poitrine.

Je m'esclaffe devant son comportement défensif.

— Moi, je pense connaître la réponse, déclaré-je. Non, tu n'es pas amoureuse de lui parce que c'est son argent qui te plaît, ce qu'il représente, son pouvoir. Crois-moi, Flora, si tu étais vraiment amoureuse de lui, ça ferait bien longtemps que tu m'aurais largué.

Je l'abandonne là, en colère, parce qu'encore une fois, je découvre quelqu'un transformé par une soif d'ambition, idolâtrant ce que j'exècre depuis toujours : le fric. Celui qui pourrit les gens, même les meilleurs. Mon propre père a perdu son âme pour quelques billets, au point de nous jeter en pâture à notre destin, ma mère et moi. Je ne crache pas sur le fric, mais sur l'ascendant qu'il a sur les personnes avides de pouvoir. L'argent appelle l'argent, le pouvoir déshumanise et arrache à quiconque son empathie et sa gentillesse.

Je croise les doigts pour que Monica n'ait pas égaré cette lumière en elle, que sa bonté ne se soit pas nécrosée sous l'influence de son nouveau statut et que cette jeune fille, celle que j'ai tendrement aimée dans le passé, existe toujours en elle, quelque part.

Je rentre chez moi avec la ferme intention de me rendre à cette villa demain matin, même si cela signifie que Giordano essaie de me garder à l'œil. Je n'ai pas les moyens de refuser son offre. D'ailleurs, je suis persuadé qu'il le sait et qu'il abuse de son pouvoir pour m'attirer dans ses filets. De plus, cela fera peut-être patienter Fabio quelques jours supplémentaires avant de me jeter à la rue.

Une bouffée d'espoir s'insinue dans mes veines, le sourire de Monica hante mon esprit et mon cœur s'emballe pour je ne sais quelle raison.

Tout ceci est du passé, non ?

Chapitre 9

Alessandro

L'air doux de l'aurore est ce qu'il y a de plus agréable au préalable d'une chaude journée. Les oiseaux gazouillent avant que le soleil plombe l'ambiance, l'odeur des fleurs ravivées par la rosée est un plaisir pour le nez.

Je roule entre les vignes et les champs d'oliviers en direction de la villa Giordano, risquant de tomber en panne sèche à tout instant. Le vent siffle à travers mes fenêtres ouvertes et fouette mon visage, ce qui a le mérite de me sortir de mon brouillard matutinal. Je n'ai pas traîné dans mon lit ce matin, je me suis douché, puis j'ai enfilé un jean troué et une chemise bleue qui ne craint rien. Tenue classique, mais passe-partout, surtout pour des travaux de jardin. J'ai tondu un peu ma barbe sans pour autant me raser de près. J'ai coiffé mes cheveux en arrière, quand bien même je sais qu'ils finiront par n'en faire qu'à leur tête.

Je ne veux pas me planter pour ce boulot, j'en ai trop besoin. Mon avenir proche en dépend, même si je dois rester sur mes gardes. En fonction du salaire, j'aviserai si je poursuis ou pas, d'autant que travailler pour le connard de mari de Monica ne m'enchante guère. De toute façon, je ne suis pas sûr que je parviendrai à la voir. Je mettrai ma main à couper qu'il fera tout pour m'en empêcher. Mais je comprends sa stratégie : « sois proche de tes amis, et encore plus de tes ennemis[4] ». Il me perçoit telle une menace. Je ne lui donne pas tort, parce que bien qu'elle m'ait brisé le cœur, cette femme je l'ai aimée comme un dingue.

La bâtisse apparaît dans le paysage, trônant au sommet d'une colline ressemblant à un château surplombant son village. Je suis d'ailleurs certain que l'homme d'affaires n'a pas construit sa demeure à cet endroit pour rien. Tout est stratégique chez les gens à l' égale de lui.

Moderne et entourée d'un jardin paradisiaque, cette villa ne manque pas de classe. C'est une vieille maison entièrement rénovée, alliant ancien et neuf dans une esthétique parfaite. Quand j'arrive enfin au niveau du portail en fer forgé resté ouvert, sûrement pour m'accueillir, je peux admirer l'architecture atypique de la demeure. Des arbustes taillés au millimètre près longent le chemin qui mène à la cour. Ce dernier est immaculé, aucune mauvaise herbe n'entache sa perfection. Les voitures stationnées devant un garage brillent de propreté. Ça ferait presque peur tant de rigueur.

Où ai-je atterri ? Chez un dingue ?

Pas âme qui vive à l'extérieur, mais cet étalage de richesse ne m'impressionne pas et m'amuse plus qu'autre chose. Je me gare dans un coin de la cour, mais une voix m'interpelle.

— Ne laissez pas votre voiture ici.

---

[4] L'art de la guerre de Sun Tzu.

Je me retourne et reviens des années en arrière. Alfredo Rocchio me lorgne depuis l'intérieur du garage, un balai à la main. Le temps a blanchi ses cheveux et buriné sa peau mate. Son corps chétif n'enlève en rien son air autoritaire qui me rappelle la fois où j'étais venu chercher Monica chez elle, car elle ne s'était pas présentée à notre rendez-vous.

Nous avions 15 ans

On avait pourtant dit qu'on se retrouvait à la cabane à 14 h. Pourquoi n'est-elle pas là ? J'espère qu'elle n'a pas eu de problème. Si jamais les autres petits connards lui sont encore tombés dessus, je jure que je vais leur faire avaler leurs dents une par une. À aucun moment elle ne manque un de nos rendez-vous.

Bouffé peu à peu par l'angoisse, je me dirige vers la maison de mon amie. Elle n'a jamais voulu que j'entre, craignant que son père m'aperçoive, prétendant qu'il n'aimait pas la voir traîner avec un garçon. Je n'ai pas vraiment compris, mais depuis qu'elle a fêté ses 15 ans… je commence à saisir les inquiétudes de monsieur Rocchio. Monica est plus belle chaque jour qui passe. Son corps se transforme, sa poitrine se devine de plus en plus sous ses vêtements. Quand elle porte des chemises, ses seins tirent tellement sur le tissu que j'ai parfois le loisir de lorgner leur arrondi au moment où elle regarde ailleurs. Ses lèvres char-

nues semblent si douces et voluptueuses. Ses longs cils noirs qui entourent ses yeux innocents caressent ses pommettes au moment où ses paupières papillonnent. Monica devient une femme qui attire l'attention de bon nombre de garçons. Même ceux qui avant se moquaient d'elle ont changé le regard qu'ils lui portaient. Ce qui me déplaît fortement. J'ai cette fâcheuse manie de considérer qu'elle m'appartient parce que je suis le seul qui a été son ami jusque-là.

Une fois devant la porte au vernis écaillé de sa maison, j'hésite un instant avant de toquer. Sera-t-elle contente que je m'inquiète ou furieuse que j'aie le cran de me présenter à son père ? Tant pis, je prends le risque.

Je frappe, attends un long moment avant de percevoir de la vie à l'intérieur de la demeure. Un homme ouvre le battant. Mon cœur s'emballe quand ses yeux sévères me détaillent. Il tire sur un cigarillo puis me recrache la fumée à la figure.

— Qu'est-ce que tu veux ?

Je déglutis, tentant de rattraper mon courage qui prend la fuite.

— Je… je suis venu voir Monica, balbutié-je.

Ses billes noires s'étrécissent en deux fentes, son expression devient mauvaise. Je me ratatine intérieurement, mais mon côté rebelle m'oblige à gonfler la poitrine pour lui faire face.

— Elle n'est pas là. Qu'est-ce que tu lui veux ?

— J'avais rendez-vous avec elle, m'sieur.

Son visage se déforme, comme pris de colère. Une minute, je crois qu'il va exploser tant il devient rouge, mais il me claque la porte au nez.

Encore sous le choc, je reste planté devant le battant de bois. Je souffle, mes épaules s'affaissent, puis je me dirige vers le centre-ville en traînant des pieds. La déception de ne pas voir Monica s'imprègne dans mon cœur alors que je vagabonde dans les ruelles comme une âme en peine. Est-elle vraiment absente ou son vieux m'a raconté des conneries pour que je déguerpisse ? Aucun moyen de le savoir.

Impossible de réprimer le sourire qu'arbore mes lèvres. Ce même sourire insolent que je lui offrais quand il me surprenait avec sa fille. Sauf qu'il ne réagit pas à cette provocation qui le faisait tant grincer des dents dans le temps. Il pose son balai, me rejoint dans son costume noir parfaitement net.

— Vous êtes en retard, me sermonne-t-il.

Attendez, il plaisante ? Il va vraiment agir comme s'il ne me connaissait pas ? Pourquoi ?

— Bonjour, monsieur Rocchio. Moi aussi je suis ravi de vous revoir, raillé-je. Je me suis levé aux aurores pour être ici.

— C'est aux aurores que vous commencerez votre journée, monsieur Gallino. Si vous vous réveillez à l'heure d'embaucher, vous ne garderez pas longtemps ce poste.

Oh, bordel ! Je sens que je ne vais pas faire de vieux os dans cette baraque dorée.

Je ne relève pas cet intolérable point négatif, mais son comportement envers moi me titille. Nous nous regardons en chiens de faïence pendant ce qui me paraît être un temps interminable. Ses billes noires sont aussi glaciales que son expression austère. La tension qui règne entre nous est de plus en plus épaisse, répandant un goût amer sur ma langue. Il n'a vraiment pas l'air ravi de me voir ici. Les questions se bousculent dans mon crâne. Je fronce les sourcils.

— Alfredo, je…

— Allez parquer votre véhicule à l'arrière du garage. Et ce sera monsieur Rocchio, que les choses soient claires.

Comme apparemment c'est lui qui décide de mon sort, je ne préfère pas le relancer sur ce sujet, mais ce n'est pas l'envie qui m'en manque. Pourquoi se conduit-il comme ça avec moi ? En a-t-il reçu l'ordre ?

Il m'accompagne en contournant le baraquement. Nous parvenons à un endroit à l'abri des regards, où bon nombre de choses destinées à la poubelle gisent à même le sol. Je lui jette un coup d'œil, mais son air pincé m'indique qu'il ne plaisante pas. Je stationne mon pick-up, en descends et frotte mes mains moites contre mon jean. Le père Rocchio me lorgne avec dégoût de la tête aux pieds.

— Bien. Votre tenue fera l'affaire, vous n'interviendrez pas à l'intérieur de la maison, sauf en de rares occasions. Vous serez assigné au jardin.

Je suis encore surpris de son comportement, mais je vais m'en accommoder et jouer son jeu de « nous sommes des quidams l'un pour l'autre». Je n'y connais absolument rien en plantes, mais je suppose que tondre le gazon ou tailler le moindre poil de couille qui dépasse des arbustes ne nécessite pas d'apprendre sur le bout des doigts une encyclopédie traitant de la botanique.

— Je vous donnerai tous les jours une liste de tâches qui devront être accomplies. Votre service se terminera quand vous les aurez achevées.

Avant même que je songe à leurrer mon monde, il poursuit :

— Je veillerai personnellement à votre assiduité et à ce que vous exécutiez ce que je vous demanderai, comme je l'entends. Monsieur Giordano déteste les tire-au-flanc, soyez prévenu. Il aime l'ordre et la rigueur.

Ça, j'avais remarqué… avec une légère tendance psychopathe.

D'ailleurs, qu'est-ce qu'Alfredo fout ici ? Pourquoi travaille-t-il pour Giordano alors que sa fille est mariée avec ?

— Suivez-moi.

J'ai le droit à une visite guidée de tout l'extérieur de la propriété. Je tente de déceler le moindre indice dans son comportement qui m'expliquerait pourquoi il est là et pourquoi il feint ne pas me connaître. C'est un mystère qui me turlupine de plus en plus. Il m'indique la cabane de jardin qui sera mon atelier, l'unique lieu où je pourrai me reposer. Je me familiarise avec ce qui sera mon nouvel environnement : une roseraie, une plantation d'arbres fruitiers et une piscine chauffée. C'est qu'il ne s'est privé de rien le Giordano. De quoi faire pétiller le cœur d'une femme comme Flora.

Mais qu'en est-il de Monica ? Tout ceci lui plaît-il ? Peut-être bien, finalement… Elle se laissait déjà si facilement séduire par les écrans de fumée que les petits bourges de notre école pouvaient lui offrir.

Nous avions 15 ans

En arrivant sur la grande place, j'aperçois Monica assise sur le bord de la fontaine en compagnie de… Salvatore ?

Cet enfoiré de Salvatore ! J'y crois pas !

Instantanément, mes poings se serrent, ma mâchoire se contracte et mon sang pulse dans mes tempes. La rage laboure mes tripes. Mes oreilles chauffent, je vois rouge.

Qu'est-ce qu'elle fout avec ce trou du cul ?

Je les observe, figé au milieu de la place sans prêter attention à la circulation. Un homme me klaxonne :

— Dégage de là ! M'oblige pas à te bouger moi-même !

Je balance un bras d'honneur au conducteur pressé avant de retourner sur le trottoir. Je scrute le couple improbable devant moi. Ils rient ensemble, mangeant tous les deux une glace. Combien je parie que c'est lui qui la lui a offerte ? Monica ne dépense jamais son argent dans ce genre de friandises futiles.

Ce petit con lui parle en tenant un livre puis le lui tend. Je dégoupille au moment où je remarque la façon dont il la dévore du regard quand la langue de la jeune fille lèche la crème glacée. Je me précipite dans leur direction, puis me plante devant eux. Salvatore blêmit, Monica quant à elle, ouvre en grand ses yeux magnifiques. Son air innocent pourrait réfréner ma colère, mais je ne la laisse pas m'envoûter. Pas cette fois. Je suis bien trop furieux.

— Tu n'aurais pas oublié qu'on avait rendez-vous ? lui demandé-je sur un ton sec.

Sa bouche, sa putain d'adorable bouche, prend la forme d'un O parfait.

Pourquoi elle m'inflige ça maintenant ?

Affolée, elle regarde sa montre dont le bracelet en cuir est usé.

— Oh, je suis vraiment désolée, Aless. Je n'ai pas vu l'heure…

Même si elle paraît sincère, je n'ai pas envie de la croire. Je l'aurais retrouvée seule, perdue dans un de ces livres dans lesquels elle aime tant se plonger, j'aurais pu donner crédit à ses explications foireuses, mais la découvrir en compagnie de ce connard… C'est trop difficile à encaisser. Elle m'a trahi.

— Ouais, c'est ça. Ou tu préfères gaspiller ton temps avec les richards du coin.

Mon regard se pose alors sur Salvatore qui fronce les sourcils sous mes iris pleins de reproches. Il se redresse, me toise l'air mauvais.

— Tu sais ce qu'il te dit le « richard » ?

— Ouais, je le sais. Ça fait belle lurette que je le sais.

Dans une autre situation, je lui aurais collé mon poing dans sa petite gueule de fils à papa, mais ma rancœur est trop amère. Je tourne le dos à Monica, ne souhaitant plus avoir sous les yeux ce tableau qui me dégoûte. Le cœur gros, je rentre chez moi, devenu la moitié de moi-même.

— Alessandro, attends ! m'interpelle la voix de Monica.

Je ne me retourne pas et continue ma route. Je ne veux plus lui parler. Elle m'a blessé, peut-être inconsciemment, mais le résultat est là.

Sa main agrippe la mienne, je me dégage, sauf que Monica n'abandonne pas et réitère son geste. Elle emprisonne mon bras entre ses deux paumes, serre de toutes ses forces pour me capturer.

— S'il te plaît, Aless. Ne sois pas fâché. Je te demande pardon d'avoir manqué notre rendez-vous.

Je me fige, tous mes muscles se contractent. Je me retiens pour ne pas exploser de rage. Et surtout, je ne la regarde pas, car sinon, je sais que je vais craquer. Son visage d'ange a toujours raison de moi.

— C'est pas que tu ne sois pas venue qui me met en boule, lui expliqué-je.

— Mais…

Elle se tait un instant, puis lâche mon bras. Je ne résiste pas plus longtemps, lui fais face. La culpabilité qui habite ses traits m'assomme. Mais je ne peux pas lui accorder si facilement mon pardon. Les émotions et les questions que je vois dans ses yeux me foutent une claque magistrale.

Depuis tout ce temps… Elle n'a pas compris ?

Avant qu'elle puisse à son tour lire en moi, je lui tourne le dos pour poursuivre mon chemin.

— Rentre chez toi, Monica.

Ce jour-là, elle m'a blessé malgré elle. Et comme un imbécile, je me suis juré de lui rendre la pareille pour qu'elle comprenne à quel point ça fait mal.

Hanté par mes souvenirs qui reviennent de manière abrupte, je fouille dans mes poches, en sors mon paquet de cigarettes puis m'en allume une. Le regard de Rocchio devient acéré.

— Vous ne devez pas fumer dans le jardin. Monsieur Giodarno l'interdit formellement. Toutes vos pauses cigarette ou repas devront être pris dans le cabanon mis à votre disposition.

Je soupire en levant les yeux au ciel.

— Non, mais il est sérieux votre patron ?

— Les règles sont les règles. Si vous tenez à garder votre poste, vous devez les respecter.

Et merde… ce boulot me fait déjà chier !

J'écrase ma clope sous ma chaussure.

— Et bien entendu, vous ramasserez votre mégot.

— Bien entendu, répété-je, acide.

Mettant ma fierté de côté, je me baisse pour me saisir de mon déchet. Ce n'est pas comme si je pouvais me permettre de cracher sur ce travail. Bien que l'envie de l'obliger à bouffer mon mégot me démange sérieusement, je le fourre dans ma poche, puis attends la suite des explications concernant mon poste.

— Vous nettoierez la piscine tous les jours avant la fin de votre service, pas avant, ceci est très important.

— Pourquoi donc ?

— Madame Giordano profite de cet endroit chaque été. Son mari exige qu'elle bénéficie d'une stricte intimité.

Il a surtout une peur bleue qu'on reluque sa femme, oui. Et un mec qui réagit comme ça, c'est qu'il n'a pas confiance en lui. Mais ce qui me choque le plus, ce n'est pas cela. Et c'est plus fort que moi, je dois lui faire la remarque.

— Vous appelez votre propre fille « madame Giordano » ? Vous ne tirez pas le vice un peu trop loin, Rocchio ?

Il se tend, son visage se ferme, devenant sévère et froid. Ses yeux me fusillent sur place. Il s'approche de moi, l'air menaçant.

— Que ce soit bien clair, monsieur Gallino. La relation que j'entretiens actuellement avec ma fille ne vous regarde en rien.

Je me fige devant son ton polaire. Des picotements parcourent ma colonne vertébrale face à la rage qui déforme ses traits.

— De plus, ajoute-t-il, monsieur Giordano exige que votre ancienne amitié avec son épouse demeure de l'ordre du passé.

Aucune familiarité avec elle ne sera tolérée. Rentrez-vous bien ça dans le crâne et tout se déroulera pour le mieux.

D'accord…

Flora a certainement raison. Giordano me veut sous sa surveillance. La prudence est de mise.

Chapitre 10

Monica

Alors que je suis plongée dans un roman, assise sur le canapé tout en buvant mon café, je remarque qu'Enrico observe le jardin depuis la fenêtre. Il n'est pas dans ses habitudes d'agir de la sorte, ce qui m'interpelle. Ses traits tendus, ses sourcils froncés m'indiquent que ce qu'il regarde l'agace au plus haut point.

Sans un mot, je dépose l'ouvrage près de ma tasse vide, me lève pour le rejoindre. Je me décompose quand j'aperçois Alessandro en compagnie de mon père, en train de faire le tour du propriétaire.

Qu'est-ce qu'il fiche là ?

Mon cœur s'affole, tout mon être tremble d'appréhension. Comme s'il avait senti mon trouble, Enrico m'annonce :

— Au moins, ici, je pourrai garder un œil sur lui.

— Tu lui as proposé un travail ? l'intérrogé-je, paniquée.

Son regard est aussi froid qu'un iceberg.

— Oui. J'ai demandé à ton père de le contacter.

Je n'ose répondre, de peur d'envenimer la colère qui l'habite. Mon mari semble avoir parfaitement compris qu'un lien beaucoup plus fort m'unissait à cet homme. Je le soupçonne d'avoir mené son enquête de son côté. J'espère seulement que papa a tenu sa langue et n'a pas révélé la nature de ma relation avec Alessandro. Ou peut-être a-t-il interrogé sa maîtresse ? Cette femme aux cheveux dorés qui rayonne comme je ne le ferai jamais… Elle nous a vus avec Aless. Elle a peut-être compris ou alors mon ancien petit ami s'est confié à elle.

Je déglutis puis retourne à ma place, feignant de replonger dans ma lecture alors que mon cerveau turbine à plein régime. Mes mains tremblent, j'ai l'impression d'être rouge comme une tomate et qu'Enrico ne loupe pas une miette de ce qui me bouleverse. Je tourne les pages, sans même lire une seule ligne, attendant que mon époux daigne enfin quitter la pièce pour me laisser respirer. Or, il s'installe à mes côtés, se sert à son tour une tasse fumante de liquide noir. Je suis tendue, la peur cavale dans mes veines qui pulsent contre mes tympans.

Enrico repose son café puis se penche vers moi. Son souffle lèche ma joue de son haleine caféinée, me faisant frémir d'effroi.

— Tu ne pensais quand même pas que j'allais être assez con pour ne pas remarquer la manière dont cet homme t'a regardée ? Et que tu ailles le rejoindre juste au moment où je n'étais pas là était une terrible erreur de jugement de ta part. Je découvrirai qui il est pour toi, Monica.

Sa main s'empare de mon visage, son nez s'écrase contre ma joue. La terreur retournant mes viscères, j'émets un léger couinement. Ce qu'il m'a infligé l'autre nuit me revient en pleine face.

— Et tu sais ce qui m'amuse ?

Je n'ose bouger ou réagir à ses propos, sauf qu'il me secoue comme un prunier en hurlant :

— Réponds !

Je remue la tête frénétiquement, consciente que plus je mettrai de temps à accéder à sa demande, pire il pourra être.

— Ton livre est à l'envers, chérie.

Je recentre mon attention sur mon bouquin qui, effectivement, n'est pas dans le bon sens. Mon mari m'abandonne en ricanant de ma stupidité et claque la porte derrière lui quand il quitte la pièce. Je suis seule avec ma peur, mes larmes qui ont coulé sur mon visage et mes interrogations. Mon imprudence me consterne. Si je veux reprendre contact avec Alessandro, lui fournir les réponses à toutes les questions qu'il doit se poser, je dois être plus maligne qu'Enrico.

Totalement chamboulée, je me dirige à pas de loup vers la fenêtre. Alessandro est devenu un homme magnifique. Adolescent, il faisait déjà tourner les têtes des filles de notre âge, mais aujourd'hui je n'ose imaginer ce que les femmes au village doivent penser de lui. Sa mâchoire anguleuse est recouverte d'une légère barbe dans laquelle j'aimerais tant passer mes doigts. Ses cheveux bruns sont un peu trop longs, mais retombent sur son front de manière insolente. Et ses yeux… Ses magnifiques yeux sont toujours aussi clairs, avec ces éclats de vert que j'aurais pu contempler pendant des heures dans notre jeunesse. Il est fin, mais bien bâti, et on devine ses muscles à travers sa chemise bleue dont les manches sont roulées sur ses avant-bras.

Alors que j'admire cet homme, des réminiscences des sentiments que j'ai eus pour lui crépitent dans ma poitrine. Cela fait si longtemps, mais en même temps, cela me paraît si proche. Mes souvenirs de cette période sont intacts, comme si ma mémoire les avait choyés, car ils sont chers à mon cœur. C'est tout ce qu'il me reste d'Aless… mes souvenirs.

Je l'observe suivre mon père, écouter les consignes et surtout contempler tout ce qui se trouve autour de lui. Comment Alessandro a réagi en voyant papa ici ? En tant qu'employé, qui plus est ? Cela a dû lui paraître étrange, je suppose… Est-ce que mon père l'a accueilli gentiment au moins ? Lui a-t-il révélé les raisons ne notre présence ici ?

Je ne m'attends pas à cet instant où Aless lève les yeux dans ma direction. Je demeure immobile, paralysée par son regard. Je sais qu'il me voit quand ce rictus craquant apparaît sur ses lèvres, accentué de cette fossette qui me fait toujours autant fondre. Honteuse d'avoir été prise en flagrant délit, je me cache sur le côté, derrière le rideau. Mon cœur bat fortement dans ma poitrine et cette myriade d'émotions qui m'a traversée en quelques minutes m'a épuisée. Nous ne sommes pourtant que le matin.

Trop anxieuse qu'Enrico me prenne en train de regarder un autre homme, surtout Alessandro, je prétexte une migraine pour m'isoler dans ma chambre. J'en informe Maria et retourne me coucher.

Nous avions 15 ans

Je l'attends patiemment à la sortie des cours. Depuis ce fameux jour où il m'a trouvée en compagnie de Salvatore, Aless m'évite, me lance des regards noirs ou me rejette carrément. Sans parler de la crise de nerfs de mon paternel qui m'a demandé des explications sur le fait que des garçons venaient me chercher à la maison. Il m'a rabâché qu'il n'aimait pas me voir traîner en leur compagnie, que je devrais me concentrer sur mes études plutôt que sur eux. Résultat des courses, je suis privée de sortie. Du moins, pour cela, faudrait-il que mon père soit chez nous pour surveiller que je lui obéis bien.

Alors, toutes les fins de cours, j'attends Alessandro dans l'espoir qu'il accepte enfin de discuter avec moi.

Quand il me passe devant, droit comme un i, avec cette fierté insolente qui me hérisse le poil, je me redresse. Je sais qu'il m'a vue au moment où il accélère le pas. Je me lève, lui agrippe le poignet pour le retenir.

— S'il te plaît, Aless ! le supplié-je.

Il se dégage avec véhémence de ma prise, me fusillant de ses billes noisette clairsemées de fragments d'émeraude, pleines de rancœur. Mon sang se fige face à sa colère, car je suis consciente que j'en suis à l'origine.

— Va rejoindre ton bourge de petit ami, Monica. Vraisemblablement, je ne suis pas assez bien pour toi.

Ses mots transpercent ma poitrine comme une balle de pistolet. Je me mords la langue pour ne pas fondre en larmes, mais dès qu'il aperçoit ma détresse, il se détourne et me fuit telle la peste. Peut-être que je devrais lui courir après ? Je sais que je l'ai blessé en oubliant notre rendez-vous, mais je n'imaginais pas que cela aurait autant d'importance pour lui. Il est vrai qu'il a toujours été là pour moi, c'est mon ami, mon sauveur. Il a sûrement pris mon geste pour de la déloyauté et une trahison impardonnable. À moins que… à moins qu'il y ait plus ?

Je soupire, ramasse mes affaires et rentre chez moi où personne ne m'attend. Papa travaille durement pour que nous ayons de quoi vivre. Je fais mes devoirs, nettoie la maison tout en pensant à Aless et au fait qu'il me manque, puis patiente pendant que le jour décline et que je prépare le dîner. Quand papa rentre, les traits tirés et les yeux lourds de fatigue, il s'installe à table. Il bredouille deux ou trois mots pour me raconter sa journée, puis monte se coucher après avoir quand même pris la peine de débarrasser sa vaisselle. Une fois tout lavé, je décide de sortir en douce et de me rendre à notre cachette, la solitude me rongeant les chairs. Je me dis que peut-être j'y trouverai Aless et que nous pourrons enfin avoir cette conversation qui tarde trop à arriver. Sauf qu'en les lieux, je perçois des bruits qui proviennent de la vieille cabane en bois. La porte est entrouverte, la lueur d'un téléphone portable rampe jusqu'à mes pieds pendant qu'une musique langoureuse rythme des… gémissements ? Mon cœur s'accélère et je m'approche en silence, puis suis stoppée net par ce que je découvre.

La bouche d'Alessandro est collée à celle de cette vipère de Tullia. Ses mains malaxent la poitrine de cette dernière alors qu'elle se frotte sans aucune pudeur contre…

Mon sang se glace, ma vision se trouble et la nausée me retourne l'estomac. Est-ce une manière de me punir ? Parce que, si c'est le cas, il a réussi haut la main. Je ne pensais pas que le découvrir avec une autre fille me ferait autant de mal, mais en plus que ce soit avec elle… Celle dont je suis la tête de Turc en classe et qui ne cesse de se moquer de moi et de me ridiculiser. Je la détestais déjà, mais aujourd'hui je la hais, car elle m'a volé l'unique chose qui comptait pour moi : Aless.

Les larmes ruisselant sur mon visage, je recule, abandonne cette vision déchirante en la fuyant, puis cours à toute vitesse pour rentrer chez moi. Je maudis Alessandro Gallino, ses fichus yeux aux couleurs d'une forêt clairsemée et ses jolies fossettes.

Je me réveille en sueur, les souvenirs douloureux toujours aussi présents dans mes songes. Ma migraine ne s'est pas estompée, mais j'imagine que de penser sans arrêt à Alessandro n'aide en rien à l'apaiser.

Je me frotte les mains sur le visage, tente de reprendre mes esprits alors que les images de Tullia contre Aless dansent encore derrière mes paupières. Pourquoi ces vieux souvenirs me hantent-ils ? Je sais que la présence de mon ancien amour y est pour beaucoup, mais certaines choses qui devraient rester tapies dans le passé ne cessent de revenir me tourmenter.

Aless n'a pas été tendre avec moi pendant une partie de mon adolescence. Tout a démarré ce jour où je l'ai trouvé avec elle, mais tout ce qui s'est déroulé par la suite… Ça, jamais je ne l'oublierai, même si cela a signé un tournant décisif dans ma vie. Nous étions jeunes et imprudents, j'ai dû payer le prix de notre insouciance. Je chéris chaque instant vécu au côté de mon bel Alessandro, me vautrant dans le rappel de la douceur de ses lèvres et de ses mains quand Enrico en est le parfait opposé.

Je me lève, entrouvre le rideau et aperçois mon mari en train de fumer un cigare au bord de la piscine. Son air mauvais, tandis qu'il observe mon père apprendre à Alessandro à nettoyer le bassin, ne me dit rien qui vaille. Je vois bien qu'il bout de savoir ce qui me lie réellement à cet homme. Sa jalousie ronge son âme comme de l'acide sur la peau. Ce sentiment est si mal placé, alors qu'il rejoint une autre femme plusieurs fois par semaine, revenant à notre domicile avec les traces de son rouge à lèvres sur le col de ses chemises et empestant son parfum. Je sais très bien que c'est cette Flora, celle qui accompagnait Alessandro les jours où je l'ai revu. Les regards qu'elle lançait à mon mari la première fois étaient sans équivoque. Il l'a déjà ramenée ici, l'a culbutée dans son bureau toute une nuit en ayant parfaitement conscience que j'entendais tout. Non pas que je sois jalouse moi aussi, mais je me suis sentie insultée. C'est l'une de ses manières de me rabaisser, de me rappeler que je suis à lui. Enrico me considère comme sa chose, sa propriété qu'il a acquise telle une vulgaire transaction commerciales. C'est de toute manière exactement ce que je suis : une transaction. Parce que je n'étais pas en position de refuser. J'ai soi-disant eu le choix, mais tout ceci n'a été qu'un honteux chantage. Si j'ai quitté Alessandro sans aucune explication, c'était pour partir avec celui qui serait mon bourreau. Mais je n'imaginais pas vivre ce cauchemar. Dans la candeur de mes seize ans, je pensais que peut-être, un jour, j'éprouverais de l'affection pour mon mari. Sauf qu'après les illusions qu'il m'a offertes, j'ai rapidement compris que les seuls sentiments que j'aurai à son égard seront emplis de haine et de dégoût.

Je ne lui ai jamais fait de remarques à propos de son infidélité, ce qui, je le sais, l'a fortement agacé. Mais c'est l'unique arme que je détiens face à lui : mon indifférence. Quand il m'attaque avec sa noirceur, je reste de marbre, le laisse couler contre ma carapace et ne lui dévoile jamais qu'à l'intérieur, je hurle de terreur.

Alors, le voyant là, à se triturer les méninges pour tenter de deviner ce que jamais je ne lui raconterai, je me félicite d'avoir toujours conservé le secret de mon amour avec Aless.

Enrico a fait une erreur en pensant que garder Alessandro sous sa surveillance pouvait nous mettre des bâtons dans les roues pour nous parler ou nous rencontrer en douce. Certains ont déjà essayé et n’ont jamais réussi. Autant empêcher deux aimants de se coller l’un à l’autre.

Mais, à chaque jour suffit sa peine, je patienterai jusqu’à que ce soit le bon moment. Et ce jour-là, je foncerai sans regarder en arrière même si je dois en payer le prix fort.

Chapitre 11

Alessandro

Je sens son regard noir sur moi, brûlant tel le soleil de midi sur une peau blanche. Sa haine envers moi est aussi palpable que l'odeur âpre de son cigare. Mais je feins de ne pas m'en apercevoir et lui adresse un grand sourire, quand je ne peux plus faire autrement que de l'avoir dans mon champ de vision.

— Bonjour, monsieur Giordano, le salué-je, avec un entrain non moins hypocrite que la poignée de main qu'il me rend.

— Monsieur Gallino.

— Je tenais à vous remercier en personne pour cette opportunité que vous m'offrez.

Il hoche la tête, presque contrarié que je sois aussi enjoué.

— Alfredo avait besoin d'aide. Je n'y suis pas pour grand-chose. C'est plutôt lui que vous devriez remercier.

Si je ne savais pas ce que je sais, je pourrais le croire. Mais se rend-il compte qu'il n'est pas le seul à vagabonder entre les cuisses de Flora et qu'elle a certainement plus de déférence pour moi qu'elle n'en aura jamais pour lui ? Sinon elle ne m'aurait pas confié qu'il l'avait cuisinée à mon sujet. Mauvais point pour Giordano, il ne prend pas en considération tous les éléments et sous-estime les gens. Ce qui signifie qu'il est aveuglé par le fait que je puisse marcher sur ses plates-bandes. Sauf qu'en réalité, c'est plutôt lui qui m'a volé quelque chose, et ça, j'espère bien découvrir comment il s'y est pris.

Sur le chemin du retour, je gare mon pick-up non loin du bistrot. Alfredo m'a payé ma journée, comme il le fera chaque jour. J'ai pu mettre de l'essence dans mon réservoir et je compte bien fêter cette nouvelle rentrée d'argent en m'offrant une bière bien fraîche. J'ai conscience que je devrais garder mon salaire pour Fabio, mon proprio, mais je sais que les quelques miettes que je lui mets de côté le calmeront suffisamment pour attendre le lendemain et le surlendemain. Je ne vais quand même pas travailler comme un chien et ne pas en profiter un minimum, si ?

J'entre tel un prince dans ce que je considère être mon royaume et suis accueilli avec le sourire soulagé de Flora quand elle m'aperçoit. Elle patiente jusqu'à que je sois installé en terrasse, une habitude depuis que j'ai revu Monica, puis me rejoint en jetant des coups d'œil à droite et à gauche pour vérifier que personne ne nous écoute. Il est encore trop tôt pour que le lieu soit plein.

— Ça s'est bien passé ?

— Ouais, réponds-je avec désinvolture.

Je m'allume une cigarette, tire longuement dessus en

appréciant d'assouvir mon vice sans que personne me réprimande pour cela. La jolie serveuse plisse le nez, s'appuie sur la table en offrant sa généreuse poitrine à mes yeux gourmands.

— Tu me sers une bière, ma belle ? lui demandé-je, sans lui apporter plus d'informations sur le déroulement de ma journée.

Sa bouche se mue en une moue boudeuse, la rendant terriblement craquante. Elle s'éclipse puis me sert ma boisson dans un grand verre, et je la paie sur-le-champ alors que son patron m'observe du coin de l'œil. Hors de question de lui offrir le loisir de me foutre la honte encore une fois. J'avale une longue lampée sans lâcher du regard Flora qui fixe ma pomme d'Adam monter et descendre à mesure que le liquide doré coule dans ma gorge. Quand je repose le verre, je me penche sur la table et lui donne ce qu'elle attend :

— Rien de bien spécial. Ton mec veut me garder sous sa surveillance au cas où sa femme souhaiterait lui renvoyer l'ascenseur avec moi. D'ailleurs, Flora, j'aimerais que tu me rendes un service.

Elle fronce les sourcils, jette une œillade à Bernardo qui est en pleine lecture du journal derrière le bar. Depuis que j'ai réglé ma consommation, il ne fait plus du tout attention à nous.

— Quel service ?

— Que tu m'informes de ta prochaine entrevue avec lui.

Sa bouche s'entrouvre et son visage marque son trouble.

— Aless… S'il te surprend avec elle…

— Alors, je compte sur toi pour faire durer le plaisir. Je sais que tu en es capable.

Elle déglutit, lèche ses lèvres couvertes de gloss du bout de la langue puis hoche la tête.

— Bernardo, je prends ma pause ! s'exclame-t-elle tout à coup à l'intention de son patron.

Elle me fait signe de la rejoindre dans la ruelle arrière. Une fois que nous sommes cachés par le coin de mur, elle me plaque contre elle. Ne comprenant pas bien sa soudaine envie de rapprochement physique et, surpris, je la recule en la poussant par les épaules.

— Mais qu'est-ce que tu fais ?

— Joue le jeu, Aless ! me réprimande-t-elle alors qu'elle me force à recoller mon corps au sien.

J'en profite pour cajoler sa taille, dessiner l'arrondi de ses fesses tandis que nos bouches sont contre nos oreilles. Je n'ai plus du tout le même ressenti qu'avant. Elle n'éveille plus de désir, c'est juste un corps que je connais bien, mais j'ai l'impression que notre lien est brisé.

— Peut-être qu'il te fait surveiller. Méfie-toi, m'avertit-elle.

Cette information me contrarie au plus haut point, mais je dois prendre au sérieux les mises en garde de la serveuse.

— Et tu penses que me voir tripoter sa maîtresse va le mettre de bonne humeur ?

— Je ne suis pas sa femme. J'ai rendez-vous avec lui demain après-midi. Il passe me chercher avec sa voiture derrière l'église.

— Tu es une petite dévergondée, Flora. Que dirait monsieur le curé s'il savait ce qu'il se trame derrière son édifice ?

Elle glousse, se colle plus encore contre moi alors que ma main remonte sous sa robe le long de sa cuisse.

— Généralement, nos rendez-vous ne durent pas plus de deux heures.

Mon doigt joue avec le bord de sa lingerie, la faisant frissonner quand il passe dessous. Autant elle réagit à mon toucher, autant je reste de marbre. C'est mécanique, mais ma queue reste belle et bien endormie.

— Tu comptes faire quoi avec sa femme ? finit-elle par me demander.

Mes mains se crispent sur sa chair. Je plonge mon regard dans le sien, sonde ses iris bleus à la recherche de ce qu'elle pourrait me dissimuler, mais elle paraît juste curieuse.

— Obtenir des réponses, éludé-je alors simplement.

— Quoi ? C'est tout ? s'exclame-t-elle avec surprise. Pas même un petit rodéo sauvage au bord de leur piscine ?

J'enlève mes mains de son corps et m'éloigne de quelques centimètres. Ses propos me blessent, car elle me considère comme un coureur. J'ai peut-être une vertu discutable, mais je n'ai jamais manqué de respect à une femme. Du moins, pas depuis mon adolescence…

— Je n'ai pas la prétention de vouloir coucher avec l'épouse de ton amant, Flo. Tu le sais, nous nous sommes connus dans le passé, mais Monica me doit des explications sur certaines choses. Le reste ne te regarde pas.

Flora baisse les yeux, honteuse d'avoir insinué que je cherchais seulement à baiser Monica. Elle joue avec le bas de ma chemise, triture un fil qui s'échappe de la couture tout en se léchant les lèvres. Elle tourne autour du pot et ça commence à m'agacer.

— J'ai l'impression que les choses ont changé entre nous, murmure-t-elle. Depuis que tu as revu cette femme, tu t'es éloigné de moi.

Je saisis son menton entre mon index et mon pouce, le redresse et l'oblige à me regarder.

— Depuis que je sais que tu couches avec lui. Ne va pas inventer des fausses excuses. J'ai toujours été sincère avec toi. On ne peut pas dire la même chose en ce qui te concerne.

— Donc, tu es jaloux ! s'offusquc-t-elle.

C'est plus fort que moi, je ricane tant sa prétention n'a pas de limites, blessant son amour propre au passage. Elle se dégage de ma prise, recule suffisamment pour être hors de ma portée. Je regrette immédiatement, mais le mal est fait.

— Demain, Aless. J'espère qu'elle te fournira les réponses que tu attends parce que je ne suis pas certaine d'avoir encore envie de te rendre service par la suite.

Flora tourne les talons d'un pas vif et m'abandonne dans la ruelle moite où les effluves des champs d'oliviers chatouillent mes narines. Je m'adosse contre le mur, soupire alors que j'ai l'impression que toute cette histoire est en train de compliquer ma vie, plus que je ne l'accepte d'ordinaire. Sauf que rencontrer à nouveau Monica est devenu une obsession qui tourbillonne jour et nuit dans mon esprit. Je me pose mille questions, me demande sans arrêt pourquoi elle a disparu sans un mot ? Est-ce de ma faute ? Mais il n'y a pas que cela. La revoir a réveillé de vieux sentiments qui s'étaient seulement endormis, sans jamais s'effacer de mon cœur. Sa peau a-t-elle toujours le même parfum ? Ses lèvres ont-elles encore le goût du miel et de l'interdit ?

Je secoue la tête, m'empêche de m'égarer davantage dans mes songes et mes souvenirs. Si Monica reprend l'importance qu'elle avait auparavant dans ma vie, c'en est fini de moi. Je ne peux pas me permettre de sombrer à nouveau dans les délices qu'elle pourrait m'apporter, au risque de nous bafouer tous les deux. Pourtant… Pourtant, une part de moi en rêve parce que Monica est encore la femme que j'ai aimée, comme jamais je n'en aimerai une autre. Bien que nous ayons, dans notre histoire, traversé une période sombre où j'ai tenté de la faire souffrir autant qu'elle m'avait fait souffrir ; toute mon enfance, mon adolescence, je n'ai eu d'yeux que pour elle et ses grands iris havane.

Ce qui me tue d'autant plus aujourd'hui, c'est que la candeur de ses traits a laissé place à la splendeur d'une vraie femme. Elle est magnifique, un joyau à l'état brut, et je comprends son connard de mari de veiller sur elle comme sur un trésor inestimable. Seulement, il ne se rend pas compte qu'elle vaut bien plus encore… Il commet l'erreur de la considérer tel un vulgaire objet qu'on exhibe à son bras. Monica est pourtant une fleur délicate qui mérite attention et soin, telle la plus belle et rare des roses dans un gigantesque jardin.

Et de cette erreur naît en moi une émotion que j'aimerais réfuter : l'espoir. Il rampe dans mes veines pareil à un poison vénéneux et mon unique obsession devient celle de revoir Monica. Et de lire par moi-même si ses sentiments à mon égard sont morts le jour de sa disparition ou s'ils existent encore. Je veux comprendre ce qu'il s'est passé et enfin combler ce trou dans mon cœur. Anéantir cette boule dans ma gorge quand je l'aperçois au bras d'un autre, un homme que je ne serai jamais.

Chapitre 12

Monica

Enrico est un requin. Dans sa profession, c'est une valeur appréciée. Sa droiture dans les affaires, son assiduité et son intransigeance lui sont reconnues. Sauf qu'il est également réglé comme une horloge et ses habitudes trahissent aussi ses vices. Notamment, quand il part certains après-midi, seul en voiture, prétextant une réunion de travail tardive à Rome ou ailleurs, ou même une partie de cartes avec les Rossi. Je ne suis pas stupide au point de le croire, surtout dans les moments où il revient avec toutes les preuves de son entrevue avec sa maîtresse sur ses vêtements. Ses rares SMS quand il ne rentre pas de la nuit sont encore plus misérables que ses mensonges.

Aujourd'hui ne déroge pas à la règle. C'en est si pathétique que j'ai envie de lui dire de passer le bonjour à sa greluche de ma part. Sauf qu'une telle audace me vaudrait un aller-retour du revers de la main que je mettrai des jours à camoufler sous une couche de fond de teint. Alors, quand il vient m'embrasser pour me souhaiter un bon après-midi et sans omettre de me rappeler que si par malheur je parle à Alessandro, il le saura, je lui souris. Je feins ma soumission tandis qu'intérieurement, mon majeur est droit et fier dans sa direction.

Quand le moteur de la Ferrari vrombit dans la cour et que je l'entends accélérer dans le chemin, je me précipite à la fenêtre pour repérer Alessandro. Il est en train de tailler un buisson, torse nu, son tee-shirt pendouillant de la poche arrière de son jean, tandis qu'il est couvert de sueur. Je reste littéralement scotchée devant la vision qui s'offre à moi. Les muscles luisants de son dos ondulent sous sa peau au gré de ses efforts physiques. Quand il se redresse pour s'essuyer le front d'un revers de la main, ses abdominaux apparaissent sous mon regard tout à coup brûlant. La virilité qui se dégage d'Alessandro est comme un uppercut dans mon estomac. Ma bouche s'assèche, ma respiration se perd. Mais je ne peux pas rester plantée là. C'est le moment ou jamais.

J'accours au rez-de-chaussée, fonce en direction de la porte ouverte qui donne sur le jardin sauf qu'un corps me barre le passage. Je le percute avec force, mon souffle se vidant sous l'impact. Mon père me fait face, m'observant de son regard sévère et froid.

— Je peux savoir où tu te précipites comme ça ? m'interroge-t-il.

Avec toute mon assurance, je redresse le menton et l'affronte. J'ai arrêté de me soumettre à son autorité parentale depuis belle lurette, bien que je sois sous celle de mon mari dorénavant. J'en veux à mon père de ne plus me protéger depuis que je suis avec Enrico.

— Tu le sais très bien !

Il s'approche de moi, me menace de l'index.

— Je t'interdis de le rejoindre ! Il a déjà assez causé de problèmes par le passé. Je ne comprends pas ce qu'a eu en tête ton imbécile de mari en l'embauchant ici, mais si ça ne tenait qu'à moi, je lui aurais trouvé du travail à l'autre bout du pays. Tu entends, Monica ? Je te l'interdis ! Imagine ce qui arrivera si Enrico découvre la nature de votre relation.

Mes yeux le fusillent et mon cœur hurle d'indignation. Je tremble devant cette injustice qui me brûle les veines. Le besoin de voir Alessandro me ronge l'âme. Je veux lui parler, prendre la mesure du mal que je lui ai infligé et peut-être, obtenir son pardon si je parviens à lui expliquer. La fureur que m'inspire mon paternel lacère ma peau comme un monstre griffu sorti tout droit des tréfonds de mon âme meurtrie. Une boule de rage explose dans ma poitrine avant de s'extirper par ma bouche dans des mots que peut-être je regretterai un jour.

— Ne t'adresse plus jamais à moi de cette manière. Ce sera « madame » et « vous ». Et ne t'avise plus jamais de me donner un ordre. Tu as souhaité cette situation, alors assume-la.

Je me redresse, le domine de cette fausse puissance que je feins d'avoir devant lui, et lui passe devant tandis qu'il demeure dans un mutisme dû au choc de mes paroles. C'est une première que je lui parle de cette manière, que je le mets face à ses erreurs.

Une fois dehors, le chant des cigales et la chaleur suffocante me ramènent à la réalité tandis que l'adrénaline coule encore dans mes veines. Presque en panique, je cherche Alessandro, balaie le jardin d'un regard circulaire pour enfin le repérer dans l'abri où il fume une cigarette tout en se rafraîchissant. Je m'approche d'un pas pressé, m'engouffre dans la petite cabane sous son air surpris. Me cachant de mon père pour qu'il ne puisse pas m'observer depuis les fenêtres de la maison, je m'appuie contre le mur du fond. Je tente de calmer ma respiration affolée tandis que mon cœur s'emballe sous l'intensité de ses iris qui me sondent.

Il me détaille, lentement, comme s'il appréciait la vue que je lui offre. Je ne me prive pas d'en faire autant, surtout que des gouttelettes d'eau ruissellent le long de son torse dénudé, parfaitement ciselé, telle une statue grecque. Ses cheveux humides sont en désordre et lui confèrent un air fripon irrésistible. Il est aussi beau que dans mes souvenirs, et bien plus d'ailleurs. Aujourd'hui, c'est un homme, sa fine barbe peut en témoigner tout comme sa musculature plus développée. Des veines saillantes sillonnent ses mains et ses bras.

C'est lui qui rompt le silence :

— Tu as été plus rapide que moi. Je pensais essayer de te voir cet après-midi. J'ai appris que ton mari ne serait pas là.

Surprise par la douceur du ton qu'il emploie, j'entrouvre les lèvres, mais ne trouve rien à répondre. Comment a-t-il eu vent qu'Enrico allait s'absenter de la maison ? Est-il au courant qu'il me trompe ? Je suis certaine que le village entier le sait et que cela alimente bien les rumeurs à mon encontre. Ah ! Ils doivent bien se foutre de moi et de ma naïveté.

— Tu devrais démissionner, Aless, parviens-je à prononcer d'une voix glaciale et tranchante.

Je m'étonne moi-même d'avoir enfin réussi à aligner plusieurs mots dans une phrase intelligible, ainsi que par la teneur de mes propos et du froid polaire qui en émane.

Les traits d'Alessandro se ferment, ses sourcils se froncent et sa mâchoire se crispe.

— Ah ! D'accord… Je pensais que tu étais heureuse de me revoir, mais apparemment je me suis trompé.

— Ce n'est pas ça…

Je soupire en cachant ma figure entre mes paumes et tente de reprendre contenance face à lui qui met à mal mon assurance et ébranle tout mon univers. Quand je redresse le visage dans sa direction, il s'approche de moi, avec lenteur, provoquant des picotements sur mon épiderme à mesure que la distance entre nous se réduit.

— C'est quoi, alors ?

Je déglutis, le regarde droit dans ses yeux parsemés de vert tandis qu'il s'arrête suffisamment près pour que je puisse humer son souffle chargé de nicotine qui s'échoue sur ma pommette. Je crève d'envie de le toucher, de savoir si sa peau est aussi douce et chaude que dans mes souvenirs. Mais je ne peux pas me permettre d'agir de cette manière. Le prix à payer serait trop lourd à supporter si on me surprenait. Me laisserait-il d'ailleurs faire ?

Toutes mes pensées sont interrompues au moment où il lève la main dans ma direction et que son index frôle ma joue, comme pour s'assurer que je suis bel et bien réelle. Un frisson me lèche l'échine, ma peau crépite à l'endroit où il l'a touchée.

Nos regards s'arriment et entraînent avec eux une tempête émotionnelle sous laquelle chacune de mes cellules pulse à l'unisson avec mon cœur. Incapable de répondre à sa question, je suis sous l'emprise de la profondeur de ses prunelles. Ma respiration devient irrégulière alors que sa paume caresse ma peau, que ses doigts viennent se mêler à mes cheveux. Cette étreinte si intime, et pourtant totalement déplacée au vu de la situation, rend mes jambes cotonneuses et torture mon cœur.

— Pourquoi veux-tu que je m'en aille? m'interroge-t-il dans un souffle.

Je déglutis, tente par tous les moyens de reprendre mes esprits. Je sais que je devrais mettre fin à son geste, lui demander de garder sa place. Non parce que je ne le désire pas, mais parce que cela pourrait se retourner contre nous deux. Pourtant, ce qu'il se passe en ce moment, je l'ai rêvé bon nombre de fois, chaque nuit où j'ai tant pleuré sur mon sort, tant regretté mon Aless. J'aimerais me laisser aller plus loin dans la passion qu'il m'inspire, mais je dois me réfréner coûte que coûte.

— Il serait capable du pire si tu m'approches, lui avoué-je.

Sa poigne se raffermit sans que cela soit douloureux. Son regard descend sur ma bouche, devenant envieux, gourmand. Comme si le fait que je mentionne l'interdit l'affamait d'autant plus. Sauf qu'il me relâche, se recule, puis range ses mains dans ses poches. Cette soudaine distance qu'il installe entre nous me déstabilise par son contraste avec notre position précédente. J'ai tout à coup froid, alors que la chaleur est étouffante.

L'absence de son corps contre le mien est cruellement trop présente, comme si on venait d'arracher cette partie de moi que je retrouve à peine.

— Ce sont des réponses que j'aimerais, Monica. Pour ce qui est de t'approcher… Je verrai en fonction de ce que tu me dévoileras.

Sa dernière phrase me coupe le souffle. Il sort du cabanon puis se retourne.

— Je serai tous les soirs au bar où nous nous sommes vus. Je t'y attendrai. Ici n'est pas le lieu pour une telle conversation.

Il dépose un petit bout de papier sur l'établi, puis disparaît dans le jardin. Il m'abandonne dans l'obscurité de cette masure qui sent le renfermé avec mes émotions à vif et cette flamme ravivée au fond de mon cœur et que je croyais à jamais éteinte. Alessandro vient de me donner un rendez-vous, un lieu où nous rejoindre. Mon seul problème est que cet endroit est public et que les habitants me reconnaîtront, comme la dernière fois. Je ne suis sans doute pas la personne la plus présente dans la vie du village, mais les gens fortunés sont des figures connues dans ces petites bourgades.

Sauf qu'un minuscule quelque chose en moi me pousse à me rebeller et m'y rendre. Mais aurai-je le cran nécessaire pour avouer à Aless la vérité ? Et surtout, pourra-t-il me pardonner ça ?

Je m'empare du papier et lis une série de chiffres. Son numéro de téléphone. Je redresse la tête vers l'extérieur, tenant entre mes mains un secret qui me brûle déjà les doigts.

Si jamais Enrico trouve ça, je suis bonne pour un aller simple en enfer.

Chapitre 13

Alessandro

Cette courte entrevue avec Monica tourne en boucle dans mon esprit. Elle est plus belle que dans mes souvenirs. Ses lèvres pulpeuses m'appellent, ses longs cheveux noirs sont toujours aussi doux et bon sang, ses yeux chocolat brillent encore de cette lueur qui me rendait dingue. J'ai bien failli céder à la tentation qu'elle représente, happer sa bouche et me perdre dans un baiser qui devient une véritable obsession. Mais je crains que ses réponses soient trop lourdes pour que je puisse les encaisser. Trop de questions sont restées en suspens toutes ces années pour qu'elles s'effacent comme ça. J'ai cette nécessité de savoir qui me dévore les boyaux, encore plus depuis que je l'ai retrouvée.

Dans les ténèbres de mon salon, la lueur du bout de ma cigarette brasille quand je tire dessus. Impossible de trouver le sommeil depuis que j'ai touché de nouveau Monica. Plus j'essaie de la chasser de mes pensées et plus elle en prend possession. Je me sens comme prisonnier d'elle, car la seule chose que je peux faire, c'est l'attendre. J'ai erré de longues heures sur internet, cherché toutes les photos d'elle quand elle apparaît en public avec son mari. C'est tout le temps la même chose, j'ai la boule au ventre de la découvrir à ses côtés, lui qui encercle sa taille comme si elle risquait de lui échapper à chaque instant. J'ai scruté mon téléphone toutes les deux minutes pour voir si elle ne m'avait pas envoyé un message, mais rien. Silence radio. À force de songer à elle, mes souvenirs me hantent, bien qu'ils ne soient pas ceux qui m'apaisent le plus, car ils ne sont pas très reluisants.

Nous avions 15 ans

J'arrive à la cabane dans l'après-midi, souhaitant effacer les traces de ma débauche dégueulasse. Je suis tellement furieux contre Monica que je lui ai rendu la monnaie de sa pièce, mais de manière plus fourbe encore. J'ai choisi la fille qu'elle déteste le plus, l'ai séduite sans trop de difficulté puisque j'ai hérité de la belle gueule de mon père. Puis je l'ai emmenée dans notre endroit secret pour l'embrasser, la toucher et même plus parce que ça a dérapé. Mais je sais que Tullia ira se vanter auprès des filles du lycée que je l'ai sautée. Cela reviendra aux oreilles de Monica et elle souffrira peut-être autant que moi au moment où je l'ai retrouvée avec ce connard.

Même si mon plan est d'un machiavélisme sans faille, je me sens sale, répugnant et je m'en veux. Sauf qu'au moment où j'arrive au cabanon, l'odeur de fumée me parvient avant d'aper-

cevoir le feu qui flambe devant la porte. Je m'arrête un instant, surpris par la scène qui se déroule sous mes yeux.

Monica est en train de jeter draps, couvertures et oreillers dans les flammes. Sans réfléchir, je me précipite sur elle, m'empare de son poignet pour l'empêcher de réduire en cendre le dernier coussin.

— Qu'est-ce que tu fous ? grondé-je.

Elle se débat, me pousse, puis me cogne en hurlant :

— Lâche-moi ! Sale traître, lâche-moi !

Traître ?

Ce mot me glace instantanément et la peur de saisir ce qu'elle sous-entend me ravage. Tullia a déjà parlé ? Cela m'étonnerait que la nouvelle se soit répandue aussi vite. Alors, comment Monica peut-elle être au courant ?

Je raffermis ma poigne, l'approche de moi et colle presque mon nez contre elle. Ses iris irradient d'une colère si noire qu'elle dévore cette lumière que j'aime tant dans ses yeux.

— Putain, mais qu'est-ce qui te prend, Monica ! hurlé-je.

Je ne vois pas arriver la gifle qu'elle m'assène. Sonné, je la libère comme si elle venait de m'électrocuter, choqué qu'elle ait osé me frapper.

— Ne joue pas aux innocents avec moi, Alessandro ! Je vous ai vus cette nuit. Ta langue dans sa bouche, tes mains partout sur son corps. Tu me dégoûtes !

Des larmes perlent sur le bord de ses yeux tandis qu'elle énumère les souvenirs de ce qu'elle a pu observer hier soir. La découvrir ainsi me chambarde, j'ai envie de la consoler, de lui *hurler que c'est à elle que je désire faire toutes ces choses, mais elle ne m'en laisse pas le temps.*

— Je ne veux plus jamais te parler, Alessandro Gallino !

Elle tourne les talons en m'abandonnant là, devant le feu de ses blessures causées par ma faute. Je sais que je devrais lui courir après, lui demander de me pardonner et lui avouer ce que je ressens au fond de mon cœur, mais la honte m'en empêche. Je l'observe me quitter d'un pas pressé tout en essuyant ses joues inondées de larmes. Je suis maintenant seul avec pour unique compagnie, ma culpabilité.

Après toutes ces années, je sens encore les picotements sur ma joue suite à cette gifle méritée. Chaque fois que je repense à cet instant, les mêmes émotions me submergent. J'ai honte d'avoir agi ainsi, mais je me pardonne par la même occasion. Nous étions jeunes, nous ne savions pas comment nous dire que nous nous aimions sans nous faire du mal. Et ça, on s'en est fait…

Je recrache la fumée de ma cigarette dans l'obscurité, la peau moite à cause de la canicule qui accable encore la région, ces derniers jours. La nuit est une sombre compagne qui apporte des songes m'empêchant de trouver le sommeil.

Je décide de prendre l'air, alors que celui-ci est lourd et sans fraîcheur. Peut-être que marcher me fera du bien ? À défaut d'avoir une clim… Quand j'ouvre ma porte, je tombe nez à nez avec Flora assise sur mon palier, les pommettes zébrées de noir et les yeux rougis. Je demeure immobile, l'observant tandis qu'elle lève la tête vers moi.

Qu'est-ce qu'elle fiche ici ? Et pourquoi pleure-t-elle ? Je suis prêt à mettre ma main à couper que c'est à cause de son richard d'amant, ce mur qui s'érige entre Monica et moi, certainement l'origine de toutes mes prochaines emmerdes. Mais Flora est aussi mon amie, je ne peux pas lui claquer la porte au nez. Je m'agenouille devant elle, scrute son visage en fronçant les sourcils pour comprendre la cause de son chagrin. Quelques-unes de ses mèches blondes lui collent aux joues, sa peau brille de transpiration due à la chaleur ambiante et le premier bouton de sa robe est ouvert.

— Qu'est-ce qu'il t'arrive ? lui demandé-je.

Elle se met à sangloter, puis se redresse pour me sauter au cou et pleurer à chaudes larmes.

— Oh, Aless…

Elle ne parvient pas à aligner trois mots. Je lui frotte le dos pour tenter de la calmer, mais elle semble inconsolable. Je l'aide à se relever, la fais entrer chez moi et la conduis dans ma chambre. Elle s'assied sur le bord de mon lit, passe son temps à essuyer ses joues tout en reniflant. Je lui tends un mouchoir et lui sers un verre d'eau qu'elle avale dans de grandes gorgées. Cela semble l'apaiser, elle reprend sa respiration en douceur. Je m'agenouille devant elle, pose mes mains sur ses cuisses et observe ses traits grâce à la lueur de la lune.

— Tu veux en parler.

Elle hésite avant de secouer la tête.

— Je veux juste ne pas être seule cette nuit.

— C'est à cause de lui ?

Elle ferme les paupières, inspire profondément puis me répond :

— S'il te plaît, Aless. Pas ce soir. J'aimerais simplement… que tu me prennes dans tes bras.

Sa voix tremble à nouveau. Je soupire, me rendant bien compte que je n'obtiendrai pas plus de détails aujourd'hui. Alors, je me déshabille et m'installe de l'autre côté du matelas. Flora s'allonge auprès de moi, puis se blottit contre mon flanc tandis que je passe un bras autour de ses épaules. Je perçois ses sanglots durant la nuit, ses larmes trempent mon torse. Je lui caresse la peau du bout des doigts, lui montre que je suis là bien que je ne sache pas ce qui la met dans un tel état.

Aux premières lueurs du jour, je me lève afin de me préparer pour le travail. La nuit a été chaotique, le poids de la fatigue pèse sur mes épaules. Flora dort toujours à poings fermés, l'air apaisé et serein. Je ne compte pas la réveiller, ce ne sera pas la première fois qu'elle restera dans mon appartement après une nuit ensemble. Sauf que d'habitude, l'épuisement est plus dû à nos ébats qu'à un état émotionnel. Je l'observe, étendue sur mon lit, toujours vêtue de sa robe maintenant toute chiffonnée. Son teint est pâle, ses cheveux emmêlés et ses lèvres sèches. Son mascara a coulé sur ses pommettes, ce qui lui confère une allure encore plus débraillée. Elle donne l'impression d'avoir traversé un désert, revenant d'un voyage que personne ne comprendrait. Je ne pourrais parier sur le fait qu'elle me parlera de ce qu'il s'est passé pour la mettre dans cet état, mais j'espère qu'elle le fera. Ce Giordano m'inspire de plus en plus de rancœur et de haine. Son rapport aux femmes me paraît étrange, son comportement avec elles, également. Peut-être que je me trompe, que de le savoir marié avec Monica altère mon jugement, mais je le sens, là, dans mes tripes.

L'odeur des oliviers et du soleil m'enivrent pendant que je me rends en pick-up à la villa. J'essaie de me concentrer sur ma journée, de ne pas penser que je vais revoir l'ordure à l'origine du maelstrom d'émotions contradictoires qui me submergent.

Quand j'arrive à destination, la voiture du propriétaire n'est pas ici et la demeure est plongée dans le silence le plus total. Je me parque à l'arrière du garage, près de cette décharge qui aurait bien besoin d'être nettoyée. Mais tant qu'on ne m'en donnera pas l'ordre, je ne bougerai pas le petit doigt.

Faut pas pousser non plus !

Déjà que jouer le larbin sous les ordres d'Alfredo me colle des boutons, je ne vais pas non plus prendre des initiatives.

Je me rends dans la remise, cet abri qui me sert de bureau, poussiéreux et sombre. Je sursaute quand un nuage de fumée de cigarette m'arrive en pleine figure. Monica, cachée dans le fond dans une robe crayon noire et moulante, ses traits fatigués trahissant son épuisement. Paradoxalement, une roseur sur ses joues lui attribue un air confus, chargé de velléités.

— Bonjour, la salué-je, sans pour autant m'avancer vers elle.

Elle tire une nouvelle fois sur sa sèche, ce qui attise mon besoin d'en griller une également. Elle ne prononce aucun mot, m'observe avec une expression que je ne lui connais pas. Je finis par venir plus près, détaille son visage décomposé par… la douleur. La voir comme ça me donne l'envie subite de la serrer dans mes bras, de la protéger. Mais je ne peux pas…

Je lui confisque sa clope, m'approche suffisamment pour l'obliger à me regarder dans les yeux, sentir l'odeur de son parfum et son souffle s'échouer sur ma peau.

— Qu'est-ce qu'il se passe ? demandé-je.

— Il n'est pas rentré, m'annonce-t-elle d'une voix blanche.

Je ne sais pas comment prendre cette information. Cela la rend-elle triste ? Est-elle jalouse ? Cela signifie donc qu'elle est amoureuse de lui ou qu'elle tient assez à lui pour avoir peur de le perdre ? Et pourquoi ça m'emmerde autant ?

La colère me dévorant une cellule après l'autre, je tire sur sa tige, mon regard plongé droit dans le sien. Je pose ma bouche là où la sienne se trouvait quelques instants plus tôt, me délecte de sentir sa salive sur le bout, à défaut de pouvoir y goûter directement à la source. Quand j'aspire la fumée, ma langue vient cueillir ce qu'il reste d'elle sur mes lèvres. Ses yeux suivent le moindre de mes mouvements, totalement hypnotisés par mon comportement, encore une fois borderline vis-à-vis d'elle, voire obscène. L'incandescence de ses iris m'indique que Monica n'est pas indifférente à mon manège et cela me ramène quelques années en arrière, quand nous nous prêtions à ces jeux pour rendre dingue l'autre. Et je suis prêt à parier qu'elle y pense également.

Chapitre 14

Monica

Pourquoi suis-je venue ici, au juste ? Pourquoi me suis-je réfugiée dans cet abri de jardin insalubre ? Pour assouvir un vice que je cache à mon mari qui ne supporte pas de me voir avec une cigarette, prétextant qu'une femme de ma condition ne doit pas se conduire comme une vulgaire catin. Est-ce que sa serveuse fume, elle ? J'aimerais tellement apprendre à la connaître, décortiquer ce qui la compose, comprendre pourquoi il la choie, la couvre de cadeaux et d'attentions, la retrouve avec envie toutes les semaines, alors qu'il me réserve tout ce qu'il y a de plus sombre et froid en lui. Non pas que je sois jalouse, mais je ne saisis pas pourquoi il agit ainsi avec moi, me forçant à m'interroger sur mon rôle d'épouse à ses côtés. Pourquoi ai-je l'impression d'être un poids pour lui ? Peut-être est-ce parce que je ne suis jamais arrivée à lui offrir mon cœur ? Alors, quand il n'est pas rentré hier soir, j'ai passé la nuit à me poser des milliers de questions. J'ai essayé de comprendre pourquoi je ressentais un nombre incalculable d'émotions quand Alessandro me regarde seulement tandis qu'Enrico ne m'inspire que haine et tristesse.

Je me cache dans le fond de la cabane, attendant qu'il apparaisse. Je n'ai pas grand-chose de plus qu'hier à lui raconter, mais je voudrais m'assurer que ce que j'ai éprouvé en sa présence la veille n'était pas un leurre. Son contact m'a remuée tout entière, enflammé le cœur et rappelé tant de souvenirs que je suis comme une droguée en manque, j'en redemande. Cela faisait tellement longtemps que je n'avais pas eu ce genre de sensation. Je n'en ai pas dormi de la nuit, j'ai ressassé ce moment encore et encore, savourant le fantôme de ses doigts sur ma peau. Et j'ai hésité un millier de fois à lui envoyer un message ou lui téléphoner même, mais le courage m'a manqué. Trop peur qu'Enrico le découvre ou rentre juste au moment où je discuterai avec mon ancien petit ami.

Me touchera-t-il encore ? Bon sang, j'en crève d'envie. C'est devenu une véritable obsession.

Je tire sur ma tige et frissonne de désir quand Alessandro apparaît enfin. Et bordel, qu'il est beau ! Même vêtu avec simplicité, d'une chemise à peine boutonnée et d'un jean troué par le travail. Ses manches sont roulées sur ses avant-bras bronzés et dévoilent le tracé de ses veines qui disparaissent sous le tissu. Aless semble surpris de me trouver ici. Il s'est immobilisé quand il m'a aperçue, des cernes cerclant ses magnifiques yeux aux éclats d'émeraude. Il n'a clairement pas passé de coups de peigne dans ses cheveux hirsutes, mais je mentirais si je disais que cela ne lui va pas. Au contraire…

— Bonjour, me salue-t-il d'un timbre rauque qui génère un frisson le long de mon échine.

Je ne réagis pas, fascinée par le simple pouvoir que peut

avoir sa voix sur mon corps. Je tire par automatisme sur ma cigarette tandis qu'il s'approche de moi et me l'arrache des mains. Je le laisse agir. Il place son visage à quelques centimètres du mien, mon rythme cardiaque accélérant au passage.

— Que se passe-t-il ? m'interroge-t-il d'un ton inquiet.

— Il n'est pas rentré.

J'ai répondu machinalement, sans réfléchir une seconde que ma phrase pourrait sous-entendre que cela m'affecte, alors qu'il n'en est rien. Non, ce qui me touche, c'est de voir Alessandro se tenir devant moi, maintenant, tout de suite. Je chancelle à cause de ma poitrine qui déborde de tout ce que j'aimerais lui avouer. L'intensité de son regard change tandis qu'il tire à son tour sur ma sèche, retenant toute mon attention. Jamais observer quelqu'un fumer ne m'avait paru aussi érotique de toute ma vie. Puis, au moment où il aspire la bouffée, sa langue qui lèche ses lèvres m'hypnotise. Je l'imagine ailleurs, sur ma peau de préférence. Alessandro remarque mon trouble, en joue, tout comme par le passé, dans ces moments où il aimait me torturer autant que je voulais le faire souffrir.

Nous avions 15 ans

— Monica ! m'interpelle Salvatore. Attends-moi !

J'arrête ma course en direction de la sortie des cours. Mon camarade s'approche de moi d'un pas pressé, vêtu d'un tee-shirt et d'un jean de grande marque. Ses cheveux châtains aux reflets blonds lui donnent un air plus doux. Ses yeux bleus sont si clairs que je me sens toujours très mal à l'aise quand ils me fixent trop longtemps. Il est beau garçon, mais je ne ressens rien si ce n'est de la sympathie à son égard.

Je sais que je lui pardonne un peu vite sa méchanceté durant notre enfance, mais nous n'étions que des gamins, non ? Alessandro me reproche cette amitié qui, selon lui, n'est qu'un prétexte pour Salvatore afin de m'approcher, me séduire et me prendre ce qui l'intéresse. Je traduis : me baiser puis me jeter. Ce qui m'horripile au plus haut point quand on connaît son propre comportement avec les filles de la classe. Elles sont où les bourgeoises qu'il exécrait tant avant ? Tout ce que je sais, c'est qu'il se complaît à fourrer sa langue au fond de leur bouche et bien plus encore…

— Tu as prévu quelque chose après les cours ? me demande Salvatore.

— De rentrer chez moi.

Mon ton est sans équivoque, mais cela n'empêche pas le blond d'insister.

— Et si je t'invitais à boire un verre ?

J'hésite. Papa m'attend à la maison et pète les plombs quand je préfère flâner avec mes camarades plutôt que de rentrer pour m'occuper des tâches ménagères. Sauf qu'un élément perturbateur met en berne ma bonne volonté.

Alessandro, paumes appuyées contre le mur de part et d'autre du visage de Rosa, une autre élève de notre classe, l'embrasse à pleine bouche. Mon estomac se révulse à cette vision, endolori par sa trahison. Et ce qui me pique à vif, c'est qu'il me regarde tout en accomplissant son dessein, affichant un rictus moqueur quand je ne peux plus dissimuler ma colère. L'enfoiré ! Je ravale mes larmes, ne souhaitant pas lui offrir le cadeau de la souffrance qu'il m'inflige, puis m'empare de la main de Salvatore.

— Avec grand plaisir.

Cette fois-ci, c'est Aless qui ne parvient plus à camoufler son irritation. Il se décolle de la bouche de sa nouvelle proie pour m'observer d'un air mauvais. Mon regard s'arrime au sien et une joute visuelle s'opère entre nous deux. Il fronce les sourcils, sa mâchoire se crispe et ses poings se serrent à en faire blanchir leurs jointures.

Dans ta gueule, connard !

J'en viens à souhaiter qu'il souffre autant que moi, bien que je doute que tenir la main d'un autre garçon soit de la même ampleur que d'en embrasser un. Le plus terrible dans tout ça, c'est qu'en me vengeant de la sorte, je ne me sens pas mieux. Je crève d'envie de rentrer chez moi pour m'enfermer dans ma chambre et pleurer toutes les larmes de mon corps en écoutant de la musique, triste de préférence. Mais si je m'abaisse à cela, il aura gagné et se donnera le droit d'agir comme bon lui semblera sans s'inquiéter de savoir si je suis toujours à lui ou non. Parce que, quoi qu'il advienne, il possédera à jamais une partie de mon cœur. Alessandro restera ce petit garçon qui me protégeait dans la cour de l'école tandis que les autres enfants se moquaient de moi et me malmenaient.

Alors que je m'éloigne, ma poitrine se fendille, m'obligeant à presser la main de Salvatore qui prend mon geste comme une demande de plus d'attention. Il enlace ma taille de son bras, me colle plus à lui. Je suis gênée par cette soudaine proximité, mais n'objecte pas, car j'espère qu'Aless n'en loupe pas une miette. Mais je n'ai pas le temps de dire ouf que mon compagnon s'écrase à terre dans un bruit sourd. Je lâche un cri de surprise, ne comprenant pas ce qu'il vient de se passer. Salvatore, face contre terre, se redresse et se retourne pour regarder derrière moi, l'air choqué et ahuri. Du sang coule de son nez et son front présente une méchante écorchure. Je tourne les yeux dans la même direction que les siens pour découvrir Alessandro essoufflé, la rage crépitant dans ses iris, et rouge de colère.

Cette fois, c'est moi qui sors de mes gonds.

— Non, mais tu plaisantes, j'espère ? vociféré-je à son attention.

Avant que je puisse amorcer un geste, il me saisit par le poignet pour m'éloigner de l'attroupement qui s'est formé autour de nous dans l'espoir qu'une bagarre éclate entre les deux adolescents. Il me traîne d'un pas rapide et vif. Je trébuche derrière lui tandis que j'essaie de l'obliger à me libérer, mais il serre avec tellement de vigueur qu'il me fait mal.

— Lâche-moi, Alessandro. Je t'interdis…

Je n'ai pas le temps de terminer ma phrase, qu'il me plaque avec force contre le mur derrière l'école, mon souffle s'échappant de mes poumons sous le choc. Nous sommes seuls, à nous fixer avec provocation, ayant pour unique compagnie les cigales et nos respirations erratiques. Mon cœur tambourine si énergiquement dans ma poitrine que je suis sûre qu'il peut le percevoir. Sa proximité échauffe mes joues, son regard inquisiteur ébranle mon âme.

— Je refuse que tu sortes avec lui, tu entends ?

Je sursaute au ton autoritaire qu'il emploie à mon encontre. Mais une flopée de sentiments me submerge et j'hésite entre le gifler ou l'embrasser. Mais jamais je n'aurai assez d'audace pour lui offrir un baiser.

Alors, je le défie.

— Tu es gonflé d'exiger une telle chose, Alessandro ! De quel droit tu te permets de décider avec qui je sors ou non, alors que tu fourres ta langue dans la bouche de toutes les filles de la classe ?

Sa main glisse sur ma gorge, l'enserre sans pour autant m'empêcher de respirer. La colère irradie de tous ses pores. Je ne parviens pas à anticiper ses réactions.

— Je ne peux pas supporter qu'un autre puisse te toucher, Monica…

Voilà, nous y sommes. Je dois l'obliger à me le dire parce que s'il évite encore la question, je vais mourir à petit feu.

— Pourquoi ? demandé-je dans un souffle.

Ses doigts remontent le long de ma gorge pour encercler ma mâchoire. Ses iris crépitent d'une lueur plus chaude, brûlante même. Je me tortille sous son regard, mais pas d'appréhension ou de peur. C'est un délicieux trouble qui opère dans mes entrailles. Jamais je n'avais ressenti cela. Alors que la pulpe du pouce d'Alessandro se perd sur mes lèvres, mon entrecuisse se crispe au point que je perds pied. Je le désire tout entier. Je veux qu'il me possède, qu'il me fasse sienne comme il a pu le faire avec ces filles. J'ai l'intime conviction que ce sera différent avec moi, que nous sommes liés par une relation bien plus profonde. Mais comment pourrais-je en être sûre alors qu'il lorgne sur ma bouche avec insistance plutôt que de poser la sienne dessus ?

— Aless…

Mes mains agrippent son tee-shirt, le tirent pour l'approcher davantage. C'est plus fort que moi, j'ai besoin de sentir son corps près du mien. Je le supplie du regard, attends sa réponse comme une libération salvatrice, sauf qu'il demeure muet et me dévore des yeux.

— Aless, s'il te plaît…

Il mord ses lèvres, passe sa langue dessus, captivant mon attention au passage. Je brûle sous ses prunelles incandescentes. Son bassin moulé au mien ne peut plus me cacher son désir qui gonfle contre ma hanche. Pourquoi s'obstine-t-il à me dissimuler ses sentiments ? Mes mains se nouent derrière sa nuque, appuient dessus pour l'obliger à se pencher. Je tremble sous l'effet de ses lèvres qui frôlent les miennes. Nos yeux ancrés, nous demeurons ainsi à nous interroger du regard.

Qui cédera à l'autre ?

Je ne comprends pas pourquoi il ne s'abandonne pas à son désir évident de m'embrasser. Alors j'abdique, me dresse sur la pointe des pieds pour mettre fin à cette mascarade, sauf qu'Alessandro me libère et recule comme s'il venait de se brûler.

Ce rejet me fait l'effet d'un coup de poing dans le sternum quand j'aperçois le rictus qui ourle ses lèvres. Une boule se forme dans ma gorge alors qu'il bat en retraite sans prononcer un mot, m'abandonnant là avec des larmes qui pointent aux bords de mes yeux.

S'est-il amusé à me rendre ivre de lui ?

Alessandro sourit, amusé par mon trouble évident. Cela fait bien longtemps que je n'ai pas vu cet air taquin sur ce visage, pourtant, malgré les années, il n'a pas changé. Toujours ces fossettes à croquer, son côté fripon et sa gueule d'ange pas si vertueuse quand on gratte un peu. Il continue de fumer ma cigarette en attendant que je réagisse. Mais comme je garde le silence, il finit par abdiquer et prendre la parole.

— Ça t'emmerde tant que ça qu'il ne soit pas revenu ? Tu sais où il se trouve au moins ?

— Pas où… mais avec qui, oui…

Il tique, fronce les sourcils alors qu'il me sonde. J'éclaire donc sa lanterne :

— Oui, je suis au courant que mon mari me trompe. Je crois que personne dans ce village ne l'ignore.

Il recrache la fumée sur mon visage, me plongeant dans un brouillard où j'aimerais me cacher plus longtemps pour dissimuler ma honte.

— Je suis désolé pour toi, Monica, souffle-t-il.

Tandis que sa phrase m'ébranle davantage, il s'approche et me serre dans ses bras. D'abord surprise par son geste, je demeure immobile, n'osant pas bouger. Puis je fonds sur lui, enfouis mon nez contre son torse, en profite pour humer son parfum qui a toujours cette nuance si familière, mais également une note plus féminine. Celui de cette femme… Je ne peux réprimer la pointe qui traverse mon estomac, mais j'en fais abstraction, trop heureuse de me trouver là où je suis actuellement. J'encercle sa taille alors qu'il caresse mes cheveux et m'étreint un peu plus fort. Aless s'écarte légèrement, plonge ses iris aux éclats verts dans les miens. Mon cœur s'accélère, fou de joie de ce qui est sur le point de se passer. Les ailes d'une nuée de papillons qui s'envole me caressent l'estomac. Mes doigts, cramponnés à sa chemise, tirent dessus pour lui signifier que je le désire autant que lui. Aless se penche alors et son souffle erratique s'écrase sur mon visage. Les paupières mi-closes, je m'apprête à recevoir cette décharge d'émotions en pleine figure quand le vrombissement caractéristique du moteur d'une voiture de sport nous parvient.

Je sursaute. Aless se redresse. Nos regards paniqués s'interrogent. Ni une ni deux, je bondis presque pour m'éloigner de lui, une salve de peur se répandant dans mes veines. La nausée me gagne, mes yeux sont à l'affût.

— C'est lui, murmuré-je. Aless… Je dois…

Je ne finis pas ma phrase et m'enfuis vers la maison d'un pas pressé, priant pour qu'Enrico ne me voie pas quitter la cabane de jardin.

Chapitre 15

Monica

Je pénètre dans la maison le plus silencieusement possible, ferme la porte avec délicatesse et me dirige à pas de loup vers la cuisine, lieu où Enrico ne met quasiment jamais les pieds. Maria est en train de découper des tomates et ne m'a pas vue arriver. Elle sursaute quand elle m'aperçoit, hoquetant de surprise. Je lui fais signe de se taire afin que mon mari ne repère pas tout de suite l'endroit où je me trouve. Je passe un tablier, sors un couteau du tiroir et aide la cuisinière dans son œuvre. Cette dernière m'observe avec un drôle d'air, ayant pour habitude que je la rejoigne dans les moments où je tente de fuir les problèmes avec mon époux.

— Que vous a-t-il fait cette fois ? demande-t-elle à voix basse.

— Rien encore. Mais il le fera s'il découvre où j'étais…

Elle me lance un coup d'œil interrogateur, puis comprend au moment où je lui désigne d'un coup de menton la fenêtre.

— Oh ! s'exclame-t-elle. Ou plutôt, avec qui, vous voulez dire.

Elle rougit quand elle aperçoit Alessandro pousser une brouette dans le jardin et arrête son regard sur lui, un peu trop longtemps à mon goût. Bien entendu, le fait qu'un bel homme travaille maintenant au sein de la propriété ne lui a pas échappé. Je la soupçonne même de profiter de la vue quand elle est seule, générant un pincement de jalousie dans tout mon être.

— Monica ! gronde la voix d'Enrico dans la maison.

Je frissonne d'appréhension avant d'indiquer ma présence :

— Dans la cuisine !

Je prends bien soin de me placer dos à la fenêtre pour qu'il ne pense pas que j'observe Alessandro œuvrant à l'extérieur. Enrico pénètre dans la pièce, sa chemise hors de son pantalon, ses cheveux en bataille et les yeux noirs, encore brillants de tout l'alcool qu'il a ingurgité la nuit dernière. Sa barbe naissante assombrit son visage sans pour autant lui donner ce côté fripon que peut avoir Alessandro. Son col est taché des traces de rouge à lèvres de sa maîtresse. Il ne tente même plus de le cacher, m'insultant davantage au passage. Je ravale ma rancœur. Si par malheur, je lui faisais une scène, je le paierais deux fois plus cher après. J'ai appris à mes dépens à fermer ma bouche, bien que cela n'aurait été que justice.

— Tu t'ennuies au point de faire la cuisine, maintenant ? se moque-t-il quand il m'aperçoit avec mon tablier. Tu ne veux pas faire le ménage non plus ?

Je me mords la langue, m'oblige à ne rien rétorquer et me concentre sur la tomate que je coupe en fines lamelles. Si seulement je pouvais préparer l'assiette de mon époux moi-même, un puissant poison sous la main…

Oui, il m'arrive souvent de penser à ça. Surtout quand Enrico est mauvais comme aujourd'hui.

— Je suis fatigué, se plaint-il. Je vais me coucher.

J'opine du chef pour lui signifier que j'ai compris, sauf qu'il ajoute :

— Et tu vas monter avec moi, Monica.

Je redresse la tête, pétrifiée de peur. Je sonde son air énigmatique qui ne me dit rien qui vaille.

— Pas la peine de faire cette tête, précise-t-il, un rictus mauvais sur les lèvres quand il prend conscience que je suis effrayée de le suivre à l'étage. Il faut que nous discutions.

J'abandonne couteau et tablier, puis me déplace derrière lui tandis que nous gravissons les marches menant à notre chambre. Sauf que ce n'est pas l'endroit où il m'emmène. Non. Nous pénétrons dans mon lieu de refuge où d'habitude, Enrico ne met jamais les pieds. Je suis désorientée, mais garde le silence en attendant qu'il m'explique ce que nous faisons ici. Mon mari passe la main sur le bord du berceau au bois peint en blanc, puis joue avec les figurines en forme d'animaux du mobile qui se trouve au-dessus. Tout ceci me paraît irréel, j'ai l'impression d'être entrée dans une autre dimension. Jamais auparavant il n'avait montré un quelconque intérêt pour ce lieu.

— Tu sais où j'étais cette nuit ? me demande-t-il.

Je n'ose pas le regarder. L'appréhension gagne du terrain dans chaque parcelle de mon corps. Qu'il ait l'audace de parler de son adultère alors qu'il empeste encore le stupre est non moins une belle humiliation de sa part.

— J'ai besoin de faire ça, m'avoue-t-il.

Je fronce les sourcils comme je ne comprends pas où il veut en venir.

— De quoi tu parles ?

— Tu penses toujours à lui, n'est-ce pas ? élude-t-il alors qu'il s'empare de l'ours en peluche à l'intérieur du berceau.

Une boule douloureuse gonfle dans ma gorge au souvenir de cette perte que jamais je ne pourrai combler, de ce vide qui me déchire un peu plus les organes chaque jour qui passe, sans lui pour illuminer ma vie.

— Tu sais très bien que oui, Enrico, réponds-je d'une voix fantomatique.

— Effectivement, je le sais. Tout comme je sais que tu ne peux plus me donner d'enfant.

La honte me submerge. C'est un reproche récurrent dont il m'accable. Je suis consciente que je suis en partie fautive de mon état, mais je ne regrette pas. Jamais. Je fronce les sourcils, ne saisissant pas où il veut en venir. Et l'appréhension croît au creux de mon estomac. Avec lui, tout est possible, même la plus grande des folies. Qu'est-ce que son esprit tordu a encore pu manigancer cette nuit pendant qu'il se perdait entre les bras de sa maîtresse ?

— Si je me barre aussi souvent pour baiser Flora, c'est uniquement pour oublier cet affront que tu me fais. Ma propre femme, incapable de me donner un fils…

Le sol se dérobe sous mes pieds à cette attaque qui a l'effet d'un coup de poing dans le bide. Les yeux écarquillés, je dévisage mon mari qui me regarde avec un sourire mauvais. Son accusation, ô combien injuste, est une gifle cinglante. De plus, il prononce son prénom à elle comme si c'était un fait établi que je la connaisse et que je lui avais donné mon accord pour qu'il la culbute sans remords.

— Tu… tu plaisantes, j'espère ?

La bile me brûle l'œsophage, aussi acide que la rancœur que je ressens à ce moment précis. Mes mains se referment en poings sur le rebord du berceau et tremblent. Je serre si fort que mes phalanges craquent.

— Qu'est-ce que tu crois, Monica ? J'aime bien aussi qu'une femme éprouve du plaisir quand je la baise. C'est hygiénique, ne t'inquiète pas. Elle n'a clairement pas ta classe et n'est qu'une petite dévergondée de plus que j'ai traînée dans mes draps, même si elle pourrait m'offrir ce gosse que tu me refuses.

— Si c'est une plaisanterie, Enrico, elle est de très mauvais goût ! grondé-je, ragaillardie par la rage qui monte en moi. Je n'y peux rien si je ne peux plus tomber enceinte.

Surtout que c'est en partie sa faute…

Je ne vois pas le coup arriver. Je suis propulsée au sol par un revers que m'inflige mon mari sans mesurer sa force. Le sang envahit ma bouche, les larmes coulent sur mes joues alors que je frémis comme une feuille quand j'aperçois ses chaussures en cuir parfaitement cirées s'approcher de moi. Enrico m'agrippe par les cheveux, m'oblige à me relever pour lui faire face. Je gémis de douleur, tente de le contraindre à me lâcher, mais il me secoue comme une vulgaire poupée de chiffon. Je suis totalement impuissante devant cet homme. À mesure qu'il me parle, son haleine encore emplie d'alcool s'écrase sur mon visage et me soulève le cœur :

— On va mettre au point deux ou trois choses, espèce de petite pute. Si je t'ai épousée, c'est uniquement pour ton joli minois et par charité pour la situation merdique de ton père. Si tu n'as pas fini à la rue, c'est grâce à ma générosité. Tu es à *moi*. De plus, ici, c'est chez moi. Je fais ce que bon me semble sans que tu aies quoi que ce soit à redire. Si je veux baiser Flora, tu l'accepteras et tu fermeras ta gueule ou c'est moi qui te ferai taire. Et si j'ai envie de *te* baiser, tu écarteras les cuisses comme une gentille femme obéissante. J'ai besoin de ça, chérie. J'ai besoin de pouvoir agir à ma guise sans que tu me regardes telle la pire des ordures quand je rentre à la maison.

Son changement de ton indique nettement la démence qui le possède encore une fois. Pendant un instant, je crains qu'il me traîne dans notre chambre pour assouvir son penchant à me prendre de force. Sauf qu'il hurle pareil à un fou :

— Est-ce clair ?

La douleur dans mon cuir chevelu est telle que je geins avant de hocher la tête pour l'obliger à me libérer. Il me balance au sol, me traitant comme une misérable serpillière. Il demeure un moment à me contempler de toute sa hauteur, puis m'enjambe pour sortir de la pièce. Il me laisse seule avec ma honte dans ce lieu qui aurait dû être la chambre de mon bébé, celui que j'ai perdu quelques années plus tôt. Ce bébé que j'aimais du plus profond de mes entrailles, qui était ma bouée de sauvetage, l'amour dans cette maison de la haine, ma bouffée d'oxygène dans cet antre de soufre. Je l'avais mis au monde et avais prié pour qu'Enrico s'adoucisse en devenant père. Au début, j'ai eu bon espoir. Notre relation était sereine et il s'occupait du bébé avec attention. Puis un après-midi où je m'étais absentée pour aller prendre le thé chez Gloriana, Enrico a envoyé mon père me chercher, ce dernier est arrivé en panique et en pleurs chez mon hôtesse. Je suis rentrée précipitamment pour retrouver mon enfant, mort dans son berceau. Mort subite du nourrisson. C'est ce qu'a conclu le médecin. Jamais je n'aurais pensé ressentir douleur semblable. C'était comme si on avait amputé un morceau de mon cœur, de mon âme et de mes viscères. J'ai su ce jour que jamais plus je ne me sentirais entière, qu'il me manquerait *ad vitam æternam* une partie de moi. Je suis restée des jours durant dans la chambre de Paolo, mon fils, à pleurer sans arrêt. L'unique moment où j'ai accepté d'en sortir était pour ses obsèques. Je ne dormais plus, ne mangeais plus. Je me laissais dépérir, anéantie par la douleur de cette perte inestimable. Enrico s'est montré patient, gentil et attentionné vis-à-vis de moi. Jusque-là, même si je ne l'aimais pas, j'appréciais encore sa présence. J'ai fini par aller un peu mieux, bien que pas un jour ne passe sans que je pense à Paolo. Mon mari m'obligeait à sortir avec lui, rencontrer ses amis, ses associés. Alors, c'est là que les dérives ont commencé. J'avais eu un regard trop insistant sur un client ou avais adressé la parole à un convive qui s'était trop approché de moi, il se montrait jaloux. Puis, c'est devenu maladif. S'en sont rapidement suivis les sévices et seulement le début de mon calvaire. Ce qui vient de se produire à l'instant n'est qu'un aperçu de ce dont il est capable. Je m'en tire bien avec ma lèvre fendue et mon bleu sur la pommette.

Je me redresse, réajuste mes vêtements pour tenter de retrouver une once de dignité avant de quitter la pièce à la recherche de glace pour éviter que ma joue gonfle. Sauf qu'au moment où j'essaie d'ouvrir la porte, je me rends compte que celle-ci est verrouillée. Je la secoue, prise tout à coup de panique, puis frappe sur le battant de toutes mes forces.

— Ouvre-moi ! hurlé-je.

Je perçois sa voix étouffée.

— Je pense que je vais te laisser ici le temps que tu réfléchisses à ton comportement.

Mon cœur s'accélère quand je comprends qu'il souhaite me garder enfermée dans cette pièce pendant une durée indéterminée. J'agite une nouvelle fois la porte qui tremble sous mes assauts, mais ne cède pas sous ma minuscule force. Essoufflée, je tente de regagner mon calme et me concentre pour trouver une manière de l'obliger à m'ouvrir.

— Enrico, j'ai besoin d'aller aux toilettes.

Il ricane face à mon essai et rétorque :

— Il y a un pot sous le berceau. Débrouille-toi avec ça. Pour l'heure, je te demanderai de ne pas faire de bruit, je vais aller me reposer.

J'entends ses pas dans le couloir et la porte de notre chambre à coucher claquer. Je m'effondre sur le sol, les larmes au bord des yeux et me sens misérable et pathétique.

Quand aurai-je enfin le courage de l'affronter ? Voire de le quitter ? Je sais que je ne devrais pas accepter cette situation ni la façon dont il me traite. Mais vers qui me tourner ? La police ? Elle ne bougera pas le petit doigt, surtout face à un homme puissant tel qu'Enrico. Mon père ? Il a tant de fois assisté à tout ce cirque sans me venir en aide. Il a aussi peur de lui que moi. J'aperçois pourtant dans son regard qu'il souffre de me voir si malheureuse. Quand il détaille trop longuement les bleus qui ornent mon visage, j'aperçois sa mâchoire se crisper, ses yeux se brouiller. Mais jamais il ne prend ma défense. Trop dangereux. Pour lui et pour moi. Alessandro ? Ai-je vraiment envie de le mêler à ceci, alors que je lui ai déjà fait tant de mal ? J'ai pensé à m'enfuir. Mais cela signifierait abandonner mon père à un triste sort. Et Paolo dans sa pierre tombale… Je n'ai pas non plus le courage de quitter mon bébé. Et si je parviens à m'enfuir, qui sera la prochaine ? Cette Flora ?

La mort dans l'âme, je me laisse choir sur le parquet. Les heures s'égrènent tandis que le soleil suit son chemin jusqu'à ce que les nuances orangées de la fin de journée colorent le ciel. Je n'ai pas mon téléphone, resté dans le salon, pour envoyer un message à Maria, papa ou même Alessandro. Je perçois des bruits qui proviennent de la chambre et espère enfin sortir de cette pièce. Sauf qu'après avoir pris sa douche, Enrico descend l'escalier sans même s'arrêter devant ma geôle. Il me garde prisonnière. Le vrombissement du moteur de sa voiture me parvient et le crissement des pneus a l'effet d'une lacération sur ma peau qu'il m'aurait lui-même infligé. Je recommence à secouer la porte, crie pour que Maria ou mon père me libère, mais personne dans la maison ne bouge.

C'est quand la nuit tombe que la cuisinière entrouvre le battant.

— Madame, souffle-t-elle.

Je me redresse pour la regarder. Le soulagement d'être enfin libre n'est que de courte durée quand j'aperçois ce qu'elle tient dans les mains. Un plateau.

— Je vous ai monté à manger. Mais ne le dites pas à votre mari ou il me foutrait à la porte.

Ce n'est donc que la pitié qui a mené l'employée de maison jusqu'ici. Je refuse toutefois de rester enfermée dans cette chambre une minute de plus. Je m'approche doucement, feins de m'intéresser à ce qu'elle m'a apporté : un verre d'eau et un sandwich. Alors qu'elle se détend, je fonce sur elle, la bouscule et dévale les marches en direction de la porte d'entrée.

— Madame ! hurle-t-elle. Revenez, je vous en prie !

Je sais qu'elle risque aussi gros que moi à cause de mon geste, mais il faut absolument que je sorte de ce cauchemar. Pendant que mes pieds me mènent à la limite de la propriété, je me souviens de ce que m'avait dit Alessandro : qu'il m'attendrait tous les soirs au bar du village. Je prends mon courage à deux mains et saute dans ma voiture pour déguerpir d'ici au plus vite.

Chapitre 16

Alessandro

Le bistrot est bondé ce soir. Il faut jouer des coudes pour atteindre le comptoir et interpeller Flora qui ne sait plus où donner de la tête. Cette fréquentation inhabituelle est due à l'automne qui se prépare. Tous les commerciaux venus au nom des grandes enseignes luxueuses des mégapoles sont en effervescence pour commander la nouvelle collection de Giordano. Et comme l'établissement de Bernardo est le seul du village où on peut trouver à boire et à manger, les représentants se retrouvent ici après avoir réglé leurs affaires. Flora m'a confié que tous les ans, c'est le même cirque et pourtant le tenancier ne lève pas le petit doigt pour aider sa serveuse débordée. Il préfère taper la bavette avec quelques clients cossus au point de se mettre dans un état d'ébriété semblable au leur.

J'essaie d'attirer l'attention de ma jolie blonde, mais à force d'être ignoré, je commence à me dire qu'elle le fait exprès. De plus, son teint de plus en plus pâle au fil des minutes m'inquiète. Elle a l'air au bout du rouleau et à deux doigts de s'effondrer. Elle jette des œillades toutes les deux minutes à son téléphone et semble extrêmement contrariée. Qu'est-ce que Flora ne me raconte pas ?

Agacé par la situation, je m'approche du patron, pousse d'un coup de hanche l'un des hommes avec qui il converse et me plante devant lui. Bernardo devient aussi rouge qu'un coquelicot, honteux qu'un habitué puisse traiter ainsi ses invités privilégiés.

— Dis-moi, Bernardo, et si tu bougeais tes grosses miches pour aider Flora au lieu de te la couler douce ? Je te rappelle que c'est elle qui se tape tout le boulot, alors que tu te contentes de compter les biftons de ton tiroir-caisse, le soir.

La veine sur sa tempe palpite et sa carnation vire au violet. Il est prêt à exploser d'une minute à l'autre, mais se retient de ne pas le faire devant les autres clients, au risque de perdre la face. Je me penche pour qu'il n'y ait que lui qui m'entende :

— Si tu ne veux pas que les pompiers débarquent et foutent le bordel à ta soirée, tu ferais mieux de donner une pause à ta serveuse, voire la laisser rentrer. Prends le relais, mec !

Le patron fronce d'abord les sourcils et me considère d'un œil torve, puis il se retourne pour observer Flora qui se retient de tomber. Il n'y a pas des kilomètres pour qu'elle dégobille dans les verres des ivrognes autour du comptoir. Bernardo s'approche d'elle d'un pas vif et lui parle près de l'oreille. Elle hoche la tête, les yeux brillants de larmes. Elle s'éclipse rapidement dans la cuisine. Je ne peux pas la rejoindre par ce chemin, mais je sais qu'elle va aller prendre l'air dans notre coin habituel. Je sors du bistrot, tourne au coin et la retrouve alors qu'elle est en pleine conversation téléphonique. Le ton est houleux, mais j'entends son trouble dans sa voix. Quand elle m'aperçoit, elle se retourne comme si elle avait honte que je la voie dans cet état.

— La réponse est non. Arrête de m'appeler ! C'est terminé ! Il faut que je te le dise en quelle langue ?

Elle raccroche, fourre son mobile dans la poche arrière de son jean, puis essuie ses joues pour effacer les traces de son bouleversement.

— T'as des ennuis ? lui demandé-je.

Elle cache son visage dans le creux de ses paumes et se met à pleurer sans pouvoir s'arrêter. Je me sens con devant elle. Je ne sais pas comment réagir ni même quoi lui dire.

— Hey ! l'interpellé-je. On est amis, Flo. Qu'est-ce qui ne va pas ? Tu sais bien que tu peux tout me dire.

Je caresse ses longs cheveux à la couleur du blé, dessine des cercles rassurants dans son dos alors qu'elle colle son front contre ma poitrine, acceptant le peu de réconfort que je peux lui offrir.

— J'ai rompu avec Enrico, me confie-t-elle. Et depuis, il n'arrête pas de me harceler.

Enrico Giordano est donc bien le genre de mec qui ne supporte pas qu'on lui dise non. Mais je suis surpris de la décision de Flora. Je ne pensais pas qu'elle avait envie de mettre un terme à sa relation, et encore moins qu'elle le ferait.

— C'est pour ça que je t'ai trouvée devant chez moi cette nuit ?

Elle acquiesce, sanglote encore une fois.

— Je me suis échappée de sa voiture quand… il a commencé à aller trop loin. Après, il rôdait autour de chez moi. Il était ivre. J'ai eu peur.

Aller trop loin ? Peur ? Mon sang se fige. J'espère qu'elle n'est pas en train de m'avouer à demi-mot ce que je crains comprendre.

— Est-ce qu'il t'a fait du mal, Flo ? Il a levé la main sur toi ?

Flora s'écarte de moi et écarquille les yeux. J'ai conscience que mon expression courroucée ne doit pas lui donner envie de me confier ça, mais je dois savoir. Il n'a pas le droit de frapper Flora ni aucune autre femme. Ce n'est pas parce que monsieur a les poches remplies de fric qu'il a plein pouvoir sur les gens. Et j'ai bien peur que cela signifie qu'il violente également Monica. À cette idée, ma mâchoire se crispe et une décharge de fureur me foudroie.

— J'ai voulu mettre un terme à notre relation. Je le lui ai annoncé et il ne l'a pas bien pris du tout. Je te jure, Aless, je n'avais jamais vu un regard aussi noir de toute ma vie. J'ai eu l'impression d'avoir un inconnu en face de moi. Il s'est agité, m'a menacée. Il a dit que je lui appartenais, que je n'avais pas le droit de le jeter comme ça.

Ses révélations sont comme un électrochoc. Je la saisis par les épaules et l'oblige à me fixer.

— Est-ce qu'il t'a fait du mal ?

— Il…

Sa voix se brise et ses yeux se brouillent.

— Il a voulu me prendre de force, mais je me suis enfuie avant.

Mes dents grincent tant je crispe la mâchoire. Je hais de toutes mes forces les mecs qui osent forcer une femme pour leur plaisir personnel. Comment peut-on en arriver à de tels extrêmes ? Si j'avais cet enfoiré de fils de pute sous la main, je lui passerais l'envie de ressortir sa bite de son pantalon pour les quelques décennies à venir.

— Il vient de me demander de me rendre chez lui…

— Ne lui réponds plus, OK ? conseillé-je à la serveuse. Plus tu lui accorderas de l'attention, plus il continuera de te harceler.

— Il continuera de toute manière, nous surprend une voix venue de derrière.

Cette voix…

Déconcerté et surtout incrédule, je me retourne pour être certain que j'ai reconnu ce timbre rauque qui a hérissé tous les poils de mon corps. Monica se tient dans la pénombre. Son visage est méconnaissable tant il est baigné d'obscurité. Elle porte la même robe que ce matin, mais celle-ci est froissée. Ses cheveux ne sont pas aussi bien coiffés non plus. Non. Ils sont sauvages et indomptés comme l'était Monica dans le temps.

Que fait-elle ici ?

Il est vrai que je lui ai affirmé que je l'attendrai tous les soirs au bistrot. J'aurais dû me douter qu'elle le ferait sûrement à un moment ou un autre, après ce qu'il s'est passé plus tôt dans la journée. Pourtant, quelque chose me dit qu'un évènement dont j'ignore la teneur a motivé sa décision.

— Comment ça ? lui demandé-je.

Monica approche d'un pas lent. Ses talons claquent sur les pavés et résonnent contre les murs des bâtisses autour. Le réverbère illumine enfin ses traits et je prends un uppercut dans la gueule. Un bleu assombrit sa pommette et son maquillage a coulé en même temps que ses larmes. Je l'examine, cherche des réponses au travers de son regard qui me supplie de ne pas poser de questions maintenant. Pourtant, je dois montrer un certain self-control pour ne pas exploser devant ce sinistre tableau.

— Quand Enrico souhaite quelque chose, il l'obtient. Dans le cas contraire, il… prend… de force. Et j'imagine que mon mari n'avait encore jamais levé la main sur vous ?

Choqué par sa phrase, je me retourne vivement vers Flora qui écarquille les yeux de stupeur.

— Non… non, jamais, balbutie-t-elle, tout en ramenant ses cheveux derrière ses oreilles de ses mains tremblantes. Il était même très gentleman jusque-là. Mais au moment où je lui ai dit que tout était fini…

La colère défigure Flora qui devient maintenant rouge. Quant à moi, mes pensées se bousculent, un mal de crâne se déclenche et la fatigue me submerge. La nuit dernière a déjà été chaotique, je crains que celle à venir ne soit guère mieux. La serveuse se dégage de ma prise et s'avance à son tour vers Monica.

— Je n'étais pas à l'aise avec la situation et les gens commençaient à parler, ici. Puis, à l'instant où Aless m'a confié vous connaître et qu'Enrico est devenu de plus en plus inquisiteur vis-à-vis de lui, je me suis dit qu'il fallait mettre un terme à toute cette histoire avant que ça ne me pète à la tronche.

Les deux femmes se toisent dans un silence pesant tandis que des clients ivres sortent du bar. Avec toute la discrétion que l'alcool offre aux hommes, ils jettent dans notre direction des regards curieux.

— On devrait discuter de cela ailleurs, déclare Monica d'une voix éraillée. Je ne suis pas censée me trouver ici, et si Enrico l'apprend…

Elle n'a pas besoin de terminer sa phrase pour que nous comprenions. Flora acquiesce d'un hochement de tête tout en baissant les yeux face à la femme de son ancien amant, comme si elle avait honte tout à coup.

— Bernardo m'a donné ma soirée, avoue la blonde.

— On va chez moi alors, annoncé-je, mais on doit passer par-derrière. Tout le bar va nous voir si on emprunte la rue.

Je les guide à travers le village en prenant garde de ne croiser personne. Chose difficile quand n'importe quelle petite vieille en mal de sensations surveille le moindre mouvement devant chez elle.

Elles sont pires que les flics, celles-là !

Nous montons dans mon appart à pas de loup, puis je ferme les volets pour que personne depuis l'extérieur ne puisse nous apercevoir.

Monica inspecte avec intérêt mon logement et j'ai honte qu'elle se rende compte du fossé qui nous sépare dorénavant. Il est clair que jamais je ne vivrai dans le luxe auquel elle est maintenant habituée et j'ai cette putain d'impression d'avoir échoué à ses yeux. Je déteste ressentir cela, car en temps normal, je n'en ai strictement rien à foutre. Le ménage n'est pas mon occupation favorite et encore moins le rangement. Je crois que mon logement parle pour moi sur ces points.

Habituée des lieux, Flora s'excuse et s'éclipse dans la salle de bains. Je me retrouve alors seul avec Monica qui ne semble pas à son aise.

— Tu souhaites boire quelque chose ? lui proposé-je pour tenter de détendre l'atmosphère.

— De l'eau, ça ira, s'il te plaît.

Je me dirige vers ma kitchenette, trouve un verre propre après avoir cherché dans plusieurs placards, puis ouvre le robinet pour la servir. Elle me remercie tandis que je l'invite à s'asseoir sur le canapé. La présence de Monica semble presque illusoire tant elle dénote dans mon paysage. Telle une rose sur un tas de fumier, elle est beaucoup trop belle et raffinée pour se tenir dans ce lieu.

Je m'installe près d'elle, observe sa gorge se mouvoir alors qu'elle boit. Une goutte s'échappe du coin de sa bouche et roule sur son menton. Machinalement, je la récupère et l'essuie de mon pouce jusqu'à la commissure de ses lèvres. Ce geste que j'ai réalisé instinctivement devient beaucoup plus intime quand les globes caramel de Monica se plantent dans les miens, emplis d'une émotion vive. Je déglutis avec difficulté, ma peau picote à l'endroit où elle est en contact avec la sienne. Seulement, cette ombre sur sa pommette m'interpelle en me nouant l'estomac, et mes doigts s'empressent de la caresser. Monica détourne le visage pour me la dissimuler. Mais je ne suis pas un crétin. Je sais très bien ce qui lui est arrivé.

C'est lui.

Lui et cette arrogance qui le définit, cette puissance qu'il pense lui être acquise, cette folie qui semble l'habiter et cet irrespect que j'aimerais lui faire ravaler. Je pourrais lui arracher les bras pour avoir osé lever la main sur ce joyau qu'il m'a volé.

— C'est lui qui t'a fait ça ? demandé-je, juste pour qu'elle me le confirme.

Monica opine du chef, les yeux baissés et la mine grave. Une barre en acier traverse mon corps. Je l'oblige à redresser le visage pour me regarder en la saisissant par le menton.

— Souvent ?

Elle hoche une nouvelle fois la tête, hésitante, les larmes menaçant au bord de ses yeux. Je n'ai qu'une seule envie à cet instant : le trouver et lui rendre chaque coup qu'il a pu lui infliger, au centuple. Comment peut-on frapper une femme ? Jamais je ne comprendrai ces hommes qui pensent qu'elles sont inférieures et profitent d'être plus forts physiquement pour les plier à leur volonté. Et ce qui me sidère, c'est que c'est vers cette ordure que Flora allait toutes les semaines pour se faire culbuter. Je suis tout de même rassuré qu'elle s'en soit débarrassée, car clairement, elle courait à sa perte avec cet enfoiré. Mais dans le cas de Monica…

— Tu ne peux pas retourner chez ce mec, lui intimé-je.

Elle se détache de ma prise, soupire en triturant ses doigts sur ses genoux.

— C'est mon mari, Alessandro. Je ne peux pas disparaître comme ça.

Sa phrase me met hors de moi. Je lui saisis les mains, les presse dans les miennes afin d'obtenir son attention et lui faire entendre raison, sauf que c'est à ce moment-là que la serveuse revient vers nous. Le lien qui nous unit avec Monica ne lui échappe pas et j'aperçois une lueur s'éteindre dans ses prunelles, à cet instant. Flora se plante au milieu de la pièce face à nous. Son air affligé ronge son visage et ses yeux rougis accentuent ce côté frêle qui la caractérise.

— Je suis désolée, s'excuse-t-elle en regardant Monica. Je suis tellement désolée…

Monica l'observe sans prononcer un seul mot. J'ai presque pitié de Flora, mais je reste sciemment silencieux pour laisser les deux femmes régler leurs comptes.

— Je pense que nous savons toutes les deux que ce n'est pas à vous de vous excuser, annonce Monica, en posant son verre d'eau devant elle.

Le visage de la serveuse devient interrogatif. Elle scrute celui de Monica qui garde une forme de retenue et de froideur. Et je comprends pourquoi quand elle lâche :

— Même si vous avez accepté qu'il vous baise dans son bureau, sous mon propre toit.

Cette fois-ci, c'est moi qui blêmis.

Elle a fait quoi !?

Je lance un regard irrité à Flora qui détourne les yeux devant mon expression courroucée. Comment peut-elle encore se regarder dans une glace après avoir agi ainsi ?

— Ne vous méprenez pas, Flora, ajoute Monica. Bien que je me sois sentie insultée par mon mari, cela ne m'a pas atteint plus que cela. Mais on pourrait se poser la question sur votre sens du respect.

La blonde accuse le coup, se pince les lèvres et baisse la tête comme une gamine qui viendrait de se prendre une engueulade. Et je me rends compte en la découvrant ainsi que c'est toujours ce qu'elle a été, finalement : une gamine. Bien que, tout comme moi, elle aime s'amuser et profiter de la vie, quand vient l'heure d'assumer ses choix parfois discutables, elle n'est pas à la hauteur. Flora ne peut vivre seule, sans l'affection de quelqu'un. J'ai été une sorte de bouée de sauvetage quand je suis arrivé ici et des ailes lui sont poussées à mon contact. Sauf qu'elle les a brûlées. Elle n'a pas pris en considération que tout pouvait s'envoler au moindre coup de vent et qu'à trop jouer avec le feu, le risque est de se cramer.

— Flo, putain ! éructé-je, à cause de tout ce que j'apprends ce soir. Qu'est-ce que tu foutais avec ce connard ?

— Peut-être que j'avais l'espoir d'être aimée… chose impossible avec toi…

Sa réplique piquante dépeint son accablement et son débat intérieur. Prise en faute, elle suffoque et griffe tous ceux qui s'approchent.

— Tu plaisantes, j'espère ? Merde, je croyais qu'on était d'accord ?

— Oui, on l'était… Mais il est difficile de ne pas éprouver des sentiments pour quelqu'un avec qui on devient si intime.

— Tu es amoureuse de moi ? m'indigné-je.

Je lance un regard à Monica qui affiche maintenant une mine sombre. Elle s'est fermée comme une huître. Peut-être que mentionner ma relation charnelle avec la maîtresse de son mari ne la réjouit guère. Son air préoccupé me met mal à l'aise, mais je réglerai ça plus tard. Avant, il faut que j'éclaircisse la situation avec Flora.

— Flo ? insisté-je.

Elle ne répond pas. Ses épaules sont secouées de sanglots. Elle semble perdue dans cette voie sans issue à l'intérieur de laquelle elle s'est engouffrée seule. Je perds patience, sors mon paquet de cigarettes et en extirpe vivement une clope. Je l'allume avant de balancer mon briquet sur la table basse. La nicotine ne calme pas mes nerfs. Je me passe une main dans les cheveux d'un geste rageur, trop fâché contre la serveuse pour avoir la moindre compassion. C'est Monica qui apaise la colère qui bout dans mes veines en agrippant sa main à mon avant-bras. Des frissons coulent le long de mon échine. Je reviens à la réalité alors qu'elle se lève et s'approche de Flora. Elle lui tend un mouchoir que cette dernière accepte. Cette situation me paraît irréelle et pourtant, tout ceci est bien en train de se produire. Flora dévisage Monica un instant avant de lui demander à son tour :

— C'est lui qui vous a fait cela ?

Monica hoche la tête, l'air grave avant de baisser les yeux.

— J'imagine que si j'avais poursuivi ma relation avec lui, le même sort m'était réservé.

— Je ne peux pas l'affirmer, rétorque Monica. Peut-être est-ce de ma faute…

— Et puis quoi, encore ? la coupé-je. Rien n'excuse ce qu'il t'inflige !

Les deux femmes se tournent vers moi. Flora approuve mes propos tandis que le regard de Monica se teint d'une nuance plus douce et tendre.

— Vous devriez quitter le village un moment, conseille Monica à la serveuse. Le temps qu'Enrico oublie cette histoire et… passe à autre chose. Vous n'avez pas de la famille chez qui vous réfugier ?

— J'ai mon travail ici. Je n'ai pas les moyens de mettre ma vie entre parenthèses. Et ma famille… J'ai bien une sœur à Rome, mais elle ne roule pas sur l'or et je n'ai pas envie de lui imposer ma présence. Si Enrico continue, j'appellerai la police.

La serveuse affiche encore une fois une mine coupable, puis déclare :

— Je suis désolée pour tout ce que j'ai fait. Je regrette, vraiment.

Monica détourne les yeux, hoche la tête en esquissant un sourire triste. Je dois me faire violence pour ne pas l'approcher et la toucher à mon tour, tant la découvrir aussi fragile, brisée, me retourne le bide. Au lieu de ça, je tire sur ma clope en contemplant la beauté gâchée de Monica. Puis, je croise les iris bleus de Flora qui a surpris mon regard sur mon ancienne petite amie.

— Je vais vous laisser, annonce-t-elle. Je suis claquée et je dois rentrer chez moi. J'espère ne pas le rencontrer en route.

— Tu ne veux pas que je te raccompagne plutôt ? Ce serait plus sûr.

Flo se mord la lèvre et acquiesce d'un hochement de tête.

— Je n'osais pas te le demander…

— C'est bon, viens.

J'invite Monica à m'attendre à l'appartement, le temps que je ramène mon amie chez elle. Sur le trajet, nous n'échangeons pas un mot, trop gênés par ce qu'il s'est dit plus tôt. Une fois que je sais la blonde en sécurité, je me dépêche de rentrer afin de me retrouver seul avec Monica. Enfin un lieu où l'on ne risque pas de nous pincer ensemble, c'est une occasion qui ne se représentera pas deux fois. Alors j'aimerais en profiter.

Chapitre 17

Monica

Quand je referme la porte d'entrée derrière Alessandro à son retour, je deviens tendue et mon rythme cardiaque s'accélère. Me retrouver seule, sans risquer d'être surprise, avec lui me rend nerveuse et j'éprouve une pointe d'excitation. Je me sens en sécurité à ses côtés. Peut-être parce que je le connais suffisamment pour savoir qu'il ne me fera jamais de mal. Du moins, physiquement… car, psychologiquement, il peut être le pire de mes cauchemars. Bon nombre de souvenirs qui composent notre histoire en sont l'exemple. Alessandro et moi nous sommes faits beaucoup souffrir avant de nous abandonner l'un à l'autre. Croiser les yeux parsemés d'émeraude de mon ancien amour, là, maintenant m'ébranle trop pour que je feigne d'être indifférente à son retour dans ma vie. Nous ne pouvons agir comme de simples étrangers, car trop de choses nous lient. Mon histoire avec lui restera imprimée dans ma chair et gravée dans mes os jusqu'à ma mort.

Il s'approche de moi avec cette démarche féline qui le caractérise si bien. Nos regards se harponnent, mon cœur gagne en vitesse et je vacille sur mes talons alors qu'il arrive à ma hauteur. Heureusement que je suis appuyée contre le battant de bois, sinon je pense que je tomberais par terre. Je manque de m'évanouir quand il se penche vers moi, son nez frôlant le mien tandis qu'il ferme à clé dans mon dos. Le rictus amusé qui se dessine sur ses lèvres me ramène aussitôt à notre passé tumultueux.

Nous avions 15 ans

Alessandro continue de me torturer avec ce sourire satisfait quand il aperçoit ma mine déconfite au moment où je le découvre avec d'autres filles. Je sais pertinemment qu'il le fait exprès pour déclencher ma colère. De mon côté, je refuse d'entrer dans son jeu. Salvatore en a déjà fait les frais, hors de question qu'un énième garçon se prenne des coups parce qu'il a accepté de sortir avec moi. De toute manière, plus aucun ne m'adresse la parole, craignant de se prendre un pain de la part d'Alessandro Gallino.

Les mains d'Aless sont plus souvent sous les mini-jupes des filles que sur leurs hanches et cela déclenche en moi pléthore d'émotions, comme la colère, la rage et, je dois l'admettre, la jalousie. Depuis notre dernière dispute, connaître le goût de ses lèvres est devenu une véritable obsession au point d'en rêver presque toutes les nuits. J'en suis même arrivée à l'embrasser sur les photos que j'ai de lui dans ma chambre.

Pathétique !

J'aimerais savoir ce que j'éprouverais s'il glissait ses doigts sous mes vêtements à moi aussi, goûter aux sensations que prodiguerait son corps au mien. Et le problème, c'est que je le désire de plus en plus fort. Il me perturbe, occupe toutes mes pensées et je le hais pour ça.

Je marche dans la rue en direction de la maison après avoir effectué les courses que mon père m'a demandées à la supérette. Visage baissé sur mes pieds, la solitude est devenue ma seule compagne, se riant de moi quand mon cœur se fissure à la vision qui m'apparaît. J'aperçois l'objet de toutes mes pensées fourrer sa langue dans la bouche d'une autre, légèrement dissimulé dans un renfoncement de l'église.

Je me poste au milieu du parvis, observant les paumes de mon ancien ami effleurer les flancs d'une jeune fille aux courbes plantureuses et remonter sous son tee-shirt pour malaxer ses seins sans d'être surpris par les passants. La jalousie me tétanise. Mes joues s'échauffent. Je resserre ma prise sur les anses de mon sac de courses au point que mes phalanges blanchissent sous la pression que j'exerce dessus. Je ne devrais pas rester plantée ici sauf que mes pieds refusent de bouger. Cette vision me lacère de l'intérieur, mais je ne parviens pas à m'en détacher.

— Ça doit être rageant de le voir avec une fille différente tous les jours, se moque une voix que je ne connais que trop bien.

Furieuse, je me retourne vers Tullia qui affiche un sourire suffisant, assise sur le bord de la fontaine avec sa bande de vipères. Je prends le parti de ne pas lui répondre, mais cette der-

nière en a décidé autrement. Elle se lève, s'approche de moi de son pas de prédatrice. Elle me tourne autour, me dévisage avec dégoût.

— Toutes les autres sauf toi. Tu ne te poses pas de questions? On se demande bien ce que Salvatore pouvait te trouver d'ailleurs? Il raconte à qui veut l'entendre que tu suces bien, mais que ça ne vaut pas la peine de se faire casser la gueule.

Mon cœur arrête de battre à l'instant où elle prononce cette phrase. Mon teint devient cramoisi, mes oreilles bourdonnent et les larmes pointent.

— M'enfin… Même ton Alessandro préfère baiser d'autres filles que toi, c'est donc que tu ne dois pas être bien intéressante.

Le choc se mue en une rage noire qui irradie dans tout mon corps. Qu'elle me prenne pour une fille facile ne me touche pas, mais qu'elle insinue qu'Alessandro puisse préférer d'autres nanas, car je ne suis pas assez bien à ses yeux, me blesse au plus haut point. Réunissant toutes mes forces, j'assène une gifle à Tullia avant même de me rendre compte de mon geste. Elle se tient la joue en me lançant un regard offusqué, puis me crie dessus :

— Mais tu es complètement folle!

Toutes les personnes présentes sur la place se retournent pour voir d'où proviennent les hurlements. Je tremble de rage, ma main qui accroche mon sac devient douloureuse à force d'en serrer l'anse.

— Tu n'es qu'une salope! lui craché-je.

Sa figure se déforme d'indignation avant qu'elle me saute dessus. Je tombe en arrière, lâche mon cabas qui s'échoue sur le sol et accuse le choc des pavés auxquels ma tête se heurte. Tullia m'agrippe les cheveux, les tire avec hargne. Je hurle de douleur, me défends telle une tigresse, les poings frappant son visage. Je la gifle à nouveau, la frappe et lui griffe les joues en laissant des sillons rouges sous le passage de mes ongles. Les sons qui sortent de sa gorge sont bestiaux, elle est comme possédée. J'aperçois une ombre se dresser dans son dos, mais n'y prête pas attention tant je suis occupée à lutter. Tullia est soulevée de terre par des bras qui l'entourent. Elle se débat à l'instar d'une lionne en rugissant. Pour ma part, je me redresse et me tiens prête à encaisser son nouvel assaut. Mais je me calme aussitôt quand je me rends compte que c'est Alessandro qui a écarté cette peste de moi. Il s'approche, l'air inquiet, et essuie mon nez de son pouce. J'ai un mouvement de recul. Il observe son doigt taché de sang. Je suis tellement chargée en adrénaline que, pour l'instant, je ne sens pas la douleur causée par les coups que Tullia m'a infligés. Sauf que je suis déstabilisée. Pourquoi Alessandro est-il intervenu ? Lui qui n'en a que faire de ma personne, qui m'évite et prend un malin plaisir à me tourmenter.

Honteuse et terrassée par ce qu'il vient de m'arriver, je ramasse mes courses et poursuis ma route d'un pas pressé. Si ce n'est qu'Alessandro ne l'entend pas de cette oreille.

— Monica ! m'interpelle-t-il.

Je l'ignore, accélère la cadence. Mais je perçois ses pas qui me rattrapent. Il m'agrippe le poignet, passe devant moi et me tire à sa suite. J'essaie de l'obliger à me libérer, en vain.

— Laisse-moi tranquille, vociféré-je.

Le regard qu'il me lance me coupe la chique. Ses iris tempétueux n'augurent rien de bon. Je me débats pour la forme, même si j'ai pertinemment conscience qu'il ne me lâchera pas, tant qu'il n'aura pas ce qu'il veut. Et c'est bien ça qui m'effraie, je ne sais absolument pas ce qu'il attend de cette confrontation. Il me traîne dans une petite ruelle déserte puis me plaque contre un mur. Tout l'air présent dans mes poumons s'échappe comme un ballon qu'on dégonfle. Je lâche mon sac au passage. Mais cette scène, il me l'a déjà jouée. Je refuse qu'il me mette encore une fois au supplice. Je lui frappe le torse de mes poings qu'il emprisonne sans peine dans l'un des siens.

— Je peux savoir depuis quand tu te bats ? me demande-t-il sur un ton rageur.

— En quoi ça te regarde ? sifflé-je. Je n'ai pas de comptes à te rendre !

Sa mâchoire se contracte, ses yeux s'étrécissent en deux fentes qui me sondent. Je suis à peu près certaine qu'il fulmine et que sa respiration est aussi chaotique que la mienne. La vision de sa main sur le sein de sa conquête me revient en pleine poire.

— Tu devrais aller rejoindre ta copine, Aless. Je suis sûre que tu dois beaucoup lui manquer.

Mon ton est rude et empli de haine. Mais cela le fait sourire plutôt que souffrir, ce qui me met davantage en rogne.

— Tu es si belle quand tu es jalouse, souffle-t-il, en rangeant une mèche de cheveux derrière mon oreille.

Je me cabre pour empêcher son geste.

— Je ne suis pas jalouse, Alessandro Gallino ! Autant mourir !

— Et en plus, tu mens mal !

Ni une, ni deux, il me coince entre le mur et son corps, mes poignets cloués de part et d'autre de ma tête. Ma poitrine déborde, la peur de ressentir ce désir ingérable à nouveau me saisit. Je ne sais pas si je survivrai encore à son petit jeu de séduction, alors je lui dis :

— Arrête de faire ça !

— Faire quoi ? me demande-t-il, tandis qu'il approche de plus en plus son visage du mien.

Mon cœur est une nouvelle fois mis à mal, palpitant dans une course folle contre ma cage thoracique. J'ai l'impression qu'il pourrait s'envoler.

— Faire semblant que tu vas m'embrasser, alors que tu n'iras pas jusqu'au bout.

Il se stoppe dans son avancée, scrute mon regard à la recherche de je ne sais quoi. Quant à moi, je meurs à petit feu de le savoir si près et pourtant si insaisissable. Je ne dois ressembler à rien, mes cheveux en bataille et mon nez croûteux de sang, mais Alessandro abandonne mes poignets pour s'emparer de mon crâne entre ses paumes. Je suis déboussolée et au bord de l'apoplexie quand j'aperçois cette lueur dans ses yeux, celle que je n'avais pas vue depuis si longtemps. Avant que je comprenne, ses lèvres sont sur les miennes.

C'est d'abord doux, telle une caresse, puis une explosion d'émotions me submerge. Je me colle à lui pour le sentir davantage. J'enroule mes bras autour de son cou, le serre contre moi comme si, enfin, je respirais à nouveau. Ses doigts se perdent dans mes cheveux, tirent dessus alors qu'il grogne de contentement. Quand je tente de m'écarter quelques secondes pour reprendre mon souffle, il ne m'en laisse pas l'occasion et approfondit son baiser. Sa langue s'engouffre dans ma bouche, effleure la mienne de manière suave et sensuelle. Elle éveille un feu au creux de mon ventre qui m'est familier depuis quelque temps. Je brûle entre ses bras, tout mon corps s'embrase tandis qu'il écrase ses hanches contre les miennes, son érection contre mon abdomen. Une de ses mains empoigne ma fesse, la compresse avec convoitise. J'écarte une jambe pour lui libérer le passage entre mes cuisses. Nous sommes totalement emboîtés, nous frottant l'un contre l'autre, perdus dans ce baiser qui se veut de plus en plus bestial, conquérant et fiévreux. C'est la première fois que j'embrasse un garçon et jamais je n'ai ressenti ça, jamais je n'aurais pensé que de telles sensations existaient. Mais je suis de nouveau submergée quand Aless part à l'assaut de mon cou pour le mordre et l'embrasser. Je gémis au moment où sa langue goûte ma peau. Son autre paume s'écrase sur un de mes seins, le malaxe en me faisant voir des étoiles.

— Aless, murmuré-je, en fouillant ses cheveux pour l'inciter à continuer.

— Toi, déclare-t-il, sans que je comprenne.

— Quoi ?

— Ça a toujours été toi, avoue-t-il, entre deux baisers.

Je crois bien fondre d'amour à cet instant. Mes larmes dé-

bordent de joie à l'entendre prononcer ces mots. Ma colère se mue en soulagement. Quand Alessandro perçoit un de mes sanglots, il redresse la tête pour me regarder. Il prend mon visage en coupe, essuie les sillons salés sur mes joues avant de les embrasser.

— Je ne veux plus que tu pleures à cause de moi, Monica. Je ne veux plus jamais te voir pleurer.

Je me jette à nouveau sur ses lèvres dans un acte désespéré pour m'assurer que je n'ai pas imaginé ce que nous venons de vivre. Il répond avec autant de férocité à mon baiser, mais y ajoute une tendresse qui me réchauffe l'âme.

Mon Alessandro est de nouveau à moi.

— À quoi penses-tu ? me demande Aless en éclatant la bulle dans laquelle je m'étais enfermée.

Je cille alors que le souvenir de ses baisers brûle encore ma peau. Je suis à peu près certaine qu'il sait exactement à quoi je songe à cause de ses pupilles dilatées. Je m'empourpre, baisse les yeux en me mordant la lèvre.

— Si Enrico me trouve ici, il me tuera, déclaré-je pour changer de sujet, et échapper à l'ambiance de plus en plus chargée entre nous.

Un éclair meurtrier strie son regard, illuminant les éclats émeraude qui caractérisent ses iris, et sa mâchoire se contracte. Alessandro s'écarte, comme si lui aussi reprenait conscience de la réalité. Les émotions qui traversent ses yeux m'indiquent qu'il va me poser LA question qui l'obsède depuis tant d'années.

— Pourquoi m'as-tu abandonné ? me demande-t-il.

Son air torturé m'ébranle. Me voilà coincée avec lui qui attend des réponses que je ne suis plus vraiment certaine de vouloir lui fournir. J'ai bien trop peur de sa réaction. Mais je sais aussi que je n'ai plus le choix et je lui dois bien la vérité. Pas alors qu'il me dévoile la fêlure que j'ai causée en lui, quand je l'ai quitté si brutalement sans lui laisser une bribe d'explication. Je me redresse, me retourne et déverrouille la porte.

Aless m'observe en fronçant les sourcils.

— Suis-moi, l'intimé-je. Je vais te montrer quelque chose.

Je m'apprête à révéler mon secret à Alessandro et il pourrait bien signer définitivement la mort de notre amour.

Chapitre 18

Alessandro

Je suis Monica à travers les petites rues du village. Tout est calme ce soir. Les seules âmes que nous croisons sont des chats qui vagabondent sur les murets et furètent sous les voitures. Les grillons chantent pour tenir compagnie aux étoiles qui apparaissent dans le ciel. Ils sont accompagnés des effluves des champs d'oliviers qui entourent la bourgade telle une armée d'arbres qui la protégerait.

Monica est froide et distante depuis que je lui ai de nouveau demandé des explications. L'expression qui s'est crayonnée sur son visage est de mauvais augure. J'ai comme l'impression que ce qu'elle veut me montrer ne va pas me plaire. Ses talons claquent contre les pavés, tels trotteuse de la vérité résonnant dans tout mon être. Est-ce pour cela qu'elle a changé d'attitude ? Ce qu'elle va me révéler va-t-il vraiment altérer quoi que ce soit entre nous ? J'avais pourtant la sensation, quelques secondes plus tôt, qu'elle était prête à renouer ce lien qui nous a unis des années auparavant. Ses prunelles incandescentes effaçaient la marque violacée sur sa pommette. Ses lèvres, dont l'inférieure est fendue, m'appelaient à les apaiser. Alors pourquoi ai-je le sentiment que je ne la regarderai plus de la même manière ensuite ? L'angoisse me dévore. Ma bouche devient de plus en plus sèche, alors que mes paumes, elles, se font plus moites à mesure que nous progressons à travers le village. Sauf qu'il est trop tard pour regretter d'avoir insisté. Je vais enfin avoir les réponses escomptées et pouvoir combler ce trou dans ma vie qui m'a tant fait souffrir.

Je l'observe avancer de cette démarche chaloupée qui fait honneur à sa féminité. Son fessier étroitement moulé dans cette robe crayon noire balance de gauche à droite comme un pendule. Il est mis en valeur par sa taille fine et hypnotiserait n'importe quel homme marchant derrière elle. Ses épaules tendues prouvent sa nervosité, mais ses cheveux bruns qui cascadent dans son dos en ondulant les masquent en partie. C'est une femme superbe, dotée d'une classe et d'une beauté avec laquelle peu sont en mesure de rivaliser. Plus jeune, elle était déjà à couper le souffle, mais aujourd'hui…

Bon sang !

Monica s'arrête devant les grilles du cimetière et m'oblige à revenir à l'instant présent. Je suis surpris qu'elle nous ait conduits ici. Ce n'est pas du tout ce à quoi j'aspirais. En même temps, je ne sais pas à quoi m'attendre. Plus j'approche de la vérité, plus ce mystère semble s'épaissir. Des informations m'échappent. Je n'ai pas tous les tenants et les aboutissants, et ne peux donc même pas façonner une once d'hypothèse. Elle ne s'est pas retournée depuis qu'elle a atteint le portail. Ses mains sont posées sur la poignée, tremblent tandis que son souffle devient irrégulier. Je fronce les sourcils, de plus en plus inquiet sur la nature des révélations qu'elle s'apprête à me faire. J'ai aussi peur qu'elle, mais je ne pourrais affirmer si c'est d'apprendre la vérité ou de perdre à nouveau Monica. Elle n'a pas remarqué que je me suis placé à sa hauteur et que je l'observe. Ses longs cils noirs touchent ses pommettes alors qu'elle ferme les yeux afin de reprendre contenance. Quand elle les rouvre, elle m'aperçoit et son regard plonge aussitôt dans le mien, foudroyant mon âme au passage avec les émotions que j'y lis. J'en ai le souffle coupé. Un frisson lèche mon échine, ma peau se couvre de chair de poule et une pointe endolorit mon cœur.

Qu'est-ce qu'elle va m'avouer, bordel ?

Comme prise d'un élan de courage, elle pousse enfin le battant en fer forgé qui grince bruyamment dans la nuit, si calme en comparaison. Ce son perfore mon esprit tel un cercueil du passé qu'on exhume. Mon rythme cardiaque s'accélère, ma bouche devient sèche pendant que je suis Monica à travers les allées sombres où reposent les défunts de ce village. Nous marchons entre les sépultures d'un pas régulier, les graviers du chemin crissant sous nos chaussures. Des fleurs fanées ornementent les dalles funéraires, à croire qu'ici la mort est contagieuse quand on y reste trop longtemps. Les grillons chantent dans la nature alentour comme pour combler ce silence trop pesant qui nous enveloppe. La fraîcheur du soir est agréable, loin de l'étouffante chaleur qui nous accablait quelques jours plus tôt.

C'est tout au fond du cimetière qu'elle s'arrête, devant une pierre tombale dont je ne parviens pas à distinguer les inscriptions à cause de la pénombre. Je perçois la respiration hachée de la belle brune, ses épaules secouées comme si elle se retenait de pleurer.

— Je ne pensais pas qu'un jour je devrais t'avouer ceci, souffle-t-elle, alors qu'elle essuie à la hâte une larme qui a débordé de ses yeux.

Je m'approche d'elle par-derrière, pose mes mains sur ses bras pour l'encourager à poursuivre. Je la sens frissonner sous mon toucher.

— M'avouer quoi ?

Elle prend une grande inspiration, pose une paume sur ma main.

— Nous étions jeunes… et surtout inconscients… Je m'en rends compte aujourd'hui. Mais je ne voulais pas partir, Aless. Ils m'y ont forcée… De toute façon, on n'aurait pas pu…

Je ne comprends pas où elle souhaite en venir, ses propos sont trop décousus. J'ai besoin qu'elle me dise clairement les choses, quitte à me poignarder en plein cœur.

— On n'aurait pas pu quoi, Monica ? insisté-je sur un ton plus dur que je n'aurais pensé, raffermissant ma prise dans sa chair.

Elle se retourne pour me faire face. Ses grands iris havane se teintent de crainte et d'angoisse et se perlent de larmes. Ils me demandent pardon sans que je sache pourquoi. Elle s'apprête à parler au moment où des crissements de pneus retentissent à l'entrée du cimetière. Les traits de Monica se déforment de terreur. Elle me jette un coup d'œil affolé quand la portière claque.

— Monica ! hurle la voix de son mari.

La tension monte d'un seul coup en moi. Un shoot d'adrénaline me sort de cet univers dans lequel je m'étais enfermé avec elle. Je me prépare à un affrontement brutal où j'ai bien l'intention de régler son compte à Enrico Giordano, sauf que Monica me saisit le visage entre ses paumes.

— Cache-toi ! m'intime-t-elle, avant de déposer un baiser sur mes lèvres, me décontenançant au passage. Quoi qu'il arrive, reste caché ! Tu empireras les choses si tu interviens.

Son ton est celui de la supplique et me place dans une situation complexe.

— Monica ! Je sais que tu es là !

Elle se précipite vers lui alors que je me dissimule dans les ténèbres, parmi les fantômes qui hantent ce lieu. D'où je me tiens, je peux tout voir et je crois que je manque de défaillir quand j'aperçois cet enfoiré de Giordano poser les mains sur elle. Ils échangent quelques mots houleux que je ne peux comprendre d'ici. L'expression venimeuse qu'arbore le visage d'Enrico ne me dit rien qui vaille. Je perçois les sanglots de Monica et dois puiser des forces surhumaines pour ne pas me dévoiler et ôter ses sales pattes d'elle alors que l'envie de lui éclater les dents sur une sépulture me dévore l'âme. J'ai conscience que cela aggraverait les choses pour elle et qu'elle risquerait d'en payer encore plus le prix.

Mais bordel de merde, que c'est difficile de la laisser partir avec lui !

Il l'attrape par le coude, l'oblige à monter dans sa voiture sans ménagement tandis qu'elle pleure tout en me cherchant du regard, comme pour s'assurer que son mari ne peut pas me voir.

La découvrir en larmes me fend l'âme. La rage pulse dans mes veines à m'en faire trembler. Je serre les poings et les dents pour la contenir et ne pas hurler, puis me promets une chose : la libérer de cet enfoiré.

Une fois la voiture partie dans une accélération qui a dû réveiller tout le village, je me rapproche de l'endroit que Monica a voulu me montrer. J'allume la lampe torche de mon téléphone, tente de déchiffrer les épitaphes. Les dates m'interpellent au point où mon cœur s'affole.

C'est peu de temps après sa disparation…

Ensuite, je comprends qu'il s'agit ici du tombeau d'un enfant, d'un bébé même, vu le peu de mois qui sépare de la date de naissance de celle du décès. Mais ce qui ouvre le sol sous mes pieds, c'est le nom inscrit dans la pierre.

« *Paolo Giordano* ».

Tout s'arrête autour de moi. Mon monde et mes certitudes s'effondrent comme un château de cartes. Je réalise une chose que je n'avais jamais imaginée, sûrement à cause de ma jeunesse et de l'insouciance de cette période de ma vie. Tout s'imbrique, me donnant un vertige incommensurable, me retournant les boyaux au point de me foutre la nausée. Je me prends en pleine face une vérité qui me dépasse et qui pourtant est tellement logique. Les dates et surtout ce nom, ou plutôt ce prénom, me sautent à la gorge. Ce prénom, c'est celui de mon père. À ce stade, je ne crois plus aux coïncidences. Le petit être qui gît sous cette terre, c'est mon enfant.

Mon putain d'enfant !

Chapitre 19

Alessandro

Nous avions 15 ans

Blottis l'un contre l'autre, Monica et moi contemplons les étoiles, étendus sur une grande couverture que nous avons disposée sur le sol. Le chant des grillons accompagne la voix de Chester Bennington[5] *qui s'écoule de notre mini-chaîne portative que j'ai piquée dans une boutique. Nos doigts sont mêlés, se caressant de leur pulpe. Tout à coup, j'aperçois un fin filament d'argent traverser la voûte céleste.*

— Oh ! m'exclamé-je. Une étoile filante ! Tu l'as vue ?

— Non ! Où ça ? demande-t-elle.

Je pointe un endroit dans le ciel de l'index tandis qu'elle se redresse, comme si le fait de se lever la rapprocherait du firmament.

— Juste là.

Elle soupire, déçue de ne pas avoir repéré l'astre sillonner le manteau sombre des cieux et se laisse retomber à mes côtés.

— Il faut que tu fasses un vœu, m'explique-t-elle.

— Fais-le avec moi, proposé-je, avec une idée de promesse derrière la tête.

---

[5] Chanteur du groupe Linkin Park.

— Non, c'est le tien. Je n'ai pas vu l'étoile.

— Hum…

Je pose mon pouce et mon index autour de mon menton, feignant de réfléchir très sérieusement à la question, alors que l'unique chose que je désire, c'est passer le reste de ma vie auprès d'elle.

— Ah ! Je sais ! J'aimerais…

— Tais-toi ! m'intime-t-elle, plaquant sa paume contre ma bouche. Tu ne dois surtout pas le révéler auquel cas il ne se réalisera pas.

Complètement affalée sur moi, elle ne se rend pas compte que son corps épouse le mien à la perfection. Mes mains se cramponnent à sa taille, car elle éveille mon désir. Je la contemple avec adoration et note combien je la trouve plus belle chaque jour qui passe.

— Alors, je le garde pour moi, susurré-je, tout en glissant mes doigts le long de son échine.

Elle frémit sous mon toucher et rougit quand elle remarque mon érection qui gonfle sous son abdomen. Un rictus amusé se crayonne sur mes lèvres. Elle est encore mal à l'aise avec la question du sexe et je ne souhaite pas la presser. Avec elle, j'aimerais prendre mon temps, lui permettre de décider du moment qui sera le plus opportun pour elle. Et bien que je la désire plus ardemment que n'importe qui jusqu'ici, je veux respecter son rythme. Mon self-control mis à rude épreuve face à la tentation qu'elle représente, je m'octroie tout de même le droit de m'emparer de ce que j'ai déjà conquis : ses lèvres. Je la retourne sur le dos, puis passe au-dessus d'elle. La lueur qui scintille dans ses iris est bien plus belle que celles des étoiles réunies dans le ciel. Celle-ci m'est destinée, emplie d'amour et d'adoration. Je fonds dans les instants où elle me regarde de cette manière. C'est plus fort que moi, je me sens tout à elle, entier et à ma place. Je finis par me pencher et m'empare de sa bouche qu'elle m'offre avec un plaisir incommensurable. Je prends garde de ne pas lui imposer ma turgescence, même si j'aimerais franchement lui montrer à quel point elle éveille ce désir brûlant en moi. Ses doigts s'emmêlent dans mes cheveux, tirent dessus tandis que nos langues dansent lascivement l'une contre l'autre. J'adore ces moments où nous nous perdons dans nos baisers et que tout disparaît autour de nous. J'ai l'impression d'être invincible, que rien ne pourra nous détruire. Depuis le jour où je l'ai rencontrée, elle a été comme une évidence.

J'ai merdé, j'ai été con et j'ai agi par orgueil pour lui faire payer d'avoir détourné le regard de moi au profit de cet enfoiré de Salvatore. Mais aujourd'hui je me rends compte que j'ai surtout été un abruti fini de ne pas lui avoir avoué mes sentiments plus tôt. Cela nous aurait épargné bien des souffrances et évité de perdre tout ce temps à essayer de nous blesser.

Je libère ses lèvres, lui caresse le visage du bout des doigts et détaille ses traits fins qui me rendent dingue. Sa crinière brune est étalée autour de sa tête comme une couronne d'ébène, sa bouche pulpeuse est gonflée à cause de mon baiser et m'appelle à nouveau, ses yeux brillent de concupiscence. Je sais que j'éveille en elle bien des sensations et des désirs qu'elle se refuse encore à avouer, et que petit à petit, je chemine vers cet instant qui scellera notre amour à jamais.

— Tu es beau, me complimente-t-elle avec son sourire charmant.

Mon cœur déborde et mon ego se rengorge de fierté. J'aime qu'elle me trouve à son goût et j'adore quand elle me le dit. C'est peut-être ridicule et puéril, mais ça a le mérite de prouver qu'elle me veut.

Je me replace à ses côtés pour ne pas succomber à l'appel de ses courbes qui sont de plus en plus difficile à ignorer. Monica se blottit contre mon flanc, pose sa tête sur mon pectoral et entoure ma taille de son bras. Pour ma part, je joue avec ses cheveux dans son dos que je caresse et entortille autour de mes doigts. Au bout d'un long moment de silence seulement comblé par les grillons, la musique en sourdine et le bruit de nos respirations haletantes, elle me demande :

— Comment crois-tu qu'on sera dans quelques années ? Dans dix ans ? Vingt ans ?

Le regard perdu dans l'immensité du ciel étoilé, j'inspire profondément, tout en réfléchissant à sa question.

— Mariés, un ou deux gosses, une maison de rêve et surtout, toi, heureuse.

Elle glousse avant de se pelotonner davantage contre moi.

— Qu'est-ce qui te rendrait heureuse, Monica ?

J'ai conscience que mon interrogation n'est pas évidente, mais elle est sincère. Je souhaiterais connaître ce qui pourrait transformer sa vie en une existence agréable, la décharger des fardeaux qui pèsent sur ses épaules.

— J'aimerais que papa puisse enfin se reposer. Il travaille si dur… Je sais qu'il le fait pour moi, pour que je ne manque pas de l'essentiel. Mais il est tellement criblé de dettes…

— Ça s'arrangera, lui promets-je en embrassant le sommet de son crâne.

— Il est si triste depuis que maman est morte. Elle me manque beaucoup également… Je ne me souviens pas beaucoup d'elle, j'étais trop petite quand elle est décédée. Mais je me rappelle que c'était une belle femme, très gentille.

— Si elle était aussi magnifique que toi, je veux bien te croire.

Elle sourit avec douceur avant de poser sa paume sur ma joue. Nos regards s'arriment et une myriade d'émotions entre en ébullition en moi.

— Et toi ? Ton père ? me questionne-t-elle. Tu as toujours été évasif sur le sujet.

— Parce qu'il n'y a pas grand-chose à dire en vérité. Entre ce que ma mère raconte et ce que j'ai découvert, je ne sais pas trop quoi penser.

— Elle ne le porte pas beaucoup dans son cœur, remarque-t-elle sur un ton amusé.

L'unique fois où j'ai emmené Monica chez moi, maman avait un client pour ses activités extra-professionnelles. J'ai eu la honte de ma vie. Mais ma jolie brune s'est montrée compréhensive et surtout, ne m'a pas jugé comme tous ces connards prétentieux qui se croient meilleurs que moi, alors que j'ai vu leurs propres géniteurs se perdre entre les cuisses de ma daronne. Cette der-

nière a fini par raconter tout un tas d'insanités au sujet de mon père à la fille que j'aimais.

— Non, c'est le moins que l'on puisse dire. Mais assurément, je pense que c'était surtout un homme amoureux des belles femmes. Ma mère était superbe quand elle était plus jeune, avant qu'elle ne laisse la vie lui ronger le corps et l'âme. Sauf que papa ne voulait pas se marier. Lui, il rêvait de liberté et d'aventure.

— On dirait que tu l'admires pour ça, remarque-t-elle avec sagacité.

— C'est vrai. Si je ne t'avais pas rencontrée, c'est sûrement dans ses pas que j'aurais marché. Maman raconte qu'il ne s'est jamais occupé de moi, ce qui est la vérité en partie, mais il ne m'a pas renié. J'ai passé du temps avec lui, petit, mais je n'étais pas capable de comprendre ses discours sur sa vision de la vie.

— Comment il s'appelait ? m'interroge-t-elle.

— Paolo.

— Paolo Gallino, répète-t-elle dans un murmure tout en se repositionnant sur le dos pour admirer la Voie lactée qui s'intensifie devant nos yeux.

Une autre étoile filante s'enfuit sous nos regards et nous nous exclamons en cœur :

— Oh ! Tu l'as vue ?

Nous rions de notre connexion, puis accrochons nos petits doigts avant de chacun prononcer nos vœux dans un silence solennel.

Je ne sais pas ce qu'a souhaité Monica ce soir-là, mais pour ma part, j'ai prié le plus fort possible pour que nous puissions vivre et être heureux ensemble, jusqu'à la fin de nos jours. C'est peut-être dégoulinant de romantisme, sauf que c'est ce que je désire au plus profond de moi.

Mon avenir, c'est elle.

Chapitre 20

Monica

Je marche d'un pas vif vers la voiture. Dès que le visage d'Enrico entre dans mon champ de vision, je sais que je vais payer très cher le fait d'avoir osé m'enfuir. Ses mains se posent sur mes bras et son regard désaxé plonge dans le mien. Ma peau me brûle là où il me touche et mon estomac se révulse.

— Qu'est-ce que tu fous ici, bordel ? s'énerve-t-il, sans trop élever la voix au risque qu'on nous entende.

À l'expression de son visage, je sais d'avance que sa sentence sera terrible. Mes yeux se brouillent et les larmes commencent déjà à dévaler mes joues tellement j'ai peur de ce qu'il va m'infliger.

— J'étais venue voir Paolo… J'avais besoin de passer du temps avec mon fils.

Ce demi-mensonge est en réalité un instinct de protection. Dévoiler la présence d'Alessandro pourrait avoir des conséquences encore plus désastreuses que celles qui sont sur le point de se survenir. Mon mari me saisit par le bras avec force. La douleur me mord la chair. Il me traîne jusqu'à la voiture où il me balance comme une vulgaire poupée de chiffon. Je profite de ce qu'il contourne la Ferrari pour lancer un regard circulaire sur le cimetière afin de m'assurer qu'Alessandro est hors de vue.

Une fois qu'il est installé derrière le volant, les yeux de mon époux se plantent dans les miens. On dirait un fou échappé tout droit d'un asile. J'avoue avoir peur pour ma vie à cet instant précis. Je tressaille en lisant la démence qui habite ses iris et la haine à mon encontre qui s'en dégage.

— J'espère que tu as bien profité de ta petite escapade, vocifère-t-il. Parce que tu n'es pas près de sortir à nouveau. J'y veillerai. Même si je dois t'enfermer pour le reste de tes jours.

Je tremble de tout mon corps, la nausée remonte dans ma gorge et alors qu'il démarre en trombe, j'ai l'impression de rouler vers une mort certaine. Je croise les doigts pour qu'Aless comprenne par lui-même ce que je m'apprêtais à lui avouer et surtout qu'il ne m'en veuille pas, parce que je ne suis pas sûre de pouvoir lui offrir un jour toute la vérité.

J'ai la sensation de le perdre encore une fois, que jamais plus je n'aurai l'occasion de sentir les effluves musqués de son parfum chatouiller mes narines. Je ne regrette pas de l'avoir embrassé, même si c'était chaste et trop sage en comparaison des ravages qu'il cause dans mon âme quand je me trouve près de lui.

Une fois arrivés à la maison, Enrico m'extirpe violemment du véhicule. Bien que je ne me débatte pas, on dirait qu'il éprouve un malin plaisir à me malmener de la sorte. Dès que nous franchissons les portes de la villa, je me fige d'effroi devant la vision qui s'offre à moi.

Plantée sur la première marche de l'escalier, une femme que je ne connais que trop bien pour son vice et sa cruauté m'étudie de son expression austère. Même sans la voir, je l'aurais reconnue à son parfum âpre qui me tourne la tête. Vêtue d'une robe beaucoup trop habillée, des talons vertigineux, des bijoux clinquants et un fume-cigarette entre les doigts, elle est la parfaite caricature d'une vieille veuve qui a bien trop d'argent à dépenser.

Madame Mona Giordano en personne, ma belle-mère, se trouve ici, devant moi, un sourire malfaisant sur les lèvres.

Si je pensais que mon calvaire ne pouvait être pire, je me trompais sur toute la ligne. Elle est bien plus perverse et vicieuse que son fils. Je la hais de toute mon âme.

— Eh bien, Monica ! s'exclame-t-elle. Pour une femme du haut monde, vous voilà bien débraillée. Quelle honte !

Je lui lance un regard empli de toute la considération qu'elle m'inspire, chargé d'animosité. Elle me le rend avec un air condescendant.

— On se demande bien où vous pouviez être ? Vous oubliez votre place et votre rôle.

Mais pour qui se prend-elle ? J'ai l'impression de vivre à une autre époque. Les femmes ne doivent plus obéissance à leurs époux. Sauf dans cette maison des enfers où la femme n'est qu'un bout de viande dont Enrico dispose à sa guise. J'ai envie de me rebiffer, de lui cracher au visage toute la rage qu'elle m'inspire, l'obliger à avaler ses diamants jusqu'à ce qu'elle s'étouffe avec. Elle réveille en moi une violence que jamais avant elle je ne m'étais connue.

— J'ose espérer que mon fils va prendre les mesures nécessaires pour que, cette fois-ci, vous ne les oubliiez pas.

La voilà. La vieille vipère pernicieuse. Celle qui donne des idées perfides à son bâtard de rejeton.

— Ne t'inquiète pas pour ça. Je compte bien avoir une… conversation très sérieuse avec Monica.

Une conversation ? Mais de qui se moque-t-il ?

J'hésite à me défendre et tenter de fuir, sauf que j'aperçois mon père à l'autre bout de l'entrée qui secoue la tête pour m'en dissuader. Non pas qu'il refuse que je me rebiffe, mais il sait aussi bien que moi qu'agir de la sorte pourrait me mettre gravement en danger.

— Bien. Tu dois dresser ta femme, mon chéri. Une bonne épouse doit obéissance et soumission à son mari.

Je crève d'envie de lui griffer la figure pour lui arracher cet air supérieur qu'elle arbore sans cesse devant moi.

Elle et ses leçons de morale à deux balles peuvent aller se faire voir !

Je crois que mon cœur dégringole à mes pieds quand ma belle-mère me déclare :

— Voyez-vous, Monica, nous avons investi beaucoup d'argent pour vous et votre… « problème ». Nous vous avons accueillie dans notre famille. Malheureusement, mon fils a un défaut que bien des hommes ont : celui d'aimer les jolies femmes. Son père, avant lui déjà, se perdait souvent entre les cuisses de sylphides qui trouvaient grâce à ses yeux. Enrico est tombé sous le charme de votre beauté un jour où il était dans votre adorable petit village pour régler ses affaires avec Alfredo. Il était tellement épris qu'il était prêt à tout pour vous avoir, y compris accepter votre grossesse et faire de ce bâtard son héritier.

Je serre les dents quand elle traite mon bébé de « bâtard » pour ne pas l'insulter à son tour. Il a un père cet enfant, un père à qui on m'a arrachée sans me laisser le choix. J'étais la condition sine qua non pour sortir papa de l'impasse. Enrico avait déjà tout prévu, nous mettant au pied du mur. J'ai fini par abdiquer, car nous aurions été à la rue. Alors, mon bébé n'est peut-être plus de ce monde, mais il n'en reste pas moins qu'Alessandro est et restera son père. Sauf que je ne peux pas hurler cette vérité sans dévoiler la vraie nature de ma relation avec le nouveau jardinier de mon mari. Des larmes de rage bordent mes yeux sans que je puisse les contenir. Je fulmine et m'évertue à maîtriser ma respiration.

— Malheureusement pour vous, le destin a décidé de ne pas vous permettre de garder votre enfant.

Parlez de Paolo maintenant me déchire l'âme. Je sais pertinemment que Mona n'a aucune compassion à mon égard. Dans ses yeux, je décèle qu'elle va encore m'infliger un de ses coups bas. Je devrais être habituée et laisser glisser ses attaques sur ma carapace d'indifférence, mais je ne peux tout simplement pas quand il s'agit de mon enfant, et elle en est parfaitement consciente.

— Et nous savons toutes les deux qu'aujourd'hui vous n'offrirez jamais d'héritier à mon fils, car vous êtes… miraculeusement devenue stérile.

Elle fait signe à son fils et ce dernier m'agrippe le poignet douloureusement. Il me tire vers l'étage et nous dirige vers notre chambre. Je sais pertinemment ce qu'il va m'infliger et l'angoisse me mord à la gorge. À cause de la peur, je me débats en vain, attisant d'autant plus sa colère. Nous croisons le chemin de mon père. Son teint est livide et il s'est immobilisé au milieu du couloir en découvrant la scène.

— Allez chercher la voiture de ma femme en ville, lui ordonne Enrico. Tout de suite !

Mon père échange un court regard avec moi comme pour s'assurer que je vais réussir à survivre, une fois encore et acquiesce avant de déguerpir. Je n'ai pas le temps de le supplier de rester, que mon mari me traîne jusque dans notre chambre et me jette sur le lit avec animosité. Mona entre à son tour.

— Mets-toi en position, m'ordonne-t-il.

— Non ! m'égosillé-je tandis que Mona m'observe avec une lueur d'effervescence morbide dans le regard.

Je hurle quand il me gifle et me retourne avec force. Il empoigne mes cheveux et me susurre à l'oreille :

— Si tu oses bouger, tout ça ne sera qu'une caresse en comparaison de ce que je te ferai ensuite. Est-ce que c'est clair ?

Mes veines s'emplissent d'horreur, mon cœur bat si fort qu'il pulse dans mes tympans. Des spasmes de terreur secouent mon corps pendant qu'Enrico glisse sa ceinture hors des lanières de son pantalon.

— Ne retiens pas tes coups ! lui ordonne sa mère. Que cette petite salope ingrate se souvienne qu'on ne manque pas de respect à mon fils. Rappelle-toi combien Tina s'est bien moquée de toi à cause de ta lâcheté.

Mon sang se fige à l'énonciation du prénom de la première femme d'Enrico. Il n'en parle quasiment jamais et le peu de choses que je sais d'elle vient de Maria. Quand je me suis mariée avec Enrico, c'était un veuf éploré. Je suis sa deuxième épouse. Jamais je ne me suis inquiétée jusqu'au jour où il a levé la main sur moi.

Dans la bouche de Mona, j'ai le sort que je mérite. Je prends conscience de cet aspect alors que le cuir mord ma chair dans un premier coup que m'assène Enrico avec son ceinturon. Je pousse un hurlement de douleur. Mon souffle se coupe, je convulse de souffrance, empoignant les draps dans le maigre espoir d'alléger mon supplice. Le deuxième choc ne tarde pas à arriver, me lacère moi et mon âme, et je serre les dents pour tenter de minorer l'impact des autres. Les larmes accompagnent mes cris que je peine à retenir tandis que mon mari me bat devant ce public improbable. Les coups pleuvent en même temps que la honte m'étouffe. J'arrête de compter, je ne peux plus de toute façon. Mon cerveau est hors service, trop occupé à gérer la souffrance que mon corps endure. Mes fesses déjà marquées par des années de sévices sont en feu.

Enrico fait une pause. Le son de sa respiration rapide me parvient, me rappelant les moments où il s'empare de moi, qu'il me brise à mesure qu'il s'enfonce dans mes chairs. J'ai envie de vomir, retiens un haut-le-cœur qui est vite calmé par un nouveau heurt. Il est si brutal que je m'écroule sur le matelas, totalement incapable de reprendre mon souffle.

— Bien, mon chéri ! l'encourage sa mère. Continue.

Mais la présence de cette dernière devient tout à coup trop envahissante. Il lui hurle :

— Sors ! Sors d'ici !

Elle ne répond rien et un instant je crois qu'elle a enfin quitté la pièce, mais mon mari s'époumone :

— Dégage ! Dégage ! Dégage !

Elle déguerpit et me laisse dans ma honte et ma détresse, enveloppée par le silence assourdissant. Le matelas s'affaisse sous le poids d'Enrico quand il s'assied près de moi. Sa main caresse maintenant mes fesses, me torture là où ma chair est à vif. J'ai l'impression que la mort serait plus douce. J'en viens à prier pour qu'on m'achève à cet instant afin de ne plus ressentir cette douleur atroce. Pour fuir cette vie qui n'est qu'un couloir interminable vers cette fin inéluctable. Mais il n'y a pas que ma peau qui est meurtrie. Mon âme l'est tout autant.

— Oh, Monica…

Il se laisse tomber à genoux derrière moi, s'allonge presque dans mon dos, sa tête enfouie dans le creux de ma nuque tandis que sa folie me terrorise. Son corps épouse le mien, son érection contre mes fesses me retourne les viscères. Son souffle répugnant se vautre dans mes oreilles. La nausée me reprend, l'horreur me hante. Ses paumes se promènent sur mes courbes. Je tremble sous elles, la peur coulant dans mes veines. Je crains qu'il ne se laisse encore une fois emporté par sa démence. Il me murmure :

— Je t'aime tellement, Monica. Ne m'oblige pas à me séparer de toi. Je ne veux plus que tu t'enfuies. Je veux que tu restes avec moi pour toujours.

Dans la bouche d'un autre, ce discours pourrait passer pour une magnifique déclaration d'amour. Dans la sienne, je sais qu'il est teinté d'une menace que je ne dois absolument pas prendre à la légère. Là, je commence à penser que peut-être… le décès de sa première femme n'était pas un accident.

— Monica… je t'en supplie, dis-moi que tu m'aimes aussi.

Je serre les dents, sanglote, car je ne peux prononcer ce qu'il me demande. C'est au-dessus de mes forces.

— Chérie…

Ses mains relèvent ma robe sur le haut de mes hanches. Je m'agite, essaie de le repousser. La terreur tenaille mes tripes.

— Enrico, arrête ! l'imploré-je.

Mais il me plante la tête dans le matelas, me retirant toute possibilité de fuir. J'ai beau crier à m'en briser les cordes vocales, mes hurlements se perdent dans le lit. Il arrache la dentelle de ma culotte, dessine du bout du doigt les sillons tracés par ses coups de ceinture.

— Je vais te montrer combien tu m'aimes.

Il s'enfonce en moi. M'empale. M'embroche. Mon estomac se soulève et je suis à un cheveu de m'évanouir. Ses coups de boutoir sont presque pires que la morsure de sa précédente punition. Je ne suis plus qu'une vulgaire poupée désarticulée qui valdingue contre ce lit. Quand il jouit dans un grognement abject, il s'écroule sur moi de tout son poids.

Si seulement il était mort…

Au bout d'un moment, il se retire, se lève et se rhabille, puis il quitte la pièce en m'abandonnant avec ma solitude. Je reste un long moment avachie sur ce lit, les fesses à l'air. Je me sens sale, infâme. Des minutes, peut-être bien des heures s'égrènent, je ne saurais dire. J'ai perdu toute notion de temps. Je hoquette sans arrêt, le cœur en miettes. Je suis à l'instar d'un chien qu'on muselle, attaché au fond d'une cave en attendant qu'il crève.

Comme chaque fois qu'Enrico s'en prend à moi, les souvenirs me submergent, tel un vent bienfaisant qui panse mes blessures. Ces mêmes souvenirs qui m'ont conduite là où j'en suis aujourd'hui. Comment quelque chose d'aussi doux peut-il mener à ce qui est maintenant un véritable enfer ?

Je m'en veux. Je me hais. Jamais je n'aurais dû accepter tout ceci. J'ai été stupide et surtout, je n'ai pas écouté mon cœur, du moins, pas le bon côté.

Chapitre 21

Monica

Nous avions 16 ans

Blottie contre le mur de notre cabane et les jambes allongées sur le sol, je lis un roman qu'Alessandro a chipé pour moi chez le marchand de journaux. Les rayons du soleil automnal caressent ma peau et la réchauffent, ce qui est extrêmement agréable avec la fraîcheur naissante de l'air. L'odeur des feuilles mortes et de l'humus humide chatouille mes narines. Je me sens bien, sereine et heureuse. Est-ce donc cela que de se sentir complète, entière ? Je sais qu'il me reste énormément de choses à découvrir, que je suis jeune et que bon nombre d'expériences m'attendent encore, mais oui, aujourd'hui je peux affirmer que je suis comblée.

Plongée entre les lignes d'une histoire d'amour, je rêve qu'un jour, nous aussi, nous pourrons vivre une grande aventure qui renforcera notre lien. Papa dit toujours que je suis trop romantique et que je dois redescendre sur terre, mais je m'en contrefiche. J'adore voyager à travers les pages, m'évader de mon quotidien morose en m'immergeant dans des univers inventés. Les uniques moments où je me sens bien en dehors des livres sont ceux que j'ai en compagnie d'Alessandro.

Depuis ce jour où nous nous sommes embrassés dans cette

ruelle, notre relation s'est apaisée. Du moins avons-nous enterré la hache de guerre, car une tout autre tension croît entre nous à mesure que nous passons du temps seul à seul.

Tout à coup, des mains obstruent mon champ de vision. Je souris quand je reconnais le parfum d'Aless, caresse ses doigts du bout des miens.

— Tu es en retard ! le sermonné-je sans être convaincante tant mon expression enjouée me trahit.

— Promets de garder les yeux fermés, me demande-t-il.

— Je promets.

Il retire ses paumes et je sens qu'il dépose quelque chose sur mes jambes.

— Regarde maintenant.

J'ouvre les paupières et découvre un magnifique bouquet de roses pourpres. Stupéfaite, j'inspire brusquement une goulée d'air. Je bats plusieurs fois des cils devant ce cadeau inattendu. Elles sont si belles, si parfaites. Leur rouge profond, sombre par endroit, octroie cet effet velouté aux pétales. Comme je ne réagis pas, Alessandro s'inquiète :

— Elles ne te plaisent pas ?

— Si ! m'empressé-je de répondre. Bien sûr que si… mais Aless…

Je m'agenouille en saisissant le bouquet entre mes mains. Il a même pris soin d'en retirer les épines pour que je ne me blesse pas. Cette attention me touche davantage que le cadeau en lui-même qui, j'en suis certaine, est encore un vol qu'il a commis chez un des commerçants. Je ne mérite pas ces roses. Elles me paraissent bien trop magnifiques pour une fille comme moi.

— Je ne suis pas le genre de fille à qui on offre des roses aussi belles, finis-je par murmurer. Des fleurs des champs à la limite…

Alessandro s'accroupit à son tour, fronce les sourcils.

— Qu'est-ce que tu entends par là ? m'interroge-t-il.

Je baisse les yeux sur mes doigts qui jouent avec le bout des tiges. J'avale ma salive, consciente que ma réponse est peut-être stupide, mais c'est comme cela que je ressens les choses.

— Je ne suis ni une fille du grand monde, ni assez belle pour recevoir de telles fl…

— Conneries ! s'emporte-t-il, avant de s'emparer de mon menton entre son pouce et son index et de plonger son regard aux fragments verts dans le mien.

Son âme percute la mienne avec la hargne qui l'habite. Quand il agit ainsi, avec ardeur et férocité, je me demande toujours ce qui va se passer.

— Écoute-moi bien, Monica Rocchio, parce que je ne me répéterai pas !

Son ton est dur, sauvage, empli de passion et de rage. Il prend mon visage en coupe, le maintient fermement alors que la chaleur de ses paumes contraste avec l'autorité qu'il dégage.

— S'il y a bien une fille sur cette putain de planète qui mérite de recevoir les plus incroyables fleurs du monde, c'est toi ! Aucune femme n'est plus belle que toi à mes yeux. T'as pas remarqué la manière dont tous les mecs te regardent ?

Je ne saisis pas sa question. Je ne suis personne. Seulement la fille d'Alfredo Rocchio, cet homme qui se saigne et se vend à n'importe quel employeur contre un salaire de misère pour éponger ses dettes. Cette pauvre fille dont les camarades d'école se moquaient à cause de ses habits troués durant les récréations quand elle était gamine. Cette pauvre fille qui n'a pas les moyens de se payer des vêtements de marque à l'instar des adolescentes de son âge. Cette pauvre fille qui ne peut lire que des livres volés dans une boutique par son petit ami. Alors pourquoi les autres me regarderaient-ils ? Je suis sans intérêt, insignifiante.

— Tu es mon univers, Monica.

Alessandro fond sur mes lèvres tandis que je mesure la profondeur de ses propos.

« Tu es mon univers. »

Sa phrase résonne dans mon esprit tel un mantra. Plus rien autour n'a d'importance. J'oublie ce qui nous encercle ; les fleurs sur mes cuisses atterrissent sur le sol ; mes interrogations s'envolent. Seule sa bouche sur la mienne retient toute mon attention. L'embrasser, c'est semblable à respirer. Dès lors que nos lèvres sont soudées, ma vie prend un sens et mon monde tourne autour de lui. Alessandro me traite toujours telle une princesse, avec respect et douceur. Sauf que j'aimerais qu'il cesse de me considérer de cette manière et m'envisage enfin comme « elles ». C'est-à-dire comme une femme.

Depuis ce foutu premier baiser, il ne m'a jamais retouchée comme il l'a fait ce jour-là. Je crève d'avoir ses mains sur mes cuisses, mes fesses, mes seins. Partout sur mon corps. Et surtout, je me languis qu'elles me goûtent, me palpent, me démontrent à quel point il me veut et qu'il est difficile pour lui de se contrôler.

Je souhaite le faire plier, franchir la ligne, qu'il cesse avec cette retenue qui me rend folle. J'aimerais tellement qu'il me déshabille, me sentir vibrer sous son souffle qui s'évanouirait sur ma peau nue. Je brûle pour lui, le désire avec tant de puissance que cela en devient douloureux.

J'approfondis notre baiser, enfouis mes mains dans ses cheveux que j'emmêle. Il gémit dans ma bouche, me saisit par la taille pour me plaquer contre lui. Mais rien de plus. Je m'empare donc d'un de ses poignets, place sa paume sur mon sein pour qu'il comprenne enfin ce que j'attends de lui. Alessandro se décolle de moi, m'étudie, interrogateur. De mon côté, je l'implore du regard de continuer à me toucher, à me redonner ce qu'il m'avait offert ce jour où nos langues se sont entrelacées pour la première fois.

— Monica… Je… je ne peux pas.

Sa phrase me fait l'effet d'une gifle. Pourtant, je n'abandonne pas, je suis trop près du but.

— Je t'en prie, le supplié-je. Aless, touche-moi !

— Je ne pourrai plus m'arrêter après…

Je me fige dans ses bras, prenant conscience de l'importance de l'information qu'il vient de me fournir. C'est donc pour cela qu'il est dans la retenue depuis que nous avons commencé à sortir ensemble ? Je comprends qu'il prend ses précautions par égard pour moi. Mais la vraie question est : ai-je envie qu'il s'interrompe ?

— Alors, ne t'arrête pas, assuré-je.

Mon cœur bat la chamade. Je l'ai dit. Je lui ai donné ma

permission pour aller plus loin qu'un simple baiser. Aless me détaille, cherchant si je plaisante ou non. Mais comme il ne trouve aucun indice sur une éventuelle blague, il me demande :

— Tu es sûre de toi ? Ce n'est pas comme si on pouvait revenir en arrière après, Monica. Es-tu certaine que c'est à moi que tu souhaites offrir ça ?

— Je veux que ce soit toi, affirmé-je. Mon premier ainsi que mon seul et unique.

Aless caresse mon visage tout en me contemplant avec tendresse et adoration. Dans son regard, je me sens belle, comme si j'étais la chose la plus précieuse sur terre à ses yeux. C'est peut-être vrai d'ailleurs, je ne saurais dire. Il approche sa figure de la mienne. Nos souffles se mélangent, nos iris se dévorent, nos lèvres se réunissent et nos langues se cherchent. Et alors, ce qui était doux et tendre devient tout à coup sauvage et viscéral.

Nous partons à la découverte de nos corps. Aless me soulève de terre, me plaque contre le mur de la cabane qui grince sous nos poids comme si elle se plaignait que nous la traitions ainsi. J'enroule mes jambes autour de sa taille, l'intime de s'approcher davantage. Quant à lui, il malaxe un de mes globes tout en agaçant la pointe dressée à travers mon tee-shirt. Je ne peux réprimer un gémissement de contentement sous cet assaut délicieux. C'est totalement grisant de sentir son érection. J'ondule instinctivement contre elle et en mesure son ampleur. Je ne sais pas à quoi m'attendre, une forme d'appréhension mélangée à de l'excitation s'agite dans mon être. Sauf que je suis bien trop heureuse qu'il daigne enfin me toucher de la sorte. J'ai trop patienté pour me poser des questions. Je le veux, le désire du plus profond de mon âme.

— Ouh la ! s'exclame-t-il. Du calme, ma douce. On va aller à l'intérieur. On sera plus à l'aise.

Je comprends où il va nous emmener et je me bénis à cet instant d'avoir brûlé l'ancien matelas de notre planque. Jamais je n'aurais accepté de poser mes fesses dessus. Alessandro m'allonge au milieu de notre lit de fortune dont j'ai lessivé les draps rapportés de la maison. Il continue de m'embrasser et entreprend de chérir le creux de mon cou. Ma respiration s'emporte, mes yeux se révulsent, exaltés par les sensations incroyables qu'il m'offre. Je me rends compte à cet instant que nous ne sommes plus ces deux gamins qui se tenaient par la main à la cour de récréation. Nous avons bien grandi depuis. Ce que nous nous apprêtons à faire va marquer un tournant dans notre relation, un pas dans le monde adulte.

Ses doigts remontent mon tee-shirt sur le haut de mon corps avant de m'aider à le retirer complètement. Il me retire également mon soutien-gorge en le dégrafant habilement. Ma poitrine ainsi dévoilée, les pointes se dressent au contact de la fraîcheur de l'air. Alessandro les embrasse, puis en saisit une dans sa bouche. J'en perds mon souffle, inspirant tant il m'octroie des sensations inconnues et pourtant incroyables. Mon amoureux poursuit en déboutonnant mon jean. Je l'aide à l'enlever avec empressement. Mon corps se révèle sous son regard inquisiteur qui ne loupe aucune miette du spectacle se déroulant sous son nez. J'ai le sentiment d'être belle. Ses yeux mi-clos sont sombres et emplis de désir. Sa barbe naissante lui confère un air plus mature. J'ai en face de moi un jeune homme et non plus un garçon. Ses iris dans les miens, il place ses mains sous l'élastique de ma culotte et attend mon approbation. D'un hochement de tête, je la lui donne. Il glisse mon vêtement le long de mes cuisses et à mesure que mon intimité se dévoile, je rougis de plus en plus.

Aless retire à son tour son tee-shirt. C'est avec un plaisir non dissimulé que je dévore son torse ciselé du regard. Ce n'est pourtant pas la première fois qu'il se retrouve dans cette tenue devant moi, mais j'ai toujours pris garde à ne pas laisser traîner mes yeux trop longtemps sur son corps. J'avais peur qu'il me grille en train de le mater. Un rictus amusé ourle ses lèvres quand il surprend l'expression gourmande sur mon visage. Il s'allonge à mes côtés, caresse du bout des doigts le contour de mon nombril, remonte entre mes seins avant de plaquer sa main en étoile sur mon thorax.

— Je vais te toucher, susurre-t-il, tout en mordillant mon lobe d'oreille et que sa main chemine plus au sud. Là, en bas. On va y aller doucement, d'accord?

J'opine du chef tandis que sa paume rejoint ma féminité. Ma respiration sporadique trahit mon trac. Je sais que nous arrivons à un moment crucial qui me changera à tout jamais. Alessandro commence à me caresser d'une manière si érotique que je m'empourpre jusqu'aux oreilles. Je suis incapable de décrire ce qu'il me fait, mais OH, MON DIEU, je ne croyais pas que cela pouvait être aussi bon. Mon souffle devient chaotique, mes pensées incohérentes. Un gémissement s'échappe de mes lèvres en même temps que mes yeux se révulsent. Des décharges électriques crépitent dans mon bas-ventre qui se transforme en un véritable volcan. Je m'enfièvre, commence à gesticuler tout en me cramponnant aux draps. Une vague de chaleur monte en moi alors que je m'arque pour lui donner davantage accès à mon entrecuisse. Des étoiles parsèment mon champ de vision qui s'obscurcit, puis je décolle comme une fusée. Un cri jaillit de ma gorge sans que je puisse le contenir.

Visiblement satisfait de lui, Alessandro arbore un sourire fier auquel je ne peux m'empêcher de répondre.

— Première relation intime et je t'offre un orgasme, fanfaronne-t-il.

C'est donc cela un orgasme ? J'en veux encore !

Je me mords les lèvres et baisse les yeux. Je suis à peu près sûre que mon visage doit être cramoisi. Il me saisit le menton, me redresse la tête puis m'embrasse avec une extrême douceur. Notre baiser devient plus profond, plus impétueux. J'enroule mes bras autour de son cou, le serre contre moi parce que je veux sentir sa chaleur sur mon corps nu, m'enivrer de son odeur, qu'il me marque au fer rouge.

Je l'aime, je l'aime tant.

Il roule sur moi, presse mes fesses entre ses paumes avec appétit. Tout s'accélère. Nous ondulons l'un contre l'autre. Les boutons de son jean me font mal, mais je ne m'en plains pas.

— J'ai envie de toi, me souffle-t-il entre deux baisers.

Pour seule réponse, je gémis dans sa bouche, excitée qu'il puisse me désirer à ce point. Il m'empoigne par la taille, frotte durement son érection, emprisonnée dans sa prison de tissu, contre ma chair sensible. Peut-être attend-il de moi un geste plus osé ? Que je l'encourage à aller plus loin ? Mais je ne sais pas comment agir… Il va peut-être me trouver trop inexpérimentée, ne plus jamais souhaiter partager un tel moment d'intimité avec moi.

— Monica…

Je plonge mon regard dans le sien, troublée par mes pensées qui me parasitent.

— Qu'est-ce qu'il y a ? Tu veux que j'arrête ?

— Non ! Non… Je…

Je déglutis, cherche mes mots pour ne pas paraître idiote à ses yeux. Mais que dire ? Mis à part la vérité.

— J'aimerais te faire plaisir, mais je ne sais pas quoi faire. C'est la première fois que je…

Alessandro met sa paume sur ma joue et la caresse de son pouce tout en me contemplant avec adoration.

— Et si tu me laissais faire ? me demande-t-il d'une voix douce et rassurante. Arrête de te poser des questions. Profite juste de l'instant. Je gère le reste.

J'acquiesce. Je me sens tout de même stupide, mais ce sentiment s'évapore très rapidement au moment où la bouche d'Aless cajole le contour de mon nombril avant de descendre plus au sud. J'éprouve une forme de honte quand sa langue explore cet endroit si intime. Mais dès que ses iris, si sombres, s'arriment aux miens, je mesure l'ampleur de son désir. Je perds à nouveau pied, frôle la crise d'apoplexie à l'instant où une nouvelle vague de plaisir crépite dans tout mon corps. Alessandro remonte le long de mon abdomen, énerve les pointes dressées de ma poitrine, puis trace un chapelet de baisers dans mon cou. Je le sens déboutonner son pantalon, puis quelque chose de chaud et incroyablement doux vient se frotter contre l'entrée de mon intimité. Les yeux dans les yeux, Aless recoiffe une mèche de mes cheveux derrière mon oreille.

— Tu risques d'avoir mal, mais ça ne durera pas longtemps. Si tu veux que je m'arrête, surtout tu me le dis.

— D'accord, murmuré-je, l'excitation mélangée à une pointe de peur me submergeant.

Sa bouche s'empare à nouveau de la mienne. Nos langues se mêlant, il s'enfonce en moi doucement. J'éprouve un pincement dans ma chair. À mesure qu'il progresse en moi, son membre me tiraille avec une impression d'invasion. Puis, Aless ne bouge plus et me laisse le temps de m'habituer à sa présence. Nos regards toujours ancrés, il me demande :

— Ça va ?

Je réprime les larmes qui me montent aux yeux tant je le trouve beau quand il me contemple de cette manière. Je me sens bien, en sécurité, et plus rien au monde ne compte à part lui.

— Oui. Aless ?

— Hum ?

— Je t'aime.

Je crois bien que c'est la première fois que je le lui avoue. Une étincelle illumine ses iris, puis il fond sur moi, plaque ses lèvres avec empressement sur les miennes et commence à bouger. Ce qui est d'abord douloureux se mue en une sensation plus agréable et enfin exquise. Aless va et vient dans mon antre, m'arrache des gémissements de délectation alors qu'il grogne tout en suçant le creux de mon cou. Mes ongles se plantent dans son dos. Nos peaux se couvrent de sueur. Puis, dans un ultime coup de reins, il s'immobilise avant de s'écrouler sur moi. Le poids de son corps sur le mien est autant délicieux que le reste. J'adore le sentir sur moi, me noyer dans son odeur, pouvoir enfouir mes doigts dans ses cheveux et le câliner comme bon me semble.

Dans le creux de mon oreille, il m'avoue à son tour :

— Moi aussi je t'aime, ma Monica.

Chapitre 22

Alessandro

Comme un lion en cage, j'arpente mon appartement de milliers de pas. Les pièces du puzzle se placent petit à petit et dessinent les réponses que j'attendais depuis tout ce temps. Je prends conscience de ce secret avec lequel je suis si étroitement lié. C'est un véritable coup de massue.

Un bébé. Un putain de bébé !

Comment a-t-elle pu me cacher un truc aussi énorme ? C'est pour cela qu'elle s'est enfuie ? Elle ne me faisait pas suffisamment confiance pour qu'on surmonte cette épreuve ensemble ? Je sais bien qu'à nos âges, cela aurait été compliqué et que nous en aurions chié parce qu'aucun soutien financier n'aurait pu nous être apporté, mais merde ! Je n'ai pas eu le droit d'être informé de ma paternité. On n'a même pas pu essayer…

La colère mêlée à l'incompréhension domine en moi. La fatigue m'empêche d'avoir les idées claires. Il faudrait que je dorme, or comment pourrais-je trouver le sommeil après de telles révélations ? Je dois revoir Monica et lui demander des explications parce que quelque chose qui vient du plus profond de moi me dit que je ne sais pas tout. Ce qu'elle pourrait me dévoiler changerait le tableau de ce qui est en train de s'esquisser dans mon esprit tourmenté.

Je fume clope sur clope. Patiente jusqu'à l'aurore pour grimper dans mon pick-up et me rendre à la villa Giordano. Au moment où j'y arrive, tout est calme et paisible. Les oiseaux gazouillent quand les premiers rayons du soleil caressent la terre de leur douceur. Mon humeur est bien sombre en comparaison et j'ai envie de hurler aux piafs de fermer leurs putains de becs.

Je me parque sur le côté du garage puis me dirige vers l'abri de jardin pour prendre mon poste. Au moment où j'enfile mes gants, Alfredo fait irruption dans le cabanon.

— Elle était avec vous hier soir, n'est-ce pas ?

Pas de bonjour, juste une expression grave sur ses traits et une lueur furibonde dans ses billes délavées par trop d'années à travailler comme un chien. J'hésite à lui répondre. Pourquoi lui confierais-je une telle information ? Qu'est-ce qui me certifie qu'il ne courra pas le répéter à son taré de patron ?

— J'ai besoin de savoir, Alessandro, insiste-t-il.

— On a tous des questions sans réponse, contré-je. Pourquoi est-ce que je vous le dirais ? Et qu'est-ce que ça peut bien vous foutre ?

Il s'approche de moi, la rage déformant son visage.

— J'ai peur pour ma fille. Ce qu'elle a vécu hier soir… J'ai bien cru qu'il allait…

Il ne termine pas sa phrase. Son teint devient livide et ses iris sombrent dans le vague. La terreur coule dans mes veines et je perds toute notion de rationalité devant son expression peinée.

Qu'est-ce que cet enfoiré a fait à Monica ?

— Qu'est-ce qu'il s'est passé ? l'interrogé-je. Elle va bien ?

— Oui, oui. Heureusement…

— Si vous vous faites tant de souci pour elle, sortez-la de ce merdier, Rocchio ! m'emporté-je. Vous vivez sous le même toit qu'elle et vous laissez ce connard lui infliger toutes ces choses sous vos yeux, sans bouger le petit doigt. Vous me dégoûtez, Alfredo ! C'est votre fille quand même !

Ses prunelles percutent les miennes et je prends dans la gueule toutes les émotions que viennent de générer mes propos. Et pourtant… Pourtant, cela me rend encore plus furieux. Ses traits se déforment et un instant je crois qu'il va craquer. Au lieu de ça, il quitte le cabanon sans un mot, les épaules voûtées. Je l'observe retourner dans la villa, le visage las et le teint livide. Démuni face à la situation, je m'aperçois que même lui ne sera pas un allié. Même si Monica est impardonnable de m'avoir caché l'existence de notre bébé, ce n'est pas pour autant qu'elle mérite l'enfer dans lequel elle est prisonnière. Je dois absolument trouver une solution pour la sortir de là avant que le point de non-retour soit atteint. S'il lui arrivait malheur, je ne répondrais plus de rien.

Je n'ai pas aperçu Monica de la journée. Ni les jours suivants. À croire que seuls des fantômes habitent dans cette villa, hurlant ce silence lourd de sens. Maria également, qui d'habitude n'hésite pas à me reluquer par la fenêtre dès qu'elle en a l'occasion, a été invisible. Je ronge mon frein, frustré de me sentir impuissant et sans armes face au dilemme devant lequel je me trouve. J'ai passé je ne sais combien de temps à fumer tout en scrutant la maison, à l'affût du moindre mouvement. Si je m'introduis dans la demeure, je risque de créer plus de problèmes que d'en résoudre. Et putain, ça me fout la rage, parce que je ne sais pas quoi faire de ce que j'ai appris cette nuit-là. Si seulement j'avais son numéro de téléphone. Sauf que même ça, je suis sûr que l'autre con surveille chaque message qu'elle peut recevoir. Je ne peux que me représenter ce qu'il se passe dans cette maison. Plusieurs scénarios se tissent dans mon esprit et échauffent mes nerfs déjà bien à vif. La haine me dévore les chairs rien qu'à l'imaginer lever la main sur elle. L'idée de le buter m'est de plus en plus séduisante.

Le soleil décline sur cette énième journée vide et sans réponses. Comme à chaque fois, avant la fin de mon service, je dois m'occuper de la piscine. Rituel que j'apprécie, car il sonne le glas de mes corvées. Je récupère le robot nettoyeur dans mon cabanon puis me dirige d'un pas lent vers le bassin entouré d'arbustes. Ceux-ci sont en mauvais état, cramés par les rayons brûlants du soleil d'été. Les remplacer ne serait pas du luxe sauf que c'est bien le cadet de mes soucis en ce moment.

Un mouvement aux abords de la piscine attire mon attention. Monica se tient debout, vêtue d'un peignoir fluide, et observe les éclats de l'astre de jour scintiller à la surface. Comme elle ne m'a pas vu, je m'apprête à lui signaler ma présence, mais elle laisse tomber au sol son habit pour apparaître en maillot de bain deux pièces avant de descendre doucement l'escalier pour pénétrer dans l'eau. Cette vision aurait pu être très agréable si elle n'avait pas été bafouée par l'horreur qu'elle est en réalité.

Des marques rouges violacées strient sa peau au niveau des fesses et du bas de son dos. Les sillons pourpres sont boursouflés et semblent récents.

Elle a été fouettée… ? Ce connard l'a punie pour l'autre jour ?!

Choqué, je suis tétanisé pendant que Monica plonge dans le turquoise de la piscine. Elle nage quelques secondes sous l'eau avant de réapparaître à la surface. Elle est magnifique. Mais cette beauté cache en vérité une souffrance abyssale en son sein.

Ma colère s'évapore et se mue en une mélancolie viscérale. À mesure des longueurs qu'elle effectue, je prends conscience de la vie qu'a menée celle que j'ai aimée si profondément autrefois. Mais est-ce que ces sentiments appartiennent vraiment au passé ? Je me le demande quand je remarque les sensations qui opèrent en moi dès que je m'approche suffisamment d'elle pour humer son parfum.

Après un temps indéfini, Monica finit par sortir de la piscine et m'aperçoit quand elle s'empare de sa serviette de bain. Elle se fige de surprise, comme une proie qui tombe nez à nez face à son prédateur. Son regard est chargé d'une pléthore d'émotions et elle est si belle, simplement vêtue de ce bikini qui met en valeur ses courbes alléchantes. Sa peau satinée perlée de gouttes d'eau et ses cheveux ruisselant sur ses seins ronds, que je pourrais en oublier les raisons pour lesquelles je suis si en colère contre elle. Sa bouche forme un O quand elle déchiffre mon visage. Je ne tiens plus, m'approche davantage pour lui parler.

— Pourquoi ? m'enquiers-je.

Elle demeure silencieuse tandis qu'elle s'enroule dans son linge en coton éponge et dissimule son corps à mes yeux. Je pose le matériel que je porte, puis marche dans sa direction. Plus je m'approche, plus elle se tend.

— Pourquoi tu m'as caché ça ? grogné-je, mon regard planté dans le sien.

Les larmes bordent ses iris chocolat qu'elle baisse devant mon expression inquisitrice. Ça me bouffe de la voir comme ça, mais je dois résister à cette irrépressible envie de la prendre dans mes bras, de lui dire que je trouverai le courage de lui pardonner un jour parce je n'ai jamais réellement cessé de l'aimer.

— Ce n'est pas comme si j'avais vraiment eu le choix, souffle-t-elle. Quand mon père l'a appris, ça a été l'enfer. Aless, crois-moi, je n'ai jamais voulu que ça se passe comme ça…

— Tu l'as pourtant accepté, remarqué-je. Un bébé, Monica !

Mais, putain !

— Ne crie pas, s'il te plaît !

Sa voix se fêle en même temps que mon cœur quand elle me supplie de stopper ma montée de colère. Je me prends en pleine poire sa détresse et son mal-être.

— Tu as des raisons d'être furieux, continue-t-elle de son ton chargé de chagrin, mais par pitié ne crie pas, Aless.

Comment résister ? Comment me montrer fort alors que tout mon corps la réclame contre lui ? Mon palpitant gonfle et déborde pour elle. Je suis complètement désarmé devant l'atrocité qu'est devenue la vie de cette femme.

— Monica… C'était mon gosse… J'avais le droit de savoir. Pour toi, j'aurais soulevé des montagnes.

— Je suis tellement désolée…

— Que lui est-il arrivé ?

Les larmes s'amoncellent aux bords de ses yeux et elle se pince les lèvres pour ne pas pleurer. Son regard s'agite, perdu dans des souvenirs cruels que je lui demande de raviver pour moi.

— Je n'étais pas avec lui quand ça s'est produit… Le médecin m'a expliqué que cela pouvait arriver sans aucune raison… Je crois que je n'ai jamais connu quelque chose d'aussi douloureux de toute ma vie… Et je te perdais une seconde fois en quelque sorte…

Sa voix qui se brise me fend en deux. C'est une véritable torture de ne pas la prendre et la plaquer contre moi. Mes mains me brûlent tant la toucher me consume.

— Je suis désolé, lui lancé-je. Je ne peux pas imaginer la peine que cela représente…

Ses prunelles gorgées de tristesse sont un supplice. Elle essuie les larmes qui ont coulé sur son visage d'un revers de main rapide, comme si elle cherchait à retrouver contenance face à moi. Cela me chamboule d'autant plus que je ne saisis pas pourquoi elle essaie de me cacher son chagrin, alors qu'elle devrait le partager avec moi.

— J'ai quelques photos, m'annonce-t-elle dans un souffle saccadé. Je te les enverrai.

Elle me sourit discrètement, vaine tentative pour paraître réconfortée, mais cela n'atteint pas ses yeux. Toute son désespoir est dépeint sur son visage. Il m'est insupportable de me retenir de la toucher, d'enfouir mes doigts dans ses cheveux et de la serrer le plus fort possible pour aspirer toutes ces émotions qu'il m'est intolérable de lire en elle. De plus, je la bénis de m'offrir l'occasion de voir à quoi a bien pu ressembler mon fils.

— Je veux bien. Merci.

Ce lien qui nous unit ne m'a jamais paru aussi évident que maintenant. Nos regards arrimés, nos âmes s'attachent l'une à l'autre à nouveau. Je ne désire plus qu'une seule chose, l'avoir pour moi et uniquement pour moi. Mais un détail, et non des moindres, me revient en mémoire.

— C'est quoi ces marques sur tes fesses ?

Ses yeux s'écarquillent et ses lèvres s'entrouvrent. Elle se dandine sur place avant de se détourner pour ne plus que je lise en elle.

— L'autre soir, finit-elle par me raconter à voix basse, quand il m'a retrouvée au cimetière, en rentrant, il m'a fouettée avec sa ceinture.

Son aveu est un uppercut d'abord dans ma tronche, puis dans mon bide. L'acidité de ma bile brûle mon œsophage. Je presse les dents si fort que je me demande comment elles ne pètent pas sous la pression.

Je vais tuer cet enfoiré !

Les poings serrés, je détaille la villa dans l'espoir de le repérer et d'aller lui faire la peau.

— Aless, s'il te plaît, m'implore Monica qui a deviné mes intentions. Ne fais rien.

— Rien ?! m'offusqué-je en parlant une nouvelle fois trop fort sous le coup de la haine. Putain, Monica, donne-moi une seule bonne raison de ne pas aller le tuer sur-le-champ !

— Aless, tais-toi ! siffle-t-elle en jetant des coups d'œil anxieux autour d'elle.

— T'es où, fils de pute ! hurlé-je pour qu'il m'entende.

Monica me détaille, les yeux exorbités, la terreur dégoulinant de tous ses pores. Je m'en veux de lui infliger ça, mais je ne peux pas rester sans agir avec ce que je sais.

C'est trop tard !

— Je crois que nous allons devoir mettre un terme à votre travail ici, monsieur Gallino, m'informe une voix qui m'arrache un frisson de rage.

Je me retourne pour affronter Enrico Giordano qui se tient

à quelques mètres de moi dans son pantalon de costume et sa chemise immaculée. Il est toujours si classe et guindé que ça me démange de le salir juste pour mon plaisir. Son regard mauvais m'indique qu'il n'est pas uniquement là pour me renvoyer. Sauf que rien que de l'apercevoir devant moi, mes poings se serrent et je tremble de fureur. Ma vision s'obscurcit, le venin de la haine s'écoule dans mes veines et brûle chacune de mes cellules à la seule vue de sa sale face qui me rappelle les marques sur les fesses de Monica.

Ma droite part avant que je ne songe même à lui décocher un coup. Giordano se le prend en pleine mâchoire et part en arrière à cause du choc. Il se maintient le visage, rouge de colère, prêt à exploser. Sauf qu'il a un mouvement de recul quand il m'aperçoit, possédé par une folie vengeresse.

— Tu n'es qu'un putain de fils de pute ! éructé-je.

Je me jette sur lui, l'attrape par le col et galvanisé par ma rage, je le frappe à plusieurs reprises sans aucune retenue. Je sens son nez craquer sous mes coups, du sang s'en écoule et imbibe sa chemise, injectant une pointe de satisfaction pernicieuse dans mon esprit tempétueux.

— Je vais te buter, connard ! hurlé-je. Ne lève plus jamais la main sur elle sinon je te jure que je t'envoie six pieds sous terre !

Il s'apprête à riposter quand la voix d'une femme tonne entre nous.

— Ça suffit !

Je ne reconnais pas ce timbre. Une dame accoutrée comme

une comtesse des temps modernes vient vers nous en trottinant, ses innombrables bijoux scintillant à chacun de ses mouvements. Elle me repousse pour se jeter sur Giordano afin de s'assurer qu'il n'est pas blessé. Je saisis rapidement qu'il s'agit de la mère de cet enfoiré quand leur ressemblance me saute à la figure.

— Tu vas bien, mon chéri ?

Elle le prend par les épaules, détaillant son corps à la recherche d'autres blessures. Son fils la rassérène tandis qu'elle lui donne un mouchoir pour essuyer le sang qui coule de son nez. C'est alors qu'elle braque un doigt accusateur dans ma direction, les traits défigurés d'indignation.

— Fichez le camp d'ici ! rugit-elle. Dégagez où j'appelle la police.

Je lance un coup d'œil vers Monica qui m'observe d'un air si suppliant que mon âme se fendille.

— Viens, lui intimé-je.

Monica s'avance afin de saisir la main que je lui tends, mais une lueur démoniaque traverse les billes noires d'Enrico qui hurle :

— Non ! Elle reste avec moi !

Je m'approche de lui pour lui régler son compte une bonne fois pour toutes. Il se défend, tente de me démolir à son tour, mais l'idée de lui péter les dents une à une me donne des ailes. J'esquive ses coups et alors que mon poing atterrit sur sa mâchoire, des bras m'entourent et me dégagent avec force. Bien entendu, la mère s'est empressée d'appeler à la rescousse le service de garde. Cet enculé de bourge n'est pas capable de régler ses affaires d'homme à homme. Non. C'est tellement plus facile de se cacher derrière ce que le pognon peut vous offrir.

Je me débats, puis parviens à me libérer. Sauf qu'entre-temps, Giordano a mis la main sur Monica. Mes dents crissent tant le coup dans le bide que cela m'inflige est brutal. L'effroi qui habille le visage de ma brune me fracasse et me tenaille. Des nerfs tressautent au niveau de ma mâchoire tant elle est crispée.

— Relâche-la ! ordonné-je à Giordano.

— Sinon quoi ?

Je m'apprête à lui rappeler mes poings, fonce sur lui sous le regard terrorisé de Monica qui lâche un cri de peur quand le canon d'un flingue m'arrête net dans ma course. Foudroyé, je fixe le tube d'acier, le souffle coupé. Mon cœur semble également avoir cessé de battre et un shoot d'adrénaline vient de s'injecter dans mes veines. Pendant quelques secondes, je ne suis pas capable de déterminer s'il a déjà tiré ou s'il me menace juste. Puis, quand peu à peu je récupère mes esprits, je recule d'un pas.

Giordano, le visage couvert d'hémoglobine, me fixe d'un air délétère. Un hématome commence à apparaître sur le coin de son maxillaire et j'ai la satisfaction de me dire qu'il n'oubliera pas de sitôt la leçon que je lui ai donnée. Essuyant son nez de son pouce, il m'admoneste :

— Je vous conseille de quitter ma propriété sans attendre.

Sa requête me fait dégoupiller à nouveau. Malgré la menace de son arme, je tonne :

— Hors de question de partir sans Monica.

Cette dernière me supplie du regard d'accéder à la demande de son mari, mais je ne peux tout simplement pas m'y résoudre.

— Monica, viens avec moi.

Cette dernière hésite, ses yeux passant de moi à lui. Son souffle chaotique s'accélère à cause de la tension qui la gagne.

Giordano retire la sécurité de son revolver. J'aurais jusque-là juré qu'il bluffait, mais quand j'aperçois le choc et surtout l'épouvante défigurer le visage de Monica, je comprends qu'il ne plaisante pas.

— Aless, murmure-t-elle, en secouant légèrement la tête.

Elle me supplie silencieusement de ne pas aller plus loin et c'est une affliction que de lui céder. Je lance un regard meurtrier à son connard de mari et bats en retraite, une chape de plomb lestant mon estomac.

Un mélange d'indignation et de colère bout en moi. L'amertume de cette injustice se répand sur ma langue et il m'est insupportable de devoir abandonner Monica à son sort.

Mais mort, je ne pourrai plus la protéger.

Je n'en ai pas terminé avec ce fils de pute. Il est néanmoins plus qu'urgent de sortir la femme que j'aime de ce merdier, car ce taré est bien capable du pire, je viens d'en avoir la preuve. La folie dévore son âme qu'on peut apercevoir, prisonnière derrière ses yeux troublés.

Chapitre 23

Alessandro

Nous avions 16 ans

Deux heures. Deux heures de retard à notre rendez-vous. Je suis plutôt patient, mais là, je n'en peux plus de l'attendre en vain. Surtout que cela fait deux jours que nous ne nous sommes pas vus. Mais je ne peux pas me résoudre à rentrer chez moi et m'en foutre. Non. Je m'inquiète pour elle, parce qu'elle ne répond à aucun de mes messages ou appels. Il peut lui être arrivé n'importe quoi en chemin. D'autant plus que notre cachette n'en est plus une depuis longtemps. Cette peste de Tullia a dévoilé à tout le monde l'endroit où se situe notre planque et certains petits enfoirés y sont venus pour squatter les lieux. Fort heureusement, ils n'ont rien détruit ou détérioré, sinon ils pouvaient dire adieu à leurs belles gueules de fils de riches. Mais depuis, j'ai mis les points sur les i avec cette grognasse de Tullia et lui ai conseillé de rappeler à ses potes que si j'en trouvais un ici, il pourrait supplier ses parents de lui payer des dents neuves.

Le soleil décline et le vent est mordant de froid. L'hiver s'installe, même s'il est plutôt doux en règle générale dans notre région. La forte odeur des feuilles mortes qui pourrissent sur le sol me chatouille les narines. Je décide de partir à la recherche de

Monica et de m'assurer qu'elle est en sécurité quand, une nouvelle fois, je tombe sur sa messagerie directement. Peut-être que c'est son père qui l'a empêchée de venir ? Il ne voit pas d'un très bon œil notre relation, surtout depuis qu'il soupçonne nos activités bien plus lubriques que les révisions.

Aucune trace d'elle sur le chemin jusqu'à sa maison. Je sais qu'elle ne veut pas que je me présente chez elle, mais qu'importe. J'ai besoin d'avoir la garantie qu'elle va bien et qu'elle est en sécurité. Quand je m'approche de sa bicoque délabrée, je le sens mal. Elle semble… sans vie, morte, vide. D'habitude, il y a du linge sur le fil dehors ou de la fumée qui sort de la cheminée, surtout à cette période de l'année. Sauf que là, rien. Les volets sont fermés. La barrière qui mène au jardin sur le côté de la bâtisse est scellée par des planches clouées dessus et… un panneau « à vendre » orne la façade de la maison.

Le sol se dérobe sous mes pieds. Un étrange malaise me gagne. Mon cœur pulse fortement jusqu'à cogner dans mes tympans. Je me précipite sur la porte d'entrée, tape comme un fou furieux sur le bois.

— Monica ! hurlé-je, avec une sensation troublante qui me remue.

Rien.

Aucune réponse.

Le silence.

Non ! Non, ça ne peut pas être possible ! J'ai l'impression d'avoir atterri dans un univers parallèle. Pourquoi ai-je cette sensation d'avoir loupé un épisode ? À force de frapper comme un dingue sur le battant, mes poings sont douloureux et rouges. Je me résigne, puis pars en direction du centre-ville pour me renseigner. Personne ne les a aperçus depuis hier et, bien entendu, personne n'est capable de me dire où ils sont.

— Hey, gamin ! m'interpelle un vieux assis au bord de la fontaine. C'est les Rocchio que tu cherches ?

J'acquiesce avec l'espoir d'obtenir enfin des informations.

— Je les ai vus ce matin. Il était tôt. Une voiture est passée les prendre. Ils ont chargé de grosses valises dans le coffre et sont partis. Apparemment, Alfredo a laissé tout le reste de leurs affaires dans la maison. Il a demandé au notaire de s'occuper de tout et de transmettre la somme à la banque pour éponger ses dettes. Aucune idée si c'est véridique… les qu'en-dira-t-on ne sont pas toujours à prendre pour argent comptant.

Je crois bien qu'une partie de mon âme vient de mourir sous ces révélations.

— Mais où sont-ils allés ? m'emporté-je, en agrippant le col du vieux qui prend peur devant mon expression de fou furieux.

— Hey ! Calme-toi ! Comment veux-tu que je le sache ? Personne ne le sait d'ailleurs. Il n'a pas laissé d'adresse.

Je le relâche, le désespoir coulant dans mes veines. Affolé et démuni, une envie de hurler de douleur, celle-ci même qui me submerge en dévalant ma colonne vertébrale et s'imprégnant dans chacune de mes cellules. Au lieu de perdre la face devant toutes les personnes qui m'observent, je m'enfuis à nouveau vers la maison de Monica. Je casse un carreau pour pénétrer à l'intérieur. Tout est en désordre, comme s'ils étaient partis à la va-vite. Je fonce dans la chambre de ma petite amie. Le lit est défait. Un oreiller sur le sol et la couette à moitié à terre. Ses vêtements sont toujours là. Je retourne le tout, cherche un indice qu'elle aurait pu me laisser. Une lettre. Un mot. N'importe quoi. Je fouille toute la maison sans rien trouver. Je la rappelle et tombe encore une fois sur sa messagerie.

Puis, je trouve son portable sur son bureau, et un peu plus tard celui de son père sur la table de la salle à manger. Je suis bien obligé d'affronter le terrible constat. Monica est partie sans regarder en arrière. Elle m'a abandonné. Le cœur en miettes, la rage s'enflamme dans les abysses de mon âme. Cette fois-ci, je ne me retiens pas de hurler pour évacuer ce trop-plein d'émotions qui déborde par tous mes pores, puis casse tout ce qui est à portée de main. Meubles, vases, livres que je lui avais offerts et qu'elle n'a même pas emportés avec elle, son téléphone. Je brise tout à l'image du cataclysme intérieur qui me dévaste.

La police est obligée d'intervenir pour me déloger de là, certainement prévenue par des voisins qui ont entendu mon tapage. Je passe la nuit au poste et ne réponds à aucune de leur question jusqu'au moment où ils décident de lâcher l'affaire et de me libérer.

Je rentre chez moi, me prends une gifle et un sermon de la part de ma mère, puis m'enferme dans ma chambre pour ne pas la quitter des jours durant. Moi et mon chagrin. Rien d'autre.

Sur la route, j'appelle Flora. Je lui explique ce qu'il s'est passé, encore ivre de rage et au bord de la folie d'avoir dû abandonner Monica là-bas. Je déverse dans son oreille compatissante le dégueulis d'émotions qui m'empoisonne. Elle finit par me dire de venir la prendre au boulot.

Quand nous sommes chez moi, je m'apprête à appeler la police, mais Flora me le déconseille. Selon elle, ils sont corrompus par Giordano depuis des années. Ce dernier n'hésite pas à les soudoyer à coups de pots-de-vin, à la manière de la mafia dans laquelle il a quelques connaissances. Mais que faire, alors ? Comment libérer Monica de ses griffes ? Elle ne peut définitivement pas rester chez ce timbré. La peur me ronge la chair jusqu'aux os. Je suis agité, ne tiens pas en place, prêt à sauter dans mon pick-up pour retourner la chercher.

— Calme-toi, Aless, me conseille Flora.

Mais me demander ça m'énerve encore plus et mon poing finit dans le mur, créant un trou dans le plâtre.

— Putain ! m'emporté-je. J'aurais dû le saigner !

La serveuse croise les bras sous la poitrine et m'observe, impuissante, alors que je m'empare d'une tasse de café sale et la balance à l'autre bout de la pièce.

— C'est bon ? T'as fini ?

Je lui lance un regard mauvais tandis que je marche de long en large dans ma pièce de vie, comme un lion en cage, dominé par des sentiments plus violents les uns que les autres.

— J'ai bien vu à travers ses yeux à quel point il est taré, crois-moi. Mais tu ne peux pas agir n'importe comment contre Enrico. C'est un homme puissant. Je peux t'aider à fomenter un plan, mais ce n'est certainement pas en pétant tout ce qui te tombe sous la main que tu vas arranger la situation.

Elle a raison, mais par fierté je me garde bien de le lui dire. J'ai besoin de me calmer alors je sors de mon appartement afin de fumer une cigarette et être un peu seul pour réfléchir, assis en bas des marches qui mènent chez moi.

La nuit est fraîche et mord ma peau. Le ciel dégagé dévoile les milliers de points lumineux qui parsèment cette toile sombre qui nous domine. Je suis complètement à la masse. J'ai l'impression d'avoir subi un essorage dans une machine à laver tant je suis en vrac à l'intérieur.

Merde !

Comment les évènements ont-ils pu prendre un tel tournant ? Je n'en reviens pas. Me calmer relève de l'impossible tant que je ne saurai pas Monica en sécurité.

Le bruit d'un moteur vrombit dans la rue, m'arrache de mes pensées. Au moment où je reconnais la Ferrari, je me redresse, prêt à en découdre avec Enrico Giordano ou à fuir s'il a bel et bien décidé de me descendre. Pendant une seconde, l'espoir de lui régler son compte crépite dans mon crâne, insufflant dans mes veines le chaud poison de la vengeance. Mon rythme cardiaque accélère, mes poings se serrent, parés à l'affrontement. À cela près que la voiture passe devant moi à une vitesse folle sans que je puisse même apercevoir la tête du conducteur à cause de la pénombre. Mais où se rend-il à une heure aussi tardive et surtout à cette vitesse ? J'espère que

Monica va bien… Sauf que je ne peux pas rester planté là à attendre qu'il vienne ou pas. S'il me tue, je ne pourrai pas la sauver. C'est aussi simple que ça.

Je jette mon mégot, remonte dans mon appart d'un pas pressé et ferme à double tour la porte d'entrée.

— Qu'est-ce qui se passe ? demande Flora.

— Je viens de voir la voiture de Giordano. Je préfère me méfier.

— Tu crois qu'il te cherche ? s'inquiète-t-elle.

— Je pense qu'il a plutôt dans l'idée de me buter, rectifié-je, mais je n'ai pas trop envie de le vérifier. Alors, on va jouer la prudence et se barricader jusqu'à demain. Je me fais peut-être des films, mais il vaut mieux prévenir que guérir.

Elle acquiesce avant de se lever pour fermer les volets à la va-vite. J'éteins les lumières et nous nous dirigeons vers ma chambre pour nous allonger en attendant.

Alors que nous sommes étendus l'un à côté de l'autre, seul le son de nos respirations comble le silence pesant qui nous entoure. Les minutes s'égrènent et nous sommes à l'affût du moindre bruit que nous percevons. Au bout d'un moment, nous nous relaxons. Le danger ne semble pas rôder ce soir. Mes pensées sont toutes focalisées sur Monica et j'espère de toute mon âme qu'elle va bien. Je ne supporte pas de me sentir impuissant et de ne pas avoir le pouvoir de la sauver. Cela m'est inconcevable et je pense que je ne trouverai pas le repos tant qu'aucune solution ne me sera venue à l'esprit.

— Aless, m'interpelle Flo à voix basse.

— Hum ?

— Tu étais amoureux d'elle ?

Pas besoin de me préciser de qui elle parle, je comprends très bien qu'il s'agit de Monica.

— Oui.

— Et maintenant ?

Je ne réponds pas tout de suite. Non. Car il m'est bien difficile de définir mes sentiments pour elle à l'heure actuelle. Suis-je encore amoureux d'elle ? Bon sang, je n'en sais rien ! Mais je peux certifier que oui, elle a ravivé une flamme dans mon cœur qui s'était affaiblie depuis longtemps, et que je pensais éteinte à tout jamais. Retrouver Monica et maintenant comprendre les raisons de sa disparition si soudaine a apaisé mon palpitant meurtri et lui a redonné l'envie de battre si fort pour quelqu'un.

— Je ne sais pas, finis-je par avouer.

— Je crois que tu l'es toujours, moi.

Je reste encore une fois silencieux et attends qu'elle m'explique le cheminement de ses pensées.

— La façon dont tu la regardes, cette manière si particulière que tu as de la toucher… C'est tellement flagrant quand on vous observe tous les deux. La première fois qu'elle s'est pointée au bar, j'étais verte de jalousie. Jamais il n'y a eu cette lueur dans tes yeux pour moi. Jamais aucun homme ne m'a contemplée comme ça, d'ailleurs. Ce n'est pas du simple désir. C'est…

Elle soupire, se tourne vers moi.

— ... de l'amour. Brut et éclatant. Comme celui qui est dans les livres ou les films. Je pense que beaucoup de femmes souhaiteraient être regardées de cette manière.

Je l'entends remuer dans un froissement de draps.

— Je crois que je te comprends en fait.

— Comment ça ?

— C'est ton premier amour et quelque part... on n'oublie jamais son premier amour. Vous semblez liés par une énergie qui me dépasse. Puis, on ne peut pas le nier, elle est vraiment canon.

Je lève les yeux au ciel devant sa remarque. Elle ne peut pas voir ma réaction, mais si elle croit que la beauté de Monica pèse dans la balance de mes sentiments, elle se goure. Monica et moi, c'est un coup de foudre au premier regard. Des gosses paumés qui se sont trouvés. Nous étions tout l'un pour l'autre et ça n'a jamais changé. Du moins, jusqu'au jour où elle est partie. Et au moment où la personne qui a été votre univers aussi longtemps disparaît, cela crée un bordel sans nom dans votre vie. Une pointe traverse mon bide quand le souvenir de ce que j'ai ressenti à l'instant où on me l'a arrachée me revient. Je soupire en fixant le plafond où des rais de lumières esquissent des formes abstraites.

— Je ne pensais pas vivre un truc aussi dingue quand je suis arrivé ici, lui confié-je. C'est fou à quel point le passé peut resurgir et foutre le bordel dans nos vies sans qu'on s'y attende.

— Le destin est parfois sournois, mais les épreuves sont aussi là pour nous apprendre.

Je souffle à cause de mes pensées qui se dirigent une nouvelle fois vers Monica. Je crève de ne pas pouvoir l'aider et l'arracher à sa vie qui me débecte. Je réfléchis toute la nuit sans pouvoir trouver le repos une seule minute. Chaque seconde qui passe est une de plus où la vie de ma Monica est en danger.

Chapitre 24

Alessandro

Deux jours. Deux jours que je patiente comme un imbécile sans savoir quoi faire. Flora m'a plusieurs fois empêché de retourner chez Giordano pour obliger Monica à me suivre, prétextant que je pourrais me faire tuer et aggraver la situation pour elle. Mais je suis de moins en moins convaincu par ses arguments. Selon moi, plus on attend, plus elle est en danger. Si ce n'est pas déjà trop tard, d'ailleurs… Et cette idée me rend complètement cinglé. Je fume clope sur clope, la nervosité grignotant peu à peu mes viscères. Mon sang n'est plus qu'un plasma chargé d'angoisse et de terreur. Je regarde l'écran de mon téléphone toutes les cinq minutes dans l'espoir que Monica m'envoie un message à l'insu de son mari. Est-ce qu'au moins elle a gardé mon numéro de téléphone ? Je ne dors plus, ne mange plus. Je suis en pause et pourtant mes pensées, elles, fusent dans tous les sens et ne sont que pour elle. Je me suis même surpris à prier ce Dieu auquel je ne crois pas.

Je ne me suis pas tenu caché. Flora est retournée à son poste au bar après être restée avec moi toute une journée, enfermée dans mon appartement, expliquant à Bernardo qu'elle avait été malade. Ce dernier a bougonné pendant quelques minutes, puis a fini par accepter les excuses de sa serveuse quand sa femme a hurlé dans la cuisine qu'elle lui couperait ses attributs masculins s'il ne reprenait pas leur employée. Faut dire que la jolie blonde est une figure emblématique de l'établissement et que, sans elle, le bar ne tournerait pas aussi bien.

Je passe mon temps dans l'embrasure de la porte d'entrée du bistrot pour observer ce qu'il se déroule dehors, tout en assouvissant mon addiction beaucoup trop forte à la nicotine ces derniers jours. Aucune nouvelle. Ça me bouffe de l'intérieur. Je suis sur le fil du rasoir, prêt à exploser. Ne pas agir est une véritable torture. Mille et un scénarios se dessinent dans mon esprit et affolent encore plus mes craintes. Cependant, quelque chose me détourne de mon inquiétude ce midi : les conversations de certains employés de la manufacture Giordano qui sont venus manger ici. Apparemment, selon les bruits de couloir, le grand patron n'a pas donné signe de vie depuis deux jours et de gros clients avec qui il avait rendez-vous se sont retrouvés le bec dans l'eau. La secrétaire n'a pas su quoi leur dire, car elle-même n'avait pas de nouvelles.

Ces informations ont pour seul effet de m'inquiéter davantage. Qu'en est-il de Monica ? Pour elle aussi, c'est le silence radio. Ne pas savoir tenaille mes entrailles et des tics de stress me gagnent. Je ronge mes ongles, tapotent frénétiquement des doigts sur la surface à portée de main. L'apothéose arrive en fin d'après-midi quand un ballet de voitures de police traverse le village et prend la route de la villa. Je ne sais pas si c'est là qu'ils se rendent, mais mon instinct me dicte qu'il se passe quelque chose. Flora et moi échangeons un regard soucieux. Elle quitte l'arrière du bar pour s'approcher de moi et me murmurer :

— Tout finit par se savoir ici. On aura bientôt des nouvelles.

La suite des évènements lui donne très vite raison. Des inspecteurs de police investissent tous les commerces et lieux publics du village dans le milieu de l'après-midi : Enrico Giordano a disparu. Cette annonce déclenche la stupéfaction générale parmi les habitants et, bien entendu, comme pour chaque phénomène qui se déroule ici, les commérages vont bon train. Personne ne l'a aperçu depuis des jours, et bon nombre de suppositions se crayonnent dans les esprits en surchauffe. Assassinat, enlèvement, suicide, tout y passe. Certains élaborent les hypothèses les plus farfelues qu'il m'a été donné d'entendre. Un écrivain trouverait dans tout cela, des scénarios pour plusieurs années. Enfin, sans grande surprise, mon nom est cité : Alessandro Gallino, le jardinier des Giordano.

Personne n'évoque Monica et je ne peux plus me retenir de foncer à la villa pour savoir si elle va bien. Sauf que mes plans sont rapidement freinés par deux hommes vêtus de costumes sombres et qui s'approchent de moi alors que je fume une énième cigarette. Je suis debout sur la terrasse à contempler tout le remue-ménage qu'occasionne cette disparition avant de partir chercher ma voiture. Ils me présentent leurs cartes de police tout en s'adressant à moi :

— Monsieur Gallino ?

Celui qui m'interpelle porte une barbe bien taillée et a des yeux bleu si clair qu'on dirait qu'ils vous transpercent l'âme. Son collègue, plus en retrait, a le visage plus marqué par les années. Une fine moustache rehausse ses lèvres qui forment un trait. Il donne l'impression de sortir tout droit d'un polar des années 60.

— Lui-même, réponds-je. Que puis-je pour vous, messieurs ?

— Nous aurions quelques questions à vous poser. Vous nous accorderiez quelques minutes ?

Je suis méfiant, les forces de l'ordre et moi ne sommes pas très copains. Non pas que j'ai beaucoup eu affaire à eux, mais ces rares fois m'ont suffi.

— Vous êtes le jardinier des Giordano, c'est bien ça ?

Que dire ? Leur mentir ne servirait à rien, ils connaissent déjà la réponse. De plus, je n'en sais pas assez pour leur affirmer que si Giordano est bel et bien mort, il n'a que ce qu'il mérite. Je pourrais foutre dans la merde Monica et même moi s'ils découvrent notre passé, et s'ils apprennent que j'en suis venu aux mains avec lui l'autre jour. La police pourrait croire à un crime passionnel et quoi que je raconte, je ne serai pas écouté.

— Oui, en effet. Enfin, plus depuis quarante-huit heures.

Leurs traits se durcissent et je sens la tension grimper en moi. Sauf que je ne peux pas leur mentir, alors qu'ils sont sûrement au courant.

— Quand avez-vous vu Enrico Giordano pour la dernière fois ?

— Il y a deux jours également.

Les hommes se lancent un regard puis hochent la tête.

— Ce qui confirme les dires de sa femme, marmonne celui plus en arrière à son comparse.

Une bouffée d'espoir me submerge quand j'apprends que Monica, elle, n'a pas disparu. Si elle a parlé à la police, c'est qu'elle est hors de danger et surtout, loin des griffes de son mari.

— Pourquoi avez-vous été viré ? s'enquiert le deuxième inspecteur.

— Parce qu'il s'imaginait que je voulais me taper sa femme.

Un rictus amusé se plaque sur ses lèvres même s'il tente de le réprimer. Sauf qu'il est trop tard pour lui, je l'ai remarqué et le lui rends.

— J'ai eu un échange houleux avec lui et il m'a viré.

— Merci, monsieur Gallino. Ceci explique l'animosité de la mère d'Enrico Giordano à votre encontre.

Évidemment, la vieille bique a parlé…

Je me souviens alors de ce que j'ai vu la nuit après mon altercation avec Giordano. Peut-être que cela pourrait leur donner une piste.

— Excusez-moi, je ne sais pas si ça pourrait vous aider, mais j'ai aperçu la Ferrari de Giordano la nuit d'avant-hier. Elle fonçait à vive allure à travers le village.

L'un des inspecteurs fronce les sourcils avant de se rapprocher de moi.

— Vous avez vu le conducteur ?

— Non, il faisait trop sombre. Je fumais une clope en bas de chez moi.

— Vous pourriez préciser l'heure ?

— Il était tard. Environ 23 h.

— Quelqu'un peut confirmer votre témoignage ?

— Oui, moi ! se manifeste Flora.

Bon sang, mais qu'est-ce qu'elle fait ?

— Je l'ai vue également.

Menteuse…

— Votre nom, mademoiselle ?

— Flora Rizzo.

Le policier hoche la tête et jette un coup d'œil à son collègue, l'air de plus en plus contrarié.

— Dans quelle direction roulait la voiture ?

— Vers la sortie de la ville, expliqué-je. Mais cette route mène vers de nombreuses destinations. L'usine, le bord de mer à plus de trente kilomètres d'ici ou l'autoroute, et là... c'est toute l'Italie qui est à disposition. Mais je sais que Giordano a une propriété sur la côte, peut-être qu'il s'est pris quelques jours de congé au vert.

— On a déjà fouillé cette maison, rétorque sur un ton acerbe le collègue de l'inspecteur. On n'a rien trouvé. Aucune trace de lui.

— J'espère que vous le retrouverez vite dans ce cas. Madame Giordano doit se ronger les sangs.

J'ai parfaitement conscience qu'en insinuant cela, ils me donneront des nouvelles de Monica. Comme je suis habitué à jouer la comédie durant mes nombreuses parties de poker, les hommes n'y voient que du feu.

— Je la plains, me confie celui qui m'a questionné. Elle a sa belle-mère sur le dos et cette bonne femme est complètement hystérique. Une vraie folle. En tout cas, vous êtes un sacré veinard ! C'est un avion de chasse votre patronne.

Je crispe ma mâchoire à l'entendre parler d'elle de cette manière. J'écrase mon mégot avec vigueur dans le cendrier, les dents serrées pour m'empêcher de le remettre à sa place.

— J'aurais plus de chance si elle n'était pas mariée, feins-je de plaisanter pour qu'il ne décèle pas mon irritation vis-à-vis de ses propos.

Il ricane puis me salue avant de rejoindre ses collègues pour interroger le reste des habitants, à la recherche du moindre indice qui pourrait les mener jusqu'à l'autre connard. La mairie leur a même prêté des locaux pour les transformer en QG comme il n'y a aucun commissariat dans cette petite bourgadc.

Alors que j'observe cet immense bordel tout en me posant je ne sais combien de questions, mon téléphone vibre, annonçant un appel. Je l'extirpe de ma poche et examine l'écran.

Numéro inconnu.

Je fronce les sourcils et décroche.

— Oui, allô ?

— C'est moi, déclare la voix rauque de Monica.

Le soulagement de l'entendre à l'autre bout du fil est incommensurable. Je m'éloigne des oreilles indiscrètes et m'isole dans la ruelle adjacente.

— Putain, je me suis grave inquiété ! Tu vas bien ?

— J'ai connu des jours meilleurs, comme tu dois t'en douter. Aless…

L'entendre prononcer mon prénom avec autant de détresse me submerge de frustration. Le besoin de la serrer dans mes bras, de sentir son parfum est tout à coup insupportable.

— Fais attention à toi, murmure-t-elle. Et n'en dis pas trop à la police sur… nous.

— Je les ai déjà vus. Mais ne t'inquiète pas.

— OK, souffle-t-elle. Tu es chez toi ?

Je fronce les sourcils, essaie de comprendre où elle veut en venir avec sa question. Souhaite-t-elle me rejoindre ? Même si j'avoue que l'idée est très loin de me déplaire, ce ne serait pas très intelligent avec la police qui rôde partout.

— Non, mais je peux y retourner, si tu veux.

C'est plus fort que moi… La pensée de pouvoir la toucher dicte chaque mot qui sort de ma bouche.

— Regarde dans ta boîte aux lettres en rentrant. Je t'ai fait livrer quelque chose.

N'ayant aucunement la patience d'attendre, je dis au revoir à Flora d'un signe de la main et me diriger vers mon appart d'un pas faussement nonchalant, alors que j'aimerais courir le plus vite possible.

— Je rentre tout de suite.

— Prends soin de toi, Aless.

— C'est plutôt à toi qu'il faut dire ça. Je peux te joindre à ce numéro ?

— Oui.

— Je te recontacte.

Je raccroche. Mon cœur bat lourdement dans ma poitrine et mon cerveau turbine à mille à l'heure. Une fois en bas de mon appartement, je récupère un paquet. Une enveloppe si épaisse que je me demande ce qu'elle peut bien contenir. Ensuite, je grimpe les marches quatre à quatre, me débats avec la serrure de ma porte d'entrée, puis me précipite à l'intérieur. Illico presto, je déchire le papier et en extirpe son contenu. Je suis surpris d'y trouver de l'argent. Beaucoup d'argent. Puis, un mot rédigé d'une belle écriture ronde et féminine accompagne ce petit magot. Je reconnais instantanément la calligraphie de Monica.

« Aless,

fais attention à toi et prends cet argent, je sais que tu en as besoin.

Bien à toi,

Monica ♥ »

Je bloque sur le cœur dessiné près de sa signature. Le même qu'elle griffonnait sur les mots doux qu'elle m'écrivait en classe, quand nous étions adolescents. Se pourrait-il que je ne sois pas le seul à nourrir ces vieux sentiments ? Ce petit cœur gribouillé emballe le mien d'une bien étrange manière. L'espoir renaît en même temps que l'impatience. Attendre pour la revoir s'annonce bien plus pénible et périlleux que je ne le pensais. Je ne sais pas si j'y parviendrai.

Quelque chose tombe de l'enveloppe et rebondit sur le sol. Je n'avais pas remarqué qu'elle contenait encore des éléments. Je regarde à mes pieds et aperçois une clé rouillée par endroits. Je fais un saut dans le temps quand je reconnais l'objet en question : la clé de notre cabane. Elle l'a donc gardée tout ce temps ?

Je la ramasse, la scrute sous toutes les coutures alors que les souvenirs me submergent. Je sais que Monica n'a pas introduit cette clé de façon anodine dans sa lettre. Je comprends son message : elle ne m'a jamais oublié. Sans s'en rendre compte, elle met à mal ma bonne volonté de ne pas me ruer jusque chez elle et revendiquer ses lèvres, son corps, et surtout son cœur qui, semble-t-il, m'a toujours appartenu. Nous sommes les victimes d'un destin qu'on nous a empêchés de maîtriser. Peut-être est-il temps de le reprendre en main ?

Mais les évènements ne jouent pas en notre faveur et je crains qu'il nous faille nous battre contre bien plus que de simples secrets. Enrico ne me laissera pas récupérer la seule femme qui a réussi à chavirer mon cœur.

J'envoie un SMS à Monica.

ALESS : [Tu l'as gardée tout ce temps…]

Elle ne répond pas tout de suite. C'est à la tombée de la nuit que je reçois enfin un message de sa part.

Monica : `[Elle et des photos de nous. Je ne t'ai jamais oublié.]`

Cette déclaration me trouble. Ne m'aurait-elle donc pas abandonné sans un regard en arrière ? Beaucoup de questions sont encore en suspens, mais ses mots enflamment mes sentiments à son égard.

Bien plus tard dans la soirée, l'annonce tombe comme un couperet. Les infos ne parlent que de ça. La police a retrouvé la voiture d'Enrico, écrasée sur les rochers en bas d'une falaise. La vitesse serait la cause de cet accident stupide. Il n'a pas eu le temps de freiner pour anticiper un virage et la Ferrari est allée tout droit dans le précipice. Le corps de l'homme d'affaires est néanmoins introuvable, mais vu l'état du véhicule, il est impossible qu'il ait survécu. Ils pensent que la marée l'a emporté et que le défunt s'échouera sûrement sur une plage dans les jours à venir. Un dispositif important est cependant déployé. Des hélicoptères, bateaux et plongeurs ratissent la zone à sa recherche.

Non pas que cette nouvelle soit réjouissante, la mort de quelqu'un ne l'est jamais, mais je ne pleurerai pas sur le sort d'Enrico Giordano. Il n'a eu que ce qu'il méritait. Une fin aussi dégueulasse qu'il l'a été. Dans un sens, j'espère qu'il a souffert et qu'il a le temps de penser à ce qu'il a infligé à sa femme.

J'envoie encore un message à Monica, trop heureux de pouvoir enfin communiquer avec elle.

ALESS : [Ça va ?]

Quelques minutes plus tard, sa réponse apparaît.

MONICA : [Est-ce qu'éprouver du soulagement fait de moi un monstre ?]

Son SMS m'ébranle. Elle a typiquement la réaction d'une victime et j'éprouve encore plus de haine vis-à-vis de son connard de mari supposé mort.

ALESS : [Non, je te trouve même plutôt gentille…]

Puis n'y tenant plus, je lui avoue à mon tour :

ALESS : [J'ai envie de te voir.]

MONICA : [Tu ne te rends pas compte à quel point moi aussi. Mais pas maintenant.]

Déçu, je ne réponds plus, même si le fait qu'elle souhaite également ma présence à ses côtés me réchauffe l'âme.

Cependant, lui parler attise d'autant plus ma frustration et je préfère ne pas jouer avec le feu.

Chapitre 25

Monica

Nous avions 16 ans

C'est le troisième matin d'affilé que je vomis tripes et boyaux. Et ceci m'inquiète, surtout que mes menstruations ne sont pas apparues le mois dernier. J'ai bien peur que nous ayons commis l'irréparable avec Aless… Nous ne nous sommes jamais protégés… Je ne pensais pas qu'on pouvait tomber enceinte les premières fois, mais le test de grossesse que je tiens entre mes doigts tremblants détruit mes certitudes.

Aless… Comment va-t-il le prendre quand je vais lui annoncer ça ? Sa réaction me terrifie bien plus que celle de mon père. Lui, il va me flanquer une bonne gifle, que j'ai certainement méritée pour m'être mise dans ce pétrin, et va me traiter de tous les noms. Mais je sais à quoi m'attendre, tandis qu'avec Aless…

C'est le matin et j'ai vomi mon petit déjeuner, tout de suite après l'avoir avalé. Je fais couler l'eau du robinet pour me laver les mains, puis sursaute quand je surprends papa se tenant sur le pas de la porte et qui m'observe d'un air grave.

— Tu es malade ? me demande-t-il.

— Oui… Je ne me sens pas très bien, mens-je.

Mon père devient rouge, ses iris sont durs et la veine sur sa tempe bat à vue d'œil. Il a compris que je lui dissimule la vérité. Je baisse les yeux sur mes pieds nus, mais je l'aperçois s'approcher de moi. Il me frappe d'un revers de main avec une force qu'il n'a jamais employée avec moi. Sous le choc, j'atterris fesses à terre, sonnée et surprise.

— Tu n'es qu'une sale traînée ! Heureusement que ta mère est morte et n'aura pas à subir toutes tes conneries ! Elle ne s'en serait jamais remise. Elle doit se retourner dans sa tombe, la pauvre ! Comment crois-tu que tu vas pouvoir élever un bébé ? On n'arrive déjà pas à joindre les deux bouts !

Je me tiens la joue en écoutant mon père me hurler dessus. J'ai envie de pleurer, d'implorer son pardon, mais je me retiens. Je garde mes émotions bien enfouies au fond de mon cœur qui se fendille sous leur pression.

— C'est ce petit connard qui t'a foutue en cloque ? C'est ça ?

Je ne réponds pas. Comment lui avouer ceci, alors que même le père de ce minuscule être qui grandit en moi n'est pas encore au courant ? Jamais je n'avais vu le visage de papa défiguré à ce point par la colère et l'indignation. Il passe sa paume sur ses traits, puis dans ses cheveux avant de laisser tomber ses bras le long de son corps, comme s'il abandonnait. Mais quoi exactement ?

— Tu as écarté les cuisses pour ce petit enfoiré… J'y crois pas… Et les capotes ? C'est fait pour les chiens ?

Son commentaire qui se veut plus une réflexion à voix haute qu'une remarque acerbe me blesse tout de même. Il a toujours vu Alessandro comme un mauvais garçon et je ne compte plus le nombre de disputes que nous avons eues à son sujet. Certes, bon nombre de ses comportements sont discutables. Il vole, fume et a des fréquentations douteuses. Mais il est issu du même milieu social que nous. Lui et sa mère galèrent tout comme nous pour arrondir les fins de mois. De plus, c'est l'homme que j'aime. C'est à lui que j'ai confié les clés de mon cœur et à qui j'ai offert mon corps.

— Je savais que j'aurais dû lui mettre mon poing dans sa petite gueule de rat.

— Ne parle pas de lui comme ça ! me rebiffé-je.

Il l'agonit de tout un tas d'injures plus insultantes les unes que les autres, et je n'en peux plus de les écouter.

— Je parlerai de lui comme il me plaira ! hurle-t-il, en s'approchant si près avec un air menaçant que je me ratatine sur moi-même. Jamais plus tu ne reverras ce garçon, Monica. Tu m'entends ?

Je me fige. Ce qu'il me déclare me rend folle de rage.

— Quoi ? Non, mais il en est hors de question ! C'est le père de mon bébé !

— Parce que tu crois qu'il va pouvoir assumer ce chiard ? Un enfant à ton âge ! Tu as perdu la raison ? Comment crois-tu assumer cette responsabilité ? Je suis déjà criblé de dettes, je ne peux plus payer les mensualités de la maison. Comment veux-tu que je prenne la responsabilité d'un bébé en plus ?

Je me mure dans le silence, choquée par ses propos qui meurtrissent mon âme. J'élabore un plan pour échapper à ce qui est en train de s'esquisser dans l'esprit tourmenté de papa.

Que va-t-il faire ? M'enfermer jusqu'à ce que je mette au monde mon bébé et m'obliger ensuite à l'abandonner ou même avorter ? Je refuse ! Je veux élever mon enfant. Je l'aime. C'est le fruit de l'amour entre Alessandro et moi. Rien n'est impossible quand on aime assez fort. On peut tout surmonter. Quitte à ce que je fugue de cette maison et refasse ma vie ailleurs. Du moment que je suis avec Alessandro, le reste n'a pas d'importance.

— Alors ? insiste-t-il. Quelle solution proposes-tu, Monica, puisque tu sembles si sûre de toi ?

Je fixe mon père, son visage déformé par la colère. Ses yeux brillent étrangement, comme s'il était au bord de craquer. À cette vision, c'est moi qui me fendille. La honte de lui infliger ça me transperce. J'aimerais que les choses soient différentes, ne pas être un fardeau encore plus lourd pour lui, alors qu'il a constamment veillé à ce que je ne manque de rien.

Il souffle en secouant la tête et quitte la salle de bains. Toujours à terre, je l'observe partir la tête basse, son expression se chargeant de douleur.

C'est dans la cuisine que je le rejoins. Les coudes sur la table, il tient sa tête entre ses mains. Le désespoir et la défaite l'accablent. La dernière fois que j'ai vu papa dans un tel état, c'est le jour du décès de maman. Après des mois à se battre contre un cancer, elle a fini par y succomber, nous laissant seuls, mon père et moi.

— Je ne t'en ai pas parlé parce que je ne voulais pas que ça t'inquiète, m'avoue-t-il, la voix fêlée.

Je fronce les sourcils, m'approche de mon père qui transpire le désespoir.

— Je dois beaucoup d'argent à un homme, poursuit-il. Vraiment beaucoup d'argent.

Son aveu a l'effet de transformer mon sang en plomb et de lester mon corps de stupeur. Je dois m'asseoir pour ne pas tomber à cause de mes jambes qui flageolent. Mon père redresse le visage vers moi et son expression est un uppercut dans la mâchoire. Transie par la douleur de ses prunelles, j'entrouvre la bouche pour dire quelque chose, mais rien n'en sort.

— Je ne suis plus en mesure de le rembourser et la banque est sur le point de saisir la maison.

Quoi ?

Je blêmis face à cette révélation. Mon père, quant à lui, se lève pour ouvrir le buffet et en sortir une vieille boîte en métal dans laquelle je sais qu'il garde certains courriers importants. Je mets rarement le nez dedans, fouiller dans ses affaires n'est pas chose habituelle chez moi. Il la pose sur la table et soulève le couvercle éraflé par endroits. Il en sort une liasse de lettres et les jette devant moi. J'en saisis une et lis : « mise en demeure avant expulsion ». Je déglutis, ravale cette boule chargée de graviers qui obstrue ma gorge. Je regarde les autres courriers, découvre les sommes exorbitantes qui sont demandées.

— Mais… Papa, c'est cet homme qui était là l'autre soir, quand je suis rentrée ? C'est lui qui te menace ?

L'image de cet individu guindé dans notre salon me revient. Un homme vêtu d'un costume sur mesure qui jugeait notre intérieur d'un œil… dégoûté. Son regard a été rapidement attiré par ma présence et s'est focalisé sur moi. Son expression est devenue plus douce, mais une lueur libidineuse est aussitôt apparue dans ses billes noires quand elles ont léché mon corps aux courbes trop voluptueuses pour une jeune fille de mon âge. Je me souviens m'être sentie très mal à l'aise, l'avoir salué à la hâte et avoir déguerpi dans ma chambre.

Mon père ricane amèrement en reprenant place sur sa chaise, puis frotte son visage avant de me confier :

— J'ai accumulé des dettes de jeu. J'ai emprunté pour rembourser, puis j'ai fini par ne plus être en capacité de payer personne. J'ai été aveuglé par ma peur de ne plus pouvoir t'offrir la sécurité. Sauf que j'ai fait n'importe quoi. Alors, apprendre que tu es en cloque dans un moment pareil… Monica, je ne vais pas te mentir, on est dans la merde.

— Mais enfin, papa, tu peux toujours trouver de l'aide ! Te déclarer en surendettement, étaler les mensualités. C'est ce qu'a fait la mère d'Alessandro.

— Sauf que ce n'est pas seulement à une banque que je dois de l'argent, ma chérie…

La nausée me gagne. Je comprends peu à peu où il veut en venir…

— À qui d'autre ? demandé-je, la voix déformée par l'inquiétude.

Papa lève sur moi un regard confus qui me disloque. L'appréhension se répand le long de mon dos et caresse de ses griffes mes reins. Je tressaille avant même qu'il finisse par m'avouer :

— La mafia… et un puissant homme d'affaires. Cet homme

qui était chez nous l'autre jour.

Le choc me saisit même si j'avais déjà compris à quoi il faisait allusion. Je peine à articuler :

— Comment… comment tu peux devoir de l'argent à ces gens ? Où les as-tu rencontrés ?

Ma voix monte en volume, la panique grignotant peu à peu ce qu'il me reste de self-control.

— Ce n'est pas bien difficile. Ils sont à l'affût de personnes comme moi. Ce sont eux qui tirent les ficelles du casino à Naples.

Le casino de Naples…

Je me rends compte que je ne sais finalement pas grand-chose sur mon père. Il rentre souvent tard le soir et part tôt le matin. Les seuls jours où il est à la maison sont ceux où il est en repos et généralement, il souffle un peu puis, s'occupe des tâches pour lesquelles je ne peux l'aider, comme payer les factures ou tondre la pelouse. Du moins, c'est ce que je croyais.

— J'ai rencontré ce Giordano là-bas. Il m'a prêté du fric pour me sortir du pétrin, mais aujourd'hui, il me demande des comptes.

Je réfléchis pour trouver une solution au plus vite, mais rien ne me vient en tête. Du haut de mes 16 ans, je ne suis pas la mieux placée pour résoudre les problèmes de mon père.

— Combien d'argent pourrait calmer ce Giordano ?

— Je ne sais pas.

— On va trouver une solution, papa. Je te le promets.

Je garde espoir, car c'est tout ce qu'il me reste. Mon père me lance un dernier regard chargé d'abattement, pas convaincu que je puisse l'aider en quoi que ce soit.

Le lendemain, nous sommes tous les trois assis dans le salon. J'observe le visage de papa se décomposer à mesure que la conversation avec Giordano avance. Les tentacules de l'angoisse m'emprisonne et je retiens mon souffle jusqu'à ce que l'homme d'affaires annonce :

— Je ne veux pas d'argent.

Je cille, le fixe sans comprendre ce qu'il entend par là.

— J'ai beaucoup mieux à vous proposer.

Mon père le regarde comme s'il était le Messie descendu du ciel pour lui venir en aide. Quant à moi, je suis beaucoup plus réservée. Il a encore cette manière de me reluquer qui me répugne, et je sens bien que ses intentions sont tout sauf honnêtes.

— J'ai besoin d'un majordome pour ma villa dans le Latium. Je vous propose de travailler pour moi. En échange, j'effacerai toutes vos dettes, quelles qu'elles soient. Vous serez logés, nourris, blanchis. Je vous libérerai quand nous serons quittes.

Papa le détaille comme s'il venait de lui annoncer qu'il avait gagné au loto. Selon moi, c'est bien trop beau. Déjà, jamais il n'arrivera à se libérer de cet homme, de plus, je pressens que cette proposition si alléchante cache autre chose.

— Tu ne vas quand même pas accepter ? m'insurgé-je.

Mon pouls s'accélère et je me lève du canapé. Le Latium signifie minimum une heure de route. Et un homme comme lui doit vivre du côté de Rome, donc c'est encore plus loin. Cela voudrait dire que je ne pourrai pas avoir mon bébé avec Alessandro. Je n'ai toujours pas annoncé à ce dernier ma grossesse. Je ne sais pas bien comment m'y prendre et les problèmes de papa sont plus urgents à régler.

Monsieur Giordano m'observe avec un rictus amusé sur le coin des lèvres.

— Monica ! me gronde mon père. Désolé, monsieur Giordano, ma fille se montre parfois insolente.

L'homme se lève à son tour puis s'approche de moi, ses yeux scintillant de cette même lueur licencieuse qui m'avait révulsée lors de notre première rencontre. Ma peau se couvre de chair de poule tant il me fait froid dans le dos.

— Les plus belles femmes sont parfois les plus sauvages, commente-t-il.

Je lui jette un regard noir, ma méfiance s'accroissant à mesure que je passe du temps en sa présence.

— Il y a bien entendu une condition à ceci.

J'en étais sûre ! Cela ne pouvait pas être aussi beau qu'il le présentait.

Giordano s'empare d'une mèche de mes cheveux qui repose sur mon épaule. Il la caresse du bout des doigts avant de replonger son regard dans le mien. Je frémis et recule légèrement tant les abysses que j'y aperçois sont profonds et malsains. Ses globes se promènent ensuite sur le reste de mon corps et je ne peux contenir le spasme de révulsion qu'il m'inspire.

— Quelle est-elle ? demande mon père.

Je sais avant même qu'il n'ouvre la bouche qu'il va me réclamer. Je me morcelle quand je l'entends prononcer, tout en gardant bien ses yeux sombres plantés dans les miens :

— La main de votre fille.

Un pic à glace s'enfonce dans mon cœur et du givre recouvre mes veines.

— Jamais ! ragé-je en le repoussant.

Les larmes au bord des yeux, je m'éloigne de cet homme qui ne m'inspire que dégoût et peur.

— En fait, je ne pense pas vraiment que vous avez le choix, mademoiselle Rocchio. Je connais quelques hommes qui attendent que je sorte de cette maison pour régler son compte à votre père si nous ne nous arrangeons pas.

Je lance un regard paniqué à papa qui l'est tout autant que moi.

— C'est une proposition à laquelle vous devriez réfléchir deux minutes. Je vous offre l'occasion d'être la femme d'un riche magnat de la mode. Ça ne se refuse pas comme ça.

Sauf que ce n'est pas lui que j'aime et j'attends un bébé.

— Elle est enceinte, lui annonce mon père en pensant sûrement le faire changer d'avis.

L'expression de Giordano se mue en surprise. Ses billes d'encre passent de moi à mon père, puis il croise les bras sur son torse.

— À seize ans ? s'étonne le richard.

Comment connaît-il mon âge ? Je fronce les sourcils et lance un coup d'œil à papa qui s'excuse en baissant la tête.

— Ce n'est pas vraiment un problème pour moi. J'élèverai cet enfant comme le mien. Il portera mon nom.

Je secoue la tête frénétiquement. C'est un véritable cauchemar, je vais me réveiller, ce n'est pas possible.

— Je refuse ! sangloté-je, alors que je sens le piège se refermer peu à peu sur moi.

— Ma fille est beaucoup trop jeune pour se marier, me défend enfin mon père.

J'ai envie de le secouer pour qu'il s'énerve et me protège. Mais il est figé par la peur. L'amertume se répand alors sur ma langue et je me sens esseulée face à un prédateur prêt à me dévorer.

— Bien, dit Giordano, ses épaules s'affaissant. Quel gâchis !

Il sort de la maison d'un pas pressé et quand je pense que toute cette histoire est terminée, une armada d'hommes armés pénètre chez nous. Je ne peux contenir un cri de frayeur tandis que mon père se laisse choir dans son fauteuil, abandonnant même l'envie de se battre. La terreur me tenaille et je me rends compte que Giordano n'avait pas bluffé en disant que des hommes attendaient dehors pour régler le sort de mon père.

Mon cœur dégringole de ma poitrine quand un mafieux pointe son revolver sur la tempe de mon père. Je tente de le défendre, mais je suis rapidement maîtrisée par des individus à l'allure véreuse. Alors je hurle, vaincue par mon désespoir :

— C'est d'accord ! C'est d'accord ! Je deviendrai votre femme !

Le silence se tisse autour de moi, uniquement rompu par mes sanglots. Les larmes ruissellent sur mes joues au moment où j'aperçois Giordano réapparaître dans la pièce. Son air victo-

rieux dégouline comme un liquide poisseux et nauséabond le long de ma colonne vertébrale.

— Ravi que vous ayez changé d'avis, Monica.

Il s'approche de moi, fait signe aux hommes qui me maintiennent encore de me relâcher. Enrico soulève mon menton entre son index et son pouce, essuie mes pleurs de son autre main. Son toucher me donne la nausée et la bile remonte dans mon œsophage.

— Je vous promets de vous rendre heureuse.

Cette promesse a un goût de mensonge, mais je ne peux lui cracher au visage sans risquer une nouvelle fois de mettre en danger la vie de papa.

À partir de ce jour, je me déteste au plus haut point. Je viens de trahir mon amour pour sauver mon père d'un sombre destin.

À partir de ce jour, mon cœur ne sera plus qu'un lambeau qui traînera derrière moi à chacun de mes pas, à travers la vie.

À partir de ce jour, je ne serai plus que l'ombre de cette adolescente amoureuse et joyeuse.

— Préparez des affaires, annonce Giordano. Nous partons sur-le-champ.

Quoi ? Si vite ?

— Ne prenez que le strict nécessaire, je vous offrirai tout ce dont vous aurez besoin.

L'âme explosée en parties infimes que nul ne pourrait rassembler, je monte dans ma chambre en n'étant plus que le fantôme de moi-même. Je prends uniquement ce qui me tient à cœur : des photos, mon journal intime et d'autres souvenirs.

J'hésite à écrire un message à Alessandro. Mais devant mon téléphone, les mots me manquent. Comment lui expliquer ça ? Jamais il ne comprendra… Jamais il ne me pardonnera… Je laisse tomber mon mobile sur mon bureau et décide de l'abandonner ici avec le reste de mon passé.

Je jette aux oubliettes, ma chambre, ce lieu de mon enfance, cet endroit qui m'a vue grandir. Celui où j'ai tous les souvenirs avec ma mère. Une part de moi subsistera toujours dans cette maison et une part d'elle en moi.

C'est avec la mort dans l'âme que je rejoins papa et Giordano qui m'attendent devant une voiture luxueuse.

Quand le véhicule démarre, je me romps. J'observe ma vie à travers la fenêtre et ses réminiscences qui me reviennent en pleine figure à mesure que nous progressons sur la route. L'école et ma rencontre avec Alessandro, la grande place et notre premier baiser, la forêt et notre cachette. Au creux de ma main, je serre cette petite clé en forme de cœur que je n'ai pas pu me résoudre à laisser derrière moi.

Mon amour pour Alessandro s'écoule sur mon visage, je me mords les joues pour ne pas sangloter dans l'habitacle. À l'intérieur de mon ventre, je sens une douleur, comme si lui aussi, ce minuscule être qui grandit en moi, cette moitié de l'homme que j'aime, pleurait cette perte incommensurable.

Chapitre 26

Alessandro

Après seulement quelques jours, je craque et me rends chez Monica. Ses réponses à mes messages s'espacent de plus en plus, et j'ai l'impression qu'elle est une nouvelle fois en train de m'échapper. De toute façon, je ne peux plus tenir en place, j'ai besoin de la voir, lui parler, la toucher, comprendre. Le seul bémol : sa belle-mère. Cette vieille peau risque de me donner du fil à retordre, mais je ne compte pas me laisser marcher sur les pieds.

Je stationne mon pick-up près du garage vide, puis me dirige vers l'abri de jardin comme si j'embauchais pour une journée de travail. Le temps est menaçant aujourd'hui. L'air est moite et de gros nuages noirs grondent au loin, annonçant un orage très attendu après ces jours interminables de sécheresse. Les hirondelles volent bas, signe que la pluie ne devrait plus tarder. L'humidité ambiante avive les fragrances des oliviers et de la terre. Une fois dans la cabane, je ne déroge pas à mes habitudes et m'allume une clope en détaillant la villa qui a une allure bien sinistre sous ce temps gris.

J'ai conscience qu'en restant planté là, je me ferai voir. Et ça ne manque pas. Monica apparaît à la fenêtre et ne semble pas si surprise de me trouver ici. Elle secoue la tête puis disparaît de mon champ de vision. Je sais qu'elle va venir.

Vêtue de noir et le cou enveloppé d'un foulard, elle me rejoint par la porte menant au jardin. Ses traits tirés et ses cernes me frappent. Quelque chose en elle est brisé, mais je n'arrive pas à déterminer quoi. Je fronce les sourcils, lui saisit la main afin de l'attirer à l'intérieur pour que personne ne nous surprenne ensemble. Les flics traînent encore dans le coin. On n'est jamais trop prudent. Je tente de déchiffrer son regard, mais n'y vois que les larmes qui s'amoncellent au bord de ses longs cils et une peur abyssale qui ronge ses iris.

Bordel, qu'est-ce qu'elle a ?

— Oh, Aless ! geint-elle, avant de fondre dans mes bras.

Pris de court, je la serre contre moi. Son parfum m'enveloppe rapidement tandis que ses pleurs imprègnent ma chemise. Impossible de résister davantage, je mêle mes doigts à sa longue chevelure brune. Je l'étreins plus fort encore, moulant mon corps au sien et essayant d'aspirer toute cette tristesse imprimée en elle, même si je peine à la comprendre. J'embrasse le haut de son crâne, la cajole et lui murmure des « ça va aller ». Quant à elle, elle s'agrippe à moi comme si elle était perdue en pleine mer et que j'étais une bouée de sauvetage apparue dans sa détresse. Elle tremble comme une feuille. Sa peau est froide et j'ai l'impression qu'elle cherche à trouver un peu de cette chaleur qui lui a tant manqué, au creux de mes bras.

Pourquoi est-elle si bouleversée, alors qu'elle devrait éprouver du soulagement ?

J'ai un peu de mal à saisir, mais je ne suis pas à sa place, et sûrement que je n'ai pas tous les éléments en ma possession. De plus, elle a sa fichue belle-mère sur le dos depuis, et pour le peu que j'ai vu cette vieille conne, elle a l'air aussi agréable qu'un nid de frelons. Ou peut-être que Monica est tout simplement troublée par tous les évènements qui arrivent autour d'elle ? J'imagine qu'elle a dû être énormément sollicitée par la police avec toutes leurs questions à la con et leurs sous-entendus débiles. Je les connais suffisamment pour savoir de quoi je parle. Ils m'ont pincé à une époque où je bossais pour un gars dans le but de revendre de la marchandise volée. Je n'étais pas au courant bien sûr, tout ce qui comptait à mes yeux c'était le salaire copieux. Ça aurait dû me mettre la puce à l'oreille… Ces enfoirés de poulets m'avaient retenu en garde à vue presque trois jours pour tenter de me faire avouer quelque chose dont je n'étais même pas informé. J'ai eu le temps d'analyser tous leurs procédés pour forcer quelqu'un à parler, s'il y a quelque chose à dire… J'en suis sorti avec une migraine carabinée et au chômage. Pas près d'oublier cet épisode de ma vie qui m'aura servi de leçon.

Après de longues minutes à se tenir l'un contre l'autre, elle finit par se calmer. Je l'écarte légèrement de moi, prends son visage en coupe et essuie les sillons salés de ses joues. Je remarque qu'elle ne s'est pas maquillée aujourd'hui. Son teint est marmoréen et trahit sa fatigue et son affliction. Je la trouve magnifique en toute circonstance, mais la découvrir ainsi me désole.

— Je n'en peux plus, déclare-t-elle. Ça n'arrête pas depuis qu'ils ont retrouvé la Ferrari. La police, sa mère… J'ai la sensation que ma tête va exploser.

— Qu'est-ce qu'il s'est passé ? l'interrogé-je, moi-même intrigué par la tournure des évènements.

Ma question semble la tourmenter. J'ai bien l'impression que je suis loin de pouvoir imaginer ce qu'elle a pu vivre après mon départ et mon altercation avec Enrico.

— Il a été ignoble, m'informe-t-elle d'un ton tremblant. J'ai…

Sa voix se brise sans qu'elle puisse terminer sa phrase. Elle secoue la tête comme pour chasser les images qui hantent son esprit alors que des larmes dévalent à nouveau ses pommettes bien pâles. Après un soupir haché, elle écarte son foulard de son cou et me dévoile des marques violacées qui ornent sa peau. Je manque de défaillir à cette vision. Mon pouls s'accélère, la rage monte en moi et ma mâchoire se crispe au point que mes dents grincent. S'il n'était pas déjà crevé, j'irais le tuer de mes propres mains.

Monica remet en place le tissu, la mine défaite et le regard fuyant. Je l'oblige à le relever parce que lire dans ses iris devient une nécessité. Je ne sais pas si je devrais ressentir ça tout de suite, mais je meurs d'envie de m'emparer de sa bouche. Elle est si belle avec ses mèches folles qui collent à son visage, ses yeux rougis, brillants comme des ambres et ses lèvres charnues et sensuelles. Sa tristesse, je désire la lui ôter en l'embrassant parce qu'il lui manque cette étincelle qui jadis illuminait son aura. On dirait qu'elle a disparu en même temps qu'Enrico.

— Je suis désolée, murmure-t-elle en détournant mes pensées de leur dérive.

— Pour quoi ?

— Paolo… J'aurais dû te le dire… On aurait peut-être pu éviter tout ça… On aurait pu être heureux…

Elle retient ses pleurs en posant sa main sur sa bouche, mais ses épaules trahissent ses sanglots. Pour ma part, je me fige à l'énonciation de ce prénom. Bien que j'aie intégré l'information que Monica a eu un bébé de moi sans m'en informer, je n'arrive pas à me convaincre de la réalité de la situation. À mes yeux, cet enfant est une chimère qui ne vivra jamais dans mes souvenirs. Je ne sais même pas quoi ressentir. Je suis perdu et j'aimerais pouvoir mettre des mots sur mes émotions. Mais pour l'heure, ça m'est impossible.

— Monica, je… Je t'avoue que je suis paumé avec tout ça. Je ne l'ai jamais touché ou tenu dans mes bras… Je ne pourrais pas dire à quoi il ressemble, car j'en sais foutre rien ! Je ne t'ai même jamais vue enceinte, bon sang !

Elle se recule, penche le visage sur le côté puis m'étudie avec une expression perplexe, me donnant l'impression d'être un spécimen rare, jamais aperçu auparavant. Ce qu'elle pense m'angoisse et ne pas deviner ses songes me ronge de l'intérieur.

Elle mord sa lèvre, ce qui attire mon attention avec intérêt.

Jamais un acte si anodin ne m'a paru si sexy. J'en oublie presque le contenu de notre conversation. Puis elle secoue la tête comme pour reprendre ses esprits.

— Évidemment, souffle-t-elle, avant de replonger dans mes bras. Elle pose sa joue contre mon torse avec un soupir, soulagée que je ne la rejette pas. C'est normal ce que tu ressens. J'avais si peur que tu m'en veuilles après t'avoir avoué la vérité.

— Je suis en colère contre toi, oui. Mais ça passera.

J'ai seulement besoin de temps…

— Mon père devait de l'argent à Enrico, mais aussi à des personnes dangereuses. Ils allaient le tuer, Aless. Alors Enrico lui a fait une généreuse proposition en lui offrant ce poste de majordome. Il effaçait ses dettes. La seule condition… c'était moi.

Je me tends quand enfin les zones d'ombre s'éclaircissent.

— Je venais d'apprendre ma grossesse. Enrico m'a promis de prendre soin du bébé, comme si c'était le sien. J'ai refusé, Aless. Mais quand tous ces hommes sont entrés dans la maison et étaient sur le point de tuer papa… J'ai accepté. Je n'ai pas eu le choix.

Je la sens frémir entre mes bras tandis que son histoire me glace le sang. Du verre pilé coule dans ma gorge en même temps que j'intègre les informations qu'elle est en train de me donner. Giordano n'a pas hésité à user de tous les stratagèmes pour la mettre au pied du mur. J'en viens à espérer qu'il ait agonisé pendant des heures et des heures. Monica était à moi.

Personne n'avait le droit de me la voler, de me l'arracher de cette manière. La perdre a été si douloureux que je me demande encore de quelle façon j'ai réussi à y survivre.

— J'ai bien pensé à fuir. Mais comment l'aurais-je pu ? Je sacrifiais mon père si je le faisais.

— Et moi, je n'avais plus que mes yeux pour pleurer dans toute cette histoire…

— Je sais… Je suis tellement désolée, Aless…

Malgré ma rancœur, je comprends enfin ce qu'il s'est passé. Monica, à l'époque déjà, s'inquiétait constamment pour les problèmes d'argent de son père et se démenait pour l'aider de toutes les manières possibles. Alfredo ne lui avait vraisemblablement pas tout dit. Mais je ne peux pas lui pardonner de m'avoir abandonné. J'ai trop souffert de son absence et de son silence. Une part de moi lui en voudra toujours bien que je sache qu'elle n'a pas vraiment eu le choix.

— Je n'ai jamais cessé de penser à toi, Aless, m'avoue-t-elle. Jamais ! Quand Paolo est né… Mon Dieu, il te ressemblait tant ! Je l'ai chéri comme la prunelle de mes yeux parce que c'est tout ce qu'il me restait de toi. Les moments où Enrico posait ses mains sur moi…

— Arrête ! la coupé-je.

Je ne peux pas, c'est au-dessus de mes forces !

Savoir qu'il l'a souillée, alors qu'elle ne lui appartenait pas m'est déjà insupportable. Donc, l'entendre de sa bouche à elle… Mais elle ne se démonte pas, saisit mon visage entre ses paumes, plante ses magnifiques iris dans les miens et poursuit :

— Pas une seule fois je n'ai pensé à quelqu'un d'autre que toi. Quoi qu'il ait pu me faire pendant toutes ces années, songer à toi est ce qui m'a aidée à survivre. Aless, je n'ai jamais cessé de t'aimer.

Ses yeux bordés de larmes et voilés d'espoir mettent à mal mon self-control. Je voudrais la haïr, lui faire payer ses non-dits et son abandon, mais je ne peux m'y résoudre. Elle est une victime, tout comme moi. Son parfum, la chaleur de sa peau sur la mienne et sa détresse ont raison de moi. Alors, je sombre dans ma plus grande faiblesse : elle.

Ma bouche percute la sienne et elle en gémit de surprise et de félicité. Cette sensation…

Bon sang !

C'est comme sortir la tête de l'eau après une trop longue apnée et pouvoir respirer à nouveau. J'avais oublié combien ses lèvres étaient douces et agréables, combien j'aimais sentir nos souffles se mélanger. Nos langues se lient et je perds toute notion de ce qui nous entoure. Mes mains empoignent sa cascade de cheveux, tirent dessus pour donner un angle meilleur à mon assaut et j'approfondis ce baiser qui signe ma renaissance. Je revendique ce qui était jadis à moi et la reconquiers à force de soupirs lascifs et de morsures.

Je grogne dans sa bouche quand Monica s'agrippe à ma chemise si fortement que des boutons sautent au passage. Je finis par la plaquer contre la taule en réponse à sa fougue. Nous sommes comme deux aimants qu'on a empêchés de se magnétiser pendant trop de temps. Une fois les obstacles disparus, nous sommes irrémédiablement attirés l'un à l'autre, au point de ne plus pouvoir nous décoller. Je crois bien qu'elle murmure mon prénom entre deux gémissements, mais je suis tellement happé par sa peau que je n'en suis pas certain.

N'en pouvant plus, mes doigts partent à la redécouverte de son corps qui a tant changé depuis notre adolescence. Sa poitrine est plus voluptueuse. Son sein entier ne tient pas dans ma main, ce qui n'est pas pour me déplaire. Mon sexe se dresse dans mon jean où il est tout à coup à l'étroit. Sa taille est moins fine, mais avec les courbes qu'elle a, elle n'en reste pas moins sublime. Mes deux paumes posées dessus en font presque le tour. Et son cul… Bordel ! Ce cul est un appel au péché. Je le malaxe à travers sa robe que je souhaite de plus en plus lui retirer. Je plaque mon érection contre son bassin pour lui montrer à quel point j'ai envie d'elle et que mon désir pour elle est intact, même après toutes ces années. Quand nous décollons enfin nos lèvres, nous demeurons un instant à nous fixer, cherchant dans l'autre si le regret se fait sentir. Mais il n'en est rien, bien au contraire. Ses yeux brillent, ses pommettes sont plus roses que tout à l'heure, mais il y a toujours cette part d'ombre qui réside dans ses prunelles et que je ne saisis pas. Je vois bien qu'elle hésite à se confier, qu'un conflit intérieur s'opère en elle et la déchiquette en minuscules incertitudes.

— Qu'est-ce qu'il y a ? lui demandé-je enfin.

Elle baisse le regard puis secoue la tête.

— Rien… C'est juste que…

Une larme coule sur sa joue. Je l'essuie aussitôt de la pulpe de mon pouce.

— Dis-moi, insisté-je. Tu peux tout me dire, Monica.

Elle redresse le visage, me jauge durant quelques secondes avant de déglutir. Je sens bien qu'elle a besoin de se confier, qu'elle est tourmentée par des démons qui la hantent sans que je puisse intervenir.

— Je crois que je ne réalise pas qu'il est mort. J'ai l'impression qu'il pourrait débarquer à n'importe quel moment et nous surprendre. Même mort, il me terrorise encore…

Son aveu est aussi fort qu'un uppercut dans la mâchoire. Monica n'a pas seulement été une femme battue et bafouée, mais également la proie de la folie de ce monstre. J'ai bien peur qu'elle ne soit jamais plus comme avant, qu'une part de cette ordure continue de vivre dans l'esprit troublé de ma jolie brune. Et si elle n'arrivait plus à être heureuse ? Qu'elle ne surmontait jamais l'horreur qu'elle a endurée derrière les murs de cette villa maudite ? Que son salopard de mari persistait à exister à travers elle, la terrifiant à chacun de ses faits et gestes ? J'espère de tout mon cœur que je réussirai à lui redonner cette joie de vivre qu'elle avait quand nous nous sommes connus. Je me fais la promesse de me battre pour y parvenir.

Parce que c'est elle et que je l'aime, bien que je refuse encore de me l'admettre.

Chapitre 27

Alessandro

Après m'avoir tout raconté en détail, déchiquetant mon âme à mesure que j'ai compris ce qu'elle a enduré, Monica m'a demandé de revenir travailler dès le lendemain. Elle, comme moi, ne supportons plus cette absence qui nous est imposée, et la découvrir si bouleversée n'aide en rien. Même si c'est uniquement pour l'apercevoir, savoir qu'elle va bien et obtenir un sourire d'elle, aussi léger soit-il, est déjà une bénédiction.

— Monsieur Gallino, pourriez-vous me rendre un service aujourd'hui, s'il vous plaît ? me demande Alfredo depuis le perron alors que des gars descendent d'immenses valises jusque dans une voiture.

Je suis surpris qu'il me demande cela et si poliment, qui plus est. Je ne sais pas trop quoi en penser, car, par les temps qui courent, je suis plus méfiant qu'à l'accoutumée. J'observe le tas de bagages dans le coffre ouvert d'une Rolls-Royce.

— Qui c'est qui part en voyage ? m'enquiers-je.

— Madame Giordano.

Piqué au vif, je le fixe.

Et comment ça, elle part ?

— Arrêtez d'appeler votre fille comme ça ! grincé-je. C'est

Monica. Et si vous voulez mon avis, je crois qu'elle ne souhaitera plus jamais porter le nom de cette raclure.

— Je ne parlais pas de ma fille, me contredit-il avec exaspération.

Le fait que la mère Giordano soit encore ici me revient en mémoire. Je me tourne une nouvelle fois vers la voiture luxueuse.

C'est qu'elle ne se refuse rien la vieille bique !

— Elle part où la vioque ?

— Ne parlez pas de cette manière ! s'insurge-t-il.

Son ton acerbe et l'expression méprisante sur son visage en disent aussi long que ses mots. Il ne m'aime pas, il ne m'a jamais aimé. D'un signe du menton, il m'intime d'aller plus loin. Je le suis en remarquant qu'il boite. Une fois que nous sommes arrivés au coin de la maison, il me dit :

— J'aimerais que vous arrachiez ces arbustes près de la piscine là-bas, et qu'ensuite vous alliez récupérer à la jardinerie cette commande.

Il me tend une enveloppe dont je m'empare. Je ne supporte pas feindre ne pas être au courant.

— Elle vous a dit qu'elle m'a tout raconté ?

Alfredo me fixe, la surprise sur son visage se muant peu à peu en une forme d'épouvante.

— Je peux comprendre pourquoi elle a agi de cette manière, mais vous… Vous étiez censé la protéger… Elle n'avait que seize ans !

Il fronce les sourcils et me toise avec dédain. Je poursuis

quand même :

— Vos actions se sont répercutées sur nos vies à Monica et moi. Même mon putain de gosse, je n'ai pas eu le droit de le connaître !

Il devient rouge comme une pivoine, tente de garder sa maîtrise de soi et ne pas s'emporter face à moi. Mais j'en rajoute, car je veux cette confrontation. Alors j'enfonce davantage le clou.

— N'oubliez pas que je vous ai connu alors que vous étiez dans la merde, Alfredo.

— Je vous interdis d'émettre le moindre jugement sur ce qu'il s'est passé !

— J'avais le droit de savoir pour mon gosse ! Vous ne lui avez même pas laissé le choix !

— Et comment vous l'auriez élevé, hein ? Vous étiez encore que des mômes. Vous l'avez mise également dans cette situation en la foutant en cloque. Vous pensez vraiment que j'ai voulu ça ?

Je le toise, les poings serrés et la mâchoire crispée.

— Quand on emprunte de l'argent à ce type de personnes, Alfredo, il ne faut pas être un génie pour connaître le dénouement si on ne peut pas les rembourser.

— Elle a fait son choix ! se défend-il.

— Son choix ?! Non, mais vous plaisantez, j'espère ? C'était une gamine ! Là-dessus, je vous rejoins. Elle a vu son père sur le point de se faire descendre. Vous croyez vraiment qu'elle avait le choix ? Elle vous aime, Alfredo, d'un amour que vous ne méritez pas. Et vous savez ce qui est le pire ? C'est que vous avez laissé cette ordure lui infliger toutes ces horreurs pendant des années sans lever le petit doigt. Je suis toujours fou amoureux d'elle, et je peux vous assurer que je dois sacrément me contenir pour ne pas vous foutre mon poing dans la gueule.

Sa mine se décompose. Les remords et la culpabilité s'esquissent sur ses traits. Son regard se trouble d'émotions et il le détourne du mien. Je sens bien que j'ai touché la corde sensible et j'aimerais qu'il réponde.

— Déposez la commande ici et prenez votre après-midi, m'ordonne-t-il d'une voix sourde.

Il clôt le sujet en me tournant le dos pour retourner sur le perron de sa démarche claudicante.

Il donne des ordres aux hommes qui chargent la voiture, leur demandant d'amener des dossiers à la manufacture. Je réalise que Monica a d'autres chats à fouetter et n'a pas besoin de cette vieille folle dans les pattes. Elle est dans une situation délicate. Il n'y a pas que sa villa et les comptes blindés de frics à régir. Il y a également l'entreprise de son mari qui ne peut pas tourner *ad vitam æternam* sans capitaine à la barre, même si je suppose qu'il a une équipe qui gère tout en son absence. J'imagine que toutes les décisions lui reviennent aujourd'hui, à elle, qui n'a pas pu en prendre beaucoup ces dernières années.

Quel revirement de situation !

Mais je me pose beaucoup de questions aussi. Quel avenir s'offre à nous dans ce contexte ? Ce baiser que nous avons échangé hier signifie tellement et ravive cet espoir dans cette partie sceller de mon cœur qui se réouvre avec fracas. Mais renouer, alors qu'elle vient seulement de perdre son mari, pourrait être mal perçu. Non pas que les ragots m'importent vraiment, mais Monica n'a pas besoin de ça en plus pour l'affliger. Elle a le droit d'être heureuse et de pouvoir enfin vivre sa vie sans entraves. Donc, si je dois patienter dans l'ombre, je l'accepte.

Un des gars place une énorme valise dans le coffre de la Rolls-Royce rutilante sans ménagement. Je sursaute au moment où j'entends une voix stridente lui hurler dessus :

— Mais faites un peu attention, espèce de brute !

Mona Giordano, vêtue d'une grande robe noire et d'un manteau en vison s'approche de lui avec une expression mauvaise sur le visage. Elle vérifie que rien n'est cassé jusqu'à ce qu'elle repère ma présence.

— Que faites-vous ici ? Mon fils vous avait viré. Sortez de cette propriété !

— Je l'ai réembauché, explique la voix de Monica.

Mon regard est instantanément attiré vers elle. Elle est toujours aussi pâle, ses yeux et ses joues se sont creusés depuis hier. Elle se décharne, comme rongée par un mal que je ne saisis pas. Mais elle garde la tête haute et s'affirme avec assurance.

— Comment osez-vous ? s'exclame sa belle-mère.

— Enrico n'étant plus là, c'est à moi qu'il incombe de prendre les décisions ici, dorénavant. J'ai réembauché Alessandro pour aider mon père dans son travail.

— Il a frappé Enrico ! s'indigne-t-elle.

— Vous n'étiez pas aussi outrée quand celui-ci me donnait des coups de ceinture, siffle Monica, avec un air féroce que je ne lui connais pas.

Je manque de défaillir à l'évocation de ce qu'ont provoqué les marques que j'ai vues sur ses fesses et cuisses l'autre jour à la piscine. La rage bout dans mes veines et je me contiens pour ne pas la laisser exploser devant tout le monde.

— Alessandro, continuez votre travail sans crainte.

— Oui, madame.

Nous échangeons un regard entendu. Je sais qu'elle mesure chacune de ses paroles, qu'elle veille à ce que notre lien reste secret. Je crève d'envie de la toucher, de l'embrasser et de lui exprimer ma fierté de la voir enfin se défendre. Mais je me contente d'un hochement de tête avant de m'exécuter.

Le soleil est haut quand j'apporte tous les plants récupérés à la jardinerie. J'ai été surpris de constater qu'il s'agissait de rosiers. Les réminiscences de mon passé commun avec Monica ont occupé mes pensées pendant tout le trajet, et le goût de ses lèvres s'est rappelé à moi.

Au moment où je dépose tout dans l'abri de jardin, Alfredo se dirige vers moi en boitant davantage que plus tôt dans la journée. Je sors de la voiture, claque la portière et le rejoins à mi-chemin.

— Dure journée ? lui demandé-je, sans oublier notre discussion matinale.

— Je n'ai plus votre âge. Certaines tâches exigent plus que

je ne peux donner.

Je suis surpris qu'il agisse comme si de rien n'était, mais également de son sourire contrit.

— Demandez-moi de l'aide la prochaine fois, lui conseillé-je. Ça vous évitera de vous estropier.

— Rentrez chez vous, Alessandro. Et prenez votre matinée de demain. Je crois que nous avons tous besoin de repos.

Je m'apprête à protester pour lui signifier que je désire voir Monica, mais il m'en dissuade en me poussant légèrement vers la sortie du cabanon. Je comprends que je ne dois pas insister. Sa fille est probablement épuisée et mérite une accalmie dans cette tempête qui vient de traverser sa vie. C'est sa façon à lui de la protéger. Lui qui ne l'avait pas fait jusqu'ici, peut-être veut-il se racheter. Sauf que je ne peux le quitter sans clore cette conversation que nous avons eue un peu plus tôt.

— Je ne m'excuserai pas pour ce que je vous ai dit tout à l'heure, Alfredo, lui lancé-je.

— Je sais…

Il soupire, la mine assombrie, avant de me dire :

— Je ne vous en veux pas. Vous avez raison.

Qu'il approuve mes propos me surprend, surtout après que je me sois laissé emporter.

— J'ai été stupide et imprudent et Monica en a payé le prix. Pour ce qui est du comportement de son mari… Alessandro, ne pensez pas que je fermais les yeux… J'ai bien essayé de le dissuader de lui faire du mal. Sauf qu'il l'a menacée à son tour…

Son aveu est un coup dans mon estomac.

— Je l'aurais tué à votre place, soufflé-je.

— Ne croyez pas que je n'y ai pas songé… Mais j'ai été lâche.

Je ne réponds pas, car je pense la même chose. Monica n'a pas hésité une seconde à se sacrifier, pendant que lui est resté sur la touche.

— Si j'étais elle, Alfredo, je ne vous pardonnerais jamais.

Sur ces paroles, je le quitte, grimpe dans ma voiture en jetant un dernier coup d'œil à la villa alors que le tonnerre commence à gronder. Des rideaux occultent une fenêtre et je ne peux m'empêcher de présumer que c'est la chambre où est Monica, de l'imaginer seule, vêtue d'une nuisette en satin, qui se repose au milieu d'un lit immense. J'espère faire partie de ses rêves et qu'elle pense à moi, même un petit peu. Le baiser que nous avons échangé me picote encore les lèvres. Je désire ardemment réitérer ce geste et bien davantage…

Avant de partir, je lui envoie un message.

ALESS : [À demain.]

Ce n'est qu'au moment où j'arrive chez moi que sa réponse me parvient.

MONICA : [À demain. Je suis soulagée qu'elle soit partie.]

ALESS : [Essaie de dormir un peu. Tu es

épuisée.]

MONICA : [Encore faudrait-il que le sommeil veuille de moi…]

Je comprends qu'elle ne parvient pas à dormir, car elle est sûrement trop tourmentée.

ALESS : [Je suis là si tu as besoin de parler.]

Je ne peux m'empêcher d'ajouter :

ALESS : [C'est normal que je meure d'envie de t'embrasser à nouveau ?]

MONICA : [J'en ai envie aussi… Mais ce n'est pas prudent…]

Frustré au plus haut point, je balance mon téléphone sur ma table de nuit pour aller me doucher et me détendre sous le jet d'eau chaude.

Chapitre 28

Alessandro

Le lendemain matin, je pars boire un café au bar avant de remonter à la villa. L'ambiance est triste avec ce brouillard à couper au couteau. L'automne s'installe avec ses désagréments. L'orage de la veille a arrosé les sols, et l'odeur de terre humide mêlée à celle des herbes sèches embaume l'air.

Assis au comptoir, j'observe Bernardo qui lit assidûment le journal local. Un article en double page, consacré à la disparition tragique de Giordano, fait la une du quotidien.

— Bien triste perte pour le village, se lamente-t-il, tout en avalant le liquide de sa tasse fumante.

— Pas pour sa femme, ironise Alberta. Au moins, cette pauvre jeune femme aura la paix, elle.

Je ne peux réprimer le sourire qui naît sur mes lèvres devant la remarque de la tavernière qui ne croit pas si bien dire.

— Et elle va faire quoi, cette petite ? Elle est encore dans la fleur de l'âge. Ce n'était qu'une gosse quand il l'a épousée.

Alberta pose ses poings sur ses hanches et lit l'article par-dessus l'épaule de son mari. Une grande photo de Monica au côté d'Enrico en accompagne d'autres pour illustrer le journal.

— Je me souviens d'elle quand il l'a ramenée ici. Ça avait jasé.

— Pourquoi ? demandé-je, intrigué par de telles révélations.

Alberta s'approche de moi pour m'expliquer. Sa grosse poitrine se compresse contre le bois du comptoir quand elle se penche pour me souffler :

— Les gens ont trouvé qu'elle était un peu jeune pour se marier. Surtout que la petite est tombée enceinte très rapidement ensuite.

Ma mâchoire se contracte et mes muscles se tendent. Elle n'est pas tombée enceinte ensuite… elle l'était déjà. Mais ça, Giordano s'est bien gardé de le dire… Surtout que je suis certain qu'il ne s'est pas privé pour se servir à partir du moment où elle a été à lui, et de ce fait, prétendre à la paternité de ce bébé.

— Mais ce qui a surtout choqué, c'est que son ancienne femme n'était pas encore froide qu'il l'avait aussitôt remplacée dans son lit.

Je me fige. Quoi ?

— Il a déjà été marié ?

— Oui ! Tina Giordano. C'était une fille du coin. Très belle, elle aussi. On peut dire qu'il savait les choisir, ce type. Puis j'imagine qu'avec un portefeuille comme le sien, on peut se payer n'importe quelle jolie nénette.

Je me mords la langue pour ne pas lui hurler dessus et lui certifier que Monica n'est certainement pas une femme vénale. J'ai bien l'impression que dans ce village, personne ne connaît les circonstances dans lesquelles cette union a eu lieu.

— Mais, dis-moi, Alessandro, toi qui travailles chez les Giordano. Comment se porte sa veuve ?

Voilà qu'on parle d'elle comme si elle n'était plus que ça : une veuve. Je ne suis pas certain que Monica apprécierait d'être encore qualifiée en fonction de son mari. Mais je ne peux rien rétorquer au risque d'éveiller les soupçons sur notre relation ambiguë. Parce que oui, je ne sais pas vraiment comment déterminer ce qu'il y a réellement entre nous aujourd'hui.

— Elle est désemparée, éludé-je.

— Ah ! Pauvre jeune femme ! Je n'ose même pas imaginer ce qu'elle doit traverser. Tiens, mon joli, fais-moi penser à te confier des muffins pour elle. J'ai conscience que je ne la connais pas, mais se sentir soutenu dans ces moments difficiles est toujours bienvenu pour n'importe qui.

Flora arrive dans le bar à ce moment-là. Elle porte un jean bleu clair et un petit pull blanc à pois rouges. Ses traits sont tirés. Ses cernes sombres marquent le contour de ses yeux et elle donne l'impression d'avoir vieilli de dix ans. Au moment où elle m'aperçoit, un sourire triste apparaît sur ses lèvres. Elle s'approche puis m'embrasse sur la joue.

— Bonjour, Aless.

— Salut. Ça va ?

Elle hausse les épaules sans grande conviction avant de prendre son poste derrière le bar. Elle blêmit quand elle repère le journal. Bernardo lui lance un regard en lui disant bonjour sur un ton grinçant, et la serveuse se ressaisit en s'emparant d'un torchon pour essuyer la vaisselle.

— Tss, tss, tss, souffle Alberta. Cette petite ne dort pas assez. Tu as vu sa tête ?

— C'est quoi cet accoutrement ? râle le patron en se rendant compte de la tenue de sa serveuse. Le village est en deuil, et toi tu débarques comme si c'était un jour de fête !

— Je m'en cogne ! le rabroue-t-elle. D'un, c'était qu'une raclure. De deux, il mérite son sort.

— Non, mais ça ne va pas la tête ! hurle-t-il, en furetant de tous les côtés pour s'assurer que personne n'a entendu son employée. Je te préviens que si je perds de la clientèle à cause de toi, je te vire à coup de pied au cul !

— Bernardo ! menace Alberta, en le fusillant du regard.

— Mais quoi ?

— J'ai encore le droit d'avoir un point de vue, se défend la blonde. Et je te rappelle, Bernardo, qu'il n'a jamais posé un pied dans ton foutu bar. Moi, je l'ai croisé plus d'une fois et je peux te certifier que c'était un enfoiré de première.

Furibonde, Flora s'enfuit dans la cuisine pour se cacher. Je la connais suffisamment pour savoir qu'elle est allée se calmer à l'arrière du bâtiment, notre ancien lieu de rencontre. Je ne pensais pas que découvrir la vérité sur Enrico l'aurait autant troublée. Elle semble éprouver une haine viscérale à l'encontre de l'homme d'affaires disparu depuis que je lui ai raconté ce qu'il s'est passé, et elle compte bien révéler à tout le monde les ignominies de ce dernier.

Alberta flanque une tape sèche sur le derrière du crâne de son mari en l'affublant de tout un tas de noms d'oiseaux qui ont le mérite d'enrichir mon vocabulaire. Je fais signe à la patronne que je m'en occupe et rejoins Flora qui sanglote entre ses mains, le dos appuyé contre le mur décrépi.

— Flo, murmuré-je, en arrivant à sa hauteur.

Elle me lance un coup d'œil, puis se retourne, sûrement afin de me dissimuler son trouble. Elle pleure.

— Je suis désolée, s'excuse-t-elle. C'est juste que… Je ne supporte pas que les gens aient de la peine pour lui. Pas après ce que j'ai découvert. Il ne le mérite pas.

Je m'approche, effleure ses longs cheveux blonds qui ondulent dans son dos. Elle s'écroule alors dans mes bras et fond en larmes tandis que je lui caresse l'échine pour la consoler. Je ne réponds rien parce qu'il n'y a rien à dire.

— Ça les arrange de penser qu'il était un homme bien. Laisse-les se bercer d'illusions. La vérité éclatera un jour ou l'autre. Tout finit par se savoir.

Après un silence où elle intègre mes propos, elle déclare :

— Elle a de la chance Monica. J'aimerais rencontrer un jour un homme comme toi. Je croyais l'avoir fait, mais son cœur appartient déjà à une autre, raille-t-elle.

Elle m'extorque un rire malgré la situation complexe dans laquelle nous nous trouvons.

— Tu rencontreras quelqu'un qui t'aimera et prendra soin de toi comme tu le mérites, Flo. Je n'ai aucun doute là-dessus. Mais peut-être que tu ne devrais pas rester vivre ici, et partir à la rencontre de ton destin ?

Elle hoche la tête en souriant.

— Tu as probablement raison. Je vais y penser. Merci.

Puis elle retourne à son poste et ignore son patron avec superbe.

La matinée étant déjà bien avancée, je ne peux attendre plus longtemps. Je sors du bar avec les muffins d'Alberta sous le bras, grimpe dans mon pick-up et roule jusqu'à la villa Giordano.

Je le stationne près du garage et aperçois une voiture luxueuse que je ne connais pas. Inquiet que la mère de Giordano soit revenue tourmenter Monica, je ne me dirige pas vers mon cabanon, mais bel et bien vers la demeure, cette fois-ci.

— Il y a quelqu'un ? appelé-je à voix haute pour signaler ma présence.

Maria apparaît plus loin derrière l'immense escalier. Son visage marqué de rides est souriant.

— Bonjour. Excusez-moi pour l'intrusion, est-ce que Monica est là ?

Elle semble surprise que j'appelle sa patronne par son prénom, puis jette un coup d'œil vers une pièce adjacente avant de me rejoindre en me faisant signe de baisser le ton.

— Chut ! Ne parlez pas trop fort. Elle reçoit des amis. Ils

sont en train de prendre le café dans le salon. Et, bien entendu, je suis toute seule pour gérer tout le monde.

— Pardon, m'excusé-je en chuchotant. Et Alfredo, il est où ?

— Dehors, au bord de la piscine. Il est en train de planter des rosiers. Comme si c'était le moment de faire ça… Puisque le Bon Dieu vous a mené à moi, vous allez m'aider !

Planter des rosiers ?

— J'arrive dans cinq minutes, euh… ?

— Maria. Appelez-moi Maria, mon mignon. Cinq minutes, pas une de plus. Qu'avez-vous apporté ?

Elle désigne les pâtisseries enveloppées dans du cellophane que je tiens précieusement.

— Oh ! C'est de la part des patrons du bar. Pour Monica.

— Donnez-les-moi, je vais les servir en même temps que le café.

Elle se dirige vers la cuisine en marmonnant je ne sais quoi sur le fait qu'elle soit étonnée qu'Alberta et Bernardo soient aussi généreux tout d'un coup. Je l'abandonne pour retrouver le majordome aux abords de la piscine, à genoux, les mains dans la terre, y mettant les plants que je suis allé chercher la veille à la place des arbustes cramés. L'homme ne m'entend pas arriver et sursaute quand je le charrie :

— Alors ? On veut me foutre au chômage ?

Alfredo se redresse avec difficulté, puis essuie ses paumes sur son tablier tâché d'humus.

— Une insomnie, m'explique-t-il.

— Ce sont les préférées de Monica, remarqué-je, quand une rose d'un rouge profond me tape dans l'œil.

Il hoche la tête, les regarde d'un air contemplatif, perdu dans ses pensées.

— Monsieur Giordano souhaitait que je vous les fasse remplacer par des agapanthes. Mais Monica m'a demandé de mettre ces fleurs à la place.

Mon cœur se gorge de tendresse parce que cela signifie qu'elle n'a pas oublié ce moment, celui que je chéris avec mélancolie, les nuits où le sommeil ne vient pas frapper à ma porte. Ces roses ont une symbolique pour nous. Elles représentent le jour où nous nous sommes donnés à l'autre, où elle m'a offert sa virginité en toute confiance. Jamais je n'ai perdu le souvenir de cet instant. Il a hanté bon nombre de mes rêves, ravivant l'image de ses lèvres entrouvertes quand je m'enfonçais en elle, nos corps communiant ensemble.

— Elle va être ravie, commenté-je.

— Je suppose, oui.

Alfredo ne semble pas très loquace aujourd'hui. J'imagine que la fatigue y est pour beaucoup.

— Vous devriez aller vous reposer, lui conseillé-je. Je vais aller aider Maria à accueillir les invités.

— Les intrus, plutôt, rectifie-t-il. Ces gens sont des pique-assiettes doublés de commères. Enrico était ami avec eux, mais je crois que c'était plus pour comparer leurs richesses et savoir qui pissait le plus loin. Cette visite n'est pas anodine ni sans arrière-pensées.

Je suis sidéré d'entendre de tels propos dans la bouche d'Alfredo. Jamais il n'a démontré une quelconque animosité envers son patron jusqu'ici. Sa mort délie-t-elle les langues et les opinions ? Peut-être que je me suis trompé sur son compte ? Non. Je n'oublie pas qu'il savait l'enfer que vivait sa fille et qu'il a laissé faire. Pour moi, c'est impardonnable, bien que je sente qu'il veut se racheter une conduite.

Je l'abandonne à ses plantations et retourne dans le manoir. Je retrouve Maria dans la cuisine où un grand plateau, avec des tasses, une cafetière et les muffins disposés sur une assiette, est prêt à être servi. Je m'en empare et la suis vers le salon à pas hésitants. Les tasses s'entrechoquent pendant mon avancée maladroite tandis que Maria m'octroie des regards menaçants.

Les murs sont chargés d'immenses bibliothèques en wengé. De larges baies vitrées laissent entrer la lumière du jour, ce qui éclaircit la pièce aux teintes sombres. Sur des canapés aux lignes modernes et épurées, Monica et ses deux convives sont installés et discutent.

Mon attention se focalise immédiatement sur la jolie brune. Dans une robe noire qui lui arrive sous les genoux, elle a entouré ses épaules d'un grand châle de la même couleur. Ses cheveux sont coiffés en un chignon strict que j'ai envie de défaire. Je la préfère quand sa crinière cascade dans son dos. Cela lui confère un air plus sauvage, plus authentique.

Son regard s'arrime au mien et une décharge lèche mon échine quand j'aperçois ses joues rosir, contraste saisissant par rapport avec son teint blafard et ses cernes qui marquent son épiderme. Elle se recentre sur le couple en face d'elle, mais je vois bien que son langage corporel change en ma présence.

Secoué par Maria, je dépose le plateau sur la table du même bois que les bibliothèques, placée au milieu de la pièce. Les iris de Monica s'attardent sur les muffins.

— Vous vous êtes donné bien du mal, Maria.

— Ce n'est pas Maria qui les a faits, madame, rectifié-je. Ce sont les patrons du bar au village qui vous les envoient en soutien à votre peine.

Bon sang, que je déteste l'appeler de cette manière. Feindre cette distance entre nous m'arrache la gorge dès que je dois prononcer ce mot.

— Ah oui ? s'étonne-t-elle. Vous les remercierez de ma part.

— Ce sera fait.

Le couple me détaille avec intérêt. La femme avec une lueur lubrique et le mari avec expression bien plus austère. Très mal à l'aise d'être ainsi reluqué, je m'empresse de quitter la pièce. Mais je suis coupé dans mon élan par la voix de l'homme qui m'interpelle.

— Cela fait longtemps que vous travaillez ici ? me demande-t-il.

Je me tends de la tête aux pieds, puis me retourne pour lui faire face. Qu'est-ce que ça peut lui foutre ?

— Non. Un mois tout au plus. C'est monsieur Giordano qui m'a employé.

Ma réponse n'a pas l'air de le satisfaire, mais en même temps, je ne lui révèle que la pure vérité, même si j'omets certains détails.

— Il ne m'a jamais parlé de vous.

Et ?

— Enfin, Diego ! C'est quoi cet interrogatoire ? s'offusque sa femme. Tu ne vois pas que tu gênes ce pauvre jeune homme ?

— Je trouve juste étrange qu'Enrico n'ait pas fanfaronné sur le fait qu'il avait un nouvel employé de maison. Il ne manquait jamais une occasion de nous narguer.

— Je pense que monsieur Giordano avait suffisamment de salariés dans son entreprise pour ne plus avoir à se vanter, éludé-je. Il est le principal employeur, ici.

— Était, rectifie-t-il. D'ailleurs, que comptes-tu faire à ce sujet ?

Il s'adresse à Monica avec une curiosité soudaine. Bien que la conversation ne me regarde pas, sa réponse m'intéresse également. Alfredo avait donc raison à propos de ces soi-disant amis, proches du couple. Maria se racle la gorge pour me rappeler que nous devons quitter la pièce, que nous n'avons pas notre place au sein de cette discussion. C'est à contrecœur que j'abandonne Monica avec ses invités qui ne ressemblent pas à des amis, mais plutôt à deux vautours prêts à se précipiter sur n'importe quelle miette qu'elle leur jetterait. Ces deux-là ne m'inspirent pas confiance, mais je ne peux pas m'interposer. Je ne suis personne…

Alors, j'attends.

J'attends jusqu'au soir que ce couple s'en aille et me laisse enfin le champ libre avec Monica. Parce que je refuse de rester une journée de plus sans lui parler, la toucher ou, avec un peu de chance, l'embrasser.

Chapitre 29

Alessandro

C'est au crépuscule que la voie est libre. Je quitte mon abri de jardin pour pénétrer dans la maison. J'emprunte le même chemin que ce matin pour retrouver Monica, sauf que je m'arrête quand je l'entends se disputer avec… son père ?

— Tu devrais leur dire de ne plus venir ! la sermonne-t-il. Ce Diego Rossi n'attend qu'une chose, que tu lui vendes l'entreprise. Ne commets surtout pas cette erreur.

— Et tu veux que j'en fasse quoi ?

— Dirige-la !

Je perçois le soupir d'exaspération de Monica ainsi que le son de ses talons sur le plancher.

— Je ne peux pas, papa… Je souhaiterais tout vendre et partir d'ici. Comment pourrais-je rester dans ce village, dans cette maison ? Revoir ses amis comme aujourd'hui ? Pas après tout ce qu'il s'est passé…

La fêlure dans sa voix trahit les émotions qui la submergent. Un frisson me saisit. Je suis désemparé face au calvaire qu'elle a vécu toutes ces années sans que je le sache et que je puisse y changer quoi que ce soit. Je décide de ne pas écouter à la porte plus longtemps et de signaler ma présence. Je frappe sur le battant de bois entrouvert et attends qu'on m'invite à entrer.

— Oui ?

Je me montre en souriant. Alfredo semble désappointé par mon interruption tandis que les yeux caramel de Monica se plantent dans les miens. Elle paraît toujours aussi fatiguée, mais le timide rictus qui s'esquisse sur ses lèvres indique qu'elle est contente de me voir.

— Désolé de vous déranger, m'excusé-je. Je peux revenir plus tard.

— Vous devriez rentrer chez vous, commente Alfredo d'un ton acerbe.

Je m'apprête à l'envoyer chier, mais Monica me devance.

— Laisse-nous, papa.

Ce dernier nous dévisage à tour de rôle, évaluant nos échanges de regards et les expressions sur nos visages.

— Très bien, abdique-t-il. Mais prenez garde tous les deux. Ne vous mettez pas en tête de recommencer cette pseudo-relation que vous aviez, plus jeunes.

Monica lève les yeux au ciel, excédée. Je reconnais bien plus l'adolescente que j'ai connue, sauvage et douce à la fois. C'est comme si ses ailes repoussaient maintenant que les ténèbres de son mari ne l'englobent plus.

— Nous sommes assez grands pour savoir ce que nous faisons, lui rappelle-t-elle.

Une fois son père parti, je me précipite sur elle. Ayant déjà oublié la mise en garde d'Alfredo, j'attrape sa tête entre mes mains et plaque ma bouche contre la sienne. C'est plus fort que moi, j'en meurs d'envie depuis ce matin, dès que j'ai vu ce rose se peindre sur ses joues. Son souffle s'évapore dans notre baiser et elle me le rend comme si sa vie en dépendait. Elle gémit quand ma langue rencontre la sienne dans une danse lascive.

Depuis que j'ai goûté de nouveau à ses lèvres, je suis insatiable. J'ai besoin de plus, j'en veux plus. Je la pousse jusqu'au bureau qui trône dans un coin, une pile de papiers entassée dessus. Je m'écarte de sa bouche, dégage son châle de ses épaules, découvre un décolleté bien moins sage que le laissait présager sa robe. Alors que j'admire sa poitrine si bien mise en valeur, Monica me ramène à la raison en posant sa paume sur ma joue parsemée d'une barbe mal rasée.

— Nous devons faire attention, Aless, murmure-t-elle.

Je m'appuie de part et d'autre de ses hanches contre le meuble et l'emprisonne entre mes bras. Nos nez se frôlent et nos respirations se mélangent. Nos iris arrimés, je lis en elle une profonde hésitation qui me retourne de l'intérieur.

— Tu ne veux plus que je t'embrasse ? lui demandé-je quelque peu irrité qu'elle me repousse.

— Tu sais bien que c'est faux.

Évidemment. Son désir s'écoule de chacun de ses pores et irradie mon corps de sa chaleur. Bien que son regard ait changé, j'arrive encore à décrypter les nuances qui me concernent dans leur couleur havane. Mais pourquoi s'évertue-t-elle à prendre toutes les précautions pour que personne ne découvre la véritable nature de notre relation ? C'est trop tôt ? Ça me tue ! Lui avait à peine enterré sa première femme qu'il est venu faire du chantage pour la main d'une mineure enceinte. Alors pourquoi devrais-je attendre qu'on retrouve son corps avant de pouvoir récupérer ce qui est à moi ? Ce qu'il y a entre Monica et moi a traversé le temps, a bravé la tempête de noirceur de Giordano. Est restée cette lueur d'espoir à laquelle nous nous sommes tous les deux rattachés pendant une décennie.

— Je ne veux plus me retenir, Monica. Ne plus faire semblant. J'en crève de ne pas te toucher quand j'en ai envie.

Ses yeux se brouillent, suppliants, implorants. Ses mains s'enroulent autour de ma nuque, ses lèvres tremblent alors qu'elle scrute les miennes avec convoitise.

— Aless… Si je t'offre ce que tu désires, tu risques de sombrer avec moi dans un gouffre d'où je ne suis pas certaine de pouvoir sortir un jour.

Sa phrase m'interpelle. Je me redresse, détaille son visage qui est dans l'attente d'une réaction de ma part. Elle a ouvert une brèche dans mon cœur et s'y est engouffrée, tête la première. C'était elle, c'est elle et ce sera elle, quoi qu'il en soit, quoi qu'il m'en coûte.

— Et depuis quand je ne sauterais pas avec toi ? l'interrogé-je. Jusqu'au jour où tu es partie, on a toujours tout fait ensemble.

L'amour que je lui porte n'a pas de limites, pas de prix. Alors pourquoi doute-t-elle ? Mes doigts finissent par se mêler à sa crinière. Ses yeux se ferment sous la sensation de mes ongles griffant son cuir chevelu. Je perds le nord quand ses lèvres s'entrouvrent, libérant ainsi son souffle erratique. Je sens bien qu'elle ne me confie pas tout, qu'elle est tourmentée, et son manque de sommeil évident en est la preuve.

Monica et ses secrets…

Je n'aurais jamais cru qu'elle serait aussi mystérieuse, un jour. Moi qui autrefois pensais la connaître comme ma poche, j'ai l'impression qu'un mur nous sépare aujourd'hui.

— On a tellement de choses à se dire, murmuré-je. Tout ce temps à rattraper…

— Reste cette nuit, souffle-t-elle.

Sa requête me surprend, alors que quelques minutes plus tôt elle me repoussait presque. Ses mains agrippent mon tee-shirt en tremblant, une larme coule le long de son visage, m'hypnotisant sur son passage. Je la suis des yeux, l'observe pendre à l'angle de sa mâchoire avant de tomber sur sa poitrine.

Je ne lui réponds pas. Au lieu de cela, je fonds sur ses lèvres encore une fois et m'abandonne à un baiser passionné. Tout disparaît autour de nous. Il n'y a plus que nos corps qui hurlent d'envie de s'unir, nos bouches scellées et le son de nos respirations affolées de désir.

Puis tout dérape.

Mes mains se perdent sur ses courbes. Elle me retire mon tee-shirt et ensuite ses doigts débouclent ma ceinture. Je presse ses fesses avec avidité, la soulève avec empressement pour la déposer sur le bureau tout en relevant sa robe sur ses hanches. Sous ma brusquerie, les tas de papiers tombent au sol, virevoltant autour de nous, telles les feuilles mordorées d'automne au-dehors.

Nous marquons une pause. Nos yeux fixés, nous nous rendons compte que notre concupiscence a pris le dessus, et qu'il est trop tard pour faire marche arrière. Comme pour illustrer cela, Monica déboutonne mon jean et enfouit sa main dans mon pantalon pour saisir mon membre dressé entre ses doigts. Je manque de défaillir sous son toucher.

Tant d'années à fantasmer sur des moments semblables que je croyais perdus à jamais.

Tant d'années à essayer de comprendre pourquoi elle avait disparu.

Tant d'années à m'égarer dans d'autres femmes, alors que mes pensées voguaient toujours vers elle.

Sans plus attendre, je déchire sa lingerie en dentelle, lui arrachant un couinement au passage, puis la jette sur le côté. Elle sort mon sexe et le place à l'entrée de sa féminité, moite et impatiente. Mon cœur cavale comme un cheval sauvage dans ma poitrine, fougueux et indomptable. Nous y sommes. Ce moment inévitable qui nous pendait au nez depuis ce fameux jour où nous nous sommes recroisés.

Alors, enfin, je m'enfonce en elle, avec lenteur et délectation, les yeux dans les yeux. Nos bouches s'écartent à mesure que je la possède.

C'est si bon, bordel de Dieu !

Un très léger gémissement échappe à Monica et je perds

totalement le contrôle. Je dévore ses lèvres, ma langue la réclame et mes mains s'impriment dans la chair de ses fesses pour la maintenir. Puis, j'entame un va-et-vient. D'abord lents, mes mouvements me permettent de sentir centimètre par centimètre la douceur de son antre et la chaleur de son corps. Monica entoure mes hanches de ses jambes, tire sur mes cheveux, ses cris étouffés par mon baiser. Je sens son intimité réagir à ma présence, devenir brûlante et bien plus aqueuse. Enfin, je me déchaîne, mes coups de boutoir font claquer le bureau contre le mur. Si quelqu'un dans la maison se demande ce que nous sommes en train de faire, il n'aura plus aucun doute à présent.

Je reconquiers ce corps qui m'appartenait auparavant, redécouvre avec délice les nouveaux attraits qu'il a à m'offrir. D'un geste vif, je libère sa poitrine gonflée de désir, bien plus voluptueuse et généreuse que dans notre adolescence. Je m'arrête quelques secondes pour en sucer les pointes, arrachant un cri de délectation à Monica qui psalmodie mon prénom de sa voix rauque. Je reprends ma course avec violence. Je veux son plaisir, la voir jouir, défaillir comme dans notre jeunesse. Je désire effacer la marque sombre qu'a imprimée ce connard en elle.

La découvrir ainsi, la tête renversée en arrière, ivre de volupté et en proie à ses sens, m'emplit de fierté et d'une forme de soulagement. Elle n'est pas totalement brisée, et peut-être, parviendrai-je à lui rendre son sourire et lui offrir le bonheur qu'elle mérite.

Sa féminité se contracte autour de moi, ses doigts empoignent mes mèches et Monica me mord le cou quand l'orgasme la terrasse. Je m'autorise alors à la suivre et ne me retiens plus, me déversant en elle dans une jouissance libératrice.

À bout de souffle, nos peaux couvertes de sueur, nous nous observons pour analyser nos traits après ce que nous venons de faire. Les yeux brouillés de larmes de mon amante me perturbent.

— Qu'est-ce qu'il y a ? m'inquiété-je.

Elle s'arrache de moi, remet en ordre ses vêtements tout en s'éloignant à l'autre bout de la pièce. Le malaise me gagne, transi par l'absence de son corps contre le mien. Monica, placée devant une des grandes fenêtres, scrute l'obscurité de la nuit qui a recouvert l'extérieur de son manteau. Je remonte mon jean et au moment où je m'approche, me rends compte qu'elle pleure en silence.

Pourquoi ? Regrette-t-elle ? Nous n'aurions pas dû ?

— Je suis désolé, m'excusé-je. Je ne pensais pas que ça te mettrait dans un état pareil.

— Moi non plus, avoue-t-elle à demi-mot.

Elle essuie ses joues, prend une profonde inspiration avant de me faire face. Les couleurs de son orgasme ornent encore son visage. Elle me sourit avec timidité, puis s'empare de ma main qu'elle porte à ses lèvres. Elle embrasse mes doigts en fermant fortement les yeux.

— J'ai peur, souffle-t-elle. Tellement peur. Chaque minute

qui s'écoule, je crains qu'il passe la porte et revienne dans ma vie. Et tu sais ce qui me tue le plus ?

— Non. Dis-moi.

Je m'approche, range une mèche de ses cheveux derrière son oreille. Nos poitrines se frôlent au rythme de nos respirations.

— C'est de devoir faire semblant.

— Faire semblant de quoi ?

— D'être touchée par sa disparition.

Un silence s'installe entre nous. Je ne réponds rien, car il n'y a rien à ajouter. À sa place, je ressentirais la même chose. Elle cherche dans mes yeux un assentiment. Les siens se brouillent une nouvelle fois, alors je saisis son visage entre mes paumes.

— Est-ce que je suis un monstre ? demande-t-elle, la voix brisée par sa douleur.

— Rien ni personne n'a le droit de te reprocher ça, tu entends ? Il n'y a qu'une personne qui sait ce que tu as vécu avec lui, c'est toi. Et tu peux me croire, Monica, le monstre ce n'est pas toi.

Elle se jette dans mes bras, se pelotonne contre moi qui lui caresse les cheveux et la berce pour lui offrir le réconfort qu'elle n'a jamais eu toutes ces années.

Je souffre avec elle.

Sa douleur est la mienne autant que mon amour est le sien.

Je souhaiterais lui confier ce que je ressens à cet instant précis, lui crier mes sentiments et la rassurer sur le fait que, maintenant que je l'ai retrouvée, je resterai à ses côtés. Mais je me dis que ce n'est pas le moment. Monica a besoin d'évacuer ce qui la tourmente depuis si longtemps, et de profiter de ma présence qui vraisemblablement la réconforte.

Alors que je la serre contre moi, j'aperçois un portrait en noir et blanc d'Enrico accroché au mur.

Ce mec était tellement imbu de lui-même qu'il avait un portrait de lui dans son salon.

Bordel ! Quel con !

Je suis saisi par une forme vicieuse de satisfaction quand je prends conscience qu'en quelque sorte, nous avons assouvi notre désir sous ses yeux et qu'il n'a pas pu l'empêcher, emprisonné dans son cadre. Un rictus se crayonne sur mes lèvres tandis que je fixe le cliché, bien que j'aurais souhaité une issue différente à notre étreinte sauvage de tout à l'heure, mais je me rends compte qu'elle n'aurait pu être autrement. Les barrières ont sauté, nos réserves avec. Je m'aperçois que j'en ai aussi oublié mon réflexe du préservatif. C'était une évidence de ne rien mettre entre nous. Plus rien ne doit nous séparer, pas même un morceau de latex.

Nos âmes sont à nu et nos cœurs en lambeaux. Pourtant, nos retrouvailles, bien qu'elles aient rouvert nos plaies, apaisent nos maux.

Chapitre 30

Monica

Les lueurs du jour traversent les épais rideaux de ma chambre. Je suis enfouie sous la couette, les membres mêlés à ceux de quelqu'un d'autre.

Je me redresse d'un bon, surprise de me retrouver dans une telle position. Au moment où j'aperçois les traits fins d'Alessandro, je me détends et m'effondre sur mon oreiller dans un soupir de soulagement. Depuis que je vis ici, jamais je ne me suis réveillée dans les bras d'Enrico, encore moins dans ceux d'un autre homme. Je m'assoupissais à ses côtés, juste après lui et ses sévices. Très souvent, je trouvais le sommeil uniquement dans les où il dormait enfin profondément ou quand il quittait la chambre. Donc, ce matin, j'ai un choc. C'est d'ailleurs bien la première fois que je me repose aussi bien, surtout depuis ces derniers jours.

J'observe Alessandro avec attention. Sa lourde respiration soulève et abaisse sa poitrine dénudée, parsemée de quelques poils sombres qui dessinent un chemin jusqu'à sa virilité. Les traits racés de son visage le rendent unique et d'une beauté renversante. Le secret de son charme irrésistible réside dans la couleur forêt de ses yeux, savant mélange d'un brun clair et d'éclats vert émeraude, et dans les fossettes qui se creusent dans ses joues quand il sourit. Sa mâchoire est assombrie par une légère barbe qu'il ne rase que très rarement. C'est bête, mais j'ai remarqué ce détail à force de le croiser tous les jours. Et j'avoue que celui-ci lui confère un côté sexy auquel je ne suis pas indifférente.

Il est beau mon Aless. Mais j'ai peur qu'il m'échappe. Je lui cache bien trop de choses et tout ça risque de nous exploser à la figure un jour ou l'autre. J'aimerais lui confier mes secrets, apaiser ce fardeau qui pèse sur mes épaules. Mais si je parle, je le mets en danger également. Et ce n'est pas du tout ce que je souhaite. Les aspirations d'Alessandro vers la liberté et son bonheur ne coïncident pas avec le poids de mes mensonges.

Je sais qu'il m'a contredit quand je me suis traitée de monstre. Or, je suis bien persuadée d'en être un. Peut-être pas à première vue, mais il réside en moi, gronde dans mes entrailles et hurle dans mes nuits. Je le sens grogner dans chacune de mes cellules, griffer mes souvenirs de ses images putrides. Je n'y peux rien, il est là et jamais je ne pourrai m'en débarrasser.

— Tu réfléchis trop, me surprend la voix d'Aless qui a maintenant les yeux ouverts.

Il me sourit avec tendresse et mon petit cœur fond d'amour. Je me trouve ridicule, mais je n'y peux rien. Quand je suis avec lui, c'est plus fort que moi. Aless est ma plus grande faiblesse.

Il lève la main et appuie entre mes sourcils.

— Les bourgeoises que tu côtoies ne t'ont jamais dit de ne

pas froncer les sourcils ?

— Non, pourquoi ? gloussé-je.

— Ça donne des rides ! La ride du lion. Roaarr !

Il m'attrape en rugissant et je ris de plus belle.

— Depuis quand tu es au courant de telles choses, toi ?

Il ne réplique pas, mais le rictus gêné qui ourle ses lèvres m'indique qu'il ne vaut mieux pas qu'il me réponde au risque de me froisser.

— Je vois que rien n'a vraiment changé finalement, commenté-je, en fixant mon regard sur le plafond.

Évidemment qu'Alessandro a fréquenté d'autres femmes. Il serait stupide de penser qu'il s'est réservé pour moi pendant toutes ces années, dans le maigre espoir de me retrouver un jour. Moi-même, je ne l'aurais pas fait. Surtout pas après la trahison que je lui ai infligée.

La tête d'Aless apparaît dans mon champ de vision. Il se place sur moi, son poids pesant sur mon corps qui s'enfonce dans le matelas.

— Monica… Je suis désolé… mais oui, j'ai connu d'autres femmes. Cependant, crois-moi quand je te dis que, pas une seule fois, je n'ai pas pensé à toi. Je couchais avec elles pour t'oublier, mais au final, c'était toi que je voyais dans mon esprit.

— Même avec cette Flora ?

Cela peut paraître puéril de ma part, mais cette jolie blonde a la fâcheuse tendance à se retrouver dans les draps des hommes qui partagent ma vie. Bien que je ne lui en tienne pas rigueur pour Enrico, cela m'emmerde plus pour Alessandro. J'ai bien remarqué qu'une certaine complicité les liait. Eh oui, le poison de la jalousie coule dans mes veines malgré moi quand je les imagine ensemble. J'aimerais que cela ne soit pas le cas, être sûre que jamais plus elle n'aura une place dans son lit. Mais comment pourrais-je réclamer ça, alors que je suis la première à avoir rompu notre pacte dans le passé quand je l'ai abandonné pour épouser Enrico ? Mon cœur lui appartenait quand même, sauf que j'offrais mon corps à un autre homme comme « l'exigeait le mariage » et surtout mon bourreau. Si seulement je n'avais pas accepté cette proposition… Je m'en veux tellement d'avoir trahi l'amour de ma vie. Mais avais-je d'autres options ?

— Monica ? m'interpelle-t-il, me sortant de mes ruminations.

— Oui ?

— Tu t'égares encore… Et si tu m'expliquais ce qui te tracasse, plutôt ?

A-t-il conscience de quoi il parle quand il me demande ça ? Parce qu'il faudrait déjà que je trouve par où commencer. Ensuite, j'aimerais bien lui confier tout ce qui pèse sur mon cœur, mais je sais que cela signerait l'arrêt de mort de notre relation.

Je me mords la lèvre en le fixant droit dans les yeux. Il caresse mes cheveux, m'arrache un frisson qui me lèche l'échine au passage, puis dépose un chaste baiser sur ma bouche.

— Entre Flora et moi, il n'y a rien. Il y a eu du sexe…

— Tais-toi !

— Sauf que c'est exactement ce que tu veux savoir ! Il n'y

a eu que du sexe et il n'y en aura plus jamais. Je ne l'ai jamais aimée.

— Comment le sais-tu ?

Il sourit, vraisemblablement amusé par ma question.

— Parce qu'elle n'occupe pas mes pensées jour et nuit. Quand je songeais à elle, c'était plus pour le côté « pratique » d'avoir quelqu'un de partant pour…

— C'est bon ! le coupé-je, incapable d'en entendre davantage. J'ai compris.

Cependant, qu'il m'avoue penser à moi constamment m'emplit de joie et réchauffe mon cœur d'une douce chaleur.

— Je me demande comment elle a pris la mort d'Enrico. Elle devait sûrement l'aimer…

— Crois-moi, elle était déjà très refroidie par son comportement la dernière fois qu'il se sont vus. Alors, imagine après qu'elle a découvert ce qu'il se passait ici…

— Tu lui as raconté ?

Il acquiesce d'un hochement de tête et la honte s'enroule autour de ma gorge.

— Qu'est-ce qu'elle a dû penser ? Elle qui le voyait si souvent…

— Peut-être qu'elle a été assez stupide pour croire ce connard quand il la baisait dans sa voiture ou dans une chambre d'hôtel ? Ou qu'elle a sa part de responsabilité dans ton malheur ? Honnêtement, Monica, je n'en sais rien, mais Flora n'est pas une oie blanche dans cette histoire…

— Ce n'est pas sa faute s'il est mort…

Prononcer cela m'arrache le cœur. Je suis sur le point de rompre, de me déverser. Sauf qu'Aless me rattrape au vol comme à chaque fois.

— Ce n'est pas la tienne non plus ! tonne-t-il en fronçant les sourcils. Flo est assez grande pour assumer ses actes. Pour en finir avec ta question première, depuis le jour où je t'ai retrouvée, la seule que je voulais c'est toi. Ne doute pas de moi, Monica. Je ne suis pas ton mari et encore moins un enfoiré. Quelques femmes m'ont bien traité de connard quand elles ont compris que je ne m'engagerai pas, mais avec toi, tu sais bien que tout est différent.

— Et pourquoi ? m'enquiers-je.

Il agrippe mes poignets, les cloue de part et d'autre au-dessus de moi, puis me fixe avec incrédulité.

— T'es sérieuse ? Tu oses me demander pourquoi ?

Je hoche la tête, cherche où j'ai bien pu louper une information importante. Il faut dire que j'ai pas mal l'esprit ailleurs ces temps-ci. Le visage d'Aless devient grave tandis qu'il se penche pour happer mes lèvres et m'offrir un baiser à couper le souffle. Je gémis dans sa bouche quand sa langue vient danser avec la mienne et réveille ce feu qui couve dans mon bas-ventre. Quand il se redresse, ses yeux scintillent de désir et d'une tout autre chose qui emballe mon cœur.

— Je t'aime.

BOUM BOUM.

Exactement le même effet que la première fois qu'il me l'a dit.

BOUM BOUM.

J'ai l'impression que ma poitrine va exploser, que je suis sur le point de mourir et pas de bonheur.

Pourquoi ?

Parce que je ne peux répondre à cet aveu. Et que si je le fais, j'ai conscience qu'il en souffrira un jour ou l'autre. Je fuis son regard, cherche une échappatoire qu'il ne me laisse pas saisir.

Il sait. Il a compris.

— Qu'est-ce qui te terrifie autant ? m'interroge-t-il. Pourquoi tentes-tu de te sauver quand je t'avoue que je t'aime ?

Ma gorge se serre, ma respiration devient difficile.

— Tu ne peux pas m'aimer, Aless, soufflé-je, en proie à une émotion qui me terrasse.

— Bien sûr que si ! Je t'aime. C'est comme ça, tu n'as pas le choix ! Qu'est-ce qui te fiche autant la trouille ? Parle-moi, bordel !

L'unique peur qui m'étreint est celle qu'il puisse apercevoir les ténèbres dans mes yeux et qu'elles le répugnent. Je crains que ma noirceur éclabousse son amour au moment où il essaiera de l'imprimer dans ma chair. Moi aussi je l'aime, mais lui avouer serait lui mentir. Quand on est amoureux de quelqu'un, on lui offre tout de nous. Or, avec mes secrets, c'est mal engagé.

— Aless…

— Parle, Monica…

Il me scrute, mais comme je ne réponds pas, il se lève d'un seul mouvement puis cherche ses habits. Il enfile son pantalon, dos à moi, me laissant tout loisir d'admirer ses muscles danser sous sa peau.

— Tu sais quoi ? lâche-t-il. Quand tu en auras fini avec tes cachotteries, viens me trouver. J'en ai marre de devoir te supplier pour que tu me dises la vérité. En attendant, je vais bosser.

Il se tourne vers moi, me lance un regard mauvais.

— À moins que je ne sois aussi viré ?

Le ton qu'il emploie me surprend et me désempare.

— Mais non, enfin !

Il ne répond pas, puis sort de la chambre en trombe.

Nue et seulement cachée par mon drap, je me contiens pour ne pas fondre en larmes. Son départ est douloureux, explosant une à une mes cellules par son absence brutale. Je me sens minable. Pourquoi lui ai-je permis de partir ? J'aurais dû essayer de le retenir. Mais avec quels mots ? Comment le convaincre que m'aimer n'est pas une bonne chose ?

Mon cœur pendouillant dans la poitrine, je me laisse choir au milieu du lit, une furieuse envie de vomir me saisissant. Et cette fois, je sais à quoi elle est due.

Chapitre 31

Alessandro

Je suis furieux. Comment peut-elle encore garder ses secrets après ce que nous venons de partager ? J'ai l'impression qu'elle me met à part, d'être encore une fois la cinquième roue du carrosse. N'a-t-elle donc pas suffisamment confiance en moi pour s'épancher sur ce qui la tourmente ? Autant je suis ravi de l'avoir retrouvée de la plus belle des façons, autant je suis dégoûté de la tournure des évènements. Ne suis-je qu'une distraction pour elle, au final ?

D'un pas vif, je me dirige vers l'abri de jardin et m'empare de mes outils pour travailler. Je les arrache du mur sans vergogne tout en vociférant des injures afin d'apaiser ma colère. Éventuellement, être occupé m'évitera de penser ou alors me permettra de mettre mes idées au clair, car pour l'instant, c'est un bordel sans nom dans mon crâne.

Le temps est maussade et humide. Je déteste quand l'automne s'installe avec sa grisaille et son ambiance froide et austère. C'est comme si on s'enfonçait dans une dépression. Cela n'arrange en rien mon humeur massacrante.

— Je vois que mes avertissements ne vous ont pas arrêtés, commente Alfredo qui est à son tour entré dans la cabane.

Je lui lance un regard torve et ne lui réponds pas. Je suis tellement de mauvaise compagnie que je risque de prononcer des paroles plus acerbes que d'habitude à son encontre.

— Je ne suis pas ici pour vous offrir un discours moralisateur, Alessandro.

C'est bien la première fois qu'il m'appelle par mon prénom et non par son sempiternel « monsieur » et mon nom de famille.

— J'ai bien compris que rien ni personne ne pourrait se mettre entre vous et ma fille. Votre relation… m'échappe, je dois l'avouer. Mais Monica est forte, c'est indéniable. Bien plus que je l'aurais cru.

Pourquoi me dit-il cela ? Évidemment que Monica est forte. C'est même la femme la plus forte que je connaisse. Combien seraient encore debout après tout ce qu'elle a vécu ?

— Qu'est-ce que vous voulez, Alfredo ?

Je ne suis vraiment pas d'humeur à entendre ses monologues sur la vision de mon lien avec Monica. Qu'il en vienne aux faits et me laisse accomplir mon travail en toute tranquillité.

— Vous êtes un homme intelligent, je pense donc que ce que je m'apprête à vous dire, vous le comprendrez sans difficulté.

Sa tentative d'insulte ne fonctionne pas. Cela fait bien longtemps que je n'en ai plus rien à foutre qu'on insinue que je ne suis pas un prix Nobel de physique ou je ne sais quelle connerie. Je sais ce que je vaux et ma vie est cent fois plus précieuse que celle de bon nombre de millionnaires qui se prélassent à l'ombre de leurs billets de banque.

— Si jamais quelqu'un apprenait que vous couchez avec ma fille, alors qu'elle vient à peine de perdre son mari, je ne suis pas certain que cela soit vu d'un très bon œil. Surtout de la part de la police…

Je me fige et le regarde droit dans les yeux.

— Ce qui signifie ?

— Que des conclusions hâtives pourraient être tirées.

Je fronce les sourcils, ayant peur de comprendre ce qu'il veut dire.

— Attendez ! Vous sous-entendez quoi au juste ?

Il s'approche de moi, suffisamment pour que je sente son haleine emplie de caféine me chatouiller les narines.

— Que croyez-vous que les gens vont penser si cela vient à se savoir ? Que la police va-t-elle en conclure ? Vous n'avez ni l'un ni l'autre mentionné votre relation. Cela fait de vous un suspect, tout comme ma fille. Et je vous préviens, Alessandro, il est hors de question que Monica finisse en prison pour vos beaux yeux. Elle a payé assez cher pour toute sa vie !

Même si son avertissement est tout à fait fondé, je ne vois pas pourquoi il s'inquiète autant. Le corps d'Enrico va être retrouvé très prochainement, ça ne fait aucun doute. La mer le recrachera comme le déchet qu'il a été toute son existence. Cependant, je dois aussi prendre en considération son point de vue. J'ai cédé à la tentation alors que je m'étais promis d'attendre. Si jamais cela revient aux oreilles des poulets, c'est clair qu'ils vont nous demander des comptes et prétendre que l'accident n'en est peut-être pas un. Nous devons être beaucoup plus prudents que nous ne l'avons été.

— Je croyais que vous ne veniez pas m'offrir de discours moralisateur ? raillé-je. Mais ce que vous dites est pertinent. Je prendrai mes précautions.

Bien que je sois peu convaincu que ce qui s'est passé hier se reproduise dans un futur proche, voire lointain.

Il hoche la tête puis recule. Mais avant de s'en aller, il m'interpelle une nouvelle fois.

— Il faudra vider la piscine et la couvrir pour l'hiver aujourd'hui. Il ne fera malheureusement plus un temps à en profiter.

Il a replacé son masque placide de majordome. Si cet abri de jardin pouvait parler, il aurait des secrets à révéler. J'acquiesce d'un hochement de tête et l'observe regagner la maison de son pas boiteux des derniers jours.

Il m'aura fallu un après-midi entier pour m'occuper de cette foutue piscine. Harassé de fatigue, je n'ai qu'une envie, rentrer chez moi sans passer par la case « bar ». Même si une partie de poker et avaler quelques verres me changerait bien les idées, je n'aspire qu'à une bonne douche et dormir, dans l'espoir de ne plus ruminer.

Après avoir ficelé la dernière attache de la bâche, je me redresse et m'essuie les mains sur mon jean, déjà taché par les travaux que j'effectue ici. Mon attention est attirée par un bouton de rose prêt à éclore. Je suis surpris de sa précocité, alors que ces rosiers ont été plantés la veille. Je m'approche, caresse le bourgeon qui promet de se transformer en une fleur magnifique dès demain. Une idée me vient en tête. Je sors mon sécateur, coupe la tige où il se trouve et l'apporte à l'intérieur de la maison. Je demande un vase à Maria, y plonge la plante puis le pose au milieu de la table de la salle à manger. C'est plus fort que moi, je me dis qu'à l'instant où Monica le verra, elle pensera forcément à moi. Peut-être que cela lui donnera envie de se confier et de m'ouvrir son cœur ?

Laissant ce présent derrière moi, je quitte le domaine et rentre chez moi, le cœur gros. Après une bonne douche et un repas chaud, je me glisse sous mes draps et tente de trouver le sommeil. Mais j'ai été bien présomptueux de penser que Morphée me tendrait les bras aussi facilement après tout ce qui s'est passé depuis hier soir.

Je m'allume une clope, tire dessus dans un brasillement presque assourdissant dans le silence nocturne, puis recrache un serpent de fumée blanche qui ondule au-dessus de moi dans la lueur de la lune.

Les gémissements de Monica résonnent encore dans mes souvenirs, le goût de ses lèvres se réveille sur mes papilles et je frissonne au rappel du velouté de sa peau. Monica habite chacune de mes pensées et cellules. Elle coule dans mes veines, parfume mon épiderme.

Et ça me fout la rage !

Ça me fout la rage parce que je lui en veux. Je suis fâché contre elle et j'ai l'impression qu'elle ne se rend pas compte à quel point elle me blesse à garder ses secrets. J'ai besoin qu'elle me parle, qu'elle me confie ce qu'elle a sur le cœur, qu'elle m'aide à la sortir de son supplice que je ne comprends pas.

Je dois rester fort et fidèle à mes convictions comme ligne de conduite, car elle peut facilement m'ensorceler de sa beauté envoûtante. Je ne peux pas lui céder en pensant qu'elle finira par tout m'avouer. Non. Elle doit d'abord se livrer, puis j'abdiquerai, quoiqu'elle me révèle sur elle. Elle semble croire que jamais plus je ne la regarderai comme avant.

Elle se trompe ou bien elle ne mesure pas bien l'ampleur des sentiments que j'éprouve pour elle. Quand on aime, on est prêt à accepter de bien surprenantes choses de la part de l'être chéri. Elle pourrait être étonnée de s'apercevoir jusqu'où je pourrais aller pour elle. Monica, c'est toute ma vie. Mais elle doit regagner ma confiance qu'elle a perdue il y a dix ans en m'abandonnant dans ce qui appartiendrait à son passé.

Cette situation est insupportable. Je ne suis pas certain d'avoir la force de la voir sans réagir. Peut-être devrais-je quitter ce travail ? Faudrait-il encore que j'en trouve un autre et cela implique sûrement que je doive déménager. Sauf que m'éloigner d'elle n'est pas une option que je peux envisager en ce moment. Ce serait comme me couper un membre ou m'arracher le cœur.

Impossible.

Je me rends compte que je ne suis pas près d'être gagné par le sommeil malgré mon immense fatigue. Ma cervelle en surchauffe est emplie d'images, de sons, d'odeurs. Un maelstrom de souvenirs qui en devient une soupe imbuvable. J'en ai presque la nausée à force de cogiter.

Je réfléchis à m'alcooliser pour m'engourdir l'esprit, puis me ravise quand je me rappelle que mes dernières nuits d'ivresse n'étaient pas les meilleures de ma vie.

Une marche nocturne me ferait sûrement du bien, mais j'ai trop la flemme de me lever ou de me rhabiller.

Alors j'attends patiemment que la fatigue m'entraîne dans un repos lourd et sans rêves. Un trou noir jusqu'au lendemain matin, réparateur et salvateur. Je m'endors sans m'en rendre compte, après avoir regardé un nombre incalculable de fois mon téléphone dans l'espoir de découvrir un message de sa part. Un sommeil agité, rempli de paroles et pensées incohérentes m'emporte, puis je me réveille à l'aube, plus perdu que jamais.

Chapitre 32

Alessandro

Je ne me suis pas rendu au travail le matin même. Un mal de crâne m'a terrassé. J'étais englué dans ma fatigue et bien trop à côté de la plaque pour aller chez Monica. D'ailleurs, s'est-elle aperçue que je ne suis pas venu ? Pas un message, pas un appel. Ou alors elle culpabilise de ce qu'il s'est passé hier. Je suppose que j'aurai la réponse tout à l'heure.

C'est en début d'après-midi que je grimpe dans mon pick-up qui émet une plainte grinçante sous mon poids. J'allume le chauffage et la radio qui entonne les premières notes de *Where Did You Sleep Last Night* de Nirvana. Les journées sont plus froides et courtes. Le soleil qui diffuse une lumière blanche ne réchauffe plus autant l'atmosphère bien qu'il ne fasse pas non plus un temps glacial. J'augmente le son et chante en même temps que Kurt Cobain, tentant de ne pas penser à ce qui m'attend à la villa.

Est-ce que Monica va encore jouer à la reine du silence ou va-t-elle enfin se décider à venir me parler ?

Le cœur lourd, je me gare en plein milieu de la cour, affichant un doigt d'honneur abstrait face à l'obnubilation de mon ancien patron pour les choses alignées et bien rangées. Il n'est plus de ce monde et je compte bien que cela se remarque. Il n'est plus le maître ici.

Pour ponctuer ma colère, je me rends dans mon abri de jardin vétuste sans passer dire bonjour dans la villa. Mais j'ai la surpris de découvrir Monica, assise au soleil sur un banc près de la cabane, la rose que j'ai cueillie pour elle entre les doigts. Je m'arrête dans ma course et me place devant elle.

— C'est incroyable que ces rosiers offrent déjà des fleurs.

Elle scrute les arbustes avec grand intérêt, comme si c'étaient d'étranges spécimens, puis elle effleure un pétale du bout de son ongle badigeonné d'un vernis de la même teinte. Une expiration sporadique trahit son trouble. L'expression atterrée peinte sur son visage m'interpelle autant que les tremblements de ses mains. Au moment où elle se rend compte que j'ai remarqué ses trémulations, elle pose la fleur sur ses genoux et les dissimule en croisant les bras. Il est trop tard cependant pour m'obliger à croire qu'elle va bien. Tout m'indique le contraire.

Son silence me tue encore plus qu'hier, car elle est mal et qu'elle ne me permet pas d'apaiser sa géhenne. Je sais que j'ai décidé de ne plus insister. Je me suis promis de ne plus la toucher jusqu'à ce qu'elle choisisse de me parler, mais c'est au-dessus de mes forces. La voir aussi accablée me troue le bide.

Je m'empresse de m'installer à ses côtés, m'empare de son poignet et la contrains à venir vers moi pour la plaquer contre mon torse. Son souffle, soulagé quand son visage s'enfouit au creux de mon cou, me lacère l'âme.

— Je t'en supplie, Monica, murmuré-je. Parle-moi. Tu sais que tu peux tout me dire…

Le sanglot qu'elle émet est comme un coup de poignard dans ma poitrine. Elle s'agrippe à ma chemise, tire dessus comme si sa vie en dépendait. J'enroule mes bras autour de ses épaules, l'étreins plus fortement encore contre moi.

— Aless… J'ai fait quelque chose d'horrible.

Sa phrase, qui me donne mille et une interrogations, me glace le sang. Car j'ai bien peur de comprendre. Cette chanson que je fredonnais tout à l'heure résonne dans mon âme comme une marche funèbre.

« My girl, my girl, don't lie to me. Tell me where did you sleep last night. »[6]

Elle convulse, tant elle tremble. Je lui caresse le dos, ne relâche en rien mon étreinte pour l'inviter à poursuivre sa confession. Mais ses sanglots m'indiquent que cela risque d'être plus difficile que je le pense.

— Tu peux tout me dire, Monica, lui soufflé-je au creux de l'oreille dans le but de la rassurer.

— Tu ne me verras plus de la même manière après ça…

Elle cache sa figure contre mon pull, ses ongles plantés dans le tissu comme dans une paroi de roche sur laquelle elle glisserait.

— Aless, j'ai…

Mon cœur cavale dans ma poitrine parce que je sais ce qu'elle est sur le point de me révéler. Et bien que je sois prêt

[6] Ma chérie, ma chérie, ne me mens pas. Dis-moi où tu as dormi la nuit dernière ?

à tout entendre, je ne suis pas certain de la façon dont je vais gérer cette information. Je saisis son visage entre mes mains, plonge mes yeux dans les siens, brillants de peur et de doutes. Ces mêmes yeux qui ont assisté au spectacle de sa descente aux enfers. Je comprends pourquoi elle m'a repoussé avant qu'elle n'ait ouvert la bouche pour prononcer ce qui scellera notre sort pour toujours.

— J'ai... hésite-t-elle encore, la voix brisée par la douleur.

« In the pines, in the pines. Where the sun don't ever shine. I would shiver the whole night through. »[7]

— Non ! émets-je dans un murmure suppliant.

N'y tenant plus, je m'empare de ses lèvres, les dévore pour l'obliger à se taire. J'ai mal. Mal de savoir qu'elle n'est déjà plus la même femme que j'ai connue, mal de me rendre compte que cet enfoiré d'Enrico l'a fracassée à tout jamais. Le goût salé de ses larmes parfume notre baiser d'une réalité amère. Mes mains ont beau fouiller dans sa chevelure pour prolonger ce moment, je ne fais que retarder l'inévitable. Je m'écarte enfin d'elle et le désespoir me mord à la gorge au moment où ses iris percutent les miens.

— Je l'ai tué, annonce-t-elle dans un murmure à peine audible.

« Her husband, was a hard working man. Just about a mile from here, His head was found in a driving wheel, But his body

[7] Dans les pins, dans les pins. Là où le soleil ne brille jamais. J'ai frissonné toute la nuit.

never was found. »[8]

Je crois bien que mon âme se fend en deux, j'ai l'impression de mourir sous le poids de son aveu. Je pose mon front contre le sien, ferme les yeux pour ne pas affronter la vérité qui s'impose à moi et tente, tant bien que mal, de reprendre mon souffle qui s'est évanoui. Je perçois les légers gémissements plaintifs de Monica qui attend une réaction de ma part, mais j'ai besoin de temps pour intégrer ce qu'elle vient de me révéler.

Mes mains, toujours autour de son visage, tremblent. Je suis emporté par une lame de fond gorgée d'horreur. Pas à cause de ce qu'a accompli Monica, mais par ce que ça implique. Les avertissements de son père me reviennent en pleine face ainsi qu'une myriade de questions.

— Qu'est-ce qui s'est passé ? m'enquiers-je enfin.

Je crois lire une forme de soulagement dans son regard, mais une lueur bien plus obscure vient l'assombrir. Je lui demande de se remémorer ce qui est l'évènement le plus traumatisant de sa vie. Il n'y a qu'à écouter les vieux qui ont vécu la guerre. Tous racontent avec grand bouleversement la première fois qu'ils ont donné la mort. Aucun n'en est sorti indemne.

— Je… Je…

Elle panique. Des soubresauts agitent ses frêles épaules contre moi, ses yeux sont perdus dans les ténèbres de ses souvenirs et sa peau est devenue glaciale.

---

[8] Son mari était un mordu du travail. À environ un mile d'ici, On a retrouvé sa tête dans un volant, Mais on n'a jamais retrouvé son corps.

— Il allait me tuer, murmure-t-elle dans un souffle haché par son accablement.

Mon sang quitte mon corps, mes oreilles bourdonnent et mes molaires sont sur le point d'éclater tant ma mâchoire se serre. J'ai moi aussi des envies de meurtre. Envies qui ne seront jamais assouvies, car l'objet de l'éveil de ma violence est déjà… dans l'autre monde. Et j'espère qu'il brûle en enfer.

— Ton père est au courant ? m'enquiers-je pour tenter de chasser ma rage frustrée.

— Oui…

Je comprends alors sa drôle de manière de tout à coup protéger Monica, sa façon de marcher boiteuse et ses avertissements quand il nous trouve ensemble.

— S'il n'avait pas été là… Aless, je serais sûrement derrière les barreaux ! Je ne veux pas finir en prison parce que j'ai défendu ma vie.

Elle pleure de plus belle, trempant mon pull de ses larmes. Ses sanglots griffent mon cœur.

— Tu n'iras pas. Je te le promets.

Je m'enroule autour d'elle, cale sa tête dans le creux de mon cou, et la berce pour tenter de la rassurer et la consoler. Je n'en peux plus de la voir si malheureuse. Même mort, son connard de mari la tourmente et ça, je ne le permettrai plus. Quitte à la protéger bec et ongles contre le reste du monde. Je donnerais ma vie pour elle. Je l'aime plus que tout.

— C'est lui qui a tué Paolo, souffle-t-elle.

Je me fige, l'écarte de moi pour happer son regard.

— Il a quoi ?

— J'ai toujours cru que c'était arrivé comme ça, que c'était un accident. Je te l'ai dit, le médecin avait conclu à une mort subite du nourrisson… Mais l'autre soir… Quand il s'apprêtait à m'étrangler… et qu'il m'a avoué que… J'ai complètement perdu les pédales…

Une fureur incommensurable se diffuse dans mes veines. Elle empoisonne mon esprit et son goût âcre se répand sur ma langue. N'y tenant plus, je me lève d'un bond. Monica sursaute sous mon élan brusque et m'observe marcher comme un lion en cage devant elle.

Si seulement il n'était pas mort !

Bon sang, je me ferais un plaisir de le tuer, lentement, tout en me délectant de ses suppliques pour réclamer ma clémence. Puis, je savourerais de voir la lueur de vie s'éteindre dans ses yeux comme un mets délicieux.

Comment peut-on assassiner un bébé ? Un être si innocent, pas encore sali par la noirceur des hommes…

C'est une douleur lancinante qui crève mon cœur que d'être impuissant face à cette terrible révélation. Je n'ai jamais connu mon fils, mais je l'aime. Je l'aime parce qu'il est le fruit de mon amour avec Monica.

— Je suis tellement désolée, sanglote-t-elle.

Je ne comprends pas tout de suite pourquoi elle s'excuse, toujours égaré dans mes pensées sombres. Je m'arrête dans mon mouvement de balancier et scrute ses traits déformés par l'horreur qui la tourmente.

— Je n'ai pas su protéger notre enfant…

Alors, je saisis. Elle endosse la responsabilité de l'ignominie de cette ordure d'Enrico bien qu'elle n'y soit absolument pour rien. Je me précipite sur elle, m'empare de son visage et le maintiens fermement.

— Jamais tu ne seras fautive de ce que tu as vécu auprès de lui, tu entends ? m'emporté-je. Je ne veux plus jamais que tu dises que tu es coupable ! Ce qui lui est arrivé n'est que justice. Je déplore juste de ne pas l'avoir tué par moi-même.

Son visage baigné de larmes, elle me fixe avec une forme de soulagement. Ses mains tremblantes se posent sur les miennes, s'y accrochent comme à une ultime roche, celle du dernier espoir, de cette paroi qu'elle était en train de dégringoler.

— Je ne te laisserai pas tomber, Monica. Quoi qu'il m'en coûte !

Je scelle ma promesse par un baiser aussi sauvage que nécessaire. Elle y répond avec avidité, ayant autant besoin que moi de ce contact pour nous prouver que nous ne sommes pas seuls dans la tourmente que nous inflige la vie. Son parfum s'engouffre dans mes narines, hante mes synapses et je chavire. Je l'oblige à se relever pour mieux sentir son corps que je colle fermement contre le mien. Mon sexe réagit à cette proximité intime.

— Je t'aime, lui avoué-je entre deux baisers.

C'est alors que j'ai la sensation qu'elle fond, appuyant tout son poids contre moi. C'est comme si ma déclaration était un apaisement tel, qu'elle s'évanouissait dans notre étreinte pour plus la ressentir encore.

— Oh, mon Dieu, Aless ! souffle-t-elle. Mon Aless.

L'entendre m'appeler de cette manière gonfle mon cœur de fierté et de joie. Il est prêt à exploser d'un bonheur bien coloré par rapport aux ténèbres que nous traversons. Cependant, je refuse de les laisser nous engloutir. Nous avons le droit d'être un peu heureux après tout ce que nous avons vécu. Je veux y croire. J'ai besoin d'y croire.

— Raconte-moi, lui demandé-je. Déleste-toi de ce fardeau. Partage avec moi ce qui te hante.

Ses iris châtains s'arriment aux miens et c'est alors qu'elle entame un récit qui changera ma vie à tout jamais.

Chapitre 33

Monica

Nous avons 26 ans

La voiture d'Alessandro s'éloigne du manoir avec à son bord mes espoirs de m'enfuir avec lui. Un nuage de poussière virevolte derrière le véhicule, dernier souvenir de son passage ici.

— Toi et moi on va avoir une petite conversation ! tonne Enrico qui quitte les lieux en même temps que ses hommes de main, tout en me jetant une œillade torve.

Je crains le pire. Mon cœur galope à vive allure dans ma poitrine, cogne contre ma cage thoracique tel un prisonnier enfermé vivant dans un cercueil. Enrico a entendu notre discussion avec Alessandro. Il connaît à présent la vérité sur ce lien qui nous unit avec mon ancien amant : ce bébé qu'il a vu naître et qu'il a accueilli comme « son fils ».

Je comprends qu'il soit furieux, mais je ne souhaite pas subir les foudres de sa colère. C'est lui qui a voulu de moi, avec son chantage, et il a été mis au courant de ma grossesse. Certes, je lui ai menti au sujet d'Aless, mais comment aurais-je pu faire autrement ? Je savais pertinemment qu'il allait devenir fou en l'apprenant.

C'est avec une chape de plomb sur l'estomac que je remonte dans notre chambre pour m'habiller. Je devrais fuir le plus rapidement possible, mais je suis certaine qu'il me surveille tel le lait sur le feu. En zippant ma robe dans mon dos, je me rends compte que je suis faite comme un rat et que je n'en réchapperai pas.

Après le souper, l'air mauvais gravé sur le visage de mon mari me glace de terreur. Le moment est venu. L'heure de vérité, celle où je vais payer pour…

Pour quoi, exactement ?

Car je ne suis pas certaine de comprendre les raisons qui poussent Enrico à me frapper comme il le fait depuis des années. Est-ce par ce que j'en ai aimé un autre sans pour autant parvenir à l'aimer lui ? Ceci n'a jamais été un secret. Mais par égard pour lui, je n'ai à aucun moment évoqué Alessandro et ce qu'il représentait pour moi. Est-ce parce qu'il est fou ? Cela fait un moment que je me pose la question et je crains que ceci soit le plus proche de la vérité.

Quand la nuit nous enveloppe de son manteau d'obscurité et que le silence s'installe dans la villa, je suis plus éveillée qu'un animal noctambule. Assise dans le salon, je suis comme une condamnée à mort qui attend son heure pour grimper sur l'échafaud. Enrico apparaît dans l'embrasure de la porte. Je suis presque surprise de ne pas l'y découvrir ceinture en main.

— Dans mon bureau, ordonne-t-il d'une voix beaucoup trop calme.

Comme je ne bouge pas, figée devant sa froideur, il se précipite sur moi et m'attrape par le bras. La bile remonte dans ma gorge à mesure qu'il m'oblige à traverser la maison d'un pas pressé. Je trébuche derrière lui, il me hurle dessus pour que je me redresse, tire sur mon membre avec violence. Il me flanque même une gifle quand j'émets une plainte de douleur au moment où mon genou heurte l'arête d'une marche de l'escalier.

Il nous enferme à clé dans son bureau, me jette à terre au milieu de la pièce puis part s'installer derrière sa table de travail en croisant les jambes. Le message est clair : nous sommes dans son antre.

— La première fois que je t'ai vue, tu semblais si pure…

Je déglutis, l'observe allumer un cigare dont le bout brasille au moment où il entre en contact avec la flamme de son briquet. Il balance ce dernier sur le dessus du meuble devant lui, au milieu d'un tas de dossiers, puis recrache une fumée à l'odeur âcre qui m'incommode les narines.

Je me raidis quand ses iris reviennent sur moi, brillant de rage, de dégoût.

— Quelle déception quand j'ai appris que tu avais été souillée !

La lame aiguisée de la peur lèche mon échine. Je frissonne, le regarde se lever pour s'approcher de moi après avoir déposé son cigare dans le cendrier. Il saisit mon menton entre ses doigts, m'oblige à relever la tête vers lui.

— Tu es d'une beauté venimeuse. Je ne peux pas lui en vouloir de t'avoir goûtée à l'époque où tu n'étais pas encore à moi.

« À lui ».

Selon Enrico, je ne suis qu'une acquisition. Une affaire qu'il a emportée à coups de chantage et qui trône parmi tant d'autres.

— Par contre, toi ! siffle-t-il d'un air mauvais. Toi, tu racontes des conneries depuis le début ! J'ai senti à l'instant même où j'ai vu ce mec qu'un lien vous unissait. Tu as osé prétendre que ce n'était qu'un ancien camarade d'école, alors que la vérité était bien différente ! Petite menteuse !

Ses ongles s'enfoncent dans ma chair et meurtrissent mon menton. Je tente de me dégager, mais il me tient bien trop fermement.

— Debout ! ordonne-t-il.

J'obtempère dans le vain espoir d'adoucir son courroux. Je me redresse, lui fais face tandis que sa main s'enroule autour de ma gorge. Prise au piège, l'effroi m'enveloppe de son manteau de glace, mes poils se hérissent et mon crâne bourdonne comme pour m'avertir du danger. Enrico se penche vers moi. Son souffle effleure mon oreille et ses doigts se plantent dans ma peau.

— Je vais te confier un secret, Monica. Est-ce que tu sais ce que font les lions quand ils deviennent chefs et acquièrent les femelles d'un groupe ?

Je secoue la tête, la gorge trop nouée pour prononcer le moindre mot. Quant à lui, il me force à marcher en arrière jusqu'à ce que mes fesses heurtent le bord du bureau. Il se recule, me scrute avec un rictus malveillant sur ses lèvres.

— Il tue les lionceaux.

J'écarquille les yeux.

Non…

— Et est-ce que tu sais pourquoi ?

Non !

— Parce qu'ils ne sont pas de son sang. Alors, ils les tuent pour pouvoir se reproduire ensuite avec les femelles et assurer leurs lignées.

Non !!!

Mon cœur saigne sous ses insinuations. Il vient de me tirer une balle de cruauté en pleine poitrine et je suis au bord du gouffre.

Sa main serre tout à coup ma gorge, obstruant ma trachée et m'empêchant de respirer. Je tente de l'obliger à me libérer, mais il est beaucoup trop fort pour moi. Il me penche sur le meuble derrière moi, ses presse-papiers et crayons me rentrent dans le dos, son ordinateur portable craque sous mon poids. Lui continue de sourire, comme s'il se délectait de me voir dépérir de douleur sous ses yeux. Sa folie est palpable, nauséabonde et vicieuse. Elle s'enroule autour de moi en me sifflant un chant de mort. Ensuite, il s'approche de moi et une fois que son nez frôle le mien, il me confirme :

— J'ai tué ton bâtard de fils.

Les larmes débordent de mes yeux. J'émets un grognement rageur qu'il étouffe sous sa main, me débats comme une folle pour lui échapper et en découdre avec lui.

— Non, Monica ! Non !

Je lui griffe le visage, mais il me secoue et me cogne le crâne contre le bois dur de son bureau, au point que je vois des étoiles.

— Tu n'es qu'une pute ! hurle-t-il. Après ça, jamais je n'ai réussi à t'engrosser ! À croire que seul un bon à rien en est ca-

pable !

L'air me manque. Il m'étrangle et je commence à suffoquer. Ma vision s'obscurcit et mon rythme cardiaque ralentit tandis qu'il soulève ma robe pour assouvir sa folie.

— Sa petite tête sous un oreiller, quelques minutes à attendre… puis c'était terminé. C'est dingue comme il est facile de tuer.

Ses iris reflètent sa démence. Ils sont injectés de sang et il ne s'en dégage aucune once d'humanité. Maintenant, je sais que c'est la fin. Il va me voler ma vie, la souiller une dernière fois avant de la piétiner et de la jeter dans son caveau familial.

Mon cœur se serre quand je pense à Alessandro. Je vais le laisser avec tant de questions et un sentiment d'amour inachevé. Je me remémore son odeur, la chaleur de ses bras et ses fossettes qui me faisaient tant craquer. Puis je revois ses yeux aux éclats d'émeraude, son beau visage. Et alors, c'est celui de Paolo qui m'apparaît. Mon bébé qui ressemblait tant à son père…

Quelque chose de froid entre en contact avec ma main. Je ne saurais expliquer pourquoi, mais celle-ci se referme dessus comme par instinct, s'y accrochant comme à une bouée lancée en pleine mer démontée. Une dernière fois, je plonge mes yeux dans ceux de mon mari.

Folie contre instinct de survie.

Cette phrase qu'un jour un curé a prononcée résonne dans mon crâne comme une prière libératrice.

« Jusqu'à ce que la mort vous sépare. »

Et je plante dans la jugulaire d'Enrico un coupe-papier en argent massif.

Une gerbe de sang me gicle au visage. Le liquide épais et chaud, au goût métallique, s'écoule dans ma bouche entrouverte et trouble de pourpre ma vision. C'est quand ses yeux s'écarquillent et que sa prise se relâche autour de mon cou que je réalise la portée de mon geste.

Je récupère de l'oxygène pendant qu'il s'affaisse sur mon corps, m'écrasant de son poids. Quand enfin il ne bouge plus, je le repousse dans un gémissement d'horreur. Je parviens tant bien que mal à me redresser, puis contemple l'œuvre de mon ignominie.

Mon mari gît sur son bureau, face contre le bois, des coulures pourpres s'épandant un peu partout autour de lui et sur son épiderme.

J'ai tué Enrico…

La nausée me gagne et je dégueule tripes et boyaux sur le parquet. Les mains tremblantes, je recoiffe mes cheveux en arrière, étalant la sueur froide de mon front avec le sang qui recouvre mes doigts. La fumée de son cigare donne une impression de brouillard dans la pièce.

J'observe mes paumes poisseuses d'hémoglobine et le poignard de la culpabilité se plante entre mes côtes.

Paniquée, je cours vers la porte que je secoue, car elle est fermée. Je lance un coup d'œil par-dessus mon épaule et comprends que la clé se trouve dans la poche de mon défunt mari. Ni une ni deux, je me jette sur lui pour la récupérer. Son corps est encore chaud et je frissonne quand je perçois des gargouillis provenant de sa gorge. Une fois l'objet convoité en main, je me précipite sur la serrure et la déverrouille avec empressement. Au moment où j'ouvre le battant, je tombe nez à nez avec mon père qui devient livide en me découvrant.

Il me détaille de la tête aux pieds. Je crois bien que le sang dont je suis maculée ne laisse que peu de place à l'imagination. Le temps est comme arrêté, je suis pendue à ses lèvres, décortique les expressions qui traversent son visage et attends qu'il dise quelque chose. N'importe quoi.

— Mon Dieu ! souffle-t-il.

Alors que je pense qu'il va hurler et réveiller toute la baraque, il me pousse à l'intérieur de la pièce et referme la porte à double tour derrière nous.

— Que s'est-il passé ? demande-t-il avec un sang-froid qui me sidère.

— Je… Je…

Totalement incapable de parler, mon corps est comme pris de convulsions. Je croise les bras sur la poitrine, frotte frénétiquement mes paumes sur mes bras pour tenter de me réchauffer. Mes yeux se posent partout en même temps, mais évitent soigneusement le cadavre d'Enrico.

« Tu es une meurtrière ! »

Voilà ce que me hurle ma conscience. Et elle n'a pas tort. Je viens de donner une direction obscure à ma vie, une destinée derrière des barreaux de fer à attendre que mon heure arrive.

— Monica ! s'exclame papa qui a posé ses mains sur mes épaules pour me secouer. Reprends-toi ! Tu dois rester concen-

trée. Que s'est-il passé ?

Je me focalise sur son regard sondeur, essaie de me remémorer la scène. Des flashs me reviennent, puis d'une voix monocorde, j'explique à mon père le déroulement des évènements. Quand je lui raconte que c'est Enrico qui est responsable de la mort de Paolo, il blêmit et sa mâchoire se contracte.

— L'espèce de…

Il ne finit pas sa phrase, me fixe avec empathie. Il réfléchit quelques instants, puis m'annonce :

— Voilà ce que nous allons faire. Tu vas m'aider à le descendre dans la cave. J'irai conduire sa Ferrari *à la falaise et la jetterai dans le vide. Tu viendras me chercher avec ma voiture en faisant un détour et nous irons nous coucher en attendant que le jour se lève. Je l'enterrerai quand nous serons certains que personne ne nous importunera.*

Je hoche la tête pour lui indiquer que j'ai compris. De toute façon, je n'ai rien de mieux à proposer.

— Nous devrons signaler sa disparition aux autorités. Quand ils retrouveront le véhicule, nous serons tranquilles.

Un soupir sporadique s'échappe d'entre mes lèvres. J'ai le ventre noué, une étole de plomb sur les épaules et une peur irrationnelle qui pulse dans mes veines.

Tel un mantra, je me répète intérieurement que c'était un accident, que je n'ai pas agi sciemment. Jamais je n'aurais pu le tuer de sang-froid. Pourtant, au fond de moi, j'ai conscience que sa révélation sur son implication dans la mort de mon bébé y est pour beaucoup. Peut-être que s'il ne me l'avait pas dévoilé, c'est moi qui reposerais inerte sur ce bureau. Morte étranglée de sa main et sa semence coulant entre mes cuisses, lui finirait de fumer son cigare, maître de son petit univers sordide.

Je tressaille, reviens à la réalité et réponds à l'appel de mon père pour venir l'aider à déplacer la dépouille d'Enrico.

— Nous allons devoir y aller doucement pour faire le moins de bruit possible, me prévient-il.

Telles deux ombres dans la nuit, nous avons fait disparaître Enrico Giordano en montant de toutes pièces son accident. Une fois de retour, papa me demande mes vêtements pour les passer à la machine en même temps que les siens. De mon côté, je me lave les cheveux et le corps, frotte comme une forcenée avec une brosse mes ongles crasseux de sang séché. Une fois nettoyée, je m'étends sur mon lit alors que l'aube commence à poindre à l'horizon.

Depuis ce jour, je n'ai pas fermé l'œil de la nuit…

Chapitre 34

Alessandro

Mon cœur est lourd. Ses battements sourds et lents résonnent dans ma poitrine comme un tambour jouant pour un condamné qui monte sur l'échafaud. Les révélations que vient de m'offrir Monica sont une claque monumentale. Je ne sais pas ce qui me frappe le plus. Qu'elle l'ait tué ? Qu'il soit un meurtrier d'enfant ? Qu'Alfredo ait aidé Monica tout en se rendant complice ? Mais une autre question me vient aussi :

— Qu'avez-vous fait du corps ?

Entre mes bras, elle se fige, hésite, se mord la lèvre en jetant un œil vers la piscine. La réponse chemine toute seule dans mon esprit et les dernières pièces de puzzle s'imbriquent.

— Les roses, soufflé-je.

— Oui, confirme-t-elle. Le jour où tu as arraché les arbustes et que tu es allé chercher les rosiers à la jardinerie, mon père a creusé pour que nous puissions enterrer le corps d'Enrico. J'avais donné sa journée à Maria afin qu'elle ne traîne pas dans le coin. Nous n'avons pu ensevelir la dépouille qu'à la nuit tombée pour ne pas risquer de nous faire surprendre.

— Je comprends mieux pourquoi Alfredo boite.

— Il s'est foulé la cheville en poussant la voiture dans le

vide.

Il a donc protégé sa fille. Quoique, selon moi, c'était la moindre des choses qu'il pouvait faire. C'est lui qui a jeté Monica dans cet enfer et il est de mon avis qu'il doit en assumer autant les conséquences qu'elle, voire plus.

— J'ai tellement peur, Aless.

Monica se pelotonne contre moi, sa tête enfouie contre mon torse, ses longs cheveux ondulés virevoltant sous la brise automnale.

— Il va falloir que tu réfléchisses à la manière dont tu souhaites diriger ta vie maintenant, lui conseillé-je. Puisque jamais le corps ne sera retrouvé, la police finira par classer l'affaire sans suite, au bout d'un certain temps.

— Il y aura plusieurs problèmes à résoudre quand l'heure de la succession viendra. Déjà, l'entreprise. Je ne veux pas en prendre la direction bien que mon père m'y pousse.

— Tu vas la vendre à ce gars qui est venu l'autre jour ?

Elle secoue la tête, resserre ses bras autour de ma taille.

— Je ne sais pas. Je n'y ai pas réfléchi, j'avoue. J'ai encore du mal à réaliser ce qu'il m'arrive. De plus, je n'ai aucune idée de ce qu'a marqué Enrico dans son testament.

C'est comme si elle se nourrissait de ma chaleur, qu'elle en avait été privée depuis trop longtemps. Puis, je prends conscience que c'est le cas. Pendant des années, personne ne lui a donné d'amour. Elle a perdu un enfant et a vécu ce drame dans la solitude la plus absolue. Mon cœur crève quand je pense à tout ceci. Je ne peux me retenir de déposer un baiser sur le haut de son crâne pour lui donner un peu de cette douceur qui lui a tant manqué.

Ensuite, quand Monica redresse la tête vers moi et arrime ses grands yeux aux nuances caramel bordés de ses cils épais noirs aux miens. Je perds encore une fois toute notion de ce qui nous entoure et du danger que nous encourons à nous dévoiler de la sorte au grand jour.

Je plonge sur ses lèvres, les cajole et les vénère. Nos langues s'enroulent, se retrouvent dans une suavité qui nous caractérise. J'ai envie d'elle. Mais pas de la façon qu'on pourrait penser. Oui, je la désire ardemment, la faire mienne et lui octroyer tout le plaisir charnel qu'il est possible de lui offrir. Mais il ne s'agit pas seulement de ça. Non. J'aimerais l'entendre rire, la sentir vibrer contre moi, la voir s'épanouir comme les plus belles roses qu'on trouve dans un jardin. Je désire profiter de chaque instant que la vie peut me donner à ses côtés.

J'ai envie d'elle de toutes les manières qui soient.

— Vous ! hurle une voix qui me transit comme de la glace pilée qui coulerait le long de ma colonne vertébrale.

Je me décolle de Monica, regarde d'où provient ce cri rempli de rage et de colère, puis, je crois bien que le sol se dérobe sous mes pieds.

Mona Giordano se précipite dans notre direction, un doigt accusateur pointé sur nous. Son visage est déformé par la fureur et l'indignation.

— Je le savais ! Je le savais que tu n'étais qu'une petite salope ! J'aurais dû persuader Enrico de se débarrasser de toi bien plus tôt.

Je me redresse et me place devant Monica pour barrer la route à sa belle-mère en pleine crise d'hystérie.

— Oh ! Et vous, le jardinier ! Profitez bien de vos dernières heures de liberté. Je vais de ce pas raconter à la police ce que je viens de voir. Je suis certaine que ces messieurs auront grand plaisir à apprendre que vous leur avez menti depuis le début de l'enquête.

Sa menace répand son poison sous mon épiderme et je suis électrocuté par un shoot d'adrénaline qui engourdit tout mon corps. Que faire ?

— Quant à toi, petite garce ! vocifère-t-elle en se penchant pour regarder Monica. Ne compte pas avoir un seul centime de la fortune de mon fils ! Je ferai tout ce qui est en mon pouvoir pour que tu n'hérites de rien et que tu sois jetée à la rue. Tu retourneras de là d'où tu viens !

Je me décale pour de nouveau faire barrage.

— Et si vous vous calmiez, Mona ?

— Comment osez-vous vous adresser à moi de la sorte ? Vous n'êtes qu'un étron de vaurien.

Elle crache à mes pieds, ce qui m'oblige à reculer pour échapper à son mollard. Je lui jette ensuite un regard assassin pour avoir eu l'audace d'agir de cette manière.

Elle va se calmer la vioque !

— Vous aurez rapidement de mes nouvelles !

Monica se place à mes côtés, l'air affolé.

— Non, non, non ! gémit-elle en s'agrippant à ma manche.

Aless… Elle va aller voir la police. On ne peut pas la laisser y aller !

— Et tu veux que je fasse quoi ? m'emporté-je. Je ne vais pas la bâillonner et l'enfermer dans la cave. On n'a pas d'autre choix que de lui permettre de partir…

Elle me scrute avec inquiétude, ses cils ourlés de larmes. Ses doigts tremblent sur mon avant-bras qu'elle tient fermement.

— Ils t'arrêteront, Aless…

— Ou pas. Ne t'en fais pas, Monica. Nous devons agir comme si de rien n'était.

Son regard se dirige vers Mona Giordano qui se précipite comme une furie vers l'entrée de la villa. Pris dans notre élan de passion, nous n'avons pas entendu son véhicule se garer dans la cour. Et je le regrette, car tout ceci nous aurait évité les ennuis qui vont naître de cette altercation.

Une chose est sûre, la vieille Giordano n'aura pas mis longtemps à aller baver chez les flics. Le soir même, ils frappent à la porte de mon appartement. Quand j'ouvre, je découvre les deux inspecteurs que j'avais rencontrés, vêtus de leurs costumes sobres. Ils sont attendus plus bas par une brigade d'agents en uniforme, prêts à intervenir au besoin. J'ai l'impression d'être un dangereux gangster. Il n'en faut pas moins au voisinage pour s'agglutiner autour afin d'assouvir sa curiosité malsaine.

— Bonsoir, monsieur Gallino, me salue l'un des deux hommes que j'ai vus, le jour où la disparition de Giordano a été signalée. Inspecteur Lepodi, vous vous souvenez de moi ?

C'est celui aux yeux bleus qui transpercent l'âme. Comme la dernière fois, je me sens mal à l'aise face à son regard.

— Bonsoir, réponds-je. Évidemment que je me souviens.

— L'inspecteur Viretto et moi-même aimerions vous poser quelques questions. Nous pouvons entrer ?

Il ne servirait à rien de leur résister. Je suis certain que si je le faisais, ils m'embarqueraient pour m'interroger au commissariat. Je me décale, les laisse pénétrer dans mon appartement qu'ils détaillent du sol au plafond.

Si j'avais su, j'aurais fait un brin de ménage…

— Asseyez-vous, leur proposé-je, en désignant le canapé. Vous souhaitez boire quelque chose ?

Malgré la tension qui propage en moi, je tente par tous les moyens de rester le plus sympathique possible. Après tout, je n'ai absolument rien à me reprocher.

— Non, merci. Nous n'en aurons pas pour longtemps.

— Bien.

— Pourquoi vous ne nous avez pas avoué votre relation avec Monica Giordano ?

— Parce que je ne vois pas en quoi cela aurait changé grand-chose.

— Au contraire me contredit Lepodi, cela remet en cause

votre témoignage.

— Sauf que Flora a confirmé ce que j'ai vu.

L'autre, Viretto, avec son visage buriné, me détaille de sous ses épais sourcils. Il mâchonne ce qui semble être un chewing-gum.

— J'ai cru comprendre que vous plaisez aux femmes, monsieur Gallino. Il paraît que le nombre de demoiselles qui sont passées dans votre lit est assez impressionnant…

Lui, quand il l'ouvre, ce n'est pas bon signe. J'ai vite repéré leur façon de fonctionner. Lepodi parle beaucoup et pose des questions alors que Viretto observe, attend et met au pied du mur au moment opportun.

Piqué au vif, je me raidis, conscient que ça ne sent pas bon du tout pour mon matricule.

— Et ? En quoi ma vie sexuelle regarde votre enquête ?

— Monsieur Gallino, reprend Lepodi dans un soupir, votre relation avec Monica Giordano vous rend suspect dans l'affaire de la disparition de son mari. Et comme le seul témoin qui pourrait vous servir d'alibi couche également avec vous, vous comprendrez qu'on peut difficilement avoir confiance en sa parole.

Je crains qu'ils ne soupçonnent aussi Monica. Elle ne survivrait pas à une accusation. Je sais pertinemment qu'elle finirait par craquer et avouer son crime, alors que ce n'en est pas un. Pour moi, c'est de la légitime défense, doublée d'une justice rendue.

— Vous avez pourtant retrouvé sa voiture, le contré-je.

— Certes, intervient Viretto. Mais pas le corps. Et rien ne nous dit que vous ne l'avez pas jetée tout seul de la falaise.

Ma respiration se coupe et mon cœur s'emballe.

Ils sont clairement en train de m'accuser de meurtre !

— Vous n'avez absolument aucune preuve pour m'accuser de la sorte !

— Il est vrai que la situation est quelque peu floue, rétorque Lepodi, sans me lâcher de son regard de glace. Cependant, cet échange houleux dont vous nous avez fait part était plus une bagarre entre vous et Enrico Giordano, la veille de sa disparition. Vous nous avez laissés entendre qu'il s'imaginait une relation entre sa femme et vous. Or, nous savons aujourd'hui qu'il avait raison. C'est pourquoi nous allons vous placer en garde à vue.

Mon sang se cristallise dans mes veines, et je suis pris d'un vertige qui m'oblige à me retenir au plan de travail de ma cuisine. C'est un véritable cauchemar qui est en train de se produire. Les craintes de Monica étaient fondées, j'aurais dû l'écouter. Mais qu'est-ce que ça changerait ? Je ne pouvais pas tuer Mona Giordano pour la réduire au silence. Un mort sur nos bras, c'était déjà bien assez. De plus, alors que le décès d'Enrico est accidentel, je n'aurais pas pu assassiner cette femme, aussi malfaisante soit-elle.

L'inspecteur Viretto ouvre ma porte d'entrée et appelle ses hommes. Deux officiers de police en uniforme nous rejoignent. Ils m'attrapent les bras, croisent mes mains dans mon dos et les menottent.

L'âme lourde du fardeau de ce secret que je porte en moi, je les suis dehors, sous les regards curieux et choqués de mes voisins. Fabio, mon propriétaire, est accoudé à sa fenêtre et m'observe avec dédain, comme s'il avait toujours cru que j'étais de la mauvaise graine. Je les entends tous murmurer. Leurs chuchotis qu'ils pensent si discrets sont assourdissants. Les mots « meurtrier », « coupable » et « amant » sont ceux qui reviennent le plus souvent.

Une sueur froide coule le long de ma colonne vertébrale tandis qu'on m'installe à l'arrière d'un véhicule de police. Et enfin, quand la portière claque, c'est comme si on me mettait un coup de hache dans ce lien si fragile que je venais de rafistoler avec Monica. À l'heure où les sirènes retentissent contre les murs du village, je ne sais pas si je pourrai la revoir un jour. Mon seul espoir est que tout ceci ne soit pas en vain.

On m'enferme dans ce que je qualifierais de cage, dans un commissariat de Rome. Des barreaux de fer, un lit sommaire avec une couverture à l'hygiène douteuse et des chiottes dans un coin.

Le Ritz, quoi !

— J'espère que vous trouverez cette chambre confortable, monsieur Gallino ? s'enquiert avec moquerie Lepodi.

— Vous n'avez pas le droit de m'enfermer ici !

— Pour une garde à vue, si. On en reparlera avec votre avocat. Mais sachez, monsieur Gallino, qu'il y a une chose qui gouverne ce monde.

Il approche son visage du mien, le posant entre deux barreaux. Je ne me recule pas face à sa tentative d'intimidation. Cela lui conférerait un pouvoir que je refuse de lui allouer.

— L'argent ! dévoile-t-il sans aucune honte. Mona Giordano a expressément demandé au juge que vous soyez mis en prison jusqu'à ce que le corps de son fils soit découvert. Alors, à moins que vous ne puissiez prouver votre innocence, ce dont je doute fort, vous resterez croupir ici.

Je me mords la langue pour ne pas lui cracher au visage qu'il faudrait déjà qu'il le retrouve, mais cela leur donnerait une raison supplémentaire de me soupçonner.

— Vous n'êtes pas sans savoir que monsieur Giordano entretenait des liens étroits avec la police et le juge.

— Évidemment, rétorqué-je. Les amitiés influentes de millionnaires… J'oubliais.

Un rictus ourlant ses lèvres, il s'apprête à quitter la pièce sur un sentiment de victoire que je refuse de lui laisser.

— Vous êtes marié, monsieur Lepodi ? lui demandé-je.

— Oui, pourquoi ?

— Dans ce cas, j'espère que la coquette somme que vous a offerte Mona Giordano profitera au moins à votre épouse.

Ses traits se déforment de stupeur, sa mâchoire se contracte et ses épaules se tendent, mais il ne répond rien et sort.

Quant à moi, je m'assieds sur mon lit de fortune et observe par la lucarne barricadée les étoiles qui brillent dans le ciel noir, seule compagnie que j'aurai durant toute la nuit. Mes pensées se dirigent vers Monica qui, je l'espère, ne sera pas trop bouleversée par l'annonce de mon incarcération.

Chapitre 35

Monica

L'angoisse dévore de l'intérieur. Impossible de me reposer, de me concentrer sur autre chose que ce qui se passe dehors. Postée devant une des grandes portes-fenêtres du salon, je surveille l'éventuel retour d'Alessandro ou de Mona. J'attends d'apercevoir les voitures de police envahir le domaine, ou n'importe quoi d'autre. Je sais que ma belle-mère n'a pas tenu sa langue. Pourquoi l'aurait-elle fait d'ailleurs ? Si je disparaissais du paysage, elle serait héritière de son fils et récupérerait son immense fortune ainsi que la manufacture de maroquinerie. À moins qu'il ne m'ait déjà évincée de son testament. Et je suis certaine qu'elle se délecterait de me voir croupir derrière les barreaux.

Mais la seule personne que j'aperçois enfin n'est autre que Maria qui descend de voiture. Elle s'empresse de décharger le coffre des achats qu'elle vient d'effectuer pour se précipiter dans la maison. Elle agite son bras en l'air en hurlant comme une folle. Son comportement m'interpelle et je la rejoins dans l'entrée.

— Madame ! crie-t-elle. Madame ! Oh, mon Dieu !

— Que se passe-t-il, Maria ?

Pendant qu'elle dépose les sacs de provisions sur le carrelage, mon père apparaît à mes côtés, lui aussi alerté par le boucan de l'employée.

— C'est Alessandro, madame.

Mon cœur suspend sa course en attendant qu'elle termine son récit.

— On raconte au village que la police l'a embarqué. Il est soupçonné d'être impliqué dans la disparition de votre mari.

Prise de vertige, je manque de tomber. Mon père me rattrape de justesse. Mon palpitant bat péniblement dans ma poitrine, mes viscères se retournent et un film de sueur glacée recouvre ma peau. Je me sens mal, ma vision s'obscurcit.

— Allez chercher de l'eau, Maria ! lui ordonne papa. Elle est en train de perdre connaissance.

Il m'aide à m'asseoir sur le premier siège qu'il trouve et me claque les joues.

— Monica ! Reste avec moi.

Mon corps est lourd et une douleur aiguë me fracasse le crâne. Quand j'imagine Alessandro en prison, la nausée me gagne et je pousse mon père pour dégobiller tout sur le parquet.

On me passe un linge humide sur le visage et je reprends peu à peu mes esprits.

— Oh, madame. Vous allez bien ? s'enquiert Maria, l'air inquiet.

Je n'ai pas le temps de répondre que papa lui enjoint :

— Merci, Maria. Allez faire chauffer du thé, je vous prie.

Cette dernière s'exécute sans demander son reste. Elle court presque jusqu'à la cuisine, comme si me préparer une boisson chaude était une question de vie ou de mort. Mon père, à genoux près de moi, soupire de lassitude.

— Je me doutais que ça finirait par arriver…

Ma tête dodeline avant que je puisse fixer mon regard sur lui. Son expression accablée pèse un peu plus sur ma culpabilité grandissante. Savoir Aless incarcéré par ma faute me rend folle.

— Es-tu prête à assumer qu'il croupisse en prison ? me demande-t-il tout à coup.

— Quoi ?

— Il ne parlera pas. Tu en es consciente ?

Je cille. Évidemment, il a raison. Mais comment peut-il en être aussi sûr ? C'est à moi qu'Aless a prêté serment de garder mon secret, pas à lui.

— Il t'aime plus que n'importe qui, explique-t-il.

Mes yeux se posent sur le plafond ornementé d'un lustre en cristal. « Le summum du chic » selon Enrico qui jubilait d'avance quand il allait montrer ça aux Rossi. Je n'ai jamais vraiment eu mon mot à dire, mais aujourd'hui, alors que les évènements remettent les choses en perspective, je trouve cela plus ridicule que jamais. Et surtout très moche. Alessandro, lui, ne doit pouvoir que contempler des toiles d'araignées et une ampoule à la lumière jaunâtre.

— Ils seront obligés de le libérer, murmuré-je. Jamais ils ne découvriront le corps.

— Et s'ils t'interrogent ? Tu parviendras à garder ta langue ?

J'ancre mes iris dans les siens à la couleur identique. J'y lis de la tristesse, des remords et surtout une grande inquiétude. Je pose une main sur sa joue. Il y a bien longtemps que je n'ai pas eu un geste aussi affectueux pour mon père.

— Si je n'y arrive pas, je tomberai seule, papa. Jamais je ne t'imposerai ce destin.

Il appuie son visage contre ma paume tout en fermant les yeux. Mon cœur se gonfle et déborde de le découvrir ainsi, sans son masque d'impassibilité qu'il arbore chaque jour depuis que nous vivons ici. J'ai l'impression d'enfin revoir le père que j'ai connu à l'époque où maman était encore en vie.

C'est alors que des crissements de pneus retentissent dans la cour. Papa et moi échangeons un regard paniqué, car nous savons. Je me redresse sur mon siège tandis qu'il se dirige vers la porte d'entrée. Il l'ouvre et je peux apercevoir les véhicules de police garés à la va-vite devant la villa. Des voix, des portières qui claquent, des chiens qui aboient, des pas, tout me parvient sans que je puisse bien voir ce qui se passe réellement.

— Où est-elle ? grogne un timbre féminin que je reconnaîtrais entre mille.

Mona Giordano est là et semble prête à assurer le spectacle. Sa présence ici confirme qu'elle s'est précipitée pour aller parler avec la flicaille. Je me lève, marche sans aplomb jusque dehors, et apparais devant des dizaines de paires d'yeux rivés sur moi.

— Vous ! vocifère Mona.

Elle s'approche de moi comme une furie, mais est arrêtée dans son élan par un des inspecteurs chargés de l'enquête. Lepodi, je crois que c'est son nom.

— Madame Giordano, la réprimande-t-il. Ceci est une affaire policière et en rien une vendetta familiale.

La vieille femme le scrute avec dédain puis s'arrache de sa prise. Elle me lance un regard empli de haine. Mal à l'aise, j'essaie de garder la tête froide et un minimum de retenue face aux hommes en face de moi.

— Excusez notre intrusion, madame Giordano. Pourrions-nous nous entretenir avec vous ?

J'acquiesce en opinant du chef et les invite à entrer. Mona les suit, mais je lui barre la route.

— Vous n'êtes pas la bienvenue ici, la préviens-je.

Elle se penche vers moi, son visage plus qu'à quelques minuscules centimètres du mien.

— Prenez garde, ma petite ! Je ne vous laisserai pas vous en sortir aussi facilement. Vous et votre… amant finirez vos jours à l'ombre.

Je la fixe avec amertume, mais ne cède pas.

— Madame Giordano, s'il vous plaît, lui indique mon père en lui montrant la direction de la cour.

Si un regard pouvait tuer, je serais déjà froide sur le plancher.

L'abandonnant dehors avec le reste des agents de police, je rejoins les deux inspecteurs dans le salon. Maria s'empresse de nous servir des cafés ou thés, puis nous laisse tranquilles. Mon père, qui s'est faufilé dans la pièce, se tient dans un coin, aussi immobile qu'une statue.

— C'est un interrogatoire, rouspète le plus âgé des deux hommes. Pourriez-vous faire sortir votre majordome ?

Je me retourne et nous échangeons un regard entendu. Papa quitte le salon, les épaules tendues et les lèvres pincées. Il est préférable pour nous de coopérer et ne pas attirer l'attention. Plus nous nous rebellerons, plus les flics auront des doutes.

— J'imagine que Mona est venue vous rapporter ce qu'elle a surpris hier.

L'inspecteur Lepodi fronce les sourcils, éberlué que je prenne les devants dans cette entrevue.

— Effectivement. Qu'avez-vous à déclarer par rapport à ceci ?

— Il serait stupide de ma part de nier.

— Donc vous confirmez qu'Alessandro Gallino est votre amant ?

Je ricane malgré moi.

— Alessandro et moi nous connaissons depuis que nous avons six ans. Nous avons été amoureux étant jeunes et nous sommes perdus de vue quand j'ai dû accepter la demande en mariage d'Enrico.

— Vous avez dû l'épouser ?

— Ce n'était clairement pas un mariage d'amour.

— Et comment avez-vous retrouvé monsieur Gallino ?

— C'est par hasard que nous nous sommes rencontrés au village. Ce que Mona Giordano a surpris était un baiser durant un moment de faiblesse. Je n'ai jamais trompé mon mari, si c'est ce que vous voulez savoir.

Lepodi me détaille de la tête aux pieds. Je déteste quand les hommes font ça. Leurs regards libidineux qui dégoulinent sur moi me répugnent. J'ai l'impression d'être l'objet de tous leurs désirs, sauf que j'ai déjà vécu cette histoire. Et voilà où cela m'a menée.

— Votre belle-mère affirme qu'Alessandro et votre mari en sont venus aux mains la veille de sa disparition. Ce qu'a confirmé monsieur Gallino d'ailleurs.

Une lame aiguisée s'enfonce entre mes côtes.

La garce !

Elle a tout déballé dans le but qu'il soit incarcéré. Elle a joué fin.

— C'est exact.

Je dois mesurer mes paroles. Personne n'est au courant de ce qui s'est réellement passé, à part mon père, Aless et moi. Je sais qu'Aless ne divulguera jamais à la police que j'ai tué Enrico. J'en suis intimement convaincue.

— Pouvez-vous nous expliquer les raisons de cette altercation ?

Je déglutis, me dandine sur mon fauteuil et essaie de prendre une grande inspiration. Je vais devoir leur parler de ce que j'ai toujours refusé de dévoiler aux forces de l'ordre.

— Alessandro a découvert qu'Enrico m'avait battue.

Les deux policiers échangent un long regard dans le plus strict silence. J'ai comme l'impression que je ne leur apprends rien, qu'ils sont déjà au courant.

— Cela arrivait-il souvent ? m'interroge l'inspecteur Vinetto.

— Si mon mari avait pour habitude de me frapper ?

Il hoche la tête, l'air grave. Quant à moi, un soupire sporadique s'échappe de mes lèvres.

— Je pense que les nombreuses marques sur mon corps peuvent en témoigner.

Mes mains tremblent, mon regard les fuit. J'ai honte de leur avouer ceci. Lepodi se racle la gorge avant de reprendre la parole :

— Je suis désolé de vous demander cela, madame Giordano, mais pourriez-vous nous montrer ces marques ?

Je m'empourpre, totalement paniquée par sa requête. Si je m'exécute, cela signifie que je devrai leur exposer mes fesses. Seule avec ces deux hommes, j'ai le cœur au bord des lèvres.

— C'est à un endroit plutôt intime, balbutié-je.

— Je comprends votre gêne, madame Giordano, mais ceci est une preuve.

Je suis prise au piège. La bile brûlant ma gorge, je me lève, leur tourne le dos et affronte le portrait d'Enrico en face de moi. Son rictus répugnant est immortalisé sur une photographie qu'il avait faite pour un grand magazine ayant écrit un article élogieux sur lui il y a quelques années. Son ego n'avait d'égal que sa cruauté. Le fixant droit dans ses billes noires immobiles, je remonte ma jupe le long de mes cuisses puis découvre mon fessier uniquement vêtu de ma culotte. Mortifiée de honte, j'entends presque mon défunt mari rire dans les tréfonds de mon esprit. Je sens son souffle dégueulasse et fantomatique au creux de mon oreille. Une forme de vengeance pour ce que je lui ai infligé. Même mort, il parvient encore à me terroriser.

Le silence dans la pièce me tue à petit feu et je n'y tiens plus. Je rabaisse ma jupe quand j'estime qu'ils ont eu largement le temps d'admirer ce qu'ils voulaient, puis me retourne en retenant de toutes mes forces les larmes qui s'amoncellent au bord de mes cils. Leurs pommettes sont rosies de gêne à cause du spectacle que je leur ai offert. De mon côté, je bous d'une rage incommensurable contre Enrico, bien qu'il soit mort, pour m'avoir asséné cette humiliation.

— Est-ce une preuve suffisante ou faut-il aussi que je me déshabille entièrement ? tempêté-je.

Lepodi se racle la gorge en reprenant contenance face au trouble que je lui ai infligé. Je lis dans leurs yeux la commisération teintée d'effroi que je leur inspire. Je viens de leur dévoiler une de mes blessures les plus profondes et intimes. Je déteste qu'on puisse éprouver de la pitié, alors que personne n'a levé le petit doigt pour me venir en aide toutes ces années, mis à part Alessandro. Hors de moi, je demeure debout et les fixe avec mépris.

— Vous vouliez savoir autre chose ? leur demandé-je, en me retenant de ne pas les jeter dehors.

— Comment Alessandro a-t-il vu ces marques sur votre

corps puisque vous affirmez ne pas entretenir de relation avec lui ?

Je les hais. Ils tentent par tous les moyens de trouver une faille à mes propos, alors que je viens de me mettre à nue. Mais la vérité se suffit à elle-même. Je n'hésite pas une seconde et la leur sers sur un plateau d'argent.

— Pendant que je nageais dans la piscine. Alessandro jardinait à ce moment-là.

Les deux hommes se lancent des œillades entendues, puis se lèvent à leur tour.

— Ça ira pour cette fois, madame Giordano.

Pour cette fois…

Ils sortent de la pièce et je découvre mon père qui m'attend dans le couloir. Vu l'expression rageuse peinte sur son visage, je comprends qu'il n'a pas loupé une miette de ce qu'il s'est passé dans le salon. Nous les raccompagnons dehors où une certaine agitation règne.

Un officier de police accourt vers les inspecteurs au moment où il les aperçoit.

— Chef ! Les chiens ont senti quelque chose près de la piscine.

Mon sang quitte mon corps, mon souffle s'égare et la morsure de la vérité me rappelle à l'ordre.

Tout est terminé.

Échec et mat.

Chapitre 36

Monica

Après un coup de fil au juge, deux ou trois heures d'attentes, on m'a donné un papier – que je lis sans trop comprendre – avec la mention « perquisition ». Des hommes courent dans tous les sens, alors que mon monde vient de s'arrêter. Mon père et moi nous regardons. L'appréhension torpille mes boyaux et un poignard s'enfonce entre mes côtes. Je dois être aussi blême que lui. Nous finissons par suivre tout le mouvement, à l'endroit même où nous avons enseveli Enrico. Des chiens aboient avec insistance, des agents arrivent avec des pelles que le maire leur a fournies et détruisent les rosiers fraîchement plantés.

Papa me serre la main quand les premières gerbes de terre volent. Mona m'assassine du regard, les yeux humides. Je peux bien lui trouver tous les défauts du monde, elle aime son fils, je ne peux pas lui retirer ça. Nous avons un point commun dorénavant. Chacune s'est fait arracher son enfant.

Les policiers creusent le sol de plus en plus profondément jusqu'à ce que l'un d'eux tombe sur une partie du corps de mon mari. Ils finissent par le déterrer complètement, des mouchoirs sur le visage à cause des émanations cadavériques qui se dégagent de la dépouille.

Malgré moi, les larmes roulent sur mes joues. Je fixe Enrico, mes pieds enracinés sous moi. Sa peau est diaphane, encrassée d'humus et de sang. Je me retiens pour ne pas vomir, mais ne peux m'empêcher de poser ma main devant ma bouche et mon nez quand l'odeur pestilentielle nous atteint.

L'inspecteur Lepodi domine le corps d'Enrico, le détaille puis sort son téléphone portable pour appeler je ne sais qui. Ensuite, il me rejoint d'un pas lourd.

— Madame Giordano…

J'écarquille les yeux, les siens me transperçant l'âme. Comme j'ai l'impression qu'il peut lire le mot coupable sur mon front, mes membres s'engourdissent, la bile me remonte dans l'œsophage et mes jambes se dérobent sous moi. Une fois à terre, je m'apprête à subir l'arrestation que je mérite, sauf que le policier me dit :

— Toutes mes condoléances.

Mon esprit est embrouillé, je ne comprends pas ce qu'il se passe. D'autres voitures arrivent, le domaine est totalement envahi.

— Monica, lève-toi, ne reste pas là.

Mon père m'aide à me remettre debout et m'emmène à l'intérieur de la maison sous les hurlements de désespoir de ma belle-mère qui me fendent l'âme.

C'est une Maria hystérique qui me saute dessus, me serre dans ses bras et essuie les larmes qui barbouillent ma figure.

— Ma pauvre enfant !

— Laissez-la !

— C'est bon, papa. Ce n'est pas grave.

Je m'installe à la table de la cuisine, bois le verre d'eau que me tend mon employée. La fraîcheur du liquide m'apaise et m'aide à reprendre mes esprits. Maria ne peut s'empêcher de gesticuler dans tous les sens et d'émettre des commentaires.

— J'ai entendu les policiers dire qu'Alessandro allait être jugé pour le meurtre de monsieur Giordano. Vous vous rendez compte ? Alessandro ! Jamais je n'aurais pensé que ce garçon était un assassin.

J'observe le verre frémir dans ma main tremblante.

Je ne peux pas…

Je ne peux pas laisser pareille chose arriver. Alessandro est innocent. Il ne doit pas payer pour mon crime. Ce serait injuste.

— Rentrez chez vous, Maria, la congédie mon père. Nous nous débrouillerons sans vous.

— Oh, mais ça ne me dérange pas de rester, Alfredo.

— S'il vous plaît, Maria, la prié-je.

Elle me couve d'un regard chaleureux, puis hoche la tête avant de raccrocher son tablier et de quitter la maison.

De la cuisine, nous pouvons observer les allées et venues à l'extérieur. Le silence de la pièce est comblé par les cris étouffés par les fenêtres.

Au bout de quelques minutes, mon père me lance :

— N'y pense même pas, Monica !

Surprise par sa phrase, je le fixe avec interrogation.

— Il est absolument hors de question que tu ailles te dénoncer.

— Mais…

— Écoute-moi bien, ma fille.

Il s'approche de moi, saisit mon visage entre ses paumes chaudes en comparaison à ma peau gelée et m'oblige à le regarder droit dans les yeux.

— Si Alessandro souhaitait se sortir de là, il nous aurait trahis. Or, ce n'est pas le cas. Il sait ce qu'il fait.

— Papa… On ne peut pas laisser un innocent être condamné à notre place ! Je refuse qu'il aille en prison par ma faute.

— Tais-toi, malheureuse ! Tu veux que la police t'entende ?

Sa voix se brise en même temps que mon cœur. Chamboulée, j'observe mon père défaillir sous mon nez. Mais, cette fois-ci, je ne me ferai pas avoir par mon sentimentalisme et mon amour pour lui. Non. Il n'arrivera pas à m'obliger à sacrifier ce que j'ai de plus cher de cette manière ni d'aucune autre.

Ma conscience me dicte de libérer Alessandro et pour ce faire, je dois aller raconter ce qu'il s'est passé avec Enrico. Peut-être que je finirai mes jours à l'ombre. Je suis d'ailleurs sûre que Mona s'en assurera, mais au moins, je pourrai me regarder dans une glace.

Jamais je ne serai capable de vivre sans Aless et en sachant qu'il croupit en taule. Je ne peux pas lui arracher ses rêves de liberté pour assouvir les miens.

Je pose mes mains sur les siennes, les presse doucement

pour qu'il comprenne ce que je m'apprête à lui déclarer.

— Papa. Qu'est-ce qu'en penserait maman ?

Il gémit en retenant un sanglot. Pour ma part, j'ai les entrailles en vrac, mais je tiens bon pour ne pas flancher face à sa douleur.

— S'il te plaît, Monica, ne fais pas ça !

Il tombe à genoux sans me lâcher, colle son front contre le mien. Mon cœur dégringole avec lui.

— Elle ne voudrait pas que nous permettions qu'un innocent paie pour nos crimes.

— Monica…

Je prends une profonde inspiration, la libère ensuite par saccades tant ma poitrine est serrée.

— Moi aussi j'ai peur, papa. Mais tu dois me laisser mener ma vie comme je l'entends. Si je ne peux pas la passer auprès de l'homme que j'aime, alors autant que je crève en prison. J'en ai assez d'attendre que le bonheur daigne m'effleurer de ses grandes ailes…

Mon père embrasse mon front, mes joues. Il me colle contre lui comme il ne l'a pas fait depuis si longtemps. Je crois bien que la dernière fois, c'était quand maman était encore de ce monde. Même lors de l'enterrement, il avait déjà revêtu ce masque flegmatique que je lui connais depuis des années.

— N'y va pas maintenant, me supplie-t-il.

Surprise, je m'écarte pour le détailler.

— Pourquoi ?

— Laisse-moi le temps de chercher une solution.

J'hésite. Puis je me dis que cela me permettra de mettre quelques affaires en ordre avant d'être enfermée. Prévoir que mon père ne manque de rien par exemple, puisqu'au moment où je me rendrai à la police, il se retrouvera sans travail ni toit.

— Oui, bien sûr, consens-je. J'ai des choses à régler avant.

J'aperçois une lueur d'espoir traverser ses iris et le soulagement détendre ses traits. Le temps a eu raison de son visage souriant que j'aimais tellement, gamine. Il est creusé, marqué et tombant. Papa a perdu de sa superbe à force de survivre et non plus vivre. Je me demande cependant quel bonheur il a bien pu trouver dans cet arrangement forcé avec Enrico.

Chapitre 37

Alessandro

Il y a de l'agitation dans l'air. Je ne peux rien voir depuis ma cellule, mais je perçois des discussions animées, des sonneries de téléphone incessantes et des bruits de portes qui s'ouvrent et se referment. Aucune idée de ce qu'il se passe, mais mon instinct me dit que ça ne sent pas bon.

Les flics ont bien essayé de me faire parler. Ils m'ont posé je ne sais combien de questions, toutes plus indiscrètes les unes que les autres. Et j'ai répondu. J'ai dit la vérité. J'ai juste omis de préciser ce que Monica m'avait confié. Si je dois finir mes jours dans une cage, autant que ce soit pour elle. Puisque je n'ai pas pu la délivrer de son cauchemar quotidien, je trouve que c'est une belle façon de me rattraper. Parce que oui, je m'en veux. Je culpabilise de ne pas avoir écouté mon for intérieur et de ne pas l'avoir arrachée aux griffes de Giordano, quitte à risquer sa peau et fuir à l'autre bout de la terre, loin de nos racines.

Le résultat de tout ça, c'est que Monica a dû défendre sa vie en prenant celle de ce fou. C'est de ma main qu'il aurait dû crever, pas de la sienne. Alors oui, il y a un meurtre et quelqu'un devra payer pour ça. Mais qui paiera pour le traumatisme qui demeurera imprimé dans son âme et sur sa peau ? Qui condamnera Enrico pour tout le mal qu'il lui a infligé ? Parce que sa mort ne l'excuse pas. Elle soulage d'un poids, mais n'efface pas ces longues années de sévices.

La porte qui mène aux cellules s'ouvre et je vois Lepodi s'approcher de moi. Son visage grave et ses iris acier tranchants n'augurent rien de bon. Une fois devant ma geôle, il me fixe droit dans les yeux sans prononcer le moindre mot. Mal à l'aise, je me dandine sur mon lit, puis me lève pour me mettre à sa hauteur. Il me foudroie sur place, une expression méprisante déformant sa figure.

— Je viens vous informer que le corps d'Enrico Giordano a été retrouvé.

Je déglutis, assuré que cela ne pressent rien de positif pour l'avenir.

— Nous attendons encore confirmation du légiste, mais il est clair qu'il s'agit d'un meurtre. Un objet contondant lui a été enfoncé dans la jugulaire.

Lepodi s'approche davantage, comme si ce qu'il allait me dire était plus intime. Mais son allure est beaucoup plus menaçante.

— Je dois reconnaître que vous avez le sens de la poésie, monsieur Gallino. Enterrer votre victime sous un lit de roses, cela relève du grand art. Dommage qu'il vous ait manqué l'intelligence pour parvenir à vos fins.

Sa voix devient basse tout à coup.

— Cela dit, quand on voit le cul de sa femme, je peux comprendre qu'on puisse se damner de la sorte.

Mes sourcils se froncent sous sa dernière remarque. Je n'apprécie pas du tout son insinuation ni même qu'il se permette de parler de Monica de cette manière. Ma mâchoire se crispe quand un rictus naît sur ses lèvres.

C'est qu'en plus il se fout de ma gueule !

— Dommage, vous ne pourrez pas en profiter, se moque-t-il avant de quitter la pièce.

C'est plus fort que moi, je dégoupille et empoigne les barreaux pour tenter de le choper. Il ricane devant mon impuissance, puis sort en me saluant de la main.

— On se reverra sûrement chez le juge. En attendant, on vous garde au chaud.

Hors de moi, je secoue la cage avec violence, tout en lâchant une flopée de jurons. Il a de la chance que je sois enfermé, car je lui aurais fait passer l'envie de parler de Monica telle qu'un simple objet de plaisir. Elle n'a déjà que trop été considérée de la sorte. Et ça me fout la rage ! Cette femme mérite enfin d'être traitée comme le magnifique être humain qu'elle est.

Abandonné à mon sort, je marche de long en large dans ma cellule. À défaut de pouvoir me griller une clope puisqu'on me l'interdit, mon gobelet d'eau en plastique finit contre le mur, car je n'ai rien trouvé d'autre à fracasser. Les secondes, les minutes et les heures s'égrènent tandis que la nervosité me gagne. Être enfermé sans pouvoir la voir, la toucher et lui parler une ultime fois me rend fou.

Alors que le soleil automnal décline bien plus prématurément que les mois précédents, je me résigne, m'étends sur mon lit et fixe le plafond moisi. Je me remémore mes derniers moments avec Monica. La douceur de sa peau, son parfum enivrant, ses gémissements de délectation. Je remercie n'importe quelle force supérieure de m'avoir offert cet instant de pur bonheur en sa compagnie, car c'est celui-ci qui accompagnera mes pensées pendant la longue peine qui m'attend.

La porte s'ouvre dans un grincement et me sort de mes songes licencieux. J'aperçois un officier à l'uniforme débraillé, la chemise hors du pantalon et le col déboutonné. J'imagine que les chefs n'étant plus sur place, il y a du laisser-aller.

— Une visite pour vous, m'informe-t-il.

Mon cœur papillonne, dans l'expectative.

— Ce sera sous surveillance en revanche.

Tant pis. Du moment que je peux au moins lui caresser le visage. Ce n'est pas une chevelure brune qui pénètre dans la pièce cependant, mais une blonde. Surpris, je me redresse et contemple Flora s'approcher de moi l'air dévasté. Quand ses yeux rencontrent les miens, elle se précipite vers moi en percutant les barreaux.

— Oh, mon Dieu, Aless ! Est-ce que tu vas bien ?

— Ce n'est pas le grand luxe, mais c'est aussi confortable que mon appartement.

— Tu arrives encore à plaisanter malgré la situation ?

— Il ne me reste que ça, concédé-je. Comment es-tu parvenue à venir ici ?

— J'ai demandé l'autorisation au juge d'instruction. Ma

sœur travaille comme secrétaire au tribunal, j'ai réussi à avoir une réponse rapidement. Je me fais beaucoup de soucis pour toi.

Elle jette un œil au gardien derrière elle, puis me dit à mi-voix :

— Ils racontent que tu es inculpé pour meurtre. Je ne comprends pas. Nous étions ensemble la nuit de sa disparition. Je le leur ai dit. Tu as un alibi !

— Ils mettent ta parole en doute.

Un souffle s'échappe de ses lèvres sous la surprise. Elle attrape mes mains, ce qui agite le policier derrière nous qui observe scrupuleusement nos faits et gestes, au cas où elle me fournirait une arme.

— Tu ne l'as pas tué ! s'emporte-t-elle avec émotion. C'est injuste ! Pourquoi ne veulent-ils pas de ma déposition ?

Je cajole l'intérieur de sa paume, lui souris avec douceur puis plante mes iris dans les siens. Elle les sonde avant de ciller et de froncer les sourcils.

— Aless ?

— Parce que nous avons été amants et qu'ils considèrent qu'une femme amoureuse n'est pas un témoin fiable.

Elle secoue la tête, dépitée.

— Ils ont le droit de faire ça ?

— Je ne sais pas…

Elle me caresse le visage, ses cils perlés de larmes.

— Tu n'es pas un assassin.

— Non. Je ne l'ai pas tué, chuchoté-je. Pourtant, crois-moi, ce n'est pas l'envie qui m'en aurait manqué.

Je profite du fait que le gardien se rend à la porte pour voir ce qu'il se passe de l'autre côté.

— Mieux vaut moi qu'elle.

Le regard de Flora se fige d'abord, puis se voile au moment où elle comprend ce que j'insinue. Elle blêmit et porte sa main à sa bouche sous le choc.

— Oh, mon Dieu ! murmure-t-elle. Mais Aless…

Je me rends compte de mon erreur quand je lis la panique sur son visage. Je tente alors de brouiller les pistes :

— Ne va pas t'imaginer je ne sais quoi !

Mais il est trop tard, j'en ai trop dit. Je le vois dans ses yeux quand elle secoue la tête, abasourdie.

— C'est ma décision, Flo ! Quoi qu'elle m'en coûte. J'ai trop attendu et ça n'a finalement pas empêché un drame. C'est le moins que je puisse faire. Monica a déjà purgé sa peine, toutes ces années passées auprès de lui. Je l'aime trop pour l'envoyer ici.

Elle se redresse, retire ses doigts des miens comme si elle venait de se brûler, une expression furibonde sur les traits.

— Tu ne peux pas !

— Flo…

— Je refuse ! Tu entends ? Ce n'est pas juste !

Je ne réponds pas, de peur qu'elle n'en dise trop et attire l'attention de la police sur Monica. À part la regarder, impuissant, se débattre avec son chagrin, je ne peux pas agir.

— Mademoiselle, s'il vous plaît, veuillez sortir, lui somme

le gardien quand il s'aperçoit qu'elle est bouleversée.

Elle tourne les talons, bouscule l'agent d'un coup d'épaule et quitte la pièce aussi vite qu'elle y est entrée. Choqué par sa réaction, l'angoisse se transforme en une boule douloureuse que je peine à avaler. Et si elle parlait ? En ai-je trop dit ? Si jamais Monica est à son tour enfermée, je ne suis pas certain que je pourrai le supporter.

— Hey ! hélé-je l'homme en uniforme.

Ce dernier se retourne et m'octroie un signe de menton dédaigneux.

— Je peux passer un coup de fil ?

Il ricane puis secoue la tête.

— L'autorisation du juge est nécessaire pour téléphoner. Là, je ne peux rien pour toi. Faudra voir ça avec ton avocat.

Je me mords la langue pour ne pas l'envoyer directement se faire foutre. Il referme la porte en la claquant. Il fait maintenant sombre dehors et la faible lumière qui m'éclaire dans ma cellule n'est pas suffisante pour repousser les ténèbres. Je suis seul avec mes doutes et mes pensées.

Je dois de toute façon m'habituer à être traité de cette manière, à devoir quémander pour le moindre coup de fil. Mon petit doigt me dit que ce sera pire en prison, que je vais morfler et que je n'en ressortirai pas indemne. Si je suis sans doute dur au mal et capable d'encaisser bon nombre d'épreuves, je reste persuadé que je ne suis pas préparé à ce qui m'attend.

Désespéré, je m'allonge sur mon lit et examine par la lucarne les nuages argentés qui passent devant la lune. Je ne compte plus sur l'arrivée du sommeil, je sais qu'il ne viendra pas. Pas après tout ce qu'il s'est déroulé aujourd'hui. Pas après avoir eu connaissance du sort qui m'est réservé. Et surtout pas avec ce putain de manque de nicotine.

Je croise les doigts pour que Flora ne fasse pas de vagues dans le village et ne cause pas de problèmes à Monica. Elle n'a pas besoin de ça en plus.

Chapitre 38

Monica

Je n'ai pas traîné. J'ai agi le plus vite possible, avec les moyens que j'avais pour régler mes affaires. Maintenant que tout est en ordre pour papa ou Alessandro à sa sortie de prison, je ressens une certaine sérénité m'emplir, bien que la culpabilité soit telle que je ne parviens même plus à manger. Je sais que je vais pouvoir me rendre à la police, leur raconter la vérité, libérer Alessandro de son calvaire et moi avec. Je ne supporte plus cette situation, je me déteste davantage chaque jour qui passe. Cela en devient douloureux, autant physiquement que psychologiquement. Quand je pense à ce pauvre Alessandro enfermé dans une cellule froide et austère, mon sang se fige, ma gorge se serre et mon cœur devient lourd. Je n'ose même plus me regarder dans une glace. Dans les moments où, par malheur, je croise mon reflet, je le fuis, honteuse.

Mais aujourd'hui, c'est différent. Je scrute mon image dans le miroir, me réconcilie avec moi-même.

— Pour Alessandro, soufflé-je.

Mes yeux bruns sont rougis à cause du sommeil qui m'a fuie et des litres de larmes que j'ai versés durant mes nuits d'insomnie. Mon teint est si blafard que je ressemble à une morte. Mes cheveux sont plats et ternes. Mes joues creusées à force de ne plus rien pouvoir avaler. J'ai l'impression que mon corps exprime ma tourmente intérieure, tentant d'apaiser mon âme de toute sa noirceur. Sauf qu'il en faut bien plus pour y parvenir.

— Monica ?

Je sursaute, n'ayant pas entendu mon père entrer dans ma chambre. Devant ma coiffeuse, je me retourne sur mon siège pour le regarder.

— Oui ?

— Cette serveuse… Flora, c'est ça ?

— Oui.

— Elle est ici. Elle demande à te parler. Tu acceptes de la recevoir ?

Surprise, ma bouche s'entrouvre sans émettre le moindre son. Que veut-elle ? Sa visite est pour le moins inattendue.

— Monica ? insiste papa.

— Oui, oui. Bien sûr. Installe-la dans le salon, j'arrive dans quelques minutes.

— Bien.

Je m'habille rapidement puis vais retrouver la jolie blonde qui examine le portrait d'Enrico accroché au mur. Je me racle la gorge pour annoncer ma présence.

— En fait, énonce-t-elle, quand je le vois maintenant, je m'en veux de ne pas m'être aperçue, à son regard, qu'il était malfaisant.

Je ne réponds pas, mais la rejoins devant la photographie. Je n'aime pas poser mes yeux dessus. Elle me rappelle constamment quel homme a été mon mari, et son aura encore présente dans toutes les pièces de la maison. Un frisson d'effroi me lèche l'échine quand son rictus cruel immortalisé sur le cliché me saute au visage.

— J'ai pensé au début qu'il était gentil, lui confié-je. Un peu imbu de sa personne, mais gentil.

Flora se tourne vers moi, me scrute d'un air grave.

— Je sais ce que vous avez vécu, Monica. Et croyez-moi, j'en suis la première dégoûtée. Je lui ai permis de poser ses sales pattes sur moi, alors qu'il s'en servait pour vous infliger toutes ces horreurs.

— On peut peut-être se tutoyer, non ?

Elle opine du chef, un sourire épinglé aux lèvres.

— Tu n'as pas à t'en vouloir, continué-je. Beaucoup de gens se sont laissé berner. Il maîtrisait l'art de charmer son public.

— Peut-être, oui…

Nous lançons un dernier regard au portrait, puis nos iris s'arriment de nouveau.

— Tu as eu du cran.

Je me fige. Peut-être suis-je paranoïaque, mais j'ai comme la sensation qu'elle sait. Mon palpitant accélère la cadence dans ma poitrine tandis que je cherche quoi lui répondre.

— Mais Monica… Si je peux me permettre… Si tu l'aimes vraiment, tu ne peux pas le laisser être condamné à ta place.

Je ne rebondis pas sur ses doutes à propos de mon amour pour lui, car ce qu'elle me demande est déjà dans mes intentions.

— Alessandro ne mérite pas de payer pour quelque chose qu'il n'a pas commis, insiste la serveuse.

Je lui sais gré de ne pas prononcer le mot « crime », car selon moi, ce n'en est pas un. Peut-être aux yeux de la loi, mais pas dans mon cœur. Comment sait-elle ?

— Ne t'inquiète pas, me rassure-t-elle aussitôt. Je ne dévoilerai pas ton secret.

— Comment… ?

Un sourire mutin fleurit ses lèvres quand elle répond :

— J'ai joué de mes contacts au tribunal pour avoir le droit de lui rendre visite. Il n'a pas eu besoin de me raconter, j'ai compris toute seule.

La sueur ruisselle le long de mon dos, mes mains sont moites et ma bouche sèche. Je suis comme électrisée par la terreur qui m'habite.

— Comment va-t-il ? m'enquiers-je.

— Plutôt bien… Mais… écoute, je sais pertinemment par quoi a été dicté ton acte, révèle-t-elle, et jamais je ne te jugerai pour ça. Cependant…

— Je compte me rendre à la police, la coupé-je.

La surprise traverse ses pupilles.

— Oh…

— Si ce qui te fait peur est que je laisse Alessandro être accusé à ma place, n'aie crainte, ce n'est pas le cas. Je voulais juste prendre certaines dispositions avant. Notamment pour lui, à sa sortie.

Je ne peux m'empêcher de lui révéler la nature de mes arrangements. Peut-être pour lui rappeler la force de ma relation avec Aless, car elle m'a vexée en mettant en doute mes sentiments. Elle n'a pas idée du lien qui nous unit avec Alessandro. Elle papillonne des cils, réfléchit à ce que je viens de lui exposer.

— Je te demande pardon, annonce-t-elle.

— Pour quelle raison ?

— Je t'ai mal jugée. Je pensais que malgré l'amour qu'il te porte, le sort d'Alessandro t'était indifférent.

— Ce n'est pas le cas, rétorqué-je.

— Oui, je m'en rends compte… Il est prêt à endosser la responsabilité de tout ça, tu le sais ? De se sacrifier pour toi.

Je détecte une once de jalousie dans ses propos, mais elle a tout de même fini par accepter la situation. Je pense qu'elle m'envie, et je peux le comprendre.

— Je m'en doute. Mais je ne lui permettrai pas de gâcher sa vie pour la mienne. Rassurée ?

Elle hoche la tête sans pour autant sourire. Elle pose une main compatissante sur mon épaule, me remercie, puis quitte la pièce en me saluant. Je soupire de lassitude, cette conversation ayant mis mes nerfs à rude épreuve. Je sursaute au moment où une voix tue le calme qui était revenu.

— J'espère que c'est une plaisanterie ? m'interroge mon père dans l'encadrement de la porte.

— Oh, papa, s'il te plaît, tu ne vas pas t'y mettre aussi !

Il referme le battant derrière lui, puis s'approche de moi

d'un pas vif. L'index pointé dans ma direction, il se retient de crier :

— Tu m'avais promis que tu me laisserais du temps.

— Nous n'en avons plus ! Alessandro est accusé du meurtre d'Enrico. Et puis, qu'est-ce que tu pourrais bien y faire de toute façon ? Il est hors de question qu'il mette un orteil en prison. Dieu seul sait ce qu'ils lui feraient subir là-bas…

Mon père fulmine, passe les mains dans ses cheveux d'un geste rageur et se met à arpenter la pièce de long en large.

— Je refuse que tu le fasses ! s'emporte-t-il. Faut-il que je t'enferme à double tour ?

— Il va falloir pourtant l'accepter, papa ! Demain matin, je me rends à la police, que tu le veuilles ou non. Ce n'est pas négociable. Si tu m'enfermes, je m'enfuirai par la fenêtre ou je trouverai n'importe quel moyen, même si je dois sauter du toit !

Ses yeux s'écarquillent, emplis de désespoir et de douleur. À cette vision, ma culpabilité face à son anéantissement fracasse ma poitrine, mais je ne peux pas me laisser aller à ma compassion. Je dois garder mon objectif en tête et libérer Alessandro.

— Monica… Tu risques la perpétuité, gémit-il. Mona Giordano fera tout ce qui est en son pouvoir pour que tu reçoives la peine la plus lourde possible.

— Mona n'est qu'une pauvre folle qui souffre. Mais je comprends ce qu'elle ressent, la même souffrance coule dans mes veines. Est-il plus juste que ce soit Alessandro qui soit condamné ?

— Non, bien sûr que non…

Son ton s'est radouci. Il est à la limite de la résignation.

— Chérie, tu ne survivras pas en prison…

— Je sais que je dois m'attendre au pire. Mais même si je dois crever là-bas, j'aurai au moins la conscience tranquille.

Il finit par s'échouer sur l'un des fauteuils, pose ses coudes sur ses genoux et enfouit sa tête dans ses mains. L'accablement qui s'abat sur lui est flagrant. Les remords fleurissent en moi, tels des nérolis empoisonnés, de le voir aussi effondré. Mais comment le rassurer dans ces circonstances ? Démunie, je m'assieds à ces côtés, caresse son dos pour tenter d'apaiser son chagrin.

— Je suis désolée, papa. Je sais que tu aurais voulu une autre vie pour moi, pour nous.

— Tout est ma faute.

Sa voix se brise, fissurant ma carapace impassible que j'arbore depuis quelques jours. Je retiens de toutes mes forces les larmes qui obstruent ma gorge douloureusement.

— Oh, Dolores… Pardonne-moi !

Entendre le prénom de ma mère dans sa bouche, pour la première fois depuis toutes ces années, me laboure les tripes. Je lâche les vannes, plus capable de les contenir, et laisse les gouttes salées dévaler mes joues dans un silence uniquement comblé par les pleurs de mon père.

Je me sens seule face à mon destin. Pourtant, au fond de moi, je sais que j'agis avec justesse. Mon vœu le plus cher est qu'Alessandro retrouve sa liberté et que papa recouvre cette paix intérieure qui lui a tant fait défaut depuis le décès de ma maman.

Chapitre 39

Monica

C'est dans le silence le plus absolu que je prends mon petit déjeuner. Petit déjeuner qui se résume à une tasse fumante de café avec du sucre. Je ne peux rien avaler d'autre. J'aurais apprécié le partager une dernière fois avec mon père, mais il n'a pas daigné sortir de sa chambre pour me dire au revoir. Je ne lui en veux pas. J'ai conscience que tout ceci est trop douloureux pour lui, surtout qu'il n'y consent pas.

Encore une nuit blanche à tourner et virer dans mon grand lit. Je n'ai cessé de penser à Aless, à me demander si lui arrivait à trouver le sommeil malgré l'angoisse qui doit le ronger. Mais je me suis consolée en me répétant que son calvaire était bientôt terminé.

Je ne sais pourquoi, mais mon regard s'attarde sur des détails auxquels je n'avais jamais prêté attention auparavant. Le plan de travail en marbre, le nom des épices écrit à la main sur les bocaux dans la cuisine parce que Maria les achète dans une épicerie fine, une tache que personne n'a jamais réussi à enlever sur un coin du carrelage. Je me rends compte que tous ces petits riens font partie de mon quotidien et qu'eux aussi, je vais les abandonner. Je m'apprête encore une fois à laisser derrière moi mon passé avec pour uniques effets personnels, les vêtements que je porte. Je ne sais pas si tout ceci me manquera. Sûrement que oui.

Quand je referme la porte de la villa, je lui jette un dernier regard. La glycine endormie lui confère un aspect sinistre. De l'extérieur, cette demeure a toujours paru majestueuse et lumineuse, surtout pendant la saison estivale, mais ça a été ma première prison. Je la quitte pour une autre et sans regrets.

Je monte dans mon Alfa Romeo, ouvre les fenêtres pour profiter une ultime fois du grand air. Même si la chaleur des rayons du soleil me manque sous cet épais manteau de brouillard qu'a revêtu cette matinée automnale. Je ne croise que quelques habitants qui me dévisagent avec curiosité quand je m'arrête au village pour me rendre une dernière fois sur la tombe de Paolo. Les gens susurrent des messes basses à mon passage. Je feins de ne pas les entendre, mais elles résonnent dans mon crâne comme des accusations hurlées.

Plus je m'approche de Rome et de mon futur, plus la boule dans ma gorge gonfle. Je ressens chacun de mes membres, mon souffle devient court à cause de l'anxiété qui grandit à mesure que je parcours les kilomètres. Je suis sur le point de donner un tournant irréversible à ma vie. Je ne sais pas vraiment de quoi demain sera fait, mais je me doute qu'il ressemblera à quatre pans de ciment et de rares sorties à l'air libre.

Je me gare dans une rue un peu plus loin, ferme ma voiture en m'interrogeant sur son sort. Je demanderai peut-être à Aless de la récupérer. Je marche sur le trottoir comme un fantôme. J'ai l'impression que toute mon énergie vitale quitte peu à peu mes veines.

Au moment où j'aperçois le poste de police, je me fige, totalement stupéfaite et abasourdie, en plein milieu de la rue, incapable de bouger. Alessandro est en train de fumer une cigarette sur le muret en pierre devant la bâtisse. L'expression grave et songeuse, il est perdu dans ses pensées, les yeux rivés au sol.

Qu'est-ce qu'il fait là ? Ils l'ont relâché ?

Mais ça n'a pas de sens !

Mon cœur s'emballe dans une course folle. La joie s'empare de tout mon être et des ailes de papillons effleurent mon estomac.

Sentant sûrement mon regard sur lui, il redresse la tête et ses iris percutent les miens. Nous demeurons un long moment à nous fixer de la sorte. Cependant, lui ne semble pas surpris de me découvrir là. Il affiche un sourire triste qui a l'effet d'un poignard à la lame enduite de regrets. Enfin, il se lève et me rejoint d'un pas lent. On dirait qu'il appréhende de me parler, ce qui exacerbe mon angoisse.

Une fois à ma hauteur, il hésite quelques secondes, puis pose sa paume sur ma joue. Je m'appuie dessus pour accentuer ce contact qui m'a tant manqué. Sa peau est chaude malgré le froid et son odeur masculine m'enveloppe. Je vois bien qu'il est chamboulé, qu'il a en sa possession des informations que j'ignore.

— Tu es libre, remarqué-je dans une tentative de le faire

parler.

La lueur douloureuse qui traverse ses prunelles est tel un coup de poing. Cependant, il ne me laisse pas le temps de la déchiffrer et fond sur mes lèvres pour m'embrasser avec un si grand désespoir que mon souffle se coupe. Sa langue se mêle à la mienne, un goût de tabac et de menthe emplissant ma bouche. Ses mains fourragent dans ma chevelure, s'y agrippent si fortement qu'il m'est inenvisageable de me décoller de lui. Entre deux baisers, il glisse :

— Je suis désolé.

Cette phrase m'alerte autant que le voile de chagrin qui nuance sa voix. Qu'est-ce que cela signifie ? M'a-t-il dénoncé ? Non, impossible. Je ne peux pas croire qu'il ait pu me trahir de la sorte. Jamais Alessandro ne commettrait un tel parjure.

Pas lui, pas l'homme que j'aime.

Quand il me relâche enfin, nous permettant de reprendre nos respirations, il garde mon visage entre ses mains. Ses iris incrustés de moldavites arrimés aux miens, il soupire, puis caresse mes pommettes de ses pouces.

— Ils m'ont libéré, avoue-t-il. Quelqu'un s'est dénoncé pour le meurtre d'Enrico.

Je blêmis. Les immeubles tournent tout autour de moi et heureusement qu'Aless me soutient sinon je me serais effondrée sur les pavés.

— Comment ça ? m'enquiers-je. Je venais me rendre… Ce n'est pas possible !

— Monica…

Je vois bien dans son regard que ce qu'il s'apprête à m'annoncer va m'emplir de souffrance. Je me mords les lèvres, retiens les larmes qui bordent déjà mes yeux.

— Ton père a avoué le meurtre et s'est dénoncé comme unique coupable.

Le monde vacille et seuls les battements de mon cœur résonnent dans mon crâne. Une barre de fer me transperce tout le corps. Je m'effondre dans les bras d'Alessandro, tétanisée par la douleur. Elle est si énorme que je n'arrive plus à respirer. Quand enfin je parviens à prendre une inspiration, un gémissement l'accompagne qui retentit contre les parois des immeubles avoisinants. Aless me serre contre lui, essaie de m'apaiser en me certifiant qu'il est là, qu'il ne m'abandonnera pas. Mais je perds toute cohérence sous le choc et l'incompréhension. Je me débats, tente d'échapper à la prise de mon amant qui me retient de toutes ses forces.

— Laisse-moi y aller ! le sommé-je.

— Monica, non !

Il me plaque contre lui, m'étreint avec tellement de vigueur que je ne peux plus me mouvoir. Dans le creux de mon oreille, il me murmure :

— Mon ange, je sais que c'est dur, mais ton père a agi pour toi, pour ton bonheur. Ne gâche pas son sacrifice en te rendant quand même à la police.

Je ne parviens pas à retenir mes sanglots, pleure tout mon soûl contre la chemise d'Aless que mes larmes détrempent.

— Je te promets que tu le verras bientôt, mais en attendant, nous devrions aller loin des regards.

Dans mon émotion, je n'ai pas remarqué les photographes qui ne loupent pas une miette de ce qu'il se passe. Certains sont complètement stupéfaits en constatant la proximité qu'il y a entre Alessandro et moi. J'imagine qu'ils ont immortalisé ce baiser échangé et ma crise quand j'ai appris que mon père s'était rendu.

— Rentrons, me suggère Aless.

J'acquiesce d'un hochement de tête et le conduis jusqu'à ma voiture. Des personnes qui m'ont reconnue, car je suis la femme de ce créateur célèbre, me traitent même de « salope » ou de « pute » ce qui me lacère l'âme un peu plus encore.

— Ne les écoute pas, me conseille mon amour à voix haute pour qu'ils l'entendent. Crois-moi, quand ils connaîtront la vérité, ils changeront de discours. Ce sont tous des hypocrites sans cervelle. Ils se dirigent dans le sens où souffle le vent.

Je saisis sa main et le suis sur le bitume baigné de lumière, le brouillard se dissipant. Je le laisse conduire, trop chamboulée pour en être capable. Nous retournons vers le village et abandonnons mon père à son sort.

Je comprends maintenant pourquoi papa n'est pas descendu prendre le petit déjeuner avec moi.

Et dire que je lui en voulais…

La honte s'empare de moi et je me flagelle intérieurement de ne pas avoir anticipé cette action de sa part. J'aurais dû y penser quand il s'est emporté hier, après la visite de Flora. Son accablement, ses larmes, son évocation de maman, tous ces détails auraient dû me mettre la puce à l'oreille. Mais je suis restée focalisée sur ma propre culpabilité et sur Alessandro, derrière les barreaux.

Nous arrivons à la villa baignée de lumière, les rayons du soleil caressant les façades claires et se reflétant dans les grandes baies vitrées. Maria, qui secoue un torchon dehors, nous observe rentrer. La surprise s'affiche sur son visage. Elle s'immobilise et fixe Alessandro comme s'il revenait d'outre-tombe. Ce dernier gare mon Alfa Romeo dans la cour, puis m'aide à en descendre. Je remarque que la voiture de mon père est toujours ici. Mon cœur se serre tandis que les questions s'amoncellent dans mon esprit.

Maria court dans notre direction.

— Madame. Mais…

— Ce n'est rien, Maria. Calmez-vous, la rassure Alessandro. J'ai été libéré. Quelqu'un a avoué le meurtre de monsieur Giordano.

Elle plaque ses mains devant sa bouche et psalmodie des prières chrétiennes. Je remercie intérieurement Alessandro de ne pas lui dévoiler tout de suite qui s'est rendu à la police. Je ne suis pas certaine que je supporterai d'entendre la vérité une fois encore.

— Pourriez-vous nous préparer du café, Maria, s'il vous plaît ? lui demande-t-il avec ce sourire charmeur que je lui connais bien.

— Oh, oui, bien sûr.

Elle s'en va dans la cuisine en trottinant.

— Viens, m'intime-t-il en me saisissant la main.

Alessandro m'accompagne à l'intérieur de la maison jusque dans le salon. Les souvenirs de notre étreinte sauvage, la dernière fois que nous nous sommes retrouvés seuls dans cette pièce, se ravivent. Mes joues rosissent et j'évite par tous les moyens de croiser le regard de mon amant.

Je m'installe sur le canapé et il s'assied à mes côtés. Alors que je suis constamment sur mes gardes, Aless, lui, ne prend plus de précautions. Il n'hésite plus à me toucher en public, à être intime. Et il a raison. Sauf que je ne peux effacer toutes ces années à surveiller le moindre de mes pas au cas où j'en ferais un faux. L'ombre d'Enrico plane encore et toujours au-dessus de moi. Peut-être que si je vivais ailleurs, dans un endroit qui ne me rappelle pas constamment ma vie à ses côtés, je parviendrais à me libérer des chaînes qui entravent mes faits et gestes.

— Faudrait peut-être songer à retirer cette photo, me dit Aless en regardant le portrait d'Enrico.

— Je n'en ai pas eu le courage, avoué-je. Avec ce que je lui ai fait…

— Après ce qu'il t'a infligé, tu es parfaitement dans ton droit.

Maria entre dans le salon à cet instant et coupe notre conversation. Elle porte un plateau chargé d'une cafetière fumante et de deux tasses. Elle pose tout sur la table, verse l'or noir dans les récipients, met un sucre dans celui qui m'est destiné.

— Vous faudra-t-il autre chose, madame ?

— Ça ira, merci, Maria.

Une fois sortie, je m'empare de la boisson, en hume l'arôme puissant, puis en avale une gorgée. La chaleur m'apporte un certain réconfort. Le silence environnant devient pesant. Je ne sais quoi dire, trop perdue dans mes pensées et mes réflexions sur les derniers évènements.

J'ose quelques œillades vers Alessandro qui contemple le contenu de sa tasse sans pour autant s'en abreuver. Sa chemise est froissée, quelques taches maculent son jean. Ses manches sont relevées sur ses avant-bras veineux. Ses mains sont larges et ses longs doigts tapotent sur la porcelaine. Une fine barbe assombrit ses joues et ses cheveux hirsutes partent dans tous les sens. On dirait qu'il sort tout droit d'une nuit de débauche. Il est sexy comme pas possible. Malgré mon humeur morose et mon cœur en mille morceaux, je ne peux m'empêcher de le regarder à la dérobée. Il y a un je-ne-sais-quoi d'apaisant à l'avoir à mes côtés et tout à moi.

— J'ai quelque chose pour toi, m'annonce-t-il en brisant ce lourd silence.

Je l'observe poser son café, puis fouiller dans ses poches. Il en sort un bout de papier plié en quatre qu'il me tend enfin. Je m'en empare en lui jetant un regard interrogateur.

— De la part de ton père, m'explique-t-il.

L'inquiétude me leste l'estomac. Je scrute la feuille entre mes doigts, me mordille la lèvre, car j'ai peur de lire ce qui est inscrit dessus. Alessandro pose ma main sur ma cuisse, la caresse avec douceur. Je lui jette un coup d'œil et découvre un sourire d'encouragement s'esquisser sur sa bouche. Je prends une grande inspiration, puis souffle avant de déplier la lettre. Je frissonne en déchiffrant l'écriture soignée de mon père et enfin, j'entame la lecture de ses mots.

« Ma fille,

J'ai conscience qu'à l'heure où tu liras ces lignes, tu m'en voudras probablement. Je sais que tu ne t'attendais sûrement pas à ça de ma part, mais crois-moi, ma chérie, c'était le moins que je pouvais faire.

Je n'ai pas été un bon père. Tu auras beau essayer de me trouver toutes les excuses du monde, c'est un fait. J'ai failli à ma parole auprès de ta mère qui m'avait demandé de prendre soin de toi. Elle t'aimait tellement…

J'ai pris la décision de te donner le bonheur que tu mérites, celui que je t'ai toujours refusé, alors que toi, tu t'es sacrifiée pour moi.

J'ai honte, ma fille. Honte de t'avoir infligé tout ce que tu as vécu et honte de ne pas t'avoir écoutée quand tu me réclamais de laisser une chance à Alessandro.

Je ne te demanderai qu'une chose : sois heureuse. Profite de cette nouvelle chance qui s'offre à toi et mords la vie à pleines dents. Ne regarde pas en arrière, ne reste pas ici pour moi. Pars, découvre le monde. Fais-le pour moi. Je t'en supplie.

Je t'aime.

Papa. »

Je repose la lettre sur mes genoux, la poitrine fracturée. Ma respiration erratique trahit ma douleur et les larmes coulent le long de mon visage. Alessandro s'en empare, tente de les effacer de ses pouces et en m'octroyant des baisers sous mes yeux, sur mes lèvres. Je m'agrippe à ses poignets avec force, m'accroche à cette bouée dans la mer tourmentée que je traverse. M'effondrant dans ses bras, je remercie mon père de m'avoir laissé Aless pour panser mes blessures, car seul lui pourra réparer mon cœur et mon âme.

Chapitre 40

Alessandro

Plus tôt dans la matinée

— Dehors ! me somme une voix qui m'extirpe du sommeil.

Merde !

Moi qui parvenais enfin à dormir, faut qu'on vienne m'emmerder juste à ce moment-là…

Et puis qu'est-ce qu'il raconte celui-là ?

Mes paupières papillonnent et je grimace à cause de la lumière trop vive qui agresse mes pupilles. Quand je me suis finalement acclimaté à la clarté, je regarde l'homme qui se tient devant ma cellule.

Lepodi me scrute, l'air rossard, et semble de très mauvaise humeur. Ça tombe bien, je ne crois pas que je vais être non plus de très bonne composition. Mais ce qui me surprend le plus, c'est que la porte de ma cage est ouverte. Interloqué, je le fixe sans bouger depuis mon lit.

— Dehors, Gallino ! répète-t-il.

— Quoi ? m'étonné-je. Mais pourquoi ?

— Quelqu'un vient d'avouer le meurtre. Vous avez été innocenté.

Une flèche de panique s'enfonce dans ma poitrine à cette

annonce et l'affolement me submerge.

Bon sang, j'espère que Monica n'a pas fait de connerie !

— Qui ? l'interrogé-je, avec peut-être trop d'empressement, ce qui n'échappe pas à l'œil avisé du policier.

Un rictus mauvais fait jour sur ses lèvres. Il s'approche des barreaux, en empoigne un.

— Vous ne devinez pas ? me demande-t-il avec dédain.

Je déglutis, mais ne lui réponds pas. Je ne dois absolument pas entrer dans son jeu. Il attend de moi que je lui livre ce que je sais et ça, il en est hors de question.

— Mais non ! Comment le saurais-je ?

Il me dévisage avec mépris, mais n'ajoute rien. Il me désigne la porte du menton, puis quitte la pièce. Le malaise me gagne, j'hésite même à sortir de ma cellule pour retrouver ma liberté. J'enfile mes chaussures auxquelles il manque les lacets, puis décide d'aller en apprendre plus sur ce qu'il se passe dehors.

Quand j'entre dans les bureaux, je suis saisi par l'agitation qui y règne. Des regards contrits guignent sur moi, mais se détournent rapidement, comme si leurs auteurs étaient pris de honte et de scrupules.

— Monsieur Gallino, venez avec moi, m'invite un officier dont le visage imberbe donne des doutes sur sa majorité, tant il semble jeune.

Il me rend mes affaires : mon portable déchargé, mes clés, mes lacets, ma veste, mes papiers, mon paquet de clopes et mon briquet, puis me demande de signer un document pour ma libération. Une seule question me brûle les lèvres et je ne peux m'empêcher de la poser :

— Qui s'est dénoncé ?

Le jeune homme me fixe, embêté. Il lance des œillades à droite à gauche, s'assurant que personne ne nous écoute.

— Le majordome. Alfredo Rocchio.

Si je devais décrire la sensation qui me gagne à l'instant, je crois que « le ciel me tombe sur la tête » serait juste. Alfredo ? Capable d'une telle abnégation ? Jamais je n'aurais parié sur lui. Pourtant, ces derniers temps, il a prouvé plus d'une fois qu'il était prêt à tout pour sa fille.

Interloqué, je fixe le bleu devant moi et cligne plusieurs fois des paupières avant de m'enquérir :

— Sa fille est au courant ?

— Personne ne l'est, chuchote-t-il. Il est arrivé avant le lever du jour. Il a été auditionné et ses aveux vous ont disculpé. Le juge a demandé votre libération immédiate.

Je signe son document, puis quitte le commissariat, décontenancé. Dehors, le brouhaha de la circulation citadine et les cris des perruches retentissent contre les grandes parois des immeubles alentour. Je tombe nez à nez avec Flora. Surpris, je me fige.

Qu'est-ce qu'elle fout ici ?

La blonde me saute dans les bras dans un couinement de soulagement.

— Oh, mon Dieu, Aless…

— Qu'est-ce que tu fais là ? lui demandé-je.

Elle s'écarte, me scrute de ses grands yeux bleus humides.

— Viens, je te paie un café en face. On n'a pas beaucoup de temps.

Je la suis, bien que j'aie l'impression d'évoluer dans une dimension parallèle. Nous nous installons à l'intérieur d'un petit établissement, juste en face de l'endroit d'où je sors. En attendant nos consommations, elle m'explique :

— Alfredo Rocchio est venu frapper à ma porte cette nuit. Je te jure que j'ai cru qu'il était arrivé quelque chose de grave. Il m'a demandé de le conduire ici et de te donner ceci.

Elle extirpe de son sac une enveloppe et la dépose sur la table, juste devant moi.

— J'ai compris à l'instant où il a insisté pour que je te la confie.

Je m'empare de la grosse enveloppe sur laquelle s'étale mon nom, calligraphié d'une main qui m'est inconnue. Je l'ouvre, y découvre un mot à mon intention et un autre, plié, avec le prénom de Monica inscrit dessus. Je n'ai pas besoin de regarder la signature pour comprendre de qui cela vient.

« Alessandro,

Je vous demande de prendre soin de ma fille. Je sais que vous y parviendrez mieux que je ne l'ai jamais fait. Je ne regrette qu'une chose, c'est de ne pas vous avoir laissé une chance.

Elle se rendra ce matin même à la police pour se dénoncer. Elle ne sera pas au courant que je l'ai devancée. Empêchez-la de commettre l'erreur de gaspiller sa vie pour la mienne, encore une fois.

Rendez-la heureuse, s'il vous plaît. Et donnez-lui cette lettre de ma part.

Merci

Alfredo Rocchio ».

Je relis plusieurs fois ses mots, comprenant qu'il a tout orchestré.

— C'est une histoire de dingue, murmuré-je, plus pour moi-même que pour Flora.

— Elle ne va pas tarder, m'annonce-t-elle. Tu devrais l'attendre devant.

Muni de la lettre d'Alfredo pour sa fille, je retourne au commissariat et m'assieds aux pieds du bâtiment.

Puis j'attends.

J'attends que la femme que j'aime apparaisse, recrachée par le brouillard, sa beauté enivrante contrastant avec la pâleur du jour. J'allume une cigarette, réfléchis aux lignes manuscrites d'Alfredo.

Donc, elle comptait se rendre. Elle ne voulait pas me laisser croupir en taule. Je ne sais pas trop si je suis en colère ou encore plus follement amoureux d'elle. Peut-être un peu des deux, je ne pourrais le dire. Il me tarde de la voir, de la serrer dans mes bras, tout ce à quoi je ne pensais plus pouvoir accéder un jour.

Je sens le poids d'un regard sur moi et redresse la tête. Monica se tient à quelques mètres de moi, me fixe dans l'incompréhension la plus totale. Une myriade d'émotions traversent ses traits tandis qu'une angoisse tangible croit à la vitesse de la lumière en moi.

Je prends conscience qu'Alfredo vient de me confier un bien lourd fardeau. Pas celui de prendre soin de sa fille, car cela, je le ferai avec un immense plaisir et bien plus encore. Non. Il me demande de briser le cœur de Monica parce qu'elle ne sait pas. Elle ne sait pas ce que son père a fait pour elle, et cela risque d'être atrocement douloureux. Et quand elle souffre, c'est au quadruple que je le ressens.

Nos iris arrimés, je lui souris bien que mon palpitant, lui, saigne. Je finis par me lever du muret en pierre sur lequel j'étais assis, la rejoins à pas lents, comme un condamné se dirigeant vers sa funeste destinée. L'angoisse serpente sur ma peau, car j'ai conscience que je vais lui planter une dague dans les entrailles. Une fois à sa hauteur, j'hésite, ne sachant pas comment agir. Mais le besoin de la toucher devient trop urgent, alors je pose ma paume sur sa joue. Elle s'appuie contre elle, profite de la chaleur de ce contact qui nous apaise tous les deux.

Comment vais-je lui annoncer ça ?

— Tu es libre, remarque-t-elle.

La lueur de bonheur qui brille dans ses magnifiques yeux havane finit de m'achever. Dans un pur désespoir, je m'empare de sa bouche et retarde l'échéance de l'inévitable. Sa langue rencontrant la mienne me galvanise et pendant un bref instant, j'oublie tout ce qui nous entoure, tout ce que nous vivons. Seuls, elle et son parfum enivrant comptent, et je me nourris de sa présence qui m'a trop souvent manquée. Cependant, la réalité me rattrape rapidement et je glisse entre deux baisers :

— Je suis désolé.

Puis, quand enfin nous nous éloignons l'un de l'autre, essoufflés et les yeux brillants de désir, je prends mon courage à deux mains et lui avoue tout.

Ce que je craignais arrive, elle se décompose à mes mots et je dois la soutenir avant qu'elle ne se brise comme du cristal sur les pavés de la rue.

Mais le plus difficile est quand nous rentrons chez elle et que je lui donne la lettre d'Alfredo. Je demeure calme, camoufle mes émotions pour l'épauler du mieux que je peux, mais intérieurement, je suis à cran. Je ne supporte pas de la voir aussi mal, se débattre avec sa souffrance et pleurer autant. Je ne veux plus qu'elle pleure.

Jamais.

Quand les policiers viennent chez elle lui annoncer la nouvelle, c'est les yeux mouillés qu'elle les accueille. Elle leur apprend qu'elle est déjà au courant, que ma libération et l'absence de son père lui ont mis la puce à l'oreille.

Pour ma part, je me tiens en retrait, écoute et observe de loin, ce qui n'empêche pas Lepodi de me lancer un regard acerbe. Je me retiens de lui répondre avec un doigt d'honneur, car je suis prêt à mettre ma main au feu qu'il n'attend qu'un seul faux pas de ma part pour me replacer derrière les barreaux.

Au moment où Monica apprend qu'elle ne pourra pas voir son père avant le procès, c'est un coup dur à encaisser. Quand les inspecteurs quittent le domaine, c'est dans mes bras qu'elle cherche le réconfort. Malgré les évènements, je suis heureux de pouvoir la serrer contre moi, et enfin de pouvoir lui exprimer mon amour. La nuit venue, je l'accompagne dans sa chambre où elle me demande de rester parce qu'elle ne veut pas être seule. J'accepte et après une longue douche revigorante pour me laver de ces jours à l'ombre dans cette cellule crasseuse, je la rejoins dans son lit. Je ne peux réprimer un sourire attendri quand je m'aperçois qu'elle s'est déjà endormie.

Je m'étends à ses côtés, l'entoure de mon bras et me colle contre son corps chaud. Sa main s'empare de la mienne et dans un chuchotement, elle me chavire :

— Je t'aime, Aless…

Mon cœur déborde et la joie se répand dans mes veines malgré la tragédie qui nous accable. J'enfouis mon visage au creux de son cou, y dépose un baiser, puis deux, remontant dans une caresse jusqu'à son oreille où je lui murmure à mon tour :

— Et je t'aime comme au premier jour, Monica Rocchio.

C'est ainsi enlacés que nous sombrons tous les deux dans un sommeil profond. Un repos que nous n'avons pas trouvé depuis des jours, des semaines, et auquel nous succombons finalement, harassés et à bout de forces.

Chapitre 41

Monica

C'est entourée d'une chaleur agréable que je me réveille dans cette ancienne chambre d'amis. Je me la suis attribuée depuis que j'ai tué Enrico. Je ne peux plus dormir dans le lit conjugal sans penser à mon geste et revoir les gerbes de sang me gicler au visage ou les innombrables saloperies qu'il m'a infligées toutes ces années.

Le souffle d'Aless caresse ma nuque tandis que sa main s'égare sur la courbe de ma hanche. Jamais je n'aurais osé rêver de ce moment. Plus jeune, je fantasmais ce genre de futur auprès de mon Aless. Un futur où nous consommerions notre amour chaque jour. Mais la réalité a été tout autre et j'étais loin d'imaginer que le chemin qui nous mènerait là serait parsemé d'autant d'embûches.

Des semaines sont passées depuis que papa s'est rendu à la police. Je ne parviens toujours pas à y croire, mais petit à petit, grâce au soutien d'Alessandro et sa présence à mes côtés, j'arrive à l'accepter. Je ne peux pas encore prétendre ne pas avoir la gorge nouée ou les larmes menaçantes quand j'y pense, mais je peux maintenant en discuter.

Aujourd'hui est un jour particulier : celui de la succession.

Je vais devoir affronter Mona, et à cette pensée, la bile remonte le long de mon œsophage. Elle a téléphoné hier soir et m'a agonie d'injures, utilisant tout le champ lexical des insultes qui existe. Je me suis tellement retenue pour ne pas l'affubler d'un tas de noms d'oiseaux à mon tour que cela m'a déclenché une crise d'urticaire. Alessandro m'a aidée à passer de la pommade apaisante sur les lésions.

J'observe les rayons du soleil filtrer par la fenêtre, les particules de poussière dansant dans les faisceaux lumineux. La respiration lente et profonde d'Alessandro me berce et je navigue au gré de mes pensées. Mes doigts rejoignent ceux de mon amant et les cajolent instinctivement, juste parce que le besoin de le toucher est plus fort que tout.

C'est quand Aless s'enroule autour de moi, dépose un baiser au creux de mon cou et colle une rigidité matinale contre mon fessier que je me rends compte qu'il est finalement réveillé.

— Bonjour, mon amour, me susurre-t-il, tout en continuant d'honorer ma peau.

— Bonjour, gloussé-je, chatouillée par sa barbe naissante.

— Je ne sais pas toi, mais moi, j'ai une faim de loup !

— Oh ? Tu veux que j'aille te préparer le petit déjeuner ? Qu'est-ce qui te ferait plaisir ? Des œufs ?

— Je n'ai pas faim de nourriture, là, tout de suite.

Sa voix rauque m'assène un frisson et déclenche des fourmillements dans tout mon corps. Ma bouche forme un O parfait et il n'hésite pas une seconde pour s'en emparer.

Nous n'avons pas refait l'amour depuis notre laisser-aller dans le salon. Non pas que nous n'ayons pas envie l'un de l'autre, mais je crois que nos âmes avaient besoin de répit, et que nous n'étions pas très orientés mentalement pour le plaisir de la chair.

Nos langues se cherchent, tournoient. Les mains d'Aless partent à la rencontre de mes courbes, pétrissent ma poitrine, malaxent mes fesses avec concupiscence et appétit. Jamais mon désir pour un homme n'avait été aussi fort, aussi brûlant. Je me consume sous son toucher, me perds dans son odeur. Alessandro me retire ma nuisette en la passant par-dessus de ma tête, puis dépose un chapelet de baisers le long de ma clavicule jusqu'entre mes seins. Il saisit ensuite une de mes pointes dressées entre ses dents, puis la suce avec avidité, exaltant mes sens et m'embrouillant l'esprit au passage.

— Ils sont encore plus beaux et gros que dans mes souvenirs, susurre-t-il, avant d'asséner un coup de langue sur mon téton et m'arracher un gémissement.

Je l'encourage à poursuivre en agrippant ses cheveux et en tirant dessus. Cela fait si longtemps qu'un homme ne m'avait pas touchée de cette manière, avec respect et amour. Depuis Aless à vrai dire. Mais ses gestes sont plus assurés et précis que dans notre adolescence. J'imagine qu'il a dû s'exercer plus d'une fois auprès de ses nombreuses conquêtes. Mais je refuse d'y penser maintenant, alors qu'il est tout à moi, et que c'est vers mon entrejambe que sa bouche descend et me promet monts et merveilles. Au moment où elle atteint ma féminité, un son éraillé s'extirpe de la mienne. Je n'ai pas souvenir d'avoir déjà crié de cette manière, mais que c'est bon !

Ses iris se rivent aux miens tandis qu'il me dévore, là, en bas. Je rougis, honteuse de le découvrir sur cette partie si intime de mon corps. Mais je ne peux retenir les gémissements qu'il me tire. À un moment, ma tête se renverse sur l'oreiller et je m'arque sous un orgasme qui me terrasse.

— Tu es tellement belle ! me complimente mon amant, en remontant vers mon visage. J'avais oublié à quel point tu es magnifique quand tu jouis.

Essoufflée et des étoiles encore plein les yeux, sourire est la seule réponse que je parviens à lui offrir. Il m'embrasse une nouvelle fois, avec plus de suavité cette fois. Je sens mon goût iodé sur ses lèvres et me demande s'il l'aime. J'ai tellement de choses à découvrir de ce côté-là, mais je sais qu'auprès de lui, je finirai par les apprendre.

Alessandro retire son boxer puis s'installe entre mes cuisses. Sa turgescence brûlante et douce à la fois frôle ma peau. Nous nous perdons l'un l'autre dans un baiser de plus en plus passionné. Le besoin qu'il me pénètre devient rapidement plus urgent. Son sexe se positionne à l'entrée du mien, étale mon suc en son long.

Tout à coup, Aless se fige, puis se redresse et plonge ses yeux affolés dans les miens.

— Je n'ai pas pensé que… enfin… Tu pourrais tomber enceinte. La dernière fois… Merde ! On n'en a pas discuté avec tout ça…

Cette fois, c'est moi qui me tétanise. Je n'ai jamais abordé cette question avec lui depuis que nous avons parlé de notre enfant. Des souvenirs douloureux et des flashs de cette obscure journée remontent à la surface. Il va bien falloir que je crève l'abcès pourtant.

— Je ne peux plus tomber enceinte, Alessandro.

Son regard se voile et me perfore le cœur.

— J'ai attendu un bébé d'Enrico une fois, à force de…

Je ne peux pas prononcer le mot, nonobstant c'est bien « viol » que j'aimerais réussir à exprimer quand je raconte ce que cette ordure m'a infligé toutes ces années. Je prends une grande inspiration pour me donner du courage et tente d'expliquer à Aless :

— Je… J'ai cherché un endroit, quelqu'un pour m'avorter, sauf que… tu sais combien il est compliqué dans ce pays pour trouver un médecin qui accepte cette pratique[9]. Et je ne pouvais pas me déplacer sans éveiller les soupçons d'Enrico. Alors, j'ai pris une décision sous la panique… Rien que l'idée d'avoir une once de tendresse pour un être qui aurait été la moitié de lui me donnait envie de vomir.

Je remarque bien qu'Aless change de couleur à mesure que je lui raconte ce que j'ai vécu. Quant à moi, je tressaille, les émotions et les sensations me revenant en pleine face.

— J'ai trouvé une femme qui vendait des médicaments au noir.

---

[9] En Italie, malgré la légalité de l'IVG, 70 à 90 % des médecins refusent de le pratiquer.

Mon souffle se saccade et je me rends compte que je suis tendue de la tête aux pieds, au moment où Aless me caresse la tempe pour m'apaiser.

— Elle m'a expliqué brièvement comment les utiliser. Je n'ai pas osé chercher sur internet de peur qu'Enrico apprenne ce que j'avais fait… Je savais juste que plus la grossesse était avancée et plus la dose devait être forte. J'ai avalé des comprimés, puis j'en ai inséré autant dans mon vagin. Je n'avais pas du tout conscience de ce que je faisais…

Je peine à déglutir tant les souvenirs de ce jour sont compliqués à affronter.

— Ça a été violent. J'ai eu d'énormes contractions, j'ai saigné, abondamment… J'ai réussi à cacher mon geste pendant quelques jours, mais j'ai eu une hémorragie et une infection par la suite. L'avortement n'avait pas été complet et il restait des tissus… J'ai été emmenée d'urgence à l'hôpital où, heureusement, le médecin a été compréhensif quand il a vu les marques sur mon corps. Il a dit à Enrico que j'avais fait une fausse couche. Mais tout cela m'a laissée stérile...

Ses iris s'assombrissent et je me ratatine entre ses bras.

Ne veut-il plus de moi parce que je ne pourrai pas lui donner d'enfants ?

— Je suis désolée, m'excusé-je, pour combler son silence qui me fout une trouille bleue.

— Mais non, voyons ! Ne sois pas désolée, Monica. Je… Oh, bon sang !

Il plaque ses lèvres contre les miennes, me prenant par surprise.

— Tu es la femme la plus forte que je connaisse.

Il poursuit ses baisers le long de ma mâchoire, dans mon cou. Ses mains s'enfouissent dans mes cheveux en bataille.

— Mon amour, c'est moi qui suis désolé de tout ce que tu as vécu. Si tu savais comme j'aimerais avoir le pouvoir d'effacer tout ça.

— Quand tu es avec moi, Aless, tout se gomme au fur et à mesure. Les instants où tu me touches, mes pensées sont uniquement pour toi et pour rien d'autre.

— Laisse-moi te faire oublier, alors.

Il prend possession de mon corps. Ses lèvres et ses paumes sont partout à la fois. Le plaisir qu'il me procure est un baume sur mes cicatrices. Il tente d'effacer ce mal qui me ronge et y parvient dans une certaine mesure. J'ai conscience que tout ceci prendra du temps et que je ne serai jamais totalement guérie de mon histoire.

Dans ses bras, tout s'estompe et se transforme en fragments de cauchemars dont la teneur finit par m'échapper.

Dans ses bras, je redeviens une femme, celle que j'ai toujours été.

Dans ses bras, je ne suis plus celle qui a dû tuer pour vivre.

Jusqu'à ce que la jouissance nous emporte tous les deux, il n'y a plus que lui et moi, tout le reste n'ayant absolument plus aucune importance.

Nous avons rendez-vous chez le notaire puisque j'ai refusé l'accès à la maison à Mona Giordano. Pas que j'en ai quelque chose à faire qu'elle foule le plancher de la villa, mais rien qu'à l'idée de pouvoir le lui interdire, je jubile intérieurement. Certes, c'est mesquin et puéril, cependant c'est une forme de vengeance comme une autre.

Si seulement elle avait pris ma défense…

J'ai enfilé les vêtements les plus BCBG que j'avais dans mon armoire, et je sais qu'Alessandro m'attend dehors dans la voiture.

Assise dans le bureau, les jambes et bras croisés, j'espère avec le notaire que Mona daigne nous honorer de sa présence. Dans le cas contraire, la succession se fera sans elle. J'ai tout de même concédé qu'elle soit là, mais je refuse de décaler le rendez-vous si elle nous pose un lapin. Tant pis, elle apprendra par courrier ce qui lui revient.

— Nous patientons encore dix minutes et si madame Giordano ne se présente pas, nous commencerons sans elle, m'informe maître Tirello, son regard concupiscent trahissant son activité quelques secondes plus tôt.

J'ai l'habitude que les hommes me détaillent de cette manière. C'est d'ailleurs pour cette raison qu'Enrico est si souvent sorti de ses gonds, en dehors de sa folie. Avant, je les craignais, aujourd'hui, je n'en fais plus cas. Cette nouvelle sensation libératrice est agréable. Alessandro apprécie que les autres me trouvent belle, il fanfaronne ensuite que c'est lui qui partage mon lit. Il a sciemment mis sa main sur mes fesses en pleine rue l'autre jour, quand un homme s'est retourné après nous avoir croisés.

L'entrée fracassante de ma belle-mère ne passe pas inaperçue. Nous l'entendons s'offusquer depuis le couloir. Maître Tirello écarquille les yeux.

— C'est bien elle, précisé-je. Et au cas où vous vous poseriez la question : oui, elle est aussi aimable qu'elle en a l'air.

Il sursaute au moment où le battant de bois du bureau s'ouvre dans un vacarme tonitruant. Mona apparaît avec un tour de cou en fourrure. La secrétaire nous adresse des excuses, complètement paniquée par le comportement de ma belle-mère, avant de refermer la porte.

— Bonjour, Mona, la salué-je. Nous vous attendions.

Je n'ai plus peur d'elle. Maintenant qu'elle ne peut plus se cacher derrière la violence de son fils, je n'hésite plus une seconde à lui montrer qu'elle n'aura pas, elle non plus, l'ascendant sur moi. Plus jamais je ne veux être une victime. J'ai trop donné pour me libérer de mes chaînes.

— Vous ! me hurle-t-elle dessus. n'avez-vous pas honte, petite salope, de vous pointer ici en présence de votre amant ?

Je plonge mes iris dans les siens, la fusille sur place. Je soupire de lassitude en lui lançant une œillade méprisante.

— Certainement autant que votre fils quand il m'a ramené sa maîtresse à la maison pour la baiser, alors que j'étais dans la pièce d'à côté. Maintenant, asseyez-vous, Mona. Ne soyez pas plus ridicule que vous en avez l'air.

Son expression choquée me rend fière de moi. Jamais auparavant je n'aurais osé lui parler de la sorte.

— Je vous prie de surveiller votre langage, Monica.

— Alors, surveillez le vôtre. Prenez place tout de suite ou allez-vous-en ! Cela ne changera rien à l'issue de cette entrevue.

Je hoche la tête à l'intention du notaire pour qu'il débute la succession. Mona s'assied en pestant dans sa barbe, puis finit enfin par se taire.

— Bien, maintenant que nous sommes au complet, nous pouvons commencer. Et cela va être rapide.

Surprise, je me redresse dans mon fauteuil.

— Rapide ? Qu'entendez-vous par là, Maître ?

— Eh bien, monsieur Giordano n'a jamais rédigé son testament.

— Quoi ? hurle Mona à mes côtés. Mais c'est impossible !

— Non, madame Giordano. J'ai, à plusieurs reprises, sollicité votre fils pour qu'il le fasse, mais il a chaque fois reculé l'échéance.

Elle se lève si brusquement que sa chaise tombe, puis elle pointe un doigt accusateur vers maître Tirello.

— Vous n'êtes qu'un incompétent ! Si mon époux était toujours vivant, croyez-moi, vous pourriez dire adieu à votre carrière !

— Mona ! grondé-je. Votre mari n'est plus de ce monde, paix à son âme et que Dieu ait pitié de lui pour vous avoir supportée toutes ces années. Alors, gardez vos menaces pour votre personnel qui a encore la patience de travailler pour vous et taisez-vous !

Le notaire, gêné, se racle la gorge et reprend :

— De ce fait, son épouse hérite de tous ses biens, de son entreprise et de ses comptes bancaires.

Je crois bien entendre Mona couiner, et quand je tourne la tête vers elle, elle m'assène une gifle qui me fouette le visage.

Aïe ! Elle n'y est pas allée de main morte.

Me tenant la joue, je lui lance un regard courroucé et éructe en m'élevant à mon tour :

— Comment osez-vous ? Vous avez laissé votre fils me torturer toutes ces années sans lever le petit doigt, et parfois en assistant à ces scènes pour satisfaire votre esprit aussi malade et malsain que lui. Alors que vous n'ayez rien comme héritage, Mona, ne me fait ni chaud ni froid. Vous pouvez menacer la terre entière et vous donner de grands airs, cela ne changera jamais le fait que vous êtes la femme qui a mis au monde et élevé un monstre à son image.

Elle me fixe les yeux ronds, le teint aussi rouge qu'une tomate.

— Veuillez sortir maintenant, l'intime le notaire, en allant lui ouvrir la porte de son bureau.

Cette dernière me jette un ultime regard empli de haine et de colère, puis me crache au visage :

— N'espérez pas revoir votre meurtrier de père libre, ma petite. J'en fais une affaire personnelle !

Elle quitte la pièce aussi rapidement qu'elle y est entrée. Son coup de griffe m'a lacéré les boyaux et me pique encore, mais je serre les dents pour ne pas perdre la face. L'homme de loi se replace derrière son bureau et m'observe quelques secondes avec gravité. Puis il me demande :

— Vous avez déjà porté plainte ?

— La famille Giordano a des amis très haut placés. Cela aurait eu l'utilité d'un coup d'épée dans l'eau.

Il acquiesce, non sans m'adresser une œillade pleine de pitié qui me fait grincer des dents. Puis nous revenons à l'histoire de la succession. Je lui intime de faire le nécessaire pour vendre l'entreprise à Diego Rossi, l'ami, du moins en apparence, d'Enrico. Je mets également en vente la maison des pins et garde pour le moment la villa, ne sachant pas encore quoi faire en attendant le procès de papa. Je demande qu'il transfère de l'argent à l'avocat que je paie grassement pour mon père, même si j'ai conscience qu'il n'échappera pas à une condamnation lourde. Mona y veillera.

Je sors de ce bureau austère, après je ne sais combien de temps, mais suis heureuse de retrouver Aless en train de fumer, assis contre la carrosserie de l'Alfa Romeo. Quand il m'aperçoit, mon cœur chavire au sourire qu'il m'offre et je m'empresse de le rejoindre pour sceller mes lèvres aux siennes en plein milieu de la rue.

Quelques remarques graveleuses fusent à notre encontre, je feins ne pas les entendre, même si elles égratignent mon âme.

— Mona t'en a fait voir de toutes les couleurs ? me demande Aless alors que ses mains entourent mon visage.

— Le contraire aurait été étonnant, mais c'est terminé. Plus qu'à attendre le procès.

Aless me caresse les joues dans un geste réconfortant parce qu'il sait que c'est le moment que je redoute le plus. Je ne le remercierai jamais assez de demeurer à mes côtés durant cette période compliquée. La preuve de son amour indéniable qui me réchauffe le cœur.

Chapitre 42

Alessandro

Les semaines sont passées et le procès a enfin eu lieu. Monica a tout fait pour rester forte, mais à moi, elle ne peut camoufler son désespoir. Toute cette affaire autour du meurtre d'Enrico Giordano a été étalée dans les journaux, le jugement a été suivi avec assiduité par les habitants et la presse. C'est le sujet de conversation de prédilection et je ne me rends même plus au village, car j'en ai marre d'entendre leurs messes basses et leurs commentaires désobligeants. Ils se permettent de statuer sans même attendre de connaître le fin mot de l'histoire. Une armée de juges intransigeants, aux sentences plus aiguisées les unes que les autres et très souvent injustes. Tout le monde a un avis et veut le donner comme si cela allait faire pencher la balance en la faveur de ce qu'il pense.

Alfredo n'a pas hésité à expliquer ce qu'il se passait sous le toit des Giordano, pourtant. Il a tout raconté pour justifier « son geste » et écarter d'éventuels soupçons résiduels vis-à-vis de Monica. Elle a été entendue durant le procès, moi également. Cela a été pénible et fastidieux. Des jours et des jours d'audience qui augmentent l'angoisse déjà bien présente dans le cœur de Monica.

Nous voici le jour du verdict. J'ai passé la nuit à consoler Monica qui n'a cessé de pleurer. L'inéluctable est à la veille de se produire et je crains que cela ne la brise encore un peu plus. Assis dans la salle d'audience du tribunal, nous attendons que le juge entre pour prononcer la peine. Ma main dans la sienne, je suis le point d'ancrage de Monica qui tremble déjà d'appréhension. Plus loin, j'aperçois Mona Giordano qui nous lance des regards mauvais, accompagnés d'un rictus victorieux orné de rides. En réponse, je lui offre mon indifférence, ne souhaitant pas lui donner la satisfaction de penser qu'elle peut nous atteindre. Je crois bien que cette femme est encore plus folle que ne l'était son fils.

Les chiens ne font pas des chats…

Je suis surpris de trouver Flora dans la foule. Elle m'adresse un sourire encourageant et semble être aussi inquiète que nous par la sentence.

Le président de la cour pénètre dans la salle, suivi du deuxième juge et des six jurés. Nous nous levons de concert. Mon cœur s'emballe, la sueur coule le long de mon dos à cause du stress, et mes doigts se nouent à ceux de Monica qui s'accroche à moi de toutes ses forces.

Alfredo se tient à la place de l'accusé, des menottes aux poignets, la tête basse, comme s'il était le plus dangereux criminel du pays. Il donne l'impression d'avoir dix ans de plus, tant tout ceci est éprouvant pour lui. J'admire son courage et sa force de caractère. Il me jette un dernier regard avant que son avenir soit tracé. Je hoche la tête pour lui signifier que j'ai compris, et que oui, je prendrai soin de sa fille comme elle le mérite.

— Monsieur Rocchio, annonce le juge, vous avez été reconnu coupable du meurtre d'Enrico Giordano.

Bien que ceci ne soit pas une surprise, le désarroi me fendille de toute part au moment où le gémissement contenu de Monica me parvient aux oreilles.

— La cour vous condamne à la réclusion criminelle à perpétuité. Cela induit une peine de sûreté de vingt-six ans.

J'enroule un bras autour de la taille de Monica qui flanche à ce verdict. Quelques personnes applaudissent, d'autres sont étonnées. Pour ma part, je maudis cette justice qui n'a pas entendu le geste de désespoir d'un père pour sauver sa fille, aussi factice soit-il.

Mona se lève, passe près de nous et s'arrête devant Monica. Elle lui adresse un sourire victorieux et venimeux avant de quitter la salle. Le message est clair, elle a eu gain de cause auprès des juges et des jurés. Mais nous devions nous y attendre et Alfredo était préparé à cette éventualité. Il a avoué un meurtre, celui d'un homme d'affaires puissant et célèbre, et se doutait bien que la condamnation ne serait pas indulgente.

Les membres de la cour sortent et des policiers viennent pour emmener Alfredo. Mais Monica hurle, se défait de ma prise et se précipite vers son père. Elle lui saute au cou, l'étreint avec vigueur en émettant des sanglots qui me déchirent l'âme. Le vieil homme la câline en lui murmurant des paroles que je ne saisis pas d'où je suis. J'assiste à la scène, impuissant et désolé, parce que la femme que j'aime est en train de vivre un moment de sa vie qui la marquera à jamais. Les forces de l'ordre tentent par tous les moyens de la décrocher de son père, mais elle s'y agrippe comme une sauvageonne. Alors je me dirige vers elle, enlace sa taille et lui susurre :

— Tu dois le laisser partir, Monica.

— Non ! geint-elle, en me perforant l'âme de sa détresse.

— Je t'en prie, mon amour. Laisse-le partir.

Elle plante ses iris ambrés dans les miens, me supplie silencieusement, me rendant encore plus impuissant. Je la plaque contre moi, la serre avec vigueur et regarde Alfredo être emmené. Monica se débat, frappe contre mon torse avec ses poings en vociférant, puis fond en larmes contre moi quand elle comprend que je l'ai empêchée de voir le départ de son père pour la prison.

Au creux de son oreille, je lui murmure :

— Je suis désolé… Je suis tellement désolé…

Malheureusement, cette scène au tribunal a fait les choux gras des journaux. Monica et moi avons été en première page d'un grand quotidien, enlacés alors qu'elle sanglotait sur mon épaule quand nous sommes sortis après l'audience. Le titre est aussi dégueulasse que l'article publié dans le torchon : « La veuve Giordano pleure son père dans les bras de son amant », dénonçant Monica comme une croqueuse de diamants et une traînée adultère.

Foutu pays régenté par le Vatican !

C'est au petit déjeuner qu'elle découvre cette photo. Je sirote mon café sans rien ajouter et décortique ses expressions pour comprendre ce qu'elle ressent. Elle souffle et balance le journal dans la cheminée allumée.

— Qu'ils aillent au diable ! crache-t-elle.

— Ça leur passera, la consolé-je. C'est l'attraction du moment. Au prochain scandale, cette histoire sera oubliée.

— Dans le village aussi ?

Je m'étonne de sa question.

— Je les entends, Aless. Ils me traitent de pute, de traînée, de salope… Ils disent que je finirai en enfer, que jamais Dieu ne me pardonnera d'avoir trompé mon mari. Parce qu'il a été là pour moi leur fichu Dieu ? Il y en a même qui prétendent que je méritais qu'il me batte…

Cela ne s'arrêtera donc jamais ? Les gens jugeront-ils éternellement sans savoir ? Peut-être que c'est ce qui nous attend si nous restons ici.

— Ne les écoute pas, lui conseillé-je.

— J'essaie, Aless. J'essaie de toutes mes forces, mais crois-moi, c'est loin de suffire. Je n'en peux plus.

Le son de sa voix trahit son désespoir. Et cet appel au secours qu'elle me lance ouvre la porte à une pensée à laquelle j'ai beaucoup réfléchi ces derniers temps.

— Alors, partons.

Ma phrase me vaut un regard surpris de la part de Monica.

— Partir ? Mais… Et papa ?

— Monica… Je m'excuse par avance de te dire cela, mais… Ce n'est pas ce que ton père souhaiterait pour toi.

— Je sais… Mais cela équivaudrait à le quitter.

— Tu as plus d'argent que tu ne pourras en dépenser durant toute une vie. Rien ne t'empêchera de prendre un avion pour lui rendre visite autant de fois que tu le désireras. Ne te remets pas des chaînes, alors que tu t'es tant battue pour les briser.

Elle soupire, me lance une œillade boudeuse parce qu'elle sait que j'ai parfaitement raison. Je lui donne un léger coup de genou pour la dérider, mais elle résiste pour retenir son rire. Alors je me lève, empoigne ses cheveux dans ma main et tire dessus pour l'obliger à tourner la tête vers moi. Le scintillement de ses iris trahit sa malice. Je dépose un baiser doux sur ses lèvres pulpeuses, puis lui explique :

— J'ai changé tant de fois de vie que recommencer ne me fait pas peur. Surtout, si c'est avec toi. Oublie tous ces cons, tu ne leur dois absolument rien. On a la chance de pouvoir construire notre histoire loin de notre passé. Enfin… si tu veux de moi.

Son sourire attendri me réconforte et elle attrape ma tête entre ses paumes.

— Plus jamais je ne souhaite être éloignée de toi, Alessandro Gallino. J'accepte, mais à une seule condition.

— Ah oui, et laquelle ?

— C'est toi qui choisis la destination.

Mon cœur s'emballe à cette perspective. Je ne pensais pas qu'elle céderait aussi facilement et encore moins qu'elle me donnerait carte blanche.

— Ah oui ? N'importe où ?

— N'importe où du moment que c'est avec toi.

Je ne peux réfréner le sourire triomphant qui ourle mes lèvres. L'excitation me gagne et des rêves enfouis resurgissent.

— Alors, prépare tes valises, mon amour. Le monde nous appartient.

Elle a toujours cette obscurité qui persiste en elle. Mais j'ai espoir que la lueur qui recommence peu à peu à illuminer son regard la chasse. Le temps n'effacera pas le passé, mais estompera ses cicatrices. Quant à ses démons, je ferai sempiternellement mon possible pour les tuer, dès qu'ils apparaîtront. Il nous faudra des jours, des mois et des années pour que Monica retrouve un équilibre et agisse librement comme elle aurait invariablement dû le faire.

Je serai le défenseur de sa liberté et le gardien de son intégrité. Plus personne n'empêchera mon bel oiseau de s'envoler.

Épilogue

Monica

Trois ans plus tard

La chaleur de la région est accablante ces derniers jours. Il faut dire que nous avons choisi de poser nos valises ici justement, car le climat nous promettait une météo agréable et estivale tout au long de l'année. Habitués aux canicules et au temps sec, nous le vivons plutôt bien et cela est bon pour nos affaires.

Alessandro et moi sommes propriétaires d'une *gelateria*[10] avec pignon sur rue dans la mégapole de San Diego ainsi que d'une charmante maison dans sa banlieue chic. Étant donné que nous sommes italiens, et vu la renommée des crèmes glacées de notre pays, nous amassons une petite fortune qui s'ajoute à la mienne. Nous aurions pu rester sans activité, mais nous avions envie de construire quelque chose qui nous plaisait, à nous. Comme je ne peux pas avoir d'enfants, c'est une alternative à ce manque. Nous pourrions adopter, mais pour l'instant, je préfère me concentrer sur ma reconstruction et profiter de notre vie à deux. Je m'occupe de la gestion et Aless de la confection. Et je dois avouer qu'il est plutôt doué. Il par-

[10] Boutique où sont vendues des glaces.

vient à composer des parfums hors du commun qui séduisent beaucoup, et qui font la réputation de notre établissement. De plus, nous avons des employés pour gérer la boutique, ce qui nous laisse beaucoup de temps libre à passer ensemble.

Aujourd'hui n'est pas coutume, la chaleur déjà très présente ce matin annonce une journée de travail bien remplie, et une caisse qui débordera ce soir.

— On a reçu un courrier, m'informe Alessandro, qui revient de la boîte aux lettres, en traversant pieds nus notre jardin à la pelouse cramée par le soleil de cette région aride.

Assise sur la balancelle de notre terrasse couverte, j'observe mon homme avancer vers moi, une cigarette fumante à la bouche. Il est si beau avec son torse nu, doré, et son jean qui lui tombe dangereusement sur les hanches. Mes voisines salivent toutes depuis leurs fenêtres et m'envient comme ce n'est pas permis. Il n'est pas rare qu'elles s'invitent en prétextant m'offrir de la citronnade quand Aless tond la pelouse – sans tee-shirt bien entendu – et s'installent avec moi sur le perron de la maison, la bave dégoulinant presque sur leurs mentons. Je me moque d'elles sans gêne et sans une once de jalousie, car je suis assurée que mon homme, lui, n'a d'yeux que pour moi.

Ici, les gens sont plus ouverts d'esprit – moins ancrés dans la religion, ou du moins, différemment – et beaucoup plus faciles d'accès. J'ai même réussi à me faire des amis.

— Une lettre ? De qui vient-elle ?

Un instant, j'espère qu'elle provient de papa. Je lui rends visite chaque saison en profitant pour me rendre sur la tombe de Paolo. Passage éclair dans ce village qui ne contient que des souvenirs couverts d'épines. Et bien que voir mon père si peu souvent soit parfois difficile à vivre, nous comblons le manque par des lettres. Il vit plutôt bien son incarcération, les autres détenus ayant une forme de respect pour son âge et son geste. Dans un sens, je suis rassurée, mais d'un autre côté, j'aimerais pouvoir lui montrer cette nouvelle vie que nous nous sommes construite. Pour pallier ça, je lui envoie des photos et lui raconte tout. De son côté, il me fait part des livres qu'il lit, des évènements à la prison.

— Je ne sais pas. Elle est cachetée d'Hawaï.

Étonnée, j'entrouvre la bouche sans pour autant émettre le moindre son. Hawaï ? Mais nous ne connaissons personne vivant là-bas. Les seuls amis que nous avons habitent la région ou sur le vieux continent. Peut-être que l'un d'entre eux est parti en vacances ?

Aless soulève mes jambes nues allongées sur l'assise, s'installe et les repose sur ses cuisses. Le contact de sa peau chaude sur la mienne m'électrise malgré la moiteur environnante. J'aime quand il me touche, que je peux sentir son odeur ou tout simplement mettre la tête sur son épaule quand bon me chante. Je l'observe déchirer l'enveloppe et en sortir le contenu. Une photo accompagne un courrier manuscrit. Flora est présente sur le cliché. Elle est en robe de mariée auprès d'un homme à la peau caramel ornementée de tatouages tribaux, et qui doit bien mesurer un mètre quatre-vingt-dix. Il tient une petite fille aux cheveux noirs bouclés, aux grands yeux chocolat et dont l'index est fourré dans sa bouche.

Aless lit la lettre.

— Elle a épousé un Hawaïen, Kaï, et ils se sont installés à New York. Ils voyagent à travers le monde sur un voilier. Elle qui rêvait d'escapades, elle ne pouvait pas mieux tomber.

— C'est vrai ? réagis-je avec joie.

Il acquiesce tout en caressant mon épiderme au niveau de ma cheville, avec son pouce. Je suis contente pour Flora. Elle nous avait déjà envoyé un faire-part pour la naissance de son bébé et une carte pour Noël, l'année précédente.

Aless contemple la photographie avec un rictus attendri pendant que sa main remonte le long de ma jambe jusqu'en dessous de ma robe, déclenchant un frisson qui s'éparpille sur toute ma peau. Il le remarque, s'amuse avec fierté de toujours me faire autant d'effet.

— Je pensais essayer un nouveau parfum de glace aujourd'hui, m'annonce-t-il, en posant le courrier à côté de lui.

— Ah oui ? Et lequel ?

— Une surprise.

Le sourire mystérieux épinglé à ses lèvres pique ma curiosité. D'habitude, il me demande mon avis pour valider ses idées ou non. Je ne lui ai dit qu'une seule fois non, car selon moi, la glace au lait de chèvre n'était vraiment pas un bon concept. Bien entendu, Aless a tout de même testé. Je crois qu'après avoir goûté sa création et tout recraché dans l'évier, il a carrément jeté la sorbetière en me menaçant de ne surtout pas lui lancer un « Je te l'avais bien dit ».

J'entoure mes bras autour de son cou, presse mes seins contre lui dans une vile tentative de l'avoir, grâce à mes charmes.

— Oh ? Et depuis quand tu ne partages plus tes idées avec la femme que tu aimes ?

— Depuis que j'en ai une derrière la tête.

Je lui jette un regard électrique et mes lèvres deviennent boudeuses, ce qui le fait rire. Je lui octroie une tape sur les pectoraux, mais il retient mon poignet dans sa main. Il me tire vers lui et capture ma bouche dans un baiser dans lequel je perds tout repère, toute notion de décence et mes questions autour de ce secret qu'il s'évertue à me dissimuler. Quand il me libère enfin, me laissant pantelante, avec un désir dévorant, il me lance :

— Tu peux abuser de tes charmes, je garderai le silence. Mais je te promets de t'y faire goûter dès que nous serons à la *gelateria*.

Je cille, encore haletante, tandis qu'il se lève et se dirige vers la maison, conscient de l'effet qu'il exerce sur moi. J'en profite pour contempler les muscles de son dos rouler et son magnifique fessier, parfaitement moulé dans ce pantalon.

Nous sommes arrivés un peu avant l'ouverture. Telle une gamine, j'ai tanné Alessandro afin qu'il m'emmène goûter ce nouveau parfum mystérieux. Alors, il nous a conduits dans sa Chevrolet jusqu'au magasin à la devanture diaprée et accueillante. L'intérieur est quant à lui cosy et à notre image, avec du mobilier en rotin, des couleurs chaudes et des photographies de notre pays natal. Je souhaitais garder un côté authentique pour que nos clients ne soient pas ici juste pour déguster une glace, mais également pour voyager. J'ai tellement rêvé de pouvoir m'évader pendant des années que je suis heureuse de pouvoir offrir un moment d'escapade à d'autres personnes.

Alessandro m'accompagne dans la cuisine, son antre, le laboratoire de toutes ses créations. Je surveille le moindre de ses faits et gestes, mais son air coquin m'informe qu'il avait prévu son coup.

— Ferme les yeux.

Je râle, mais obtempère. Je clos les paupières, me privant de la possibilité d'analyser ce qu'il trafique, mais cela affûte d'autant plus mes autres sens. Je perçois ses mouvements pendant qu'il s'affaire, sens sa chaleur derrière moi quand il s'approche. Il enroule un bras autour de ma taille, colle son torse à mon dos, ce qui déclenche des picotements sur mon épiderme. Au creux de l'oreille, il me susurre d'une voix si rauque que mon bas-ventre se tord délicieusement :

— Ouvre la bouche.

J'obéis, le souffle court. Je n'ai jamais d'appréhension quand il s'agit de mon Aless. Je m'abandonne toujours à lui et ne le regrette jamais. Il presse sa main sur mon abdomen, puis enfourne avec suavité une cuillère gelée, chargée de crème glacée. D'abord surprise par le parfum qui se répand sur ma langue, je suis rapidement rattrapée par mes souvenirs.

Un bouquet de roses.

Une première fois.

Un tombeau.

L'arôme délicat de la fleur pourpre s'imprègne autant sur mes papilles que la rose l'est dans mon âme. Et mélangée avec un peu de sucre et du produit laitier, c'est un délice raffiné et subtil qui plairait aux grands chefs des palaces.

— Alors ? s'enquiert-il, en glissant sa paume jusqu'à l'arrondi de mon sein.

Sa présence bien trop imposante parasite mes pensées. Depuis que nous avons quitté nos anciennes vies, mon monde ne tourne plus qu'autour de lui. Nous avons réappris à nous connaître et nous aimons encore plus chaque jour. Seulement, il est parfois un peu difficile de se rassasier de l'autre, alors que nous avons été si longtemps privés d'être ensemble.

— C'est…

Son pouce qui s'aventure sur mon mamelon me perturbe et j'en perds le fil. J'inspire brusquement quand la fraîcheur de la pulpe de son doigt traverse le tissu de mon vêtement. Ma poitrine s'alourdit de désir et j'essaie de comprendre ce qu'il cherche, à se comporter comme cela.

— C'est ?

— Surprenant ! parviens-je à murmurer tandis qu'il pince ma pointe dressée à travers l'étoffe de ma robe.

— Aless ? geigné-je. Qu'est-ce que tu fais ?

J'ouvre les yeux, pivote vers lui qui me sourit, amusé. Il plonge son index dans le petit pot contenant sa création, puis le place sur sa langue et suce son doigt avec tant d'obscénité que je rougis.

Je veux être ce doigt…

— J'ai envie d'en manger sur ton corps, m'avoue-t-il, en reprenant de la glace et en la collant le long de mon décolleté.

Tout mon corps répond à cet appel sensuel. Mon intimité se contracte et mes seins se gonflent. Je frémis sous la fraîcheur du dessert. Je tente de lui confisquer le pot avant de finir moi-même complètement liquéfiée sur le carrelage en damier, mais lui ne l'entend pas ainsi. Il se penche, lèche la crème glacée qui coule maintenant sur mon épiderme.

— Aless, nous allons bientôt ouvrir, le sermonné-je, sans grande conviction.

— Pas mon problème. Ils attendront.

— Les employés vont arriver d'une minute à l'autre !

— Personne n'arrivera d'ici une heure. J'ai pris mes dispositions.

Je glousse quand il me passe sa langue dans le cou, mord mon lobe d'oreille et déboutonne le corsage de ma robe, baisse les bonnets de mon soutien-gorge en dentelle. Une fois mes seins offerts à sa vue, il étale encore de la crème dessus. Je gémis, prise tant par la froideur que l'excitation.

— J'ai envie de faire l'amour à ma femme.

Pendant que sa bouche s'enroule autour de mon téton et que j'émets une plainte de délectation, mes mains fourragent dans ses cheveux pour l'inciter à poursuivre sa délicieuse torture.

— Je ne suis pas ta femme, lui rappelé-je.

Il se redresse, plante ses iris assombris par le désir dans les miens, un rictus victorieux sur le visage.

— Non, mais c'est une situation que je compte bien changer, m'annonce-t-il.

Je me fige et mon cœur s'emballe, mais je n'ai pas le temps de lui poser de questions. Il me soulève sans ménagement pour m'installer sur le plan de travail en inox de la cuisine, ma poitrine toujours nue, et lui, les cheveux en bataille. Il reprend ses baisers le long de ma clavicule pendant que ses mains malaxent mes seins.

— Tu verrais un inconvénient à t'appeler madame Gallino ?

Ses lèvres sucent mon bouton de chair, alors je peine à lui répondre tandis que ses prunelles obscurcies sont rivées sur moi. J'ai presque envie de le faire mariner, car il ne joue pas à la loyale.

— Humm… Je ne sais pas…

Comprenant que je me moque de lui, il plante ses dents dans mon sein et m'arrache un petit cri de douleur. Je ris et tente de me débattre, mais il me maintient fermement contre lui pour que je ne puisse pas lui échapper.

— D'accord ! D'accord ! Je n'y verrais aucun inconvénient, abdiqué-je.

Content de lui, il redresse la tête dans ma direction, puis me sort :

— Tant mieux, parce que je compte bientôt te faire ma demande.

Dubitative, j'arque un sourcil pendant que lui se débarrasse de ma robe.

— Tu es au courant que ce genre de demande est censé être une surprise ? raillé-je.

Il acquiesce, plus occupé à descendre ma culotte le long de mes jambes.

Maintenant entièrement nue, je frémis d'impatience pour cet homme magnifique en face de moi. Aless me détaille comme si j'étais la plus belle chose sur cette terre et se pince la lèvre entre les dents. Il ouvre sa chemise qui vole auprès de ma robe quelques secondes plus tard, s'installe entre mes cuisses, le jean déboutonné, et s'enfonce en moi. Sauf qu'il s'arrête quelques instants avec une expression très sérieuse qui me décontenance.

— Notre histoire d'amour est pleine de cicatrices et de douleur, déclare-t-il. Tous les deux, nous avons dû traverser des champs de rosiers et braver les épines qui nous lacéraient la peau. Pourtant, le destin nous a finalement réunis en s'acharnant à nous forcer à prouver que c'est bien ce chemin que nous voulions emprunter. Alors, demande officielle ou non, pour moi, tu es ma femme, même sans ce morceau de papier tamponné. Nous sommes unis par le fatum, nous en avons payé le prix.

Il s'empare de mon visage, m'oblige à garder mes yeux ancrés aux siens.

— Mais si tu désires une demande en bonne et due forme, Monica, pas de problème. J'ai une bague dans la poche arrière de mon pantalon qui ne réclame qu'à rejoindre ton doigt. Alors, veux-tu devenir ma femme ?

L'intensité de son regard met en exergue la profondeur de ses sentiments. J'ai chaud et froid en même temps. Jamais je n'aurais pensé qu'une demande aussi peu romantique en apparence pouvait se transformer en poésie. Au bord du gouffre de bonheur qu'il m'offre, je n'hésite pas une seconde et plonge dans le vide.

— Oui, fais de moi madame Gallino.

Aless fond sur ma bouche dans un baiser fougueux, puis se recule légèrement pour fouiller dans la poche de son jean et y extirper une bague originale, mais chargée de notre histoire. La petite clé en forme de cœur a été transformée en magnifique bijou en or blanc, serti de diamants. Je ne savais pas qu'il l'avait gardée depuis que je la lui avais rendue pour lui prouver que jamais, je ne l'avais effacé de ma mémoire. Il la passe à mon annulaire avec un sourire victorieux épinglé aux lèvres.

— Maintenant, je vais faire l'amour à ma petite femme.

Il replonge en moi, puis devient plus sauvage et avide. Notre passion et notre amour nous consument et nous en oublions le temps qui s'égrène à mesure que nous nous perdons dans l'autre.

C'est avec deux heures de retard que nous ouvrons la boutique, les joues en feu, les cheveux hirsutes et puants le stupre. Mais nous nous en fichons parce que nous savons que, quoi qu'il puisse se produire, le principal c'est que nous soyons ensemble.

Mon rêve de petite fille devient réalité. Et bien que le chemin pour en arriver là n'ait pas été celui que j'avais imaginé. Bien que nous ayons dû nous battre de toutes nos forces pour que la vie nous offre une deuxième chance, au fond de moi, j'étais persuadée qu'au bout, Alessandro m'y attendrait avec le bonheur d'une vie à deux.

Juste tous les deux.

Remerciements

Ce livre a une saveur un peu différente des autres que j'ai écrits. C'est certainement celui que j'ai eu le plus de difficultés à finir pour le moment. Non pas par manque d'inspiration, mais à cause des émotions que j'ai dû affronter pendant sa rédaction. Ce roman ne serait pas ce qu'il est sans l'équipe Black Ink.

Je remercie Sarah, mon éditrice adorée, sans qui cette histoire ne serait pas ce qu'elle est aujourd'hui. Merci de l'avoir prise sous l'aile de ta maison d'édition, pour tes conseils avisés, pour ta confiance. C'est un honneur de faire partie de tes auteurs.

Juju, *big up* pour la magnifique couverture que tu as encore réalisée pour moi. Je suis une fan inconditionnelle de ton travail.

À toute l'équipe Black Ink Éditions pour leur travail incroyable afin de mettre en avant nos livres, les rendre encore plus beaux et les chouchouter comme vous le faites. (Petite pensée à ma Ange qui pestera quand elle fera les cartons ^^).

Je tiens également à remercier les auteurs, ma Famil'Ink, pour votre soutien sans failles, vos conseils, nos fous rires et nos délires. Une pensée plus particulière à ma *sista*, Anna Triss, qui m'écoute quand j'ai besoin de m'épancher sur mes malheurs livresques.

Un énorme merci à mes bêtas, Mumu et Ness, mais également à Maud, ma meilleure amie qui vous a rejoints en cours de route. Bien que la rédaction de ce roman ait été un peu laborieuse, vous étiez toutes là pour me soutenir.

À ma tata, ma meilleure supportrice qui, même depuis l'espagne, ne loupe jamais une de mes sorties. Mention toute spéciale pour ce roman qui m'a été inspiré chez elle.

Une personne que je ne peux pas oublier : Axel. Mon roc, mon supporter, mon gilet de sauvetage. Merci d'endurer ma passion chronophage, de te passer de moi certains jours car je préfère user mon clavier et de toujours m'aimer alors que je passe trop de temps avec mes héros. Je t'avais promis une femme sur la couverture de ce roman, je suis heureuse d'avoir pu te satisfaire 🙂.

Et surtout, merci à vous, mes lecteurs adorés. Pour votre soutien, votre amour et vos marques d'amitié. Je sais que l'attente a été longue pour que je vous offre un nouveau roman, mais promis, le prochain arrivera bien plus vite.

Shelby Kaly

Imprimé en France
par Mauzé Impressions
(79210 Mauzé sur le Mignon)